W0056453

# ALEXANDER KÜHNE

# KUMMER
## IM WESTEN

ROMAN

WILHELM HEYNE VERLAG
MÜNCHEN

Unter www.heyne-hardcore.de finden Sie das komplette
Hardcore-Programm, den monatlichen Newsletter
sowie alles rund um das Hardcore-Universum.

Weitere News unter www.heyne-hardcore.de/facebook

Verlagsgruppe Random House FSC® N001967

Copyright © 2020 by Alexander Kühne
Copyright © 2020 by Wilhelm Heyne Verlag, München,
in der Verlagsgruppe Random House GmbH,
Neumarkter Straße 28, 81673 München
Redaktion: Ulla Mothes/Lars Zwickies
Lektorat: Markus Naegele
Umschlaggestaltung: Johannes Wiebel / punchdesign, München
Umschlagmotiv: © Martin Aleith / Pfadfinderei
Satz: Schaber Datentechnik, Austria
Druck und Bindung: CPI books GmbH, Leck
Printed in Germany

ISBN: 978-3-453-27266-8

*Für Richard*

*Im Gedenken an Detlef Zobel*
*(1963 bis 2019)*

# 01 Küsser und Verweigerer

Ich erwachte mit schmerzenden Knochen, die Luftmatratze unter mir war platt wie 'ne leere Reichelt-Plastetüte. Von der Seite grinste mich jetzt am Morgen der kleine Maulwurf an, der seine Arme fröhlich in die Luft reckte. Die Decke, die ich mit letzter Kraft über mich geworfen hatte, war mit allerlei Posen meines Kindheitsidols verziert. Nachdem ich ein wenig mit dem putzigen Hügelbauer über seine Hose mit den riesengroßen Taschen und andere seiner Abenteuer redete, schaute ich verpennt auf die schmutzigweißen Dielen. Ineinander ragende Ränder von Rotweinflaschen bildeten geometrisch anmutende Muster. Die ließen mich sofort an die verschorfte Wunde an meinem Kopf denken. Eine Erinnerung daran, dass ich den Mauerfall im Krankenhaus verbracht hatte.

Ich war in Ritas Wohnung. Sie hatte mir in Düsterbusch mal ihre Adresse zugesteckt. Das musste so ungefähr 1984 gewesen sein. Rita hielt mich damals wohl für einen Typen mit Zukunft und hatte mit einem Augenzwinkern gemeint, ich solle sie ruhig mal besuchen. Sie war die Freundin von Baade gewesen, meinem damaligen Idol. Die beiden hatten es mit der Treue nicht so genau genommen. Und Rita, drei Jahre älter als ich, Lydia-Lunch-Verschnitt und obendrein noch Sängerin, war natürlich eine Verheißung gewesen. Schon damals hatte sie sich in meine feuchten Träume geschlichen. Aber ich hätte mich niemals getraut, bei ihr aufzulaufen.

Es war der 11. November 1989 und die Mauer vor zwei Tagen gefallen. Mühsam hatte ich am Tag zuvor versucht, an irgendeinem Grenzübergang in den Westen zu gelangen. Doch es war überall so voll, dass ich wieder abdrehte.

An jeder Ecke »Endlich frei«-Brüller in Plunderjacken und Marmorjeans, die mir ganz schön auf den Zeiger gingen. Und zum Schlangestehen war ich mir im Osten schon zu fein. Ein Weilchen lehnte ich mich an einen rot-weißen Begrenzungspfosten am Übergang Invalidenstraße und schaute mir das alles in Ruhe an. Von der anderen Seite strömten gut angezogene Westberliner rüber.

»Vierzig Jahre ham se uns beschissen«, erklärte ein Achtzehnjähriger mit Pipi in den Augen lautstark einem staunenden grau melierten Pärchen in gedeckten Mänteln. Dann ließ er sich auf die Schulter klopfen und ein paar kleine Milka-Tafeln zustecken.

»Schämst du dich nicht?«, hätte ich fast zu ihm gesagt und drehte um. Dieses Mitleid heischende Gejammer hielt ich nicht aus und fuhr wieder in den Prenzlauer Berg.

Ich hatte außerdem Angst, dass mir mein frisch zugenähter Schädel wegflog, denn ich besaß keine Mütze und es war hundekalt. Also beschloss ich, den Westen am nächsten Morgen fröhlich und ausgeschlafen zu erobern.

Wenig später stand ich »back in the east« vor Ritas Hinterhofwohnung in der Lychener Straße. Die Eingangstür fehlte, und das Loch war nur mit einer Decke verhängt. Darauf stand groß mit roter Farbe *RITA*. Kein Nachname. Nichts. Ich atmete erst mal auf. Sie wohnte also noch da. Klopfen oder klingeln konnte ich nicht, also rief ich ihren

Namen in die Wohnung. Den ganzen Tag hatte ich Umarmungsszenen beobachtet und mich auch auf so etwas Ähnliches eingestellt. Als jemand die Decke zurückschlug, hatte ich Mühe, in dieser Person Rita wiederzuerkennen. »Heiliger Strohsack«, wäre mir bei ihrem Anblick fast rausgerutscht. Denn genau so sah Rita aus.

Ich hatte sie noch als superheiße Braut in Stilettos, Netzstrumpfhosen und mit schwarzen Pflasterstreifen auf den Brustwarzen gekannt. Mit knallrot geschminktem Mund und Ponyfrisur.

Aber was da jetzt vor mir stand, war ein weiblicher Yeti. Ihre verfilzte Mähne fiel auf ein abgehangenes T-Shirt in verblichenem Lila. Sie trug olle Cargohosen, drei Meilen zu groß. Die Bundeswehrstiefel wären noch in Ordnung gegangen, aber leider zierte sie eine halb abgeblätterte pastellfarbene Bemalung. Hübsch war Rita immer noch, aber sie wirkte verhärmt und ein bisschen farbloser als damals in Düsterbusch. Ein blitzender Nasenstecker machte den Eindruck, als ob er sich in ihrem Gesicht nicht so richtig wohlfühlte. Ihre Erscheinung passte zu dem komplett kaputten Treppenhaus, das mit altem Schutt, Kühlschrankleichen und massenweise Taubenscheiße übersät war.

»War klar, dass ihr Sachsen hier jetzt alle uffschlagt«, sagte sie zur Begrüßung.

»Bin keen Sachse.«

Zumindest was ihr Verhalten anging, hatte sich wenig verändert. Sie musterte mich von oben bis unten und inspizierte meinen Kopf.

»Is dir 'n Russenpanzer über die Omme jefahren, oder wat?«

»Nee, war nur ein Baum im Weg«, sagte ich humorlos.

»Kann ich ein paar Tage hierbleiben?« Ich setzte meinen

Hundeblick auf. Ohne eine Miene zu verziehen, gab sie den Weg frei.

Der Mauerfall wurde in Ritas Wohnung offensiv ignoriert. Im Wohnzimmer lungerten vier Typen auf einem zerschlissenen Sofa herum und guckten gebannt *Panzerkreuzer Potemkin* von Sergej Eisenstein. Hier lief das genaue Gegenprogramm zu den Küssern und Umarmern an der Grenze. Nur der nagelneue Videorekorder kündete von der Zeitenwende.

Leider kannte ich niemanden. Es waren alles verfilzte Burschen, ähnlich wie Rita. Als ich »Tach schön« sagte, verbot mir ein blonder Rastafari mit herrischer Geste den Mund, obwohl sie ja bloß einen Stummfilm guckten. Berliner Arroganzling, dachte ich nur und ging weiter.

Die Küchentür fehlte auch. Inmitten des abgeranzten Raumes stand eine uralte Badewanne, die man mit einem Mechanismus unter die Spüle schieben konnte. Ich erinnerte mich dunkel, so etwas Ähnliches bei Oma Hedwig in der Waschküche gesehen zu haben. In dieser Wanne schlief eine nackte Frau.

Ihr Kopf war nach hinten weggekippt. Dadurch wirkte der schneeweiße Körper wie eine Marmorstatue, deren Beine in einem Seerosenteich verschwanden. Zumindest stellte ich mir das trübe Wasser einen Moment lang als solchen vor. Irgendwie sah das nach Kunst aus.

In meiner Hose begann es sofort zu rumoren. Sie hatte schöne Titten und kleine braune Brustwarzen. Und was man von ihrem Gesicht sah, war auch nicht zu verachten. Mein sexuelles Verlangen hatte sich den ganzen Krankenhausaufenthalt über im Dornröschenschlaf befunden. Doch jetzt, da meine Kopfwunde abheilte, kehrte der Trieb mit voller Wucht zurück. Ich kam mir vor wie ein Dreizehnjähriger, so brutal rebellierte mein Unterleib. Ich schaffte es kaum, den Blick von der Badenden loszureißen. Auf einmal stand Rita hinter mir. Sie wirkte jetzt etwas milder gestimmt und schaute mitleidig auf die Frau herab. »Das ist Kirsten aus Bottrop. Hat den Blauen Würger nicht vertragen.« Ich dachte kurz an den widerlichen Klaren, der auch bei meinem Unfall eine unrühmliche Rolle gespielt hatte. »Warst du schon drüben?«, fragte ich Rita.

Sie schüttelte den Kopf. »Ich warte, bis die bescheuerten Sachsen alle weg sind.«

»Helmud redde uns«, sächselte ich, und wir feixten beide um die Wette.

»Hast du was von Baade gehört?«

Ihre grauen Augen bekamen plötzlich etwas Mütterliches. »Ick weeß nur, dein großer Held ist im Westen. Und er soll ooch bei der Stasi gewesen sein.«

Es kam mir kurz vor, als würden sich die Nähte, die meinen Kopf zusammenhielten, auf einmal wieder lösen. »Glaub ich nicht«, stieß ich hervor.

Rita zuckte die Schultern und musterte mich. »Gloob, was du willst. Außerdem, is doch inzwischen auch egal«, sagte sie fatalistisch und öffnete den einzigen Raum, der eine Tür besaß. »Hier kannste dich ablegen. Luftmatratze musste noch uffblasen.«

Ich schaute in die zugemüllte Bude. Nur noch Schlaf im Kopf, platzierte ich die Plastetüte mit meinen Habseligkeiten auf dem Fensterbrett zwischen zwei leeren Fischbüchsen, in denen unzählige Kippen ihre verbogenen Hälse nach oben reckten.

Dann ließ ich mich neben die siffige Matratze fallen und fing an, Luft in die wenig appetitliche Öffnung zu blasen.

Baade bei der Stasi, ging es mir durch den Kopf. Beim Wegdämmern dachte ich noch daran, wie er die Parole *Erstickt*

*an eurem Arbeiter- und Bauernsalat* an unsere Kneipe ge-
schmiert hatte – ohne Konsequenzen für ihn. Das hatte mich
schon immer gewundert.

Jetzt am Morgen kratzte gleißendes Licht die Scomber-
Mix-Dosen auf dem Fensterbrett. Die verbogenen Kippen
wirkten von der Sonne angestrahlt wie die Gittermastlam-
pen einer Modelleisenbahnplatte.

Mein Blick fiel auf eine alte Nähmaschine, die mitten im
Raum stand. Reste von Kleidungsstücken lagen vermischt
mit leeren Schnapsgläsern darauf herum. Ich wusste, dass
Rita früher mit Klamottennähen ziemlich viel Geld verdient hatte. Ich sollte auch mal eine Lederhose von ihr bekommen. Leider hatte das nie geklappt. Aber konnte ich
mir jetzt im Westen ja selber kaufen.

Ich kroch unter meiner Maulwurfdecke hervor, wich ein
paar Scherben aus und taumelte durch die Wohnung. Im
Wohnzimmer schliefen die *Panzerkreuzer-Potemkin*-Fans
mit offenen Mündern. Unter ihnen war auch Kirsten aus
Bottrop, die jetzt, in einem Schlafsack schnarchend, keinen
Blick mehr auf ihren makellosen Körper zuließ.

Im Badezimmerschlauch lag auf einem total schmutzigen Waschbecken ein fast zu Brei zerlaufenes Stück Kernseife in einer trüben Wasserlache. Den Ekel unterdrückend,
hielt ich die Seife unter das Rinnsal, das aus dem Wasser-
hahn kam, und wusch mich damit unter den Armen. Die
Achseln waren ein Hygiene-Muss für mich. Und Zähne put-
zen. Alles andere egal.

Ich versuchte, die wohligen Gedanken an Düsterbusch zu
vertreiben, an mein Zimmer, an die Tomatenstullen meiner
Mutter und an den vertrauten Geruch ihrer Haare nach Drei
Wetter Taft. Schließlich wollte ich mir jetzt in Berlin etwas

aufbauen. Mein Club Helden des Fortschritts und das prickelnde Gefühl des Subversiven in Düsterbusch waren Geschichte. Es war jetzt die Zeit gekommen, um Berlin zu erobern.

Aber in dieser Wohnung gab es weder Gefühl noch Aufbruch. Dabei hatte ich gerade von Rita Freudentänze und große Pläne erwartet, jetzt, da die Mauer weg war.

Die ganze Zonenzeit über hatte sie damit geprahlt, was sie für geile West-Connections hatte. Nun war der Blödsinn vorbei, und sie war offenbar zu stolz, um rüberzugehen. Wer verstand schon diese Ostberliner?

In einer zerbrochenen Spiegelscherbe, die über dem Waschbecken baumelte, sah ich mir widerwillig meinen Kopf an, die neu angeordneten Augenbrauen, die Delle in meiner einst vorspringenden Stirn. Würde mich jemals ein Mädchen wieder richtig hübsch finden? Ich bekam ein bisschen Panik bei dem Gedanken, bis an das Ende meiner Tage wachsen zu müssen. Glücklicherweise kringelte sich bereits blonder Flaum über der Narbe, die meinen Kopf oberhalb der Stirn wie ein Schützengraben durchfurchte. Ich hoffte, dass in ein paar Wochen davon kaum noch etwas zu sehen sein würde.

Als ich die Stirn betastete, fühlte sie sich so an, als ob sie gar nicht zu mir gehörte. Wie beim Zahnarzt, wenn man nach der Spritze seine Wange nicht mehr spürt. Die Hautnerven waren bei der Operation durchtrennt worden. Es würde Jahre dauern, bis ich meine Stirn wieder in Falten ziehen könne, hatte der Arzt in der Charité gesagt, dem ich mein Leben verdankte. Das war auf jeden Fall praktisch, wenn man älter wurde. So machte ich mir Mut.

Ich musste kurz an Frank Sprenzel denken, der den Unfall nicht überlebt hatte, und hielt die Tränen zurück. Genau wie mein sexuelles Verlangen, kamen alle anderen Gefühle so langsam wieder. Der Stolz auf meinen Club und die hei-ßesten Partys des Ostens, die ich, Anton Kummer, in Düs-terbusch veranstaltet hatte. Das Koma ließ mein früheres Dasein in der DDR geradezu unwirklich erscheinen. Ich war in eine Art Zwischenwelt abgetaucht, und dieser Zu-stand hielt bis kurz vor meiner Entlassung aus dem Kran-kenhaus an. Ich befand mich in einem dunklen Raum mit einer Tür, die nur wenige Zentimeter weit geöffnet war, weshalb ich das echte Leben draußen nur bruchstückhaft mitbekam. Alle Menschen, mit denen ich zu tun hatte, re-deten durch diesen Lichtspalt mit mir. Das einzig reale Gefühl war Hunger. Ich war nur daran interessiert, Nah-rung aufzunehmen. Dazu wurde mir durch den Spalt von einer fremden Hand mit lackierten Fingernägeln eine Schna-beltasse gereicht, deren Inhalt ich gierig in mich hinein-schlang.

Eines Morgens war die Dunkelheit plötzlich verschwun-den, und ich merkte, dass ich in einem Krankenbett lag. Die Hand gehörte zu Schwester Kerstin, einer übertuschten hüb-schen Blondine.

»Ist Buchstabensuppe, jetzt bist du schlauer als vorher.« Sie grinste dabei und half mir beim Pinkeln. Sogar jetzt war es mir noch peinlich, wenn ich daran dachte, wie sie völ-lig regungslos auf meinen Schwanz starrte, der das Plaste-gefäß mit dunkelgelber, schlecht riechender Flüssigkeit füllte. Am 9. November war Kerstin später dann eine der Ersten, die ihre Patienten »im Stich ließ« und sofort rübermachte.

Zum Frühstück gab es bei Rita trockenes Toastbrot und Bockbier aus kleinen Flaschen.

Ich trank vorsichtig, denn ich wusste noch nicht so recht, wie mein Organismus auf Alkohol reagieren würde.

»Ick weeß nich, ob ick die Almosen annehmen will, die mir Kohl jetzt so vor de Nase hält«, sagte Raik, so hieß der blonde Rastafari. Dabei drehte er sich eine Zigarette und stemmte, mit dem Stuhl kippelnd, seine dünnen nackten Knie gegen die Kante eines riesigen alten Tisches. Er stand jetzt an der Stelle, wo sonst die Badewanne thronte.

»Warum denn nicht?«, fragte ich verständnislos.

»Weil die euch sofort in die doppelte Lohnabhängigkeit zwingen«, sagte plötzlich Kirsten aus Bottrop mit Ruhrpott-Dialekt. »Das Ziel von Kohl ist ganz klar Großdeutschland.«

Alle nickten, nur Rita warf mir einen peinlich berührten Seitenblick zu.

Irgendwie fand ich Kirsten jetzt nicht mehr so geil. Nackt war sie eine Göttin, aber im Folklorekleidchen kam sie mir vor wie eine Agitatorin von der FDJ-Kreisleitung.

»Doppelte Lohnabhängigkeit« klang bescheuert. Den Ausdruck hatte ich mal beim Zauberwürfelspielen im Staatsbürgerkundeunterricht aufgeschnappt.

Auf meine Nachfrage hin stellte sich heraus, dass Kirstens Vater bei der DKP in Nordrhein-Westfalen und sie ständig zu Besuch in der DDR gewesen war.

»Ich bettel die auch nicht um hundert D-Mark an. Deswegen habe ich auch den Aufruf *Für unser Land* unterschrieben«, sagte jetzt Thilo, ein Zopf tragender laufender Meter in abgeschnittener Thälmannjacke. Alle anderen nickten.

Als ich fragte, was das sei, erklärte mir Raik oberlehrerhaft, dass es sich um eine Unterschriftenaktion zum Erhalt einer demokratischen DDR handelte. »Demokratische DDR – der war gut.« Ich bekam einen Lachkrampf, auch weil das Bockbier zu wirken begann. Doch niemand lachte mit. »Wo warst du überhaupt die ganze Zeit?«, fragte mich Kirsten jetzt direkt.

»Im Koma«, antwortete ich wahrheitsgemäß und stand auf. Ich wollte unbedingt dieser Trauergesellschaft entfliehen.

»Ihr könnt ja von mir aus auf unser Land warten, oder bis Honecker Männchen macht«, sagte ich, »ich hau jetzt jedenfalls ab in 'n Westen und komm vielleicht sogar wieder. Aber nur, wenn ihr mich nicht mehr agitiert. Davon habe ich nämlich genug.« Dann verließ ich die Küche. Rita kam mir hinterhergerannt und stellte mich an der Eingangsdecke. Ich merkte, dass sie meinen selbstbewussten Auftritt ziemlich gut fand.

»Bringste mir 'ne Schachtel Marlboro mit?«

»Klar«, sagte ich.

»Und nimm's nicht so. Die Eltern von denen sind allet Bonzen.«

Draußen sog ich vertrauten Brikettduft durch die Lungen. Es war hundekalt. Die Lychener lag in apokalyptischer Diesigkeit vor mir. Die gelegentlichen Sonnenstrahlen kamen kaum durch und ließen den Dunst wie leichten Nieselregen erscheinen. Gegenüber von Ritas Haus schnitten drei Glatzen mit einer riesigen Blechschere das Dach eines kaputten Trabbis ab.

»Wird wohl 'n Cabrio?«, rief ich fröhlich hinüber und erschrak gleichzeitig.

Doch die drei Skins guckten nur kurz rüber. Auf dem Weg zur U-Bahn fiel mir ein, dass sie mich vielleicht für einen der ihren hielten. Ich zog mir eine regenbogenfarbene Strickmütze über meinen Kahlkopf, die ich bei Rita hatte mitgehen lassen. Bob Marley ließ grüßen. Keineswegs stilecht in Verbindung mit meinem zerschlissenen Pfeffer-und-Salz-Mantel. Aber sie hielt wenigstens warm und verdeckte den Schützengraben auf meinem Kopf.

# 02 Aufstand der Fleischtomaten

Nach zwanzig Minuten hatte ich es geschafft, den Bahnsteig des U-Bahnhofes Dimitroffstraße zu betreten. Oder besser gesagt, ich wurde von nach vorn drängenden Massen dorthin getragen. Ich hatte keine Chance, auszuscheren und vielleicht doch noch ein paar Tage zu warten.

Überzuckerte Tussis mit Erdbeerohrringen, nach Karo stinkende Betonwerker und verhuschte Geschichtsprofessoren – alles drängte, die Ellenbogen in den Rippen der anderen, Richtung goldener Westen. Zum Glück half mir meine Körpergröße, den Überblick zu behalten.

Ein Männchen der Berliner Verkehrsbetriebe in speckiger Uniform versuchte vergeblich, die Leute zurückzuhalten. »Gleischmäßig uff dem Bahnsteig verteilen«, schrie es und erntete ein gellendes Pfeifkonzert. Kurz darauf begann erneut großes Geschrei, als eine Oma von hinten einen Schubs bekam und ins Gleisbett fiel.

Starke Hände zogen sie zurück, kurz bevor die Bahn aus Richtung Vinetastraße einfuhr. Die Oma war verhältnismäßig weich gefallen, denn auf dem Schotter türmte sich fast bis in Schienenhöhe eine Masse aus leeren Bier- und Cola-Dosen. Die ersten Westrückkehrer hatten das Gleis damit gepflastert.

Dazwischen lagen ein paar Plastetüten, die mein Interesse

weckten. Ich brauchte dringend eine neue und hoffte, drüben auf ein reichhaltiges Angebot zu stoßen.

Die Bahn war schon gut gefüllt, als sie hielt. Das Männchen in Uniform brüllte wieder irgendwas Erzieherisches. Die wartende Menge aber kannte keine Gnade und drängte beim Öffnen der Türen sofort in die Bahn. Und ich mit.

Meine Nase nahm altes Mittagessen wahr, das sich offenbar in der Hutkrempe eines Funktionärstypen neben mir versteckte. Und irgendjemand hatte nicht so sehr auf die Achselwäsche geachtet wie ich.

Der explosive Geruchscocktail zwang mich, meine Nase nach oben zu recken, während ich gegen zwei Teenager-Mädchen in übergroßen Jeansjacken gedrückt wurde. Die beiden dufteten zum Glück nach einem süßlichen Parfum, und eine flüsterte der anderen zu: »Wir gehen Stralauer Allee rüber, da soll nich so ville los sein.«

Ich nahm mir vor, ihnen unauffällig zu folgen, denn sie machten den Eindruck, als würden sie sich auskennen. Doch als wir am Alex in die S-Bahn umstiegen und dann an der Warschauer Straße ankamen, war klar, dass sich die Girls getäuscht hatten. Unfassbar viele Menschen aus allen Himmelsrichtungen strömten zum Ausgang. Ich ließ mich mittragen und verlor die Mädchen aus den Augen. Um mich herum aufgeregte Gespräche. Direkt vor mir unterhielten sich zwei Männer. »Ich will endlich ma wissen, wie ...« Ich dachte, jetzt sagt er »... das ist, in Freiheit leben« oder vielleicht »... die Stones zu sehen«. Doch es kam anders. »... groß die wirklich sind, die holländischen Fleischtomaten.«

»Ick hab jehört, so groß wie Kinderköppe«, erwiderte der Typ neben ihm, dessen Dauerwelle sich über dem schmuddeligen Cordkragen seiner Jeansjacke kräuselte.

Ich stellte mir vor, wie der bullige Typ in einen Kinderkopf biss, und fremdelte zwischen all diesen Leuten mit den Schnauzern und Bitterfeld-Gesichtern. Waren das wirklich meine Landsleute? Sie waren mir extrem fremd. Ich war froh, dass ich mich die letzten sieben Jahre größtenteils im Minikosmos der Helden des Fortschritts hatte aufhalten können. Eine Welt, die ich mir selbst erschaffen hatte. Vierundzwanzig Stunden normale DDR am Stück hätte ich nicht ausgehalten. Das war mir plötzlich sonnenklar. Ein gewisser Zorn auf Kirsten und die anderen in der Plenumsrunde der Lychener Straße regte sich. *Für unser Land* – es war ein Segen, dass dieses Land jetzt unterging.

Je näher ich der Grenze kam, umso mehr verflogen die trüben Gedanken. Nach zwei Stunden konnte ich endlich meinen Ausweis vorzeigen und bekam von einem überforderten Grenzoffizier einen Stempel.

Dann lief ich durch einen gespenstischen Gang, der über eine Brücke führte. Links eine von Bretterwänden und Stacheldrahtresten halb verdeckte Zuckerbäckerfassade. Rechts von mir die Spree, schwarz aufgewühlt mit schmutzigen Schaumkronen, nur durch Maschendraht zu sehen.

Keine Gedanken, nur noch Herzklopfen und das Ziel vor Augen. Schritt für Schritt ging es vorwärts. Als ich den Westberliner Boden endlich betrat, teilte sich die Menge. Die große Masse der Fleischtomaten strömte einfach in dieselbe Richtung weiter, und zwar immer schneller. Irgendjemand rief das magische Wort »Sparkasse«.

Alle hatten nur noch das Begrüßungsgeld vor Augen. Es begann ein riesiges Gerenne und Geschubse. Aber ich wollte erst mal gucken, wo ich überhaupt war, und scherte aus. Mit mir ein paar andere. Ich war völlig aufgewühlt. Das war also Westberlin. Die Stadt meiner Sehnsüchte. Ich trampelte auf der Stelle, um zu sehen, ob der Boden hielt, und schaute mich um. Verrostete U-Bahn-Träger und meterhohe Brandmauern, entlaubtes Buschwerk und auf der anderen Straßenseite kleine Buden. Über einer davon der Schriftzug *Bagdad*. Sofort musste ich grinsen. Alles ziemlich abgeschabt, aber irgendwas leuchtete, irgendwas, das ich nicht klar definieren konnte.

Da sah ich eine kleine verdreckte Grünfläche. Darauf ein Tisch und eine Parkbank, alles aus Metall, wie ich staunend feststellte, und voller Taubenscheiße. Das war also gar kein notorischer DDR-Vogel, wie ich immer gedacht hatte.

Allein schon dieses kleine Arrangement sah so viel anders und spannender aus als die Bänke im Osten. Ich setzte mich und schaute über die Spree, die sich vor mir ausbreitete. Auf einmal fing ich an zu heulen. Alles kam zusammen, die Einsamkeit der letzten Monate, mein schiefes Gesicht, meine erste große Liebe Conny und meine Tochter, die ich verloren hatte, Sprenzels Tod und der geplatzte Traum von Düsterbusch als Kulturmetropole.

Ein selbstmitleidiger Cocktail, der allmählich einer Art Glücksgefühl Platz machte. Langsam wurde mir klar: Jetzt konnte mir keiner mehr.

Kein beschissener Bulle oder Kohleplatzleiter oder eine andere Arschgeige hatte mir jemals wieder was zu sagen.

Jetzt begann eine neue Zeit ohne Ordnungsstrafverfahren und Verstöße gegen die sozialistische Moral. Vielleicht hatte sich das ja alles gelohnt.

»Da muss ich ja gleich mitweinen. Fehlt bloß noch ›Looking for Freedom‹«, ertönte plötzlich eine spöttische weibliche Stimme. Aus meinen Gedanken gerissen, sah ich einer jungen Frau hinterher, die sich lachend halb zu mir umdrehte. Eine markante Nase und hochgesteckte rote Haare ließen darauf schließen, dass sie etwas Besonderes war. Aber was sollte der blöde Spruch? Dann sah ich nur noch einen Poncho und ein paar Wildlederstiefel in der Menge verschwinden. Doch nicht so heiß, kam es mir jetzt in den Sinn.

Es nutzte nichts. Ich musste mich anstellen. Ich war dringend auf das Begrüßungsgeld angewiesen. Die eine Hälfte wollte ich für Platten ausgeben, die andere im Osten eins zu zehn tauschen. Genau wie ich es früher mit Tante Klaras Geld ab und an gemacht hatte, um über die Runden zu kommen. Nach ein paar Metern erreichte ich bereits das Ende der Schlange. Ich stellte mich auf ein paar Stunden Wartezeit ein. Das dumme Gequatsche vorne und hinten ging mir ziemlich auf die Nerven.

»Guck dir doch mal dieses satte Rot an, ich habe noch niemals so 'n Rot gesehen, so 'n Westrot«, rief eine Frau schräg vor mir mit aufgerissenen Augen und deutete auf den Schriftzug *Sparkasse*, der in einiger Entfernung leuchtete. Die Alte starrte, als ob ihr der Dschinn aus Aladins Wunderlampe gerade erschienen wäre.

»Wahnsinn«, lag es mir schon auf der Zunge, aber ich hielt meine Klappe. Mussten die immer gleich alles aussprechen, was sie gerade dachten?

Aber ich konnte mich ja auch überlegen fühlen. Schließlich hatte ich durch Tante Klara aus Charlottenburg immer das Westrot zur Verfügung gehabt, und sei es durch die BASF-C60-Kassetten, die ich mir im Intershop geholt hatte. Und die so durchdringend rot leuchteten.

Da bekam ich einen Schubs von der Seite. Schöne braune Augen schauten mich an. Dazu ein spöttisches Lächeln, das die hohen Wangenknochen noch deutlicher hervortreten ließ. Und dann diese Nase. Eine wahre Schönheit stand vor mir: das Poncho-Mädchen. »Na Anton, ausgeweint?«

»Woher ... kennst du meinen Namen?«, hauchte ich fassungslos.

Sie streckte mir ihre langen schönen Finger zum Händedruck entgegen. »Irina Freiberg, ich komme aus Kirchhausen.«

Ich gab ihr die Hand, wir drückten beide fest zu, und ich war schon verliebt. »Irina Freiberg aus Kirchhausen? Da, äh ... hab ich wohl was verpasst«, sagte ich völlig im Bann ihrer Erscheinung.

Sie lachte geschmeichelt. »Ich war im Erzgebirge verheiratet. Aber jetzt bin ich wieder zurück.«

Wir redeten über die Helden des Fortschritts, und Irina erzählte, dass sie einmal im Club gewesen war. Bei den Rodeo Starters, der Band, die ich als letzte subversive Aktion aus Westberlin über die Grenze geschleust hatte.

»Ich habe mich nicht getraut, dich anzusprechen.«

Hättest du mal, dann würde Sprenzel vielleicht noch leben und die Delle im Kopf wäre mir erspart geblieben, lag es mir auf der Zunge, doch ich wollte mich noch nicht so weit vorwagen.

»Warum hast du denn nun geweint?« Irina forschte sensationsgierig in meinem Gesicht.

»Wir sind jetzt nicht mehr getrennt, wir, äh, Deutschen, das hat mich überwältigt«, sagte ich nicht ganz wahrheitsgetreu. »Außerdem reimt sich getrennt und geflennt.«

Irina lachte. »Ich bin halbe Russin, ich kann mit dem nationalen Taumel nicht so viel anfangen.«

Ach, durch Gorbatschow seid ihr Russen doch jetzt alle heilig, wollte ich gerade sagen, als sich ein Schmidtmützenträger umdrehte und Irina abfällig musterte. »Na, dann hau doch ab, Mensch!«, blaffte er sie an.

»Jenau, Russenjesindel«, sagte ein anderer neben ihm.

Ich schaute Irina entsetzt an. Der Spruch ging weit unter die Gürtellinie.

»Du blöder Bauer«, fauchte Irina mit Zornesröte im Gesicht.

Ich hätte dem fetten Typen im Hängeanorak am liebsten eine reingezogen. Aber eine Schlägerei konnte ich mir beim besten Willen nicht leisten. Wenn mich jemand richtig treffen würde, wäre ich hinüber. Doch ganz widerstandslos sollte er nicht davonkommen.

»Ohne die Russen wäre die Mauer gar nicht gefallen, du Primat«, blaffte ich ihn an.

»Oder gar nicht erst jebaut worden. Kommt auf die Perspektive an«, mischte sich jetzt ein Dritter lautstark ein, während wir uns aus der Schlange drängten. Die drei Typen klatschten hinter uns Beifall.

»Geht's dir gut?«, fragte ich, als wir auf der Parkbank saßen, die ich gerade erst verlassen hatte. Ein flaues Gefühl machte sich in meinem Magen breit. Irina schob ihre Hände unter die Oberschenkel und lachte bitter. »Den Blödsinn muss ich mir schon mein ganzes Leben anhören. Nur jetzt dürfen sie es ungestraft sagen. Was die Sache noch schlimmer macht.«

Ich nickte, wir schwiegen, und ich musste an Henryk denken, der sich als Pole auch immer beleidigen lassen musste. Irina holte einen Zeichenblock aus ihrer Tasche und begann, mit einem Bleistift und schnellen Bewegungen die Warteschlange zu zeichnen. In Windeseile entstand eine düster-eindringliche Skizze. Ich war fasziniert. Mein zeichnerisches Talent war in der ersten Klasse stehen geblieben.

Über naives Gekritzel wie Harkenhände war ich nie hinausgekommen, sehr zur Belustigung meiner Mitschüler. Um so mehr bewunderte ich Leute, die so etwas konnten.

»Bist du Künstlerin?«

»Nein, Physiotherapeutin.« Sie lachte. »Aber mein Vater ist Geologe und musste immer Karten zeichnen. Da hab ich mir das abgeguckt. Ich zeichne aber lieber Menschen als blaue Flächen voller Gesteinsvorkommen.«

Sie schrieb noch das Datum auf die Zeichnung und packte Stift und Block wieder in ihre Tasche.

»Hast du mal überlegt, Kunst zu studieren?« Ich stellte mir vor, mit ihr auf dem Rasen vor einer Uni irgendwo in Italien oder so zu liegen, ihr Kopf in meinem Schoß, während sie zeichnete.

»Ja, schon. Aber ich bin froh, dass ich überhaupt eine Stelle gefunden habe«, sagte sie schnell. »Und was willst du jetzt machen, Anton?«, wechselte sie das Thema.

»Ich bleibe in Berlin, baue mir was Neues auf. Hab schon 'ne Bude. In Düsterbusch ist doch alles gesagt.« Ihr Blick blieb merkwürdig forschend an meinen Augen hängen.

Sollte ich sie fragen, ob sie mich vielleicht mal besuchen wollte? Aber ich verpasste den richtigen Moment.

»Wollen wir nicht weiterfahren? Woanders ist die Schlange bestimmt kürzer«, sagte sie und schaute zum U-Bahnhof Schlesisches Tor.

»Glaube ich nicht, der Zoni hat alles okkupiert.« Ich war fest davon überzeugt, dass sämtliche Sparkassen in ganz Westberlin von Plunderjacken belagert wurden.

»Wollen wir wetten, dass es ...« – sie nahm ihre Finger zum Zählen zur Hilfe – »... acht Stationen weiter eine Sparkasse gibt, wo wir nicht warten müssen?«

Sie lachte triumphierend, nahm eine Haarklammer in den Mund, brachte ihre Turmfrisur in Form und steckte die Klammer wieder in das feuerrote Gebilde. Es war ein Fest, ihr dabei zuzugucken.

»Das wäre Nollendorfplatz.«

»Du kennst dich ja aus.«

Ich grinste und streckte ihr meine rechte Hand entgegen. Jetzt konnte ich damit punkten, früher mal den Westberliner U-Bahn-Plan auswendig gelernt zu haben. »Um 'ne Cola Wodka?«

Der Gedanke, mit ihr bei einem geistigen Kaltgetränk in irgendeiner Szenekneipe zu sitzen und über das Leben zu reden, ließ mich jede Menge Glücksgefühle ausschwitzen. Sie schlug ein.

Dicht aneinandergedrängt, standen wir in der Bahn. Kreuzberg flog an uns vorbei. Ich saugte die Reklame und das völlig andere Stadtbild in mich auf, noch den Abenteuergeruch vom Schlesischen Tor in der Nase, dem die eklige Pissrinnennote der Ostbahnhöfe fehlte. Dabei schaute ich immer wieder Irina an, die auch beeindruckt lächelte. Ihre Ausstrahlung, dieser neugierige Blick, diese ebenmäßigen Züge. Was für eine Frau. Nur an ihren Poncho und die verzierten Wildlederstiefel konnte ich mich nicht gewöhnen.

Unterwegs erfuhr ich noch, dass sie Einzelkind und ihre Eltern geschieden waren. Irina wohnte bei ihrer Mutter, einer russischen Lehrerin. Ansonsten hielt sie sich ziemlich bedeckt mit Auskünften über sich.

Als wir zur Möckernbrücke kamen, ebbte der Andrang ab. Das Gros der Marmor-Washed-Träger und Plunderjacken schien sich nicht so weit vorzuwagen. Nur wenige stiegen noch mit übergroßen Plastetüten von Bilka zu, in denen sich größtenteils Videorekorder und Marlboros befanden.

Mir fiel wieder ein, dass ich Rita eine Schachtel mitbringen sollte.

»Hast du denn noch deine Tolle?«, riss mich Irina aus meinen Gedanken.

Sie erwischte mich eiskalt und spielte auf meine letzte Frisur an, eine Popperlocke, die ich zum Flattop umfunktioniert hatte. Sie wollte mir die Mütze vom Kopf ziehen. Ich zuckte erst mal zurück und ließ es mir dann doch gefallen. Es war egal. Irgendwann würde sie es sowieso sehen.

Sie gab sich Mühe, keine Reaktion zu zeigen. Doch ich merkte an ihrem Blick, dass sie ziemlich entsetzt war. Dann kam das Unerwartete. Sie streichelte meine Narben mit beiden Händen und sagte auf Russisch »Moi bjedny Anton« – mein armer Anton.

Ich schwitzte. Hatte sie »mein Anton« gesagt? Sie hatte es gesagt. So viel Russisch konnte ich noch. Eine Umarmung von ihr wäre jetzt das Allergrößte gewesen.

Aber so weit ging es dann doch nicht. Ich erzählte ihr, was geschehen war, und sie hörte interessiert zu.

»Wächst doch wieder. Visionäre müssen Opfer bringen, Anton, das war schon immer so.«

»Bin ich denn einer?«, fragte ich überrascht.

»Klar«, antwortete Irina. »Denkst du etwa, sonst würde ich hier mit dir U-Bahn fahren?« Sie lachte, und schon waren wir am Nollendorfplatz.

Zielgerichtet stürmte ich erst mal zum Loft und dem daneben gelegenen Metropol. Zwei Kultläden, die ich aus dem Radio kannte und deren Konzerttermine damals immer präsent gewesen waren, obwohl die dicke fette Mauer dazwischen gelegen hatte. Jetzt davor zu stehen, war magisch.

Ich studierte den Veranstaltungsplan, der karg und klein mit Schreibmaschine getippt an der unscheinbaren Eingangstür des Loft klebte. Nur das Line-up war groß. Bald würden The Jesus and Mary Chain dort spielen. Ich wäre fast ausgeflippt. Da musste ich hin. »Kennste die?«, fragte ich Irina.

»Nö«, murmelte sie und stand mit gequältem Blick hinter mir.

»Na, warst ja auch im Erzgebirge.« Ich lachte meckernd und merkte plötzlich, dass ich sie beleidigt hatte. Ich wollte nach ihrem Arm greifen und mich entschuldigen. Doch sie entzog sich und hielt Abstand zu mir. Die geheime Hoffnung, dass sie vielleicht meine neue Freundin werden könnte, rückte erst mal wieder in die Ferne.

Direkt neben dem Metropol lag eine Sparkasse. Davor standen etwa zehn Leute an. Irina triumphierte.

»Wette gewonnen.« Wir stellten uns auch an, und ich ließ ihr natürlich den Vortritt. Nach zehn Minuten waren wir schon zum Schalter vorgerückt. »Bist du denn ... jetzt ... ich meine, bist du denn ... Deutsche? Entschuldige bitte.«

Sie schaute mich verwundert an und wurde pampig. »Ach so. Vorhin bei den beiden Idioten war ich Russin. Aber jetzt, wenn ich Geld kriege, bin ich Deutsche«, sagte sie mit sarkastischem Unterton. Dann trat sie an den Schalter und legte ihren blauen Perso vor. Ich biss mir auf die Lippe. Hatte ich wieder was Falsches gesagt?

Als sie fertig war, lächelte sie, schaute mich aber nicht an und verschwand nach draußen. Ich wurde etwas unruhig.

Die Frau am Schalter saß hinter einer Glasscheibe, sah gepflegt aus und war freundlich. Sie stempelte meinen Ausweis ab und legte mir was zum Unterschreiben vor. Ich wollte ihr durch die schmale Luke schnell den Kuli aus der Hand reißen. Doch sie zuckte zurück. Müde deutete sie auf einen Stift, der an einer kleinen Kette befestigt gleich neben mir in einer Art Fundament stand. Fast wie ein Denkmal. Ich wurde rot, zog den Kuli ran und unterschrieb.

Dann schob sie mir den Hunderter unter der Luke durch und lächelte erneut. Ich verstaute erleichtert das Geld und verließ die Sparkasse.

Ich konnte es kaum erwarten, Irina etwas zu trinken auszugeben.

Doch als ich auf den Vorplatz hinaustrat, war sie nirgends zu sehen. Ich lief Richtung Straße. Keine Irina. Zum Metropol gehörte ein schmutziger Hof. Doch auch hier war sie nicht. Schräg gegenüber gab es ein italienisches Restaurant, das mit Mini-Pizza warb. Vielleicht war sie dort auf Toilette.

Zusammen mit zwei anderen Ossis drückte ich mir die Nase an der Scheibe platt, denn ich traute mich nicht hinein. Dann stellte ich mich ein Stück weg, um die Eingangstür zu beobachten. Bei jedem, der das Restaurant verließ, klopfte mein Herz höher. Doch Irina war nicht dabei. Sie war eindeutig abgehauen.

Sämtliche Energie wich aus meinem Körper, als ob jemand den Stecker gezogen hätte. War ich zu krass zu ihr gewesen? Aber ich hatte doch gar nichts Schlimmes gesagt. Und plötzlich wurde mir klar, dass mein deformierter Kopf sie in die Flucht geschlagen hatte. Frustriert zog ich durch das dunkler werdende Westberlin. Ich brauchte was zu trinken.

# 03 Lost in the Supermarket

Der Supermarkt war so groß wie die Produktionshalle im Nieten- und Bolzenwerk, in dem ich meine Lehre begonnen hatte. Und so hell wie ein verglühender Sputnik. Ich staunte erst mal Bauklötze über Buntheit und Angebot und tat dabei so, als würde mir das alles nichts ausmachen. So etwas wie am Sparkassenschalter sollte mir nicht noch einmal passieren. Wenn die mich schon als Ossi erkannten, dann wenigstens als kultivierten.

Ich sah aber nirgendwo einen Einkaufskorb. Dabei gab es die sogar im Konsum. Vor dem Eingang in die wirkliche Warenwelt standen nur allerlei Rollwagen herum. Waren die reserviert oder konnte ich einfach einen mitnehmen? Ich war verunsichert. Zu allem Überfluss erblickte ich auch noch eine Art Drehkreuz, durch das ich offenbar durchmusste. Kreuz Dreilinden fiel mir gleich ein. Ein unüberwindliches Gemisch aus Stacheldraht, Beton und schießwütigen Grenzern. Aber das war hier doch Westberlin. Brauchte ich hier auch 'nen Passierschein, um an die Fleischtöpfe zu kommen, oder was war Phase? Schließlich hatte ich DM in der Tasche. Verschärft meldete sich der Durst auf mein erstes Dosenbier, und ich wartete auf eine Horde Zonis, die sich erst mal zum Löffel machen würden. Die wollte ich genüsslich beobachten, damit ich danach wusste, wie ich unbeschadet in diesen Supermarkt gelangte.

Doch hier mitten in Schöneberg war – zwei Tage nach Maueröffnung – weit und breit kein Ossi zu sehen.

Ich streckte mich und sah ein paar wohlfrisierte Köpfe zwischen den Regalen. Ich befand mich offenbar im ganz ursprünglichen Westen, an dem jegliches Wendegeschrei völlig spurlos vorüberging.

Auf einem, wie ich zugeben musste, abgeblätterten Werbeplakat, fragte ein junges Mädchen in einer Sprechblase: *Kommst du mit zu meiner Salzlettenparty?* Ja gerne, aber wie?

Ich wollte jetzt nicht länger im Eingangsbereich rumlungern. Also schnappte ich mir kurzerhand einen Rollwagen und steuerte auf das Drehkreuz zu. Ich dachte, es würde sich schon irgendwie öffnen, wenn ich davorstand. Schließlich war ich jetzt frei. Aber den Gefallen tat mir das beschissene verchromte Kreuz nicht.

Ich guckte mich noch mal um. Immer noch keiner zu sehen. Vielleicht ein Stück näher ranfahren. Mein ebenfalls verchromter Einkaufswagen berührte das Kreuz. Simsalabim, Sesam öffne dich! Fehlanzeige. Nichts geschah. Jetzt reichte es mir. Ich hämmerte den Wagen einmal gegen das Kreuz. Wieder geschah nichts. Ich wurde ungeduldig und bummerte mehrmals mit dem Gefährt dagegen. Metall kreischte auf Metall und zerstörte die majestätische Stille. Bumbumbadumbum. »Master and Servant«, schoss es mir durch den Kopf. Die Halle schien zu beben. Aber immer noch registrierte mich kein Mensch. Dann reichte es mir endgültig. Ich sprang über das Kreuz in den Markt und versuchte, den Wagen auch darüber zu hieven. Es gelang mir nicht, weil das Ding viel zu schwer war und sich dann irgendwie verkeilte. Ich begann zu schwitzen, zerrte und trat ohne Erfolg. Der Rollwagen hatte sich hoffnungslos im Drehkreuz verfangen und hing jetzt mit den Rädern halb nach oben so ungünstig, dass ich ihn nicht wieder allein frei bekam.

»Guckt mal, da is eener von drüben!«, hörte ich plötzlich eine brüchige Stimme krakeelen.

Neben der Eingangstür sah ich eine alte Frau, die mich mit Hut und Brosche ein wenig an Tante Klara erinnerte. Sie musste gerade den Markt betreten haben.

Sie zeigte so lange mit dem Finger auf mich, bis hinter ihr ein paar Leute zusammenliefen. Die Oma schnappte sich ebenfalls einen Rollwagen und kam mit drohendem Blick auf mich zu. Hinter ihr das Gefolge aus drei oder vier Neugierigen, die mich teils misstrauisch, teils amüsiert beäugten.

Mit anklagendem Blick direkt in meine Iris manövrierte die Oma das Gefährt neben das Drehkreuz und dann durch eine mit orangefarbenen Zapfen aus Plastik verhängte Durchfahrt, die ich nicht als solche erkannt hatte. Demonstrativ gab sie dem Wagen einen kleinen Schubs. Butterweich und begleitet von leichten angenehmen Schleifgeräuschen der nach vorn geschobenen Zapfen rollte ihr Einkaufswagen wie von allein in das Innere des Marktes. Hinter dem Wagen schwangen die Zapfen fast schon majestätisch aus und kamen wieder zum Stillstand, während ich mit dem Blick der Erkenntnis danebenstand.

»Und *da* läuft eigentlich nur der Mensch durch«, sagte die Oma jetzt und deutete auf das Drehkreuz. »Der Mensch.« Offenbar hielt sie mich für keinen. Ich stand da wie bestellt und nicht abgeholt und senkte den Blick.

»Wir haben uns in vierzig Jahren was jeschaffen, und ihr macht alles gleich wieder kaputt«, drehte sie jetzt den Dolch in meinem Magen noch mal genüsslich. Zustimmendes Gemurmel der Umstehenden. Schlimme Erinnerungen an das VEB Nieten- und Bolzenwerk wurden wach, wo ich vor versammeltem Kollektiv zum Folterer eines Mitlehrlings gestempelt worden und deswegen aus dem Betrieb geflogen war.

Ich hatte mir die erste Begegnung mit den Westberlinern etwas anders vorgestellt. Mein idealisiertes Bild bekam einen ersten Knacks.

Ein Mittfünfziger im fliegenden weißen Kittel rauschte von hinten heran und gab den Pragmatiker.

Gemeinsam kippten wir den Einkaufswagen wieder zurück vor die Grenze, und er sagte nicht unfreundlich zu mir: »Ick hab's damals ooch nich gleich kapiert.«

War das auch ein übergelaufener Ossi oder nur ein Westberliner, der Mitleid hatte?

Ich lächelte erleichtert, während die Wartenden sich jetzt geschickt durch das Kreuz fädelten und mit spöttischen Bemerkungen wie »Die haben wir jetzt alle am Hals« im Inneren des Marktes verteilten. Meine Lust auf Shopping in Gesellschaft solcher Leute war dahin. Aber konnte ich ahnen, welche Herausforderungen im nächsten Supermarkt auf mich warteten? Vielleicht eine elektronische Fangschleuse? Zerknirscht nahm ich also meinen Wagen, steuerte ihn durch die Lamellen und passierte ebenfalls das Drehkreuz. Nicht Mauer und Stacheldraht waren jetzt für mich Zeichen der Teilung, sondern dieses polierte Ding mitten in Berlin-Schöneberg. Ich schlich mich an Konfektregalen voller Quality-Street-Blechdosen, an Whiskas-Ständern und

Ariel-Türmen vorbei. Da fiel es mir leicht, unauffällig zu bleiben. Vor dem Schnapsregal war ich erneut als Ossi zu erkennen. Das wurde mir bewusst, als ich den Mund wieder zuklappte. Genug gepflegte Alkoholika, um bis zum jüngsten Tag auf Wolke sieben zu schweben. Das kleine Bockbier bei Rita hatte keine negativen Folgen gehabt. Und kein Arzt hatte bei meiner Entlassung aus der Charité irgendwelche Warnungen vor Bier und Schnaps ausgesprochen. Mein Gehirn lag zwar frei, aber verletzt war ja nur mein Schädel, beruhigte ich mein Gewissen, schaute auf die Prozente und entschied mich für eine Flasche Bols Banane mit dreißig Umdrehungen. So 'n richtiger Likörfan war ich eigentlich nicht, aber ich wollte schnell wieder raus. Und das goldgelbe Gesöff leuchtete verlockend. Die Flasche kostete zwölf neunundneunzig.

Das gute Gefühl, die Schachtel Marlboro für Rita nicht vergessen zu haben, ließ mich über das Gegrinse der Kassiererin hinwegsehen. Ich machte mich mit einer nagelneuen Plastetüte davon.

Draußen schraubte ich die Pulle genüsslich auf.

Der ölige, starke Inhalt rann meine Kehle herunter, begleitet von einem schnell einsetzenden Gefühl der Betäubtheit. Ich taumelte die dunkle Maaßenstraße entlang, die plötzlich durch eine Leuchtrakete erhellt wurde. Und im kurzen Schein des Feuerschweifs sah ich an einer Litfaßsäule ein Plakat mit der Aufschrift *Tad und Nirvana im Ecstasy*. Noch heute Abend. Da musste ich hin.

## 04 Der erste Ossi bei Nirvana

Ich lief gut zwanzig Minuten. Nach den Hausnummern zu urteilen, musste das Ecstasy irgendwo in der Nähe sein. Die noch halb volle Pulle Bols versteckte ich in einer Baulücke zwischen zwei Häusern. Nach dem Konzert wollte ich sie mit zu Rita nehmen. Ich hatte mir genug Mut angetrunken, um den Westen zu erobern.

Aufgeregt entdeckte ich schließlich hinter einer Toreinfahrt den Club und rannte auf dem Bürgersteig hin und her. Vor Freude schüttelte ich meine Hände, als wäre ich ein Epileptiker. Mein Ausdruck größter Vorfreude, den ich nicht kontrollieren konnte und der schon in der Schule immer für reichlich Spott gesorgt hatte.

Ich, bei zwei Ami-Bands in einem noch vor Kurzem unerreichbaren West-Club – was konnte es Schöneres geben? Ich hatte zwei oder drei Stücke von Nirvanas Platte *Bleach* aus dem Radio auf Kassette mitgeschnitten. Ich wusste, dass die Band zum neuen »Ami-Ding« namens Grunge gehörte, von dem auch einige in Düsterbusch redeten. Dabei handelte es sich aber um Leute wie Ekel-Kai, die immer noch heimlich Canned Heat hörten. Das machte mich misstrauisch. Mir war die Musik auch zu gitarrenlastig. Da klang zu viel Siebziger-Rock durch.

Ich freute mich eher darauf, neue Leute kennenzulernen. Endlich Erfahrungsaustausch mit den Westberlinern.

Ich enterte die Toreinfahrt, die zu einem Hinterhof führte. An den Wänden noch Reste von Plakaten für den *Tuntenball* und die US-Band Bullet LaVolta. Dann ging es einen unterirdischen Gang hinunter. Und gleich schreckte ich wieder zurück, denn ich sah wieder so komische Metallgeländer. Sie standen versetzt, und ich befürchtete dahinter das nächste Drehkreuz.

Ich ließ drei Rockabillys vor, die sich in ihren farbigen Creepers routiniert durch die einzementierten Dinger schlängelten.

Leider verzogen sie keine Miene, als ich versuchte, ein Lächeln anzubringen. Es wäre mir eine Freude gewesen, so coole Typen als erste Westberliner kennenzulernen.

Die unheimlich hart aussehenden Einlasser mit Stachelarmbändern und Cowboystiefeln waren ähnlich trübe drauf. Alle trugen die Szene-Insignien mit einer Selbstverständlichkeit, die mich staunen ließ.

In der DDR mussten wir uns jedes Paar Leuchtsocken, jede Pyramidenniete zu überteuerten Preisen um drei Ecken besorgen, um sie dann wie Goldschätze zu hüten. Und bei denen war alles selbstverständlich.

Aufgeregt bis in die Haarspitzen, zahlte ich den Eintritt und bekam einen Stempel. Das war genau wie bei uns, und ich triumphierte innerlich. Solche Hinterwäldler waren wir also doch nicht. In der schmucklosen Kneipe hing eine Art Weihnachtskette mit Lämpchen über der Bar und dahinter eine Regenbogenfahne an der Wand. Irgendein südamerikanischer Inselstaat, nahm ich an, um Karibikflair zu erzeugen, denn daneben machte eine Karte Lust auf allerlei exotisch klingende Cocktails.

Ich schaute mich nach ein paar vertrauten Gesichtern um, doch weder kannte ich jemanden noch schien irgendwer hier aus dem Osten zu kommen. Ich war irritiert. Hatten die keine Lust, jetzt auszuschwärmen und alles, was es an neuer Musik gab, aufzusaugen? Oder verabredete sich etwa die ganze alternative Ost-Szene zu Plenumsrunden wie bei Rita?

Das konnte ich mir kaum vorstellen. Sicherlich mussten die noch auskatern vom 9. November.

Die Leute hier wirkten alle sehr abgeklärt, als ob sie schon seit Jahren das Ecstasy frequentierten. Es überwogen Lederjacken mit Bierflaschen in der Hand. Dazwischen ein paar Basecaps und darunter sehr viele lange Haare. Alle waren in lässige Unterhaltungen vertieft.

Dass gerade wenige Meter entfernt eine Mauer gefallen war, schien hier kein Schwein zu interessieren.

Da sah ich ein Pappschild an der Bar, auf dem stand: *Für DDR-Bürger Bier frei!* Ich überlegte und beobachtete, was die anderen bestellten.

Niemand nahm das Angebot in Anspruch, und ich hatte auch Manschetten davor, mich als einziger Zoni zu outen.

Einer der Rockabillys verlangte einen Southern Comfort mit Ginger Ale. Das klang verlockend, und ich bestellte das Gleiche, obwohl ich nicht annähernd wusste, was das war. Ich sah nur, dass sich auf dem Etikett der Flasche ein Raddampfer befand, der den Mississippi herunterfuhr, und wurde neugierig. Ganze zwölf DM kostete mich meine Tarnung. Den Schock über den Preis verdauend, schlug ich mich mit dem Drink in der Hand Richtung Saal durch.

Der halbdunkle Raum war ungefähr so groß wie der Saal in Düsterbusch und wirkte eher wie eine Disco als ein Konzertsaal. Hier passten ungefähr fünfhundert Leute rein. Wenn niemand auf den Bestuhlungsplan achtete.

Aber nur etwa fünfzig harrten etwas dumpf mit Getränken in der Hand aus und warteten darauf, dass was passierte.

Die Anlage stand bereits, und aus den Boxen plätscherte die erste Pogues-Platte. Mein Getränk war ähnlich ölig wie der Bols Banane, aber es schmeckte mehr nach großer Freiheit.

Interessiert schaute ich mir auch hier die Leute an. Noch mehr Langhaarige mit ähnlichem Style wie Rita. Kurze T-Shirts über lange Sweatshirts gezerrt, dazu gammelige Jeans und immer wieder Cowboystiefel. Hatten die zu viel *Dallas* geguckt, oder was? Es wirkte alles sehr amerikanisch. Von Bowie-Boys oder Anzugträgern keine Spur.

Musste ich meine Meinung revidieren? War Rita ganz weit vorn und ich etwa out mit meiner New-Wave-Uniform? Weit und breit war ich jedenfalls der einzige Glatzkopf.

Es wurde dunkel, und ein kakofonischer Loop läutete das Konzert ein. Verzerrte Gitarren, gepaart mit Maschinengeräuschen, die zu ohrenbetäubendem Krach anwuchsen. Nirvana kamen schmucklos auf die Bühne. Der Sänger bestätigte meine Befürchtungen, dass ich mit meinem Äußeren wirklich von gestern war. Vor lauter blonden langen Haaren konnte ich sein Gesicht nicht sehen. Der Schlagzeuger erinnerte mich mit seinem komischen Bart an Captain Ahab aus *Moby Dick*.

Aber egal, da stand jetzt eine Band aus Aberdeen vor mir, einer amerikanischen Stadt, von der ich vor Kurzem noch nicht mal gewusst hatte, dass sie existiert. Und wenn ich wollte, konnte ich jetzt sogar dahin.

Was für ein riesiges Gefühl. Das hätte ich gern mit jemand geteilt. Ich dachte an Irina und bekam einen Stich ins Herz. Würde ich sie wohl jemals wiedersehen?

Der Sänger eröffnete das Konzert mit einem viehischen Schmerzensschrei in das Mikrofon. Dann brach ein Gitarrengewitter über das Publikum herein. Mein Kopf schien zu zerbersten, und gleichzeitig lief es mir wohlig den Rücken runter. Da war etwas Melodiöses und Erhabenes in dem ganzen Krach, was ich so noch nie gehört hatte. »School« hieß das Stück, und der Sänger krächzte den Text nah am Mikrofon in das noch abwartend wirkende Publikum. Ein paar Kerle begannen sich zu verrenken und schüttelten ihre Mähnen. Ich fühlte mich optisch stark an ein Blueskonzert im Spreewald erinnert. Und solche Vögel sollten jetzt wieder »in« sein? Na, Hilfe! Aber der Sound war gigantisch.

Nach dem dritten Titel reichte es mir. Es war einfach zu laut für meinen Schädel, der gefährlich zu stechen begann.

Ich drängte mich wieder in die Kneipe und schaute mir eine Weile lang interessiert die Leute an. Dann näherte ich mich einer Gruppe Lederjacken, die darüber redeten, für irgendein Filmprojekt »Senatsknete abzugreifen«. Kurz war ich fast so weit, in die Unterhaltung zu grätschen, meine Deckung fallen zu lassen und mich fröhlich als Ossi vorzustellen. Ich ließ es dann aber. Irgendwie sahen die aus, als wollten sie nicht gestört werden. Ich schaute mich weiter nach Gesprächspartnern um.

Ein Typ, der lässig an der Bar lehnte, wirkte offen und neugierig.

Er war der Einzige, der neben den drei Billys eine halbwegs interessante Frisur trug. Mit zurückgekämmter hellbrauner Föhnwelle sah er aus wie Daryl Hall von Hall & Oates, die ich mal in einem Video gesehen hatte. Dazu Lederjacke, kariertes Hemd und natürlich Cowboystiefel.

An seiner Seite eine blonde Frau in einer Art Jeans-Fetzen-Kleid, auch in Cowboystiefeln über zerrissener Netzstrumpfhose. Auf dem Kopf trug sie ein Südstaatenkäppi mit gekreuzten Degen als Logo, was ihr ziemlich gut stand. Beide schätzte ich auf Ende zwanzig. Sie wirkten fast ein wenig zu schick für den Rest des Publikums.

Ich fasste mir ein Herz und ging auf sie zu, nicht ahnend, welchen Fehler ich beging.

»Hallo, ich bin Anton, ganz schön laut da drin.« Ich grinste ihnen entgegen. Sie lächelten freundlich.

»Ist mir auch zu laut, hab die im Sommer schon in den Staaten gesehen«, sagte der Typ und gähnte leicht. »Wow.« Ich hätte gern meine taube Stirn vor Ehrfurcht in Falten gezogen. »Da konnte ich bis jetzt nicht hin.« Er musterte mich und rief dann begeistert: »Ach, du bist Ostler?« Ich nickte, und die beiden betrachteten mich wie einen seltenen Laubfrosch. »Dürfen wir dir einen ausgeben?«, fragte die Frau lachend und beugte sich zu mir vor. »Ich bin übrigens Bea, und das ist Holger.« Ich lachte und wollte meine Flosse vorstrecken, ließ es dann aber, da die beiden auch keine Anstalten machten, mir die Hand zu schütteln.

»Southern Comfort mit Ginger Ale?« Dazu hielt ich mein inzwischen leeres Glas in die Höhe.

Holger sah mich erstaunt an. »Hört, hört, Southern Comfort«, wendete er sich jetzt an Bea, die kurz auflachte. Er hielt meinen Wunsch wohl für reichlich unverschämt.

»Der hat schnell gelernt«, sagte sie.

»Kennst du Beck's?«, fragte er mich knapp und deutete auf einen Kühlschrank hinter der Bar, der voller Bierflaschen war.

Ich schüttelte den Kopf, er bestellte drei Pullen und bezahlte zwei davon. Dann zeigte er auf mich und rief dem Barmann zu. »Der ist Ossi.« Der Barmann nickte. »Ausweis?« Einige Leute drehten sich zu uns um. Mühselig zog ich meinen Perso aus der Tasche und hielt ihn hoch.

Der Barmann nickte, und Holger reichte mir das Bier rüber. »Auf die Freiheit!«, rief Holger, einen Arm auf dem Tresen lagernd, und wir stießen an.

»Und ... warste schon bei C&A, Anton?«, fragte er mich, nachdem er aus seiner Flasche getrunken und mich mit einem amüsierten Seitenblick bedacht hatte. Bea fing an zu lachen und rammte ihm ermahnend ihren Ellenbogen in die Seite.

Von C&A hatte mir Tante Klara mal eine Cordjeans mitgebracht, mit einer Glocke am Bein, die bei jedem Schritt klingelte.

Das war 1976. Damit war ich der Chef auf dem Schulhof bei uns zu Hause gewesen. Aber wieso die jetzt lachten, verstand ich nicht.

Im Saal hörte der Lärm auf, Nirvana waren wohl bereits fertig mit ihrem Auftritt.

»Wo kommst du her?«, fragte Bea schnell. Vermutlich um mich ein wenig aus Holgers Schusslinie zu nehmen. Ich bereute es bereits, die beiden angesprochen zu haben. Denn der Anfangseindruck hatte sich nicht bestätigt. Holger war extrem herablassend.

»Aus Düsterbusch«, antwortete ich und wusste, was jetzt kam.

Sie grinsten kurz. »Es gibt wirklich 'nen Ort, der so heißt?« Holger zog seine Stirn fragend in Falten, und ich nickte. Dann wandte er sich mit spöttischem Blick an Bea. »Da müssen wa hin.«

»War nicht so düster, wir hatten 'nen geilen Club. Geiler als der hier. Das ist ja nur so 'ne Abspielstation. Bei uns gab es mehr Spirit.« Ich nahm einen Schluck Beck's, das ganz schön bitter schmeckte.

Bea und Holger begannen loszuprusten und mussten sich gegenseitig festhalten. Der Lachkrampf dauerte an. Ich stand ziemlich blöd in der Gegend rum, verpasste aber den richtigen Moment, um zu gehen. »Spirit in Düsterbusch«, ächzte Holger unter Tränen, als er sich beruhigte. »Der war gut«, ergänzte Bea, während sie sich die getuschten Augenwinkel tupfte.

»War das 'n Skinhead-Club?« Er deutete grinsend auf meine Glatze.

»Nein, das war kein Skinhead-Club. Ich hab 'ne Glatze, weil ich im Krankenhaus war«, erwiderte ich angefressen.

»War nur Spaß, Anton«, wollte Bea mich beruhigen.

»Ich mach auch nur Spaß.« Ich ärgerte mich, aber das mit dem richtigen Absprung hatte ich nicht raus. Ich wollte die beiden jetzt davon überzeugen, dass ich ein cooler Typ war, und das ging gründlich schief. Ich erzählte, was bei uns so alles los war. Ich berichtete von Poppern und Psychobillys und vom geilsten Club des Universums. So wie ich es immer tat. Doch was bei Ostlern auf Erstaunen stieß, prallte ganz merkwürdig an den beiden ab, vor allem an Holger. Am Ende erzählte ich noch, wie ich die Rodeo Starters illegal in die DDR geschmuggelt hatte. Und glaubte, wenigstens mit dieser mutigen Aktion punkten zu können.

Aber Holger nickte nur schwach. »Die Rodeo Starters sind hier eher so 'ne Art Vorband.«

»Kann sein«, sagte ich und wollte nun endgültig gehen.

»Jetzt bist du dran mit Bier holen, Anton.« Holger zeigte mir seine leere Flasche.

»Ich hab kein Geld, bin Ostler«, erwiderte ich ziemlich sauer.

»Aber wir haben euch doch das Begrüßungsgeld geschenkt«, entgegnete er mit spöttischer Miene.

»Komm, wir gehen rein, Tad fangen an«, grätschte Bea dazwischen. Sie wandten sich ohne ein weiteres Wort ab, doch Holger drehte sich noch mal um.

»Und denk immer dran, Anton, die Einzigen, die uns belügen, sind die Politiker. Das ist im Westen auch nicht anders.«

»Amen«, sagte ich und schaute betrübt hinterher. Durch die offene Tür sah ich den dicken Sänger von Tad, der irgendwas ins Publikum brüllte, und das brüllte zurück. Offenbar hatten sie weitaus mehr Fans als Nirvana. Aber ich hatte jetzt keine Lust mehr auf das Konzert. Ich war zutiefst beleidigt und wollte nur noch weg.

Es tat weh, dass Holger und seine Schnalle mich für einen absoluten Hinterwäldler hielten.

Und ich hatte nichts, was ich ihnen entgegensetzen konnte. Komischerweise sehnte ich mich jetzt nach Rita. Hätte ich sie bloß gefragt, ob sie mitkommt. Draußen erwischte mich brutal das Licht der fremden Großstadt.

Das Anonyme, Kranke, das mich aus der Ferne meines Heimatdorfes immer fasziniert hatte, erzeugte jetzt ein heftiges Einsamkeitsgefühl. Ich brauchte was zu trinken. Doch ich suchte die Bols-Flasche vergeblich. War ich in die falsche Baulücke geraten, oder hatte jemand den Likör geklaut? Auf allen vieren durchwühlte ich in einem letzten Versuch irgendeine Mauerluke, fand aber nur eine alte

Zigarettenschachtel und torkelte dann zur U-Bahn. Am Übergang winkten mich müde dreinschauende Grenzer durch, als ich ihnen von Weitem den Ausweis zeigte.

Kaputtgeshoppte Ossis bevölkerten die Bahn. Mit dumpfem Blick starrten sie müde in ihre übergroßen Plastetüten. Alle wirkten so, als würden sie aus Feindesland wieder in die Heimat fahren. Ein wenig fühlte ich mich plötzlich auch so. Waren das vielleicht doch meine Leute? Ich war zu keinem Ergebnis gekommen, als ich am Bahnhof Dimitroffstraße ausstieg. Ein paar Idioten versuchten auf dem Bahnsteig eine Sitzbank aus den Fugen zu reißen, und krakeelten rum. Ich machte einen großen Bogen um sie und war froh, als ich unbeschadet Ritas Wohnung erreichte.

Sie selbst war nicht da, und Thilo konzentrierte sich auf den Film *Im Morgengrauen ist es noch still*. Ein schöner Titel, wie ich fand. Den sowjetischen Streifen hatten wir uns im Kino angucken müssen, Unterrichtsstoff. Die meisten hatten damals dabei gepennt oder dumme Sprüche über den »scheiß Russenfilm« gemacht.

Ich aber fühlte mich ganz schön berührt davon, traute mich jedoch nicht, das laut zu sagen. Es ging um ein Bataillon russischer Frauen im Zweiten Weltkrieg.

Es gab, glaube ich, keinen unpassenderen Film, den man im November 1989 hätte gucken können.

Ich musste an Irina denken. Wäre sie auch eine russische Soldatin gewesen? Ich lachte auf. Thilo drehte sich prompt mit strafendem Blick zu mir um, und ich ging in die Küche. Dort saßen Raik und Kirsten zusammen in der Badewanne. Einen Moment lang war ich stinkeifersüchtig. Er hatte sie höchstwahrscheinlich mit seinem Gesülze eingelullt.

Sie redeten über alte Nazis, die in der Bundesrepublik der Fünfzigerjahre Fuß gefasst hatten.

»Das alles kommt jetzt auch auf euch zu«, hörte ich Kirsten sagen. Dann ging ich pennen und dachte noch kurz drüber nach, in welch kranke Welt ich mich hier freiwillig begeben hatte.

Ich musste Henryk finden, dann würde alles wieder ins Lot kommen.

# 05 Lager sind systemübergreifend

»Nee, hier pennen die Zonis, der Polen-Block ist auf der anderen Seite. Die mussten wir auseinandersperren. Haben sich jeden Tag jekloppt.« Ein hagerer Uniformierter mit Knittergesicht und Walross-Schnauzer saß hinter der Glasscheibe in einer Art Pförtnerhäuschen und blaffte die Infos in ein Mikro. Seine Stimme hallte über den leeren Hof eines ziemlich verkommenen Fabrikgebäudes aus rotem Backstein. Vorher hatte ich ihm erklärt, dass ich aus persönlichen Gründen einen Insassen des Wohnheims suchte.

Die Location erinnerte mich an alte Industrieruinen in Frankenwalde. Nur befand ich mich jetzt mitten im bürgerlichen Westberliner Süden. Es war die Adresse, die ich von Marion, unserer Friseuse und gleichzeitig Henryks letzter Freundin, bekommen hatte. Kurz bevor ich mit dem Baum kollidiert war. Henryk war Pole und mein bester Freund im Osten gewesen. Kurz vor dem Mauerfall war er von einem Besuch in Westberlin nicht zurückgekehrt. Denn Polen hatten rüber gedurft. Das war sehr schmerzhaft für mich gewesen. Mit Henryk hatte ich jahrelang nicht nur die Vision von der Metropole Düsterbusch geteilt, sondern auch die Begeisterung für Musik und den Spaß am Leben. Er war ein Seelenverwandter. Mit ihm zusammen, so glaubte ich, wäre der Anfang in Berlin leichter zu bewältigen.

*Landesamt für Soziale Zentrale Aufgaben – Ausweichquartier des Durchgangslagers Marienfelde* stand auf einem offiziell wirkenden Schild, das am Pförtnerhäuschen angebracht war. Auf der anderen Seite prangte die zwanzig Punkte umfassende *Lagerordnung* in Deutsch und Polnisch mit festgesetzten Essens- und Schlafenszeiten. Ich rieb mir die Augen. War ich hier wirklich im Westen? So was kannte ich bis jetzt nur aus dem GST-Lager. Aber Lager waren wohl systemübergreifend.

Hier also waren die »Zonis« gelandet, die mit großen Träumen über Ungarn oder sonst wie abgehauen waren. Ich hätte wetten können, dass hier auch ein paar ehemalige Gäste der Helden des Fortschritts auf bessere Zeiten warteten. Denn mindestens die Hälfte unseres Publikums hatte schon im Sommer letzten Jahres »rübergemacht«. Ich sah durch die offenstehenden Fenster, dass in den großen Hallen provisorische Zwischenwände eingezogen waren. In den dadurch entstandenen Verschlägen standen Doppelstockbetten. Ein Mann im Unterhemd hing trotz der Kälte rauchend aus einem der Fenster, neben sich ein dudelndes Kofferradio.

Aus anderen Fenstern baumelte Wäsche zum Trocknen.

»Ich suche Henryk Dabrowski, kennen Sie den Namen?«, fragte ich den Pförtner. Der lachte kurz auf und schaltete wieder sein Mikro an. »Namen? So wie der eine heißt, so sieht der andere aus.« Ich beschrieb Henryk und sagte, dass der keinesfalls aussah wie jeder andere. Doch der Pförtner schüttelte nur den Kopf.

»Aber die Polen finde ich da hinten?«

»Da!« Er zeigte mit dem Finger auf einen Seitenflügel. »Aber sei vorsichtig, die denken, du willst spionieren. Alles

Schieber und Halsabschneider.« Das letzte Wort hallte bedrohlich von den unverputzten Wänden wider.

Er schaltete das Mikro aus und versenkte sich wieder in seine Zeitung. Wäre die moderne Technik nicht gewesen, hätte der Typ auch perfekt in jedes DDR-Lager gepasst.

Der Hof war teils gepflastert und teils mit großen Schlaglöchern übersät. Mehrere Kinder in dicken bunten Jacken spielten in einer Pfütze mit kleinen Plaste-Kipplastern, ein Junge übte auf einem Bonanza-Rad Hochstart. Überall standen Gruppen von Menschen und diskutierten intensiv, einige tranken Bier. Auch hier dominierten Plunderjacken und marmorierte Jeans. Die Stimmung war latent aggressiv. Kaum jemand von denen hatte sich wohl vorgestellt, im goldenen Westen in solchen Elendsquartieren zu landen.

Und dann waren da auch noch die Polen, die wahrscheinlich schon viel länger hier hausten.

Ich vermied Blickkontakt, während ich zur gegenüberliegenden Seite des Hofes schlurfte. Hier das gleiche Bild, nur eine andere Sprache. Vor dem Eingang von Block F standen mehrere Männer in einer Gruppe zusammen.

Neben der Tür ungefähr zehn verpackte Telefunken-Kassettenrekorder übereinandergestapelt.

Ich erwischte mich dabei, gleich an Diebesgut zu denken, nahm meinen Mut zusammen und ging zielstrebig auf die Gruppe zu.

Höflich fragte ich nach Henryk, doch die Männer wandten sich sofort ab oder schüttelten die Köpfe. Etwas ratlos betrat ich das Gebäude und schaute mich vorsichtig um. Über eine Eisentreppe gelangte ich ins Innere.

Es roch nach Bigosch, alten Socken und ausgekipptem Spülwasser. Halb offene Türen wurden geschlossen, als ich über den trüben Flur an den Zimmern vorbeikam. Auch auf mein freundliches Klopfen an zwei der Türen hin wurde nicht geöffnet. Ratlos schaute ich mich um.

Schließlich wollte ich eine junge Frau ansprechen, die mir ihr schlafendes Mädchen im Kinderwagen entgegenschob. »Lassen Sie mich in Ruhe«, sagte sie schon von Weitem mit starkem Akzent, und ich blieb resigniert stehen, während sie mit sturem Blick an mir vorbeilief. Ich beobachtete, wie die weiß bereiften Räder des Wagens über den schmutzigen Betonfußboden eierten. Hier würde ich kein Glück haben. Alles verschlossene Menschen, die mich nicht verstanden oder nicht verstehen wollten.

Mit hängendem Kopf verließ ich das Durchgangslager. Kein Henryk. Wie sollte ich ihn nur in dieser Stadt finden? Als ich das Pförtnerhäuschen wieder passierte, knackte das Mikrofon, und die Stimme des Pförtners erklang in meinem Rücken. »Spricht dein Pole gut Deutsch?« Ich drehte mich um, nickte und rannte freudig auf ihn zu. Er öffnete das Fenster. »Ick hab noch mal in meinem Gedächtnis gekramt. Deine Beschreibung könnte zutreffen. Da gab's einen, der hat immer versucht zu schlichten, wenn's Stress gab mit den Zonis. Hat so 'n bisschen den feinen Pinkel gespielt.«

Das konnte nur Henryk sein. »Und wohnt der noch hier?« Er zuckte die Schultern und sagte, dass er ihn schon ein paar Wochen lang nicht mehr gesehen hätte.

Ich schrieb ihm meine Adresse auf.

»Lychener Straße ...? Wohl auch Ostler, was?«, hallte es über den Hof.

Ich nickte kurz.

»Na, 'n paar Vernünftige soll's ja geben.« Dann heftete er den Zettel mit einer Reißzwecke an den Schrank hinter sich und widmete sich wieder seiner Zeitung.

Ich fühlte mich jetzt ein wenig besser. Vielleicht würde Henryk ja meine Nachricht bekommen. Ich hoffte nicht nur, ihn wiederzusehen, um mich dafür bedanken zu können, dass er den Deal mit den Rodeo Starters eingefädelt hatte. Ich brauchte außerdem dringend eine Arbeit. Und er konnte bestimmt was für mich tun. Zur Not hätte ich in Westberlin auch erst mal auf dem Bau geknufft.

Doch da Existenzangst und Unvernunft bei mir sehr stark gekoppelt waren, fuhr ich erst mal in einen Kreuzberger Plattenladen, um mein letztes Begrüßungsgeld zu verjubeln.

Vor dem Mauerfall hatten viele ihre Omas in diesen Laden geschickt, damit sie ihnen die heißen Scheiben aus dem Westen mitbrachten, von denen sie aus dem Radio erfahren hatten.

Am Kottbusser Damm angekommen, sah ich, dass der Laden bereits total überfüllt war. Mit letzter Kraft drängte ich mich hinein und befand mich jetzt in Gesellschaft etlicher Ost-Atzen, die ich bei Nirvana vermisst hatte. Endlich wieder ein paar verschnittene Köpfe und ein wenig Punk-Attitüde.

Alle grapschten und fingerten die Platten an, und ich hörte etliche Ahhs und Ohhs angesichts der Smiths-, Tuxedomoon- oder Nick-Cave-Cover, die über den Köpfen aufblitzten und wieder verschwanden. Mit grimmigem Gesicht drängte sich der Verkäufer hinter dem Tresen hervor und stellte sich auf einen Stuhl.

»Also wer hier nur glotzen und die Ware anfingern will, bitte raus und Platz machen für Leute, die wirklich kaufinteressiert sind.« Ein paar Leute pfiffen und riefen »Fick dich«, verließen dann aber schnell den Laden, sodass der Platz jetzt reichte.

Ich wühlte mich durch das reichhaltige Angebot und blieb bei The Clash hängen. Die erste Platte hatte ich nie besessen.

Sie war jetzt zwölf Jahre alt, und ich kam mir vor wie ein langweiliger alter Furz. Trotzdem. Es musste sein. Und dann noch was Neues. Ein Poster im Laden warb für LL Cool J. Aber mit Hip-Hop konnte ich nicht so viel anfangen. Ganz viele Ami-Bands sprangen mich an, an denen man jetzt wohl nicht mehr vorbeikam. Die Screaming Trees und Pussy Galore. Dann sah ich die Stone Roses. Sie wurden als großartige englische Provinz-Band gefeiert: Ich schnappte mir ihre Platte und wollte bezahlen. Aber ich hatte ja gar keinen Plattenspieler, nur einen Walkman und entschied mich schnell um. »Äh, ich nehme MC.« Ich grinste den Verkäufer an. »Wer kauft denn jetzt noch Kassetten?«, fragte er mich mit zusammengezogenen Augenbrauen. »Ich«, sagte ich nur und hoffte, nicht wieder an eine Art Holger-Typ geraten zu sein. Er verschwand in einem Hinterzimmer und kam mit den beiden Kassetten wieder. »Haste Glück gehabt.« Dann knöpfte er mir vierzig Mark ab, sodass ich jetzt nur noch einen schlappen Zehner von dem begehrten Zaster besaß.

## 06 Nachdenken über Ost und West

In der U-Bahn zog ich mir die Stone Roses rein, irgendwie klang es wie schon mal gehört, auf andere Weise aber auch wie noch nie gehört. Helle klare Stimmen, ein bisschen Sixties-Feeling. Ich wurde melancholisch. Inmitten all des Mauer-Irrsinns hatte ich Henryk nicht, wie erhofft, gefunden. Beim letzten Stück »I am the Resurrection«, einer Art Dance Groove für Provinzler wie mich, versuchte ich das Heimweh nach Düsterbusch zu verdrängen. Was war in der Linde los, führte irgendjemand unser Erbe fort? Und vor allem: Wie ging es meiner Mutter? Außerdem wollte ich wissen, ob jemand Kontakt zu Irina hatte. Elke wusste bestimmt irgendwas. Wieder in der Lychener angekommen, stellte ich mich gegenüber von Ritas Haus in einer Schlange an. Sie endete an einem Fernsprecher, der in eine Hauswand eingelassen war. Das Besondere daran: Man konnte mit dem Ding umsonst telefonieren. Das war das Erste, was Rita mir erzählt hatte.

Nur, wo sollte ich anrufen? Zu Hause hatten wir kein Telefon, und meine Mutter arbeitete nicht mehr in der Schule.

Blieb nur mein Vater in der PGH für Autoersatzteile, wo er seit ein paar Jahren Betriebsleiter war.

Darauf hatte ich eigentlich keine Lust, aber die Chance musste ich nutzen. Ein paar Leute hinter mir begannen, sich aufzuregen. »Jeder hat nur een Versuch.«

Ich ignorierte den Spruch und wartete. Nach zweimaligem Klingeln ging mein Vater ran und schien nicht sonderlich erfreut oder überrascht. Als Erstes fragte er mich nach Arbeit, und ich druckste herum. »Es ergibt sich vielleicht bald was«, log ich. Dann erzählte er mir, dass sein Betrieb, der Scheibenwischer für Wartburgs und Trabis herstellte, die nächsten Wochen nicht überleben würde.

Mein Mitleid hielt sich in Grenzen.

»Harry hat die Kneipe wieder aufgemacht.«

»Interessiert mich nicht. Wie geht es Mutti?«

»Die macht sich Sorgen.«

»Brauch sie nicht. Ich komme bald mal.«

»Lass dich bloß nicht zusammenschlagen«, waren seine letzten Worte. Ich gab noch meine neue Adresse durch. Dann legten wir auf.

Als ich, zurück im Haus, die Eingangsdecke zur Seite schob und nach Rita rief, bekam ich keine Antwort. Der Fernseher war aus, nur der Videorekorder blinkte, als ob er auf Nachschub wartete. Die Wanne inmitten der Küche war wasserlos. Auf dem Herd stand ein riesiger Blechtopf, in dem ein Tauchsieder steckte, der lautstark gegen die Topfwand bollerte. Also musste jemand da sein.

Ich ging in mein Zimmer. Dort hatte ich die letzten Tage ein wenig Ordnung gemacht. Zumindest mal die Fischbüchsen entascht, ein bisschen Staub gewischt und den Fußboden notdürftig gereinigt. Unordnung war wichtig, aber richtig schlimmen Siff konnte ich nicht ertragen. Ich zog die roten Dreiloch-Doc-Martens mit Stahlkappe aus. Über den kippligen Schulstuhl hängte ich meine weißen Socken, die ich jeden zweiten Morgen im Bad mit Kernseife schrubbte und anschließend an dem alten Ofen in der Küche trocknete. Ich setzte mich auf die Matratze und inspizierte wie jeden Tag mit einem Taschenspiegel meine Narbe. Das Haar darüber wurde immer dichter, ich hatte jetzt eine Art Bürstenschnitt, der mir eigentlich ganz gut stand, wäre da nicht diese Delle in meiner Stirn gewesen.

Ich wollte mir gerade die Kopfhörer aufsetzen und die Stone Roses noch mal hören, da klopfte es. »Ja?«

Die Tür ging auf, und Kirsten kam herein. Sie hatte ihre Haare hochgesteckt, ein T-Shirt an und untenrum nur ein Handtuch um die Hüfte geschlagen, ihre Beine waren nackt. Ich war durcheinander, setzte mich sofort aufrecht hin.

»Na, Anton«, sagte sie, nahm neben mir Platz, und ich wurde nervös. »Ich wollte mich nur bei dir entschuldigen.«

»Wofür?«

»Na ja, Rita hat mir ein bisschen was erzählt über dich und was du so alles gemacht hast in der DDR. Das ist ja Wahnsinn. Und ich hab dich den Tag in der Küche so blöd provoziert.«

Ich schaute sie fragend an. »So viel Feingefühl hätte ich dir gar nicht zugetraut, Kirsten.«

Wir lachten beide. Doch ich war erstaunt. Kirsten war der erste Mensch in Berlin, der mich offenbar ernst nahm.

»Deine Erfahrungen brauchen wir ja, jetzt, wo wir zusammenwachsen.«

»Wachsen wir denn zusammen?« Ich schaute auf ihre Füße, die sie mir entgegenstreckte und die einen ganz klaren Abzug in der B-Note bekamen. Zu kurze Nägel und keinerlei Lack, komplett naturbelassen. Genau wie der Rest ihrer blonden Erscheinung mit zahlreichen Sommersprossen im Gesicht. Ich war unentschieden. Fand ich sie jetzt geil oder nicht?

»Na, zumindest gehe ich auf dich zu, und ich glaube, in der Sozio- und Randgruppenkultur gibt es viele Schnittstellen und Scharnierfunktionen.«

Ich dachte sofort an meinen Vater, dessen Betrieb neben Scheibenwischern auch noch Scharniere herstellte. Vielleicht ließ sich ja damit die Pleite abwenden.

»Na, wenn du meinst.«

»Nein, echt jetzt, Anton, unser Nachdenken über Ost und West materialisiert sich gerade in einer Zeitschrift: dem *Zirkel*.«

»Aha.«

»Der *Zirkel* steht für den imaginären Beziehungskreis zwischen drei Kulturen: Hoch-, Sozio- und Kiezkultur. Wir wollen Geschichten erzählen von Projekten in Ost und West, Kulturtipps geben und ABM-Projekte anstoßen. Die hat der Osten bitter nötig.«

Ich war fast ein wenig elektrisiert. Hatte Kirsten vielleicht vor, mich dort unterzubringen? »Klingt ja ganz spannend«, sagte ich.

»Das ist spannend, Anton. Ich denke da auch an Texte, die sich mit dem Fremdsein beschäftigen.«

Sie schweifte ein wenig ab, erzählte von ihrer Jugend in Bottrop, vom sinnlosen Abhängen bei McDonald's, vom Berufsverbot ihres Vaters, weil er in der DKP war. Und wie sie oft mit Mitschülern und Lehrern gefremdelt hatte. Dann fragte sie mich nach meinen ersten Erfahrungen mit Westlern, und ich erzählte ihr die Story von Bea und Holger.

»Der Typ hatte ganz klar einen zu kleinen Schwanz.« Sie grinste mich breit an.

Diese Reaktion überraschte mich etwas nach dem ganzen soziokulturellen Diskurs. Und es kam noch heftiger. »Ich geh jetzt baden. Willst du mit rein?« Sie schaute mich direkt an, ich schluckte und spürte, wie mein Adamsapfel vor Aufregung hin und her hopste. Erst Raik und jetzt ich? Thilo war bestimmt auch schon dran gewesen.

Da fiel mir ein, dass mein Schwanz auch nicht der größte war. Und nur bei richtiger Behandlung die Dimensionen sprengte. Aber ob Kirsten dazu in der Lage war? So wie ich sie einschätzte, wollte sie bestimmt nur gerammelt werden. Ohne Vorspiel.

Die Existenzangst verdrängte ganz klar die Geilheit, denn ich wollte erst mal wissen, ob sie mich brauchen konnte, bei dem *Zirkel*.

»Äh, sollen wir noch mal über das Projekt sprechen. Soll ich denn da was schreiben für euer Magazin? Ich, äh ... habe schon mal einen Text geschrieben für eine Punkband und ...«

Es war meine größte schöpferische Leistung gewesen. Ich hatte für Brechreiz einen Zwölfzeiler über einen desillusionierten Schaffner mit dem Titel »Der Öler von der Reichsbahn« verfasst. Das war schon ein paar Jahre her. Aber ich war immer noch stolz darauf.

Ihre Miene wurde finster, und sie unterbrach mich. »Schreiben? Nein, ich dachte bei dir eher an den Vertrieb.«

Ich guckte ziemlich blöd aus der Wäsche.

»Na, du könntest die Hefte in Cafés, Frauenhäusern, alternativen Tischlereien verteilen. Für den *Zirkel* nehmen wir auch kein Geld.«

»Aha.« Jetzt war mir einiges klar. Die brauchten eine Art Postboten, der das Hippie-Blatt an den Mann brachte. Gleichzeitig fragte ich mich, was eine alternative Tischlerei ist. Ich war ein wenig enttäuscht, ließ mir aber nichts anmerken.

»Hast du da Lust drauf?«

Ich überlegte kurz und nickte, denn ich hatte keine andere Wahl. Sie entblößte eine Reihe kleiner weißer Zähne hinter ihren schmalen Lippen. »Ich gebe dir nachher die Liste mit den Läden, wo du die Hefte auslegen kannst. Rita hat erzählt, du kennst den U-Bahn-Plan auswendig.« Dann stand sie auf und wollte aus dem Raum gehen. Die erotische Atmosphäre zwischen uns war jetzt endgültig dahin.

»Na, äh ... 'ne kleine Frage habe ich da noch«, sagte ich. »Ist das denn bezahlt ... und auch in West?«

Mit der Klinke in der Hand drehte sich Kirsten noch mal um. »Auch bei uns in der Alternativökonomie wirst du bezahlt, leider haben wir bis jetzt den Kapitalismus nicht revolutioniert. Deshalb bekommst du auch D-Mark.«

Ich glaubte, ein wenig Spott in ihrer Stimme zu hören. Dann ging sie aus dem Zimmer. Ich war nicht so ganz zufrieden. Denn ich wusste ja nicht mal, wie viel ich bekommen würde. Aber egal, ich hatte erst mal eine Arbeit. Dann hörte ich noch, wie Kirsten in der Küche das Wasser aus dem großen Topf in die Badewanne goss.

# 07 Besuch aus Kreuzberg

Mühsam ruckelte ich mit dem Fahrrad über das Kopfsteinpflaster der »Rue du Kack«, wie die Lychener Straße von einigen genannt wurde. Und in der Tat musste ich fast alle drei Meter riesigen Hundehaufen ausweichen. Kleine Schneespitzen krönten jetzt die Tretminen und erinnerten mich an die Nuss-Nougat-Törtchen, die ich bei Bäcker Schäfer in Kirchhausen als kleiner Junge in der Auslage bewundert hatte.

Ich war auf dem Weg zur Arbeit, in meiner neuen reinweißen Plastetüte stapelten sich gut hundert Ausgaben des *Zirkel.* Es war schon Nachmittag, und ich hatte mir Ritas Fahrrad aus dem Keller geholt. Sie brauchte es nicht mehr, und als gelernter Dörfler spürte ich einen unheimlichen Bewegungsdrang.

Auf dem Bürgersteig der Lychener lagen jetzt, Mitte Januar 1990, massig kaputtes Mobiliar und zerschlagene Flaschen. Tonnenweise Raketen- und Blitzknaller-Reste waren, mit dem schmutzigen Schnee und zersplitterten Brettern vermischt, zu riesigen Schuttbergen aufgetürmt.

Es sah ein bisschen aus wie nach einem Aufstand in *... Jahr 2022 ... die überleben wollen*, einem amerikanischen Endzeitfilm mit Charlton Heston. Ich hatte diesen Streifen erst vor wenigen Wochen aus einer Kreuzberger Videothek besorgt. Ab und zu gestattete die Plenumsrunde neben sozialistischem Realismus auch mal den Blick in das anglo-amerikanische Ausland.

Die Schlange am Fernsprecher in der Wand schien kilometerlang zu sein, drehte jetzt Kreise und verendete in der Lettestraße. Zwei hupende neue Wartburgs mit VW-Motor, auch Mumien mit Goldzahn genannt, wurden nur zögerlich durchgelassen. Offenbar wollten alle Zugezogenen ihren Eltern schöne Neujahrsgrüße wünschen.

Schmerzhaft fiel mir meine Mutter ein, von der ich seit Wochen nichts gehört hatte. Die Weihnachtskarte war zurückgekommen. Ich hatte vergessen, eine Briefmarke draufzukleben.

Die letzten zwei Monate waren intensiv gewesen. Ich hatte mir Berlin langsam erarbeitet, obwohl Silvester noch mal ein herber Rückschlag gewesen war.

Rita hatte ein paar Freunde eingeladen, und ich kaufte Girlanden, Papierschlangen und Luftballons. Das erregte den Widerstand von Raik, der meine Utensilien zur Raumverschönerung als »spießig überholten Krimskrams« bezeichnete.

Auch mein Einwand, dass ich als versierter Partyveranstalter schon wüsste, was die Stimmung hebt, nutzte nichts.

»In deinem Pisskaff kommt das vielleicht an«, unkte Thilo. Mit gesundem Kopf hätte ich ihm die Fresse poliert. Was wussten die schon, welch geniale Partys wir gefeiert hatten.

Die basisdemokratische Abstimmung über meine Dekoartikel verlief negativ, nur Rita votierte für mich, und mein Vorstoß in Richtung Fröhlichkeit fand ein jähes Ende in der Mülltonne. Das war vielleicht auch besser so. Denn unter den Gästen waren viele Anarcho-Punks aus Kreuzberg, die mit bunten Luftballons ähnlich wenig anfangen konnten wie Raik und Thilo. Ein Typ namens Henner schwärmte davon, wie sie bei den Mai-Krawallen 1987 den Bolle-Markt am Lausitzer Platz ausgeräumt und angezündet hatten. Alle Gäste hingen an seinen Lippen. Diese Aktion hatte sich damals selbst bis in den Osten als genialer Coup herumgesprochen.

Henner erzählte mir auch, wie man jetzt im Kapitalismus »'nen Schnitt macht«, indem man das Arbeitsamt beschiss und damit das System schädigte.

Das fand ich gar nicht so revolutionär, sondern eher egoistisch. Ich war aber merkwürdig gehemmt, ihm das ins Gesicht zu sagen. Schließlich kam ich aus Düsterbusch und fühlte mich denen gegenüber wie ein ganz kleines Licht.

Allerdings merkte ich, dass Rita das kurzgeschorene Großmaul im körperbetonten Bundeswehr-Overall ziemlich heiß fand. Sein überbordendes Selbstbewusstsein erinnerte mich stark an Baade. Henner war bloß jünger und sprungbereiter. Er faselte die ganze Zeit vom Scheiß-System und von jeder Menge Nazis überall und in jeder Institution. Ich hatte aber gerade erst ein System überwunden und stand dem neuen zunächst positiv gegenüber. Doch die wollten mich alle davon überzeugen, dass es alles noch viel schlimmer sei als in der DDR.

Dabei war doch Silvester und gerade die schönste Zeit zwischen zehn und zwölf. In Düsterbusch wurden um diese Uhrzeit immer die Weichen dafür gestellt, wer mit wem nach Hause geht. Und ein paar seichte Charts-Knaller wie »Catch Me I'm Falling« bereiteten den Jahreswechsel vor. Hier lief die ganze Zeit KFC in voller Lautstärke.

Zum Glück lernte ich noch Arne kennen, einen jungen Lübecker, mit dem ich über Bowie reden konnte. Er hatte auch Heinz Rudolf Kunzes Essay »Der Favorit« gelesen.

Wir trugen uns gegenseitig Zeilen daraus vor. »Bowie singt einen Mutanten-Funk, stilisiert gefühllos Gefühl«, zitierte Arne. »Wenn Bowie Soul schwitzt, schwitzt er immer nur Kölnisch Wasser«, hielt ich dagegen. Wir lachten beide, und ich war froh, ein paar Minuten weg zu sein von diesem dumpf deutschen Realismus. Immer wenn ich mich auf Bowie zurückzog, ging es mir gut. Schade, dass Arne noch zu einer anderen Party musste.

Zu später Stunde gerieten Raik und Henner in der Küche aneinander. Sie trugen beide nur noch Unterhemden, und der Schweiß glänzte auf ihren muskulösen Oberarmen im Schein einer funzligen orangefarbenen Stehlampe.

Es ging um Standpunkte im Klassenkampf.

Raik war der Meinung, dass die Ossis jetzt die westdeutsche Linke wiederbeleben könnten. Henner hielt dagegen, dass schlimmstenfalls noch mal Millionen Kohl-Wähler dazukämen. Und die moderate Linke sei für immer verloren. Da helfe nur noch Bürgerkrieg.

Ich flüchtete und begab mich auf die Suche nach Kirsten. Nach einer Flasche Krimsekt und diversen Kurzen war ich ziemlich geil geworden und hoffte, das gemeinsame Bad nachholen zu können.

Kirsten war jetzt offiziell meine Chefin und tauchte nur noch selten in der Lychener auf. Ich fand sie nirgends. Die Wohnung füllte sich mit fremden Leuten, für die es ein Leichtes war, durch die zurückgeschlagene Decke hineinzugelangen. Als ich in mein Zimmer wollte, um zu gucken, ob noch alles da war, kam ich nicht rein. Die Tür war verschlossen.

Zum Schlafen musste ich mich leider in den Fernsehraum begeben, wo Thilo und zwei andere politische Aktivisten eine endlose Debatte über die schwieriger gewordene Spendensituation für Nicaragua führten. Denn die DDR als Geldgeber für die Sandinisten war futsch, was allgemein bedauert wurde. Ich lag halb zugedeckt auf dem schimmligen Sofa und starrte auf den abgeschlagenen Stuck an der Decke.

Es war die beschissenste Silvesterparty, die ich je erlebt hatte. Ich war ein verlorener, todtrauriger, desillusionierter Provinz-Popper inmitten von diskursorientierten harten Großstadtmenschen. Ohne Fick und ohne Freunde.

Der einzige Trost war mein neuer Job.

# 08 Mittagessen im Café Himmelreich

An einem Montag im Dezember hatte mich Kirsten in der Redaktion des *Zirkel* empfangen. Die befand sich in der Oranienstraße. Ich gelangte über einen Hinterhof in den ersten Stock einer heruntergekommenen Fabriketage. *Miethaie zu Fischstäbchen* stand mit schwarzer Farbe an der abgeblätterten Wand, und ich musste grinsen. Solchen Humor fand ich lustig.

Zu meiner Verwunderung bestand das *Zirkel*-Büro aus einem hellen großen Raum, an dessen Decke ein riesiger bunter Kinderdrachen schwebte, der freundlich herunterlächelte. Ein Gemeinschaftswerk des kurdischen Elternvereins und der Jugendkulturinitiative Sonnenstrahl, wie ich auf einem Schild lesen konnte. In den geräumigen Ecken verteilt standen Schreibtische. Auf einem kleinen Podest sogar ein Klavier.

Kirsten saß in der Mitte des Raumes an einer langen, mit gepolsterten Stühlen umstellten Tafel und wirkte im Gegensatz zu ihrer Erscheinung in Ritas Wohnung jetzt ganz schön offiziös. Sie stellte mich ihren Kollegen vor. »Das ist der Anton ...«

Neben ihr saß »die Heidi«, eine strenge Mittfünfzigerin mit grauem Pagenschnitt, die sich ihre knochigen Hände an einer Teetasse wärmte. Der Dritte im Bunde war »der

Dschemal«, ein junger, freundlich guckender Türke mit Nackenspoiler, der vor mir den *Zirkel* ausgeliefert hatte. Dschemal war jetzt für das Programm in der Disse verantwortlich, einem Kreuzberger Antifa-Café.

»Wir können dir hier keine Unsummen bezahlen, da wir als freier Träger von Spenden abhängig sind«, sagte Heidi, nachdem sie mich freundlich begrüßt hatte, und bot mir fünfzig D-Mark die Woche an. Ich schaute nach oben, um nach irgendwelchen Trägern in der Decke zu suchen, von denen Geld herunterrieselte. Denn ich wusste nicht, was Heidi meinte. Aber ich sagte freudig zu. Fünfzig D-Mark waren gar nicht so schlecht, damit würde ich einigermaßen über die Runden kommen.

Wenn alle Zeitungen verteilt waren, sollte ich auch in der Disse aushelfen oder auf einem »Volxbauernhof« am Südstern Schafe füttern und ausmisten.

Ich fiel fast vornüber vor Schreck, als Dschemal mir diese wahnsinnigen Jobaussichten präsentierte. Da hätte ich auch in Düsterbusch bleiben können, lag mir auf der Zunge, aber ich nickte nur. Erst mal Zeitungen austragen, alles andere würde sich finden.

Ich träumte davon, eines Tages das Künstlercafé zu leiten, das ebenfalls zum Netzwerk gehörte. Dann hätte ich was zu sagen und könnte meine Partyideen auf die Großstadt übertragen.

»Du bis jetzt quasi der erste Ostdeutsche bei uns.« Kirsten lächelte, und Heidi setzte nach: »Also enttäusch uns nicht.«

Die kommenden Wochen als Zeitungsausträger waren großartig. Das Wetter war mies, aber Berlin mit dem Fahrrad zu durchstreifen, betrachtete ich als echten Luxus.

Der Andrang von Plunderjacken war immer noch riesig groß, ebbte aber von Tag zu Tag mehr ab.

Auch die Ausweiskontrollen an der Grenze ließen nach, und ich konnte inzwischen fast an allen ehemaligen Kontrollpunkten rüberfahren.

Von der Moabiter Kulturmanufaktur ging es zum Club Lebensart e. V. im Wedding. Dann weiter zum Frauenzentrum EMMA oder in das Kuckucksei nach Kreuzberg in der Wrangelstraße. Dort sagte man mir aber, ich solle mich verpissen mit meinem »Sozio-Kack«. Offenbar verliefen unsichtbare Linien mitten durch die Alternativ-Kultur, die ich als Ostler noch nicht so richtig entwirren konnte. Aber langsam verlor ich meine provinziellen Scheuklappen, kam mit den Leuten ins Gespräch. Sie gaben mir Bier oder Schnaps aus. Im Café Himmelreich bekam ich sogar ein Mittagessen spendiert. Es gab Azuki-Bohneneintopf mit Bananenscheiben und Tofu. Und das alles ohne Fleisch. Ich musste unheimlich viel Speichel aufbringen, um das Zeug runterzuwürgen. Dabei schmeckte es gar nicht so schlecht. Als ich mal Nachschub beim *Zirkel* holen musste, erzählte mir Kirsten, dass einige Leute in den Cafés mich gelobt hätten, weil ich so freundlich und offen sei.

Ich spürte Rückenwind.

Inzwischen hatte ich mich auch darüber informiert, was ein Träger war. Nämlich eine Art Institution, die das Geld im Gießkannenprinzip auf die alternativen Projekte verteilte. Ganz anders als in der DDR, wo man sklavisch an irgend so einen Scheißbetrieb gekettet war.

Hier im Westen gab es einen losen Zusammenschluss von Gleichgesinnten, die alternative Cafés und Sozialprojekte unterstützten. Der Träger bekam sogar von der Bank

Kredite. Das fand ich eigentlich ziemlich gut. Wenn die sich nur alle nicht so schrecklich ernst genommen hätten.

An einem Tag im März steuerte ich das KOB in der Potsdamer Straße an. Dafür musste ich durch den Tiergarten. Ich war schon oft durch den großen Park gefahren und genoss ab und zu eine Pause vor dem Lessing-Denkmal. Seit einiger Zeit nervten mich allerdings die vielen Zweige, die auf dem Fahrradweg verstreut lagen. Ich konnte den Radweg nicht umfahren, weil die matschige Wiese daneben ebenfalls von abgefallenem Geäst übersät war. Also musste ich schieben. Anderen Radfahrern ging es genauso. Sie fluchten in Richtung der BSR-Arbeiter, die etwas abseits Bäume verschnitten. Offenbar fühlte sich aber keiner von denen zuständig.

Doch an diesem Tag hatte ich vorgesorgt, mir aus Ritas Keller einen alten Besen mitgenommen und ihn an der Querstange ihres Herrenrades unter den Sattel geklemmt. Ich stieg ab und begann, den Fahrradweg freizufegen. Es waren nur hundert Meter. Ich hatte Baades Worte im Ohr, der mal gesagt hatte: »Mach selber was, sonst macht es keiner.«

Als ich mitten bei der Arbeit war, tippte mir plötzlich jemand auf die Schulter, und ich drehte mich um. Vor mir stand ein etwa vierzig Jahre alter Mann im wadenlangen Trenchcoat und mit einer Brille, die auf seiner Nasenspitze hing. Unter dem Arm hatte er eine dicke Kladde, aus der Zettelecken rausguckten. Typischer Wessi. Neben ihm ein Mann gleichen Alters in Lederjacke und mit Fotoapparat in der Hand. »Das nervt Sie wohl mit den Zweigen?«

»Ja, nervt mich tierisch. So 'n schöner Fahrradweg, und man kann nicht fahren.« Ich stützte mich auf meinem Besen ab.

Der Brillenträger grinste leicht.

»Bei uns gab es nur Schlaglöcher«, versuchte ich mich interessant zu machen.

»Ach, Sie kommen aus der DDR?«

»Ja, aus Düsterbusch«, sagte ich. »Aber war nicht so düster«, setzte ich nach, um der üblichen Reaktion zuvorzukommen.

Die beiden Männer warfen sich vielsagende Blicke zu. »Da kommen Sie hier rüber und denken, bei uns funktioniert alles, und dann so was, oder?«

Ich nickte beipflichtend. »Wie beim VEB hier.«

Wir drei lachten.

Der Brillenträger nahm seine Kladde, zückte einen Kuli und fing an, sich Notizen zu machen. Währenddessen begann der andere Mann, Fotos von mir zu schießen. Ich wurde misstrauisch. »Und was soll das jetzt?«, fragte ich mürrisch.

Der Brillenträger entschuldigte sich und reichte mir die Hand. »Hildebrandt, das ist mein Kollege Latzke – wir sind von der *B. Z.* und machen was über DDR-Bürger und ihre ersten Eindrücke im Westen.«

»Na, so frisch bin ich nicht mehr. Ich arbeite schon.«

»Aha.« Hildebrandt war plötzlich ganz Ohr.

Ich öffnete meine Plastetüte und zeigte ihm die *Zirkel*-Hefte, während Latzke weiter Fotos schoss. »Ist 'n Blatt, was über die Schnittstellen von Sozio-, Randgruppen– und Kiezkultur berichtet. Sollten Sie mal lesen.«

Hildebrandt schaute sich interessiert die Hefte an. »Und die tragen Sie aus?«

»Ja, ich verteil die überall in Cafés, Clubs und so weiter. Mein erster Job«, sagte ich nicht ohne Stolz.

»Und ... Sie werden in DDR-Mark bezahlt?«

»Nee, in West natürlich.«

Hildebrandt nickte und machte sich wieder Notizen.

»Haben Sie Ihren Ausweis dabei?«

»Klar.« Ich holte den Perso raus, musste ihn dann so halten, dass Latzke mich damit ablichten konnte, ebenso den *Zirkel*, mit dem ich mich in verschiedenen Posen aufstellte.

Nach mehreren Fotos verabschiedeten sich die beiden mit Handschlag, und ich fegte den Rest des Fahrradweges frei. Dabei fiel mir ein, dass ich gar nicht gefragt hatte, wann der Artikel erscheinen würde.

## 09 Endlich Gleichgesinnte

Das KOB war eine düstere, schlauchartige Kneipe in der Potsdamer Straße. Hinter dem Tresen stand ein schlechtgelaunter Typ. Auf meine Frage, ob ich bei ihm den *Zirkel* auslegen könne, reagierte er nicht. Ich drapierte etwa zehn Hefte auf dem schwarzen Tresen, wo schon reichlich Werbematerial lag. Darunter ein Flyer mit dem Gesicht von Bürgermeister Momper, dessen Oberlippe ein Hitlerbärtchen zierte. Ich war immer noch fasziniert davon, wie die Westler ungestraft ihre Politiker veralbern durften, und fragte mich, wie viele Jahre Stasiknast es wohl gebracht hätte, wenn jemand Egon Krenz oder irgendeinen anderen dieser Lackaffen so dargestellt hätte. Das war doch in der Tat jetzt wahre Freiheit.

Auf einer großen schwarzen Schiefertafel konnte ich die aktuellen Konzerttermine lesen. GBH und Slime kamen als nächste Highlights, und nirgendwo anders hätten diese Bands besser hingepasst. Ich überlegte, ob ich noch ein Bier zischen sollte, ließ es dann aber. Dem Typen wollte ich nichts abkaufen.

Ich fuhr noch eine Tofurei in der Kolonnenstraße und ein Frauencafé am Kleistpark an, beide hatten Schwierigkeiten mit dem Vermieter und standen kurz vor der Schließung. Dabei dachte ich, dass meiner Mutter ein Frauencafé vielleicht auch gutgetan hätte. Stattdessen hing sie unverstanden in Düsterbusch fest.

Es war schon dunkel, als ich mich Richtung Osten aufmachte. Ein Doppeldeckerbus kreuzte an der Bülowstraße meinen Weg. Irgendwie ging es mir gerade gut. Ich hatte so ein Zwanzigerjahre-Berlin-Gefühl, wie ich es aus meinen Büchern kannte. Ich stellte mir vor, dass meine alten Freunde mich jetzt sehen könnten, auf meiner geschäftigen Tour mitten in der großen Stadt.

Als ich die Potsdamer Richtung Osten hoch eierte, sah ich auf der anderen Seite den Schriftzug *Quartier* über dem Eingang einer ziemlich ranzigen Kneipe. War das etwa das Quartier Latin? Genau wie das Loft und das Ecstasy, kannte ich auch den Laden durch Veranstaltungstipps im Westradio. Hier hatten mal The Alarm gespielt, die ich zeitweise ziemlich gut gefunden hatte.

Ich lief über die Straße, denn dort schien etwas los zu sein. Draußen standen Typen in langen Kutten mit kurzkrempigen Hütchen auf den Köpfen. Waren das Mods? Ich war mir nicht sicher, denn sie trugen Trainingshosen und knöchelhohe Turnschuhe dazu. Die schmutzige Eingangstür hätte auch zu einer Kneipe in Düsterbusch und Umgebung passen können. Nur dass sie mit alten Flyern verklebt war. *Manfred Maurenbrecher & Band* konnte ich noch entziffern. Daneben ein Zigarettenautomat, auf dem *Außer Betrieb* stand. Das passte auch zum Osten. Ein paar abgerissene Plakate machten Werbung für die Reihe *Der schwule Film* und sonntäglichen Tanztee.

Ich blickte durch die blinden Scheiben der Eingangstür in die Kneipe und konnte nichts erkennen. Ich fasste mir ein Herz und begab mich in den Eingangsbereich. *Heute*

*DJ Global Force – Berlin* war auf der Rückseite eines Plakates zu lesen, das auf einem Holzständer befestigt war. Daneben ein Tarnmuster-Motiv mit einer Zielscheibe drauf. Interessant, dachte ich.

Von drinnen hörte ich gedämpft dumpfe Bässe und helles Fiepen von elektronischer Musik. Und jetzt sah ich durch eine offene Flügeltür, dass weiter hinten noch ein riesiger Saal lag. Offenbar war das früher mal ein Kino oder Theater gewesen. Ich schaute durch das schummrige Licht auf das Publikum in der Kneipe, das teilweise auf den einfachen Holztischen saß oder sich darumdrängelte. Ich fühlte mich sofort wohl. Der Laden atmete irgendwie, im Gegensatz zum Ecstasy. Aber das hatte wahrscheinlich eher was mit Holger und seiner Schnalle Bea zu tun. Hier sah ich jedenfalls keine Endzwanziger in Cowboystiefeln, sondern junges Publikum, Trainingsjacken und Parkas. Nur einer trug einen Ledermantel. Das war doch ...? Ich rieb mir die Augen. War er es wirklich? Er war es: Chris Harding, der Manager der Rodeo Starters. Alles fiel mir wieder ein. Dieser aufregende Abend. Der besoffene Baade, Sprenzel, Ramona und ich an der Kasse. Die Wochen quälenden Wartens davor. Tod und Verdammnis danach. Und trotzdem war alles irgendwie richtig so.

Chris war von den jungen Leuten umringt, die alle in diese Techno-House-Schiene passten. Ich ging zielstrebig auf die Runde zu und quatschte ihn an: »Chris, was machst du denn hier?«

Er hob die Brauen unter seinem Frank-Sinatra-Hut, dann durchzuckte ein Blick der Erkenntnis seine hervorquellenden blauen Augen.

»Anton!« Er lachte breit und holte mich in die Mitte. Begeistert erzählte er den anderen von dem großartigen Abend und wie wir gemeinsam die Westband über die Grenze geschleust hatten.

Ich war jetzt ganz stolz zwischen diesen Berlinern, die fast alle aus dem Osten kamen, jünger als ich waren und staunten.

»Düsterbusch? Da hat mein Bruder mal gespielt. Der war bei WBS 81«, sagte eine sehr junge Blondine mit kurzen Haaren und einem Sweatshirt, das fast nur aus psychedelischen Kreisen bestand, von denen mir ganz schwindlig wurde.

»Ahh«, machte ich und wollte mit ihr ins Gespräch kommen.

Da platzte ein Typ mit einem Leuchtstab in der Hand dazwischen: »Global fängt gleich an.«

Ich war schnell vergessen, und alles drängte in den Saal. Zum Glück kam Chris noch mal zu mir. »Mensch, Anton«, sagte er mit seinem unverwechselbaren britischen Akzent, »dass es dann doch so schnell ging, well?«

Wir grinsten beide um die Wette.

»Hätten wir uns 'ne Menge Angst ersparen können. Wo sind denn die Starters?«, erwiderte ich.

Chris' Miene verdüsterte sich. »Mit Rockmusik hab ich nichts mehr zu tun.«

Ich schaute ihn fragend an.

»House und Techno sind das neue Ding. Ich habe 'n Label gegründet. Created by Universe – C.b.U. Rock 'n' Roll ist toter als tot. Die Gitarre kommt nie mehr zurück, Anton.«

Ich war verblüfft und gleichzeitig angetan von dieser kühnen Behauptung.

Lächelnd gab er mir eine schwarze Visitenkarte, die im matten Licht der Kneipe fluoreszierte.

»Komm doch mal vorbei. Wir haben uns bei Amiga am Reichstagufer eingemietet.«

Plötzlich durchdrang ein scharfer Fiepton aus dem Saal die relaxte Atmosphäre. Ich folgte Chris, der mich an der Kasse vorbei ins Innere lotste. Hinter einem DJ-Pult stand ein etwa achtzehn Jahre alter Typ im Oberhemd. Das war also Global Force. Dann sah ich nur noch Stroboskop-blitze, die durch die Dunkelheit fetzten und für kurze Momente die Gesichter von etwa hundert Tanzenden erhellten. Krachende Beats und elektronisches Fiepen, das alles bisher Gehörte ziemlich auf den Kopf stellte.

Ich war elektrisiert von diesem Sound, dem man nicht entkommen konnte. Es war ein anderes Gänsehautgefühl als bei Nirvana – das hier war ganz neu und irre.

Ich tanzte eine Stunde durch, dann war ich platt und wollte nach Hause. An einem Stand kaufte ich mir noch Future Dance, die erste Maxi-Single von Global Force. Ich verfrachtete die Platte in meine Plastetüte und tauschte sie gegen die letzten Ausgaben des *Zirkel* ein, die ich auf dem Tresen verteilte.

# 10 Was geht euch mein Leben an?

Rita saß allein in der Küche, qualmte und hatte ihre Füße mit den Bundeswehrstiefeln auf den Tisch gelegt. Offenbar trug sie die Dinger Tag und Nacht.

Mir war, als ob ich sie erst in Berlin richtig kennengelernt hätte. Nach der schroffen Begrüßung taute sie von Tag zu Tag mehr auf. Ab und an nahm sich mich in Schutz, wenn Raik oder Thilo mich als Dorfdeppen beschimpften. Oder es lag ein Schokoriegel auf meiner Matratze, wenn ich von der Arbeit kam. Dafür ging ich unten im Konsum öfter mal ein Paket Briketts holen. Wir taten uns gegenseitig kleine Gefallen. Und von mir aus hätte das ewig so weitergehen können.

Sie lächelte, als ich reinkam, und streckte sich in ihrem schwarzen Unterhemd. Ich war froh, dass sie allein war. Ich hatte mich schon wieder auf irgendwas unangenehm Dialektisches nach dem schönen Abend eingestellt. Es war so erhebend im Quartier gewesen, nur Musik ohne Gesang. Keine bescheuerten Botschaften vom Klassenkampf, die sich eh überholt hatten, nur Sound und Gefühl.

Ich ließ mich Rita gegenüber auf einen Stuhl fallen. Sie hatte saubergemacht, was mich erstaunte. Keine Kippen, keine Alkpfützen, kein anderer Müll, der sonst immer überall herumlag.

»Na?«

»Selber na.«

»Ist das noch die Marlboro von mir?«

»Kann sein.«

»Warste jetzt mal drüben?«

»Ja, heute.« Sie räkelte sich wieder.

»Und?«

»Besser als ich dachte. Kaum noch Zonis und 'n ziemlicher Groove auf der Straße.«

Sie wippte ein bisschen nach vorn, und da sah ich, dass ihre Zigarette an einem Ende ein bisschen dicker war. Offenbar Marihuana. Ich hatte das noch nicht probiert und wollte auch nicht fragen, wenn sie mir schon nichts anbot. Ich erzählte ihr vom Quartier und der neuen Musik, die mich faszinierte.

»Ich glaube, Rock 'n' Roll ist tot, Rita. Die Gitarre kommt nie mehr zurück«, verwendete ich die These von Chris, ohne rot zu werden.

Sie hielt mir ihre Hand entgegen. »Ich wette hundert Bunte, dass sich Grunge gegen Techno durchsetzt.« Sie hatte gerade eingeatmet, als sie sprach, und ihre Stimme klang merkwürdig belegt, während der Rauch stoßweise aus ihrem Rachen kam.

Ich schlug ein. Wann wir die Wette einlösen wollten, vereinbarten wir allerdings nicht.

Ich erzählte ihr, dass ich mich langsam in Berlin wohlfühlte, dass der Job herausfordernd war, aber nicht schlecht. Und dass ich begann, mir die Stadt zu erarbeiten, und die ganzen Eindrücke erst mal ordnen musste.

Ich staunte nur, dass ihr zustimmendes Nicken dabei etwas aufgesetzt wirkte. Sie riss während meiner Erzählung nervös an der Klappe der Marlboro-Schachtel.

»Wo sind eigentlich Raik und Thilo?«, wechselte ich das Thema.

»Ausgezogen.«

Mein freudiger Blick blieb auf ihren schön oval geformten Daumennägeln hängen, die gerade im Kampf mit den Zeigefingern immer nervöser das Papier zerrissen.

»Die haben 'n Haus besetzt in der Tucholskystraße und machen da 'ne Kneipe auf.«

Die Vorstellung, wie Thilo mit seiner schlecht gelaunten Hackfresse Leute bediente, ließ mich auflachen. Ich freute mich schon auf laue Abende der Ruhe.

»Mensch Rita, das ist ja großartig.«

»Ähhh«, begann Rita jetzt und versuchte, sich aufrecht hinzusetzen, »du müsstest auch ausziehen, Anton.« Ihr Blick ging erst ziellos über den Tisch und dann direkt in meine Augen.

»Und warum?«

»Weil Henner hier vorübergehend wohnen wird.«

Au nein, dachte ich, ausgerechnet der Typ! Ich hatte es schon irgendwie geahnt und war natürlich eifersüchtig. Wie jeder Mann, der eifersüchtig ist, wenn eine begehrenswerte Frau mit 'nem anderen Typen zusammenkommt. Aber Henner war ja nun das wandelnde Kreuzberger Punkerklischee.

Rita stand offenbar auf Typen, die Ansagen machten und halb gebeugt, den Unterarm auf der Tischplatte, von oben herab mit ihr redeten. »Henner?«, rief ich enttäuscht aus.

»Der ist so schnucklig, so 'n Barrikadenkämpfer«, tusste sie jetzt ab.

»Der ist peinlich«, entgegnete ich.

»Erzähl nicht so 'n Scheiß, Anton. Außerdem ist er Tischler und baut mir 'ne Wohnungstür.«

Auch das noch, dachte ich, ein Handwerker. Das waren die Schlimmsten, betrachteten das ganze Leben nur von der technischen Seite.

Wir schwiegen beide, vermieden Blickkontakt und guckten in der Gegend herum. Es war unangenehm. Am meisten ärgerte mich, dass ich jahrelang der Meinung gewesen war, Rita würde auf mich stehen.

»Ist mir nicht leichtgefallen, Anton, ich schätze dich, sonst hätte ich dich im November gleich abblitzen lassen«, sagte sie irgendwann versöhnlich.

Ich wollte es jetzt wissen. »Hätten wir eigentlich mal zusammenkommen können?«

Sie schüttelte den Kopf und lachte. »Nee. Du siehst nicht schlecht aus, aber du bist irgendwie kein richtiger Mann.« Sie musterte mich.

»Was?«, fragte ich.

»Na ja, Mann schon, aber so 'n Softie, so 'n Popper. Das ist nicht mein Beuteschema. Aber ... du bist liebenswert ... auf die platonische Art.«

So viele Beleidigungen auf einmal. Ich war für sie also eine Art Kuschelbär. Und dann streichelte sie auch noch meine Hand. »Du findest schon was. Schließ dir irgendwas auf. Oder frag mal Kirsten.«

»Und wann soll ich raus?«

»So schnell wie möglich.«

Das musste ich erst mal sacken lassen. »Alles klar, ich geh pennen.« Ich schlurfte erloschen in mein Zimmer.

»Ach, da is' Post für dich gekommen«, rief sie mir hinterher.

Auf der Maulwurfdecke lag tatsächlich ein großer Umschlag. Er war von meiner Mutter.

Ich ging zum Fenster und öffnete es. Dann riss ich den Umschlag hastig auf. Sofort flog mir eine Postkarte entgegen. Elisabeth schickte Ausflugsgrüße von der *wunderschönen Stadt Goslar*. Mit einem Kussmund-Aufkleber war daran ein Fünfzig-D-Mark-Schein befestigt. Ich lächelte erleichtert vor mich hin. Die meiste Post ging in diesem Haus aufgrund nicht vorhandener oder zerstörter Briefkästen verloren. Das Geld konnte ich gut gebrauchen.

Doch mein Lächeln erstarb schnell. Denn dem Gruß waren noch zwei offizielle Briefe beigefügt, die ich ebenfalls ungeduldig öffnete. Der erste kam von VEB Kulturwaren, der Firma, für die ich bis zu dem Tag meines Unfalls in Frankenwalde Modelleisenbahnen verkauft hatte. Da stand ganz schmucklos, dass mir wegen *Betriebsstilllegung* fristlos gekündigt wurde. Das Restgehalt von zweihundertdrei Mark der DDR werde mir auf mein Konto überwiesen.

Damit war zu rechnen gewesen. Wer kaufte jetzt noch DDR-Modelleisenbahnen?

Das zweite Schreiben kam von der Polizei und regte mich mehr auf. Ich bekam bis zum April 1991 Führerscheinentzug, weil ich *bei einem selbst verschuldeten Unfall unter Alkoholeinfluss* mein *Leben gefährdet* hatte.

Wütend ließ ich den Fetzen sinken. »Was geht euch mein Leben an?«, fluchte ich laut, und meine Stimme dröhnte über den dunklen Hinterhof.

# 11 Schwarzgeld aus dunklen Kanälen

Am nächsten Vormittag versuchte ich, Rita nicht zu begegnen, und packte die letzten Exemplare des *Zirkels* in meine Tüte. Ich brauchte wieder Nachschub und dachte wirklich daran, Kirsten zu fragen, ob sie nicht eine Bleibe für mich hatte.

Sonst fiel mir nicht mehr viel ein, außer mich auch in so einem verlassenen Loch in der Lychener einzunisten, aber dafür war ich nicht Handwerker genug.

Der Tag war klar und hell, ohne dass die Sonne schien, als ich mich unten aufs Fahrrad schwang. So was wie ein Wattetag. Ich strampelte in den Westen, und der erste Laden, den ich ansteuerte, war die Frauenkneipe Macho-stop in der Reichenberger Straße. Es war ein harter Ritt vom Prenzlauer Berg, und ich hatte Hunger. In Ritas ollem Kühlschrank hatte ich nur ein Glas Perlzwiebeln gefunden.

Draußen an der Tür des Altbau-Ladencafés war schon die Mittagskarte angeschlagen. Als Hauptgericht wurden *Vegetarische Königsberger Grünkernklopse mit Kapern* angeboten.

Ich bekam noch mehr Hunger. Inzwischen hatte ich mich an den fleischlosen Fraß gewöhnt. Vielleicht würden die ja eine Ausnahme machen und mir was kochen.

Ich betrat den gemütlichen Laden, dessen Tischdecken mit indianischen Mustern versehen waren. Niemand befand sich im Raum, doch aus einer halb offenstehenden Tür hörte ich Topfgeklapper. Das musste die Küche sein.

»Hallöchen ...?« An den Wänden Fotos von lachenden Frauen aus den Fünfzigerjahren, die Eis aßen oder sich unbeschwert auf Parkbänken unterhielten. Plötzlich kam eine dicke Frau in einer Art Morgenmantel aus der Küche und rief ohne Vorwarnung: »Raus, du Schwein.«

Ich war geschockt und verstand nicht so richtig.

»Raus, du Schwein«, brüllte sie jetzt noch mal, und ich wurde wütend. »Bist du bescheuert, du dämliche Kuh!« Sie brach sofort in Tränen aus.

Ich wusste nicht, was los war, bis eine zweite Frau aus der Küche kam. Sie war klein, drahtig, trug einen schwarzen Rolli und stützte die Dicke jetzt. »Merkste nicht? Die ist traumatisiert. Außerdem ist das 'ne Frauenkneipe.« Das Wort Frauenkneipe schrie sie fast.

»Aber ich hab gar nichts gemacht. Ich wollte nur ein paar Zeitungen auslegen ...«

»Du bist ein Mann. Verschwinde!«, unterbrach mich die Rolli-Frau jetzt und führte die schluchzende Dicke in die Küche zurück. Draußen stand ich ziemlich ratlos und aufgewühlt vor meinem Fahrrad und guckte noch mal zum Eingang.

Da stand tatsächlich: *Für Männer kein Zutritt.* Das hatte ich übersehen. War ich nun ein Mann, oder war ich kein *richtiger* Mann, wie Rita gesagt hatte? Verwirrt und wütend steuerte ich das Tommy-Weisbecker-Haus an. Um den Durst zu stillen, kaufte ich mir vorher an einem Kiosk eine Cola, die ich mit in das Café in der unteren Etage nahm.

Ein Typ mit verkehrt herum aufgesetztem Basecap, der gerade irgendwelche Kartons aufschnitt, musterte mich von oben bis unten, als ich das Café betrat. Es war komplett leer. Auf einem flachen Tisch, der neben einer gemütlichen Sitzecke stand, breitete ich die Zeitschriften aus. Dort lagen auch schon andere Flyer.

»Schaff mal deine Imperialistenbrause hier raus«, blaffte der Typ mich an.

Was war denn heute los? Ich hatte wohl einen richtigen Saure-Gurken-Tag erwischt. »Was?«

»Die scheiß Cola da. Raus damit.«

Ich wollte gerade etwas antworten, da klingelte das Telefon. Der Typ verschwand in einem Nachbarraum und kam kurze Zeit darauf wieder. »Bist du Anton?«

»Ja.«

»Du sollst sofort zum *Zirkel* in die O-Straße kommen. Klang wichtig.«

Woher wussten die, dass ich hier war? Kirsten musste es auf Verdacht probiert haben, weil sie meinen Tourplan kannte, den ich mir jede Woche absegnen ließ. Aber warum? Noch nie war irgendwas so wichtig gewesen, dass es nicht bis zu meinem nächsten Besuch beim *Zirkel* hätte warten können. Ich ging gedankenverloren hinaus. »Und Anton, informier dich mal über den Coca-Cola-Kolonialismus. Dann lässte vielleicht die Finger von dem Gesöff.«

Ich schob mein Rad auf die Straße. Wieder um eine Wessi-Belehrung reicher. Während ich über das Kreuzberger Ufer zur Oranienstraße fuhr, überlegte ich fieberhaft, warum mich Kirsten einbestellt hatte. Und dann fiel es mir ein. Es ging um die traumatisierte Frau. Kirsten hatte von der

Beschimpfung erfahren. Ich hoffte, dass es deswegen keine größeren Konsequenzen geben würde.

Als ich das Büro betrat, waren nur Kirsten und Heidi anwesend. Heidi stand an einem Faxgerät, aus dem sich eine bedruckte Papierrolle kringelte.

»Setz dich«, sagte Kirsten knapp.

Die Stimmung war eisig. Ich ließ mich auf einen Stuhl fallen. Dann kam auch Heidi hinzu. Irgendwie lag eine inquisitorische Atmosphäre in der Luft. Es war für mich schwer auszuhalten. Sofort drängten sich Prüfungserlebnisse aus Schule und Lehre in mein Gedächtnis, bei denen ich immer abgestraft worden war. »Äh ... wenn es um die Frau geht, die hat mich als Erste beschimpft«, sagte ich schnell und reuig.

Kirsten und Heidi warfen sich einen undefinierbaren Blick zu. Dann legte Kirsten eine aufgeklappte Zeitung vor mich hin.

Die Seite drei der *B. Z.* Darin las ich die Überschrift *FAULE BSR – JUNGER OSSI FEGT BERLINER WALD.* Ich sah die Fotos von mir mit dem *Zirkel*, den ich in die Kamera hielt.

Ich war auf Bildern in einer Zeitung zu sehen und fand das ziemlich lustig. »Ist das denn so schlimm?«, fragte ich erleichtert.

Kirsten und Heidi warfen mir böse Blicke zu. »Lies vor.« Kirsten zeigte auf eine rot angestrichene Stelle in dem Artikel unter den Fotos. »*Kummer trägt das Autonomenblättchen* Zirkel *aus und wird mit Schwarzgeld aus dunklen Kanälen bezahlt.*«

»Erstens«, sagte Kirsten, sprang auf und lief hin und her, »mit Springer zu reden, ist ein absolutes No-Go.«

»Hast du denen etwa erzählt, dass du D-Mark bekommst?«, grätschte jetzt Heidi dazwischen.

»Ja«, sagte ich schwach, und dabei fiel mir ein, dass es wahrscheinlich illegal war.

Die beiden schlossen die Augen und stöhnten vorwurfsvoll in meine Richtung. »Der Hildebrandt ist der Schlimmste. Mit dem haben wir sogar einen Rechtsstreit laufen, Mensch!«

»Aber das kann ich doch nicht wissen.«

»Habt ihr denn in der DDR nicht gelernt, dass seit '68 die *BILD* der Todfeind der Linken ist?«, blaffte mich Heidi jetzt an.

»Aber der war doch gar nicht von der *BILD*«, sagte ich kleinlaut.

Heidi verdrehte die Augen in Richtung Decke.

»Fest steht ...«, sagte Kirsten, »dass wir dich nicht weiter beschäftigen können. Wer uns bei Springer diskreditiert, ist raus. Du kannst gehen.«

»Aber ich habe das nicht mit Absicht gemacht.«

»Das wäre auch noch schöner!« Heidi ging wieder zu dem Faxgerät, um zu unterstreichen, dass auch für sie der Fall erledigt war.

»Ich krieg aber noch ein bisschen Geld«, sagte ich zu Kirsten. Ich wollte mich nicht ohne Widerstand so behandeln lassen. Außerdem war der halbe Monat schon rum.

»Damit du das wieder überall erzählst, oder was?«

Ich verdrehte die Augen. »Komm, Kirsten, ich habe dafür gearbeitet.«

Sie schloss eine Kasse auf und warf mir ziemlich unwirsch zwanzig Mark auf den Tisch, die ich einsteckte.

Ich merkte, hier war nichts mehr zu holen und wurde wütend. Ich hatte mich fast zwei Monate reichlich engagiert für die paar Kröten und fühlte mich deshalb ungerecht behandelt.

»Das machst du doch nur, weil ich nicht mit dir baden wollte, du dumme Kuh«, rutschte mir heraus, als ich schon an der Tür stand.

Kirsten wurde nicht rot, sie zog nur verwundert die Stirn in Falten. »Verschwinde«, sagte sie.

Und in diesem Augenblick war mir klar, dass es kein Zurück mehr gab.

Draußen zog sich alles in mir zusammen. Was sollte ich jetzt tun?

Hier wollte ich nicht mehr bleiben. Ich fuhr zur Oberbaumbrücke und setzte mich auf die Bank in Kreuzberg, von der aus ich vor ein paar Wochen mit Irina in das neue Leben gestartet war.

Wo war sie jetzt? Sicher in Kirchhausen. Ich hatte plötzlich unglaubliche Sehnsucht, nach Hause zu fahren. Nur weg aus dieser kranken Stadt.

## 12 Genossen sind keine Freunde

Das Erste, was ich sah, war ein Leuchten mitten auf der Dorfaue von Düsterbusch. Ein ziemlich intensives Leuchten. In meinen kühnsten Träumen hatte ich mir das immer so schön vorgestellt. Dass da mal was leuchtet. Und jetzt war es so weit. Ohne dass ich damit etwas zu tun hatte. War es ein UFO, das die Partyszene aus fernen Galaxien in das Dorf brachte?

Die Erscheinung musste sich tatsächlich so auf Höhe der Kneipe befinden. Das Objekt war goldgelb und erzeugte in mir etwas Sehnsüchtiges. Mit der Sonne konnte es allerdings nichts zu tun haben, denn über mir hingen dunkle Regenwolken, so dick wie überdimensionale Kartoffelsäcke, und so tief, dass sie fast auf meinen Schultern lagen.

Als ich in Kirchhausen aus dem Zug gestiegen war, hatte ein kuscheliger Mairegen begonnen. Jetzt, nach zwei Kilometern auf der Zielgeraden, hatte es angefangen, stärker zu regnen, und ich wurde völlig durchweicht. Ich zog mir den Pfeffer-und-Salz-Mantel über den Kopf und stampfte vorbei an den notdürftig ausgebesserten Schlaglöchern, in denen sich die braune Brühe sammelte. Das Widerlichste – und schlimmer als Hodenkrebs – waren die nassen Schuhe, die bei jedem Schritt pumpten und ploppten. Zum Heulen für einen Modefanatiker wie mich. Ich ärgerte mich, dass ich keine Plastetüten dabeihatte, um sie mir um die Doc Martens zu wickeln.

Aber irgendwie war es auch schön. Ich war wieder zu Hause. Mit jedem Schritt, der mich dem Haus meiner Eltern näherbrachte, stieg die Aufregung. Wie würden sie reagieren, wenn ich plötzlich vor der Tür stand? Genauso groß wie die Freude auf meine Mutter, war die Angst vor meinem Vater. Ich wollte nur ein paar Tage bleiben, um mir in Ruhe darüber klar zu werden, wie es weitergehen sollte. Das hatte ich mir geschworen.

Äußerlich hatte sich Düsterbusch nicht verändert. Die Gehöfte lagen da wie immer, schmutziggrau mit abgebrochenen Dachziegeln und verbogenen Antennen. Kein Mensch auf der Straße. Nur dieses merkwürdige Leuchten stach aus dem trostlosen Panorama heraus, und ich lief schneller.

Ich war gerade noch in den völlig überfüllten D 796 hineingekommen, der vom Bahnhof Berlin-Lichtenberg in Richtung Karl-Marx-Stadt fuhr. Er war natürlich voller Westberlin-Rückkehrer aus Sachsen. Zwei junge Typen neben mir glätteten an der Toilettentür ein Marspapier und lasen sich jedes einzelne Wort durch. Vorher hatten sie den Schokoriegel behutsam wie ein kleines Baby ausgewickelt, um dann diese einzigartige Verbindung aus Karamell und Vollmilchschokolade mit geschlossenen Augen zu genießen und auszurufen: »Schdorg!« Ich freute mich mit ihnen und dachte an mein erstes Mars, in einer Nische vor dem Ziehharmonika-Intershop an der Friedrichstraße, so um 1977. Das hatte ich ihnen voraus, aber nicht viel mehr.

Ich hatte in Berlin noch einen vergeblichen Versuch gestartet, bei C.b.U., dem Label von Chris, unterzukommen.

Er und sein Partner Tim saßen in dem Gebäude des ehemaligen VEB Deutsche Schallplatte. Es war ein ziemlich enttäuschender Plattenbau, nur ein paar Meter vom Reichstag entfernt und noch immer durch eine fette Mauer davon abgetrennt.

Sie hatten einen kleinen Raum in der ersten Etage angemietet und waren gerade dabei, Vertriebsstrukturen für ihre drei Künstler aufzubauen. Ich hätte alles gegeben, um für sie zu arbeiten. Aber leider hatten sie keinen Job für mich. Nur einmal durfte ich die Platten von Global Force mit dem Fahrrad in zwei Läden bringen, zu Pinky und zu Hardwax. Dafür steckte mir Chris einen Zehner West zu.

Die letzte Job-Offensive unternahm ich im Kreuzberger Künstlercafé. Dort suchten sie einen Kellner und stellten mich ein, weil ich da auch immer den *Zirkel* ausgelegt hatte.

Rita gab mir zähneknirschend noch ein wenig Aufschub in ihrer Wohnung. Als Gegenleistung musste ich Henner helfen, Bretter zurechtzusägen. Er rückte mit Schraubzwingen, Leim und Holzböcken an. Dann baute er ihr tatsächlich eine Eingangstür. Dafür überschüttete ihn Rita mit Küssen. Ich schlief im Wohnzimmer und guckte auf dem Videorekorder allerlei Filme, und zwar in voller Lautstärke, denn das Gestöhne der beiden Frischverliebten beim Ficken war unerträglich. Die hatten offenbar ganz viel Spaß. Und ich schon ganz krumme Finger vom Wichsen.

Nach einem Monat war auch der Kellnerjob dahin. Ich verrechnete mich ständig und kippte Rainer Langhans, dem Achtundsechziger-Helden, aus Versehen einen heißen Kaffee über sein weißes Hippie-Gewand. Das hatte den sofortigen Rausschmiss zur Folge.

Am letzten Tag beim Frühstück in der Lychener hatte mir Henner noch mit auf den Weg gegeben: »Immer schön locker bleiben, Anton.«

Ich hatte jetzt die Linde erreicht, und das Leuchten kam näher. Mit offenem Mund stand ich davor und konnte es nicht fassen. Es war der Reichsadler über dem verrotteten Kriegerdenkmal. Jemand hatte ihn mit Goldfarbe angestrichen. Nun wirkte er majestätisch, und seine Schwingen erschienen viel größer als früher. Als hätte er sich wirklich aus einer fernen Galaxie nur kurz auf den Steinsockel gesetzt, um zu verschnaufen und dann wieder zu entschweben. Der türkisfarbene Damenslip, den vor ein paar Jahren irgendeine Konzertbesucherin auf einen der Flügel gehängt hatte, war verschwunden. Das Symbol des deutschen Militarismus war das Einzige, das ich in der DDR jeden Tag gesehen hatte und mit dem ich keine Repressionen verband. Somit fühlte ich mich ihm irgendwie nahe. Wir waren beide ungewollt.

Im Gegensatz zu mir hatte er es jetzt aber bereits geschafft, wieder zu glänzen. Nur, war es die Tat eines verrückten Künstlers? Oder wurde er von reaktionären Kräften missbraucht, die nun nach der Wende ihre Chance kommen gesehen hatten?

Die Linde war runtergekommen wie immer und geschlossen. Nur die olle Tür hatte bunte Flecken, weil sie mit allerlei Werbeaufklebern für Getränke versehen war.

*Trink Brohler. Fühl dich wohler.* Neben der Tür prangte ein nagelneues Emailleschild, das jetzt Werbung für Hauff Pils aus Franken machte.

Die Zeiten von Dessauer Hell schienen endgültig abgelaufen zu sein. Ansonsten war nicht zu erkennen, ob es noch irgendwelche Veranstaltungen gab.

Auf den letzten Metern meines Heimweges kam ich am Friedhof vorbei und blieb kurz stehen. Über die niedrige Mauer aus groben Feldsteinen konnte ich die Gräber sehen. Ich lief zu dem kleinen, in die Mauer eingelassenen Friedhofstor. Dort fiel mein Blick auf den morschen Schaukasten daneben, in dem ein Gottesdienst-Informationsblättchen mit Reißzwecken befestigt war.

Ich lief unsicher über den ockerfarbenen Kies, der für das typische, feierlich knirschende Friedhofsgeräusch unter den Schuhen sorgte. Nasser Wind schüttelte die beiden Trauerweiden durch, die neben dem Kirchenschiff standen. Ich war zielsicher, denn ich wusste, wo sich das Grab von Sprenzels Mutter befand. Dort musste auch Frank liegen. Auf dem Weg dahin merkte ich schon, wie Pipi in meine Augen trat. Dann stand ich davor.

»Mensch Fränkie.« Ich streichelte den einfachen Stein, auf dem nur sein Vorname eingemeißelt war. Auf dem Grab lag noch ein verwelkter Kranz der LPG Fortschritt.

Wie oft hatte ich ihn abblitzen lassen und ihm nicht zugehört? Dabei war er immer für mich da gewesen. Am meisten betrauerte ich, dass wir jetzt hätten zu Purple fahren können, was er sich immer gewünscht hatte. Nur wir beide. Vielleicht sogar nach England. Irgendwo spielten die Altrocker bestimmt noch. Ich wischte mir die Tränen ab, und mir wurde ein wenig leichter ums Herz. Aber nur kurz. Nach ein paar Minuten schlurfte ich gedankenverloren wieder zum Ausgang. Als ich den Friedhof verließ, kam mir jemand entgegen. Es war ausgerechnet Herr Sprenzel, tief gebeugt und nur noch ein Schatten des kraftstrotzenden Mannes von damals. Sein noch volles Haar war grau und zurückgekämmt. Die Augenbrauen leuchteten rötlich.

»Dass du dich hierher traust«, zischte er mir entgegen.

Ich wich erschrocken ein Stück zurück. »Wieso nicht, Herr Sprenzel? Frank war mein Freund.«

»Dann wärste selber nach Berlin gefahren an dem Abend, du Feigling«, sagte er vorwurfsvoll, sah mich mit seinen stechenden Augen an und ging mit einer Harke unter dem Arm langsamen Schrittes zum Grab seines Sohnes.

Ich blieb wie angewurzelt stehen. Sein Kommentar hatte mich sehr getroffen. Nach ein paar Minuten sinnlosen Grübelns, ob es vielleicht stimmte, was er sagte, schlurfte ich zum Ausgang.

Schon durch die Milchglasscheibe unserer Haustür sah ich meine Mutter kommen. Sie hinkte stärker als je zuvor, das merkte ich sofort. Als sie öffnete, verflog kurz aller Frust aus ihrem Gesicht. Wir umarmten uns innig, und ich merkte an ihrem festen Druck, dass sie sehnsüchtig auf mich gewartet hatte.

»Kleener, da biste wieder.«

»Mensch Mutti, du siehst ja aus wie Vivian Westwood.« Ich grinste und deutete auf ihre fast schon dunkelrosa gefärbten Haare.

»Gefällt es dir?«

»Klar«, sagte ich und ging an ihr vorbei in die Veranda. Es hatte sich kaum etwas verändert. Nur ihre rosa Ecke war noch um ein paar Kuscheltiere reicher geworden.

Ich erzählte ihr von meiner Begegnung mit Herrn Sprenzel.

Zu meinem Erstaunen reagierte sie pragmatisch. »Der muss sich aufregen. Hat den Frank früher fast jeden Tag verdroschen. Nimm es nicht so. Der ist jetzt alleine, und das Betonwerk macht auch bald dicht.«

Sie inspizierte meine Stirn. Ich trug die Haare jetzt seitlich gescheitelt, und von der einst blutroten Narbe war kaum noch was zu sehen. Nur die Delle im Kopf, die blieb für immer. »Hast du noch Schmerzen?«, fragte meine Mutter.

Ich schüttelte den Kopf. »Ist nur taub alles.«

»Hast 'ne gute Konstitution. Bisschen was muss ja auch von deinem Vater kommen.«

Wir grinsten beide. »Wo ist er denn?«, fragte ich vorsichtig.

»Noch bei der Arbeit. Die verhandeln da jetzt jeden Tag. Er könnte den Betrieb übernehmen oder in Frührente gehen.« Sie zuckte die Schultern, atmete tief durch und drückte mich wieder.

»Nun ist alles vorbei.« Ihr Tonfall war fatalistisch. Was jetzt alles vorbei war, sagte sie nicht. Dann hinkte sie zu ihrem großen Sessel und ließ sich ächzend hineinfallen. Ihre schönen blauen Augen versenkten sich kurz in eines der Mähdrescher-Wracks, die immer noch vor dem Kuhstall parkten. »Jetzt erzähl erst mal, Pfirsichwange!«, forderte sie mich auf.

Ich setzte mich an den großen Tisch und berichtete ihr von dem letzten halben Jahr in Berlin. Ich schwärmte, übertrieb, schmückte aus, und manchmal sagte ich auch die Wahrheit.

Der Tenor war, dass es nur eine Frage der Zeit wäre, bis ich wieder zurückging oder woanders mein Glück versuchte. Sie bekam ein wenig feuchte Augen. »Ich möchte auch mal wieder nach Hause«, sagte sie. »Mal wieder frühstücken im Kaufhaus am Alexanderplatz. Jetzt könnte ich ja auch mal zu Tante Klaras Grab. Oder zum Kurfürstendamm. Da hat sie mir 1958 den Armreif hier geschenkt.«

Sie präsentierte ihren rechten Unterarm mit dem silbernen Schmuckstück, das ich schon seit frühester Kindheit kannte.

»Aber ihr habt doch das Auto. Ihr hättet mich doch mal besuchen können.«

Meine Mutter winkte ab. »Er traut sich nicht in die Stadt, weißte doch. Außerdem hat er jetzt viel zu tun. Der Betrieb muss abgewickelt werden, wie das jetzt so schön heißt.«

Ich verdrängte die Gedanken daran, in welcher totalen Abhängigkeit sie zu meinem Vater stand – jetzt, da sich die Sache mit ihren Beinen noch mal verschlimmert hatte.

»Erzähl du mal«, sagte ich gespannt. »Jetzt haben die roten Verbrecher doch richtig Muffensausen, oder?« Ich lachte sie breit an.

Ihre Miene trübte sich wieder ein. »Du hast 'ne Ahnung. Die Schulrätin ist Katholikin geworden«, sagte sie spöttisch. »Das musst du dir mal vorstellen. Einen Tag nach Mauerfall. Ist aus der Partei ausgetreten und Katholikin geworden. Ist das nicht unfassbar?«

Meine Mutter hatte sich über diese Frau immer aufgeregt. Ständig hatte sie sich von ihr maßregeln lassen müssen – mal wegen mir, mal wegen Tante Klara im Westen. Sie war die Roteste der Roten gewesen und hatte meiner Mutter ständig mit Strafversetzung gedroht.

»Tja Mutti …«, sagte ich. »Genossen sind keine Freunde. Das wusstest du aber schon, oder?«

»Du hast es immer gewusst, Anton. Und ich habe gedacht, das ändert sich alles. Es kommen vernünftige Leute an die Regierung, und wir reformieren uns. Und jetzt?« Sie schüttelte verzweifelt den Kopf.

Wie oft hatte ich mir gewünscht, sie würde weggehen und irgendwo anders ein neues Leben beginnen. Jetzt war es schon fast zu spät. Ich kniete mich neben den Sessel und nahm ihre Hand. »Jetzt ist alles neu, jetzt kann doch alles besser werden«, versuchte ich sie aufzumuntern.

Ihr Blick blieb skeptisch, und sie fuhr mir durch die Haare. »Und du, Anton, was willst du jetzt machen?«

# 13 Bautzen-Stammheimer

Mein verrottetes Moped stand in der Garage, als hätte es auf mich gewartet. Sein Zustand war schon ewig desolat: aufgeschlitzte Sitzbank, Holzschrauben im Motorblock und ein abgerissener Gasgriff. »Wenn du auf die Karre guckst, guckste auf den Zustand deines Lebens«, hatte mein Vater mal fast literarisch von sich gegeben.

Doch den Unfall hatte das »Gesicht in der Menge«, wie Sprenzel das schrottreife Gefährt immer spöttisch genannt hatte, ohne eine weitere Schramme überstanden. Es war einfach an dem Baum, gegen den ich geklatscht war, vorbei mitten auf das Feld gerollt und dort umgefallen. »Klaus hat es abgeholt und war sehr traurig dabei«, hatte Elisabeth die menschliche Seite meines Vaters hervorgehoben. Wie schon früher versuchte sie alles, um Konflikte zwischen uns gar nicht erst aufkommen zu lassen.

Ich startete die Karre, und sie sprang sofort mit dem vertrauten Knattern an. Der scharfe Dunst des Benzingemischs aus dem Auspuff verbreitete sich rasend schnell in der Garage. Nach ein paar Atemzügen wurde mir schon angenehm schwindlig. Ich öffnete das Tor, um den Qualm entweichen zu lassen. Und da stand er vor mir: mein Vater. Ich erschrak ein wenig, und er auch, wie ich feststellte.

Er war grauer geworden, was sich vornehmlich an den Rändern seines schwarzen Vollbartes bemerkbar machte. Ich ließ die Karre absaufen und wollte etwas Nettes sagen, doch er kam mir zuvor. »Bild dir nicht ein, ohne Fahrerlaubnis zu fahren!«

»Die hab ich doch wieder«, log ich. Er runzelte die Stirn und schaute mich fragend an. Ich erzählte ihm, dass ich ein halbes Jahr Entzug aufgebrummt bekommen hätte, und das sei schließlich längst um. »Mutti hat sie mir geschickt, mit dem Bescheid über dreihundertvierundzwanzig Mark Strafe. Das habe ich auch gleich eingezahlt. Außerdem heißt das jetzt Führerschein«, belehrte ich ihn, um vom Thema abzulenken.

»Du bist ja ein ganz Schlauer«, erwiderte er, und das Schweigen zwischen uns wurde unangenehm. »Haste gesehen?«, fragte er mich. »Hertha hat 1:5 gegen Frankfurt verloren.«

Ich hatte schon lange keine Fußballergebnisse mehr verfolgt. Aber jede Aussage seinerseits in Richtung Fußball hieß: Ich habe gerade gute Laune, du darfst mit mir sprechen.

»Was macht der Betrieb?«

»Heißt jetzt Unternehmen.« Er grinste über seine gelungene Retourkutsche.

»Was macht das Unternehmen?« Ich grinste zurück.

»Pleite. Wir machen jetzt Kurzarbeit und stellen nur noch Türbeschläge her. Die ganzen Assis und Säufer mussten wir schon entlassen.«

»Was macht ihr mit den Wartburg-Scheibenwischern?«

»Sind auf dem Schrott. Was willste noch mit dem Mist!«

»Und nu?«

»Ich könnte mich zusammen mit 'nem Unternehmer aus Oberursel selbstständig machen. Komischer Typ. Nur die große Fresse.«

»Und, machste?«

Er zuckte die Schultern. »Nächste Woche muss ich mit dem nach Berlin zur THA.« Ich schaute ihn fragend an. »Treuhandanstalt. Die kümmern sich um alle DDR-Betriebe.«

»Unternehmen.«

»Jenau, Unternehmen. Da soll's schön zu essen geben.«

Wir nickten einander zu, und er fuhr das Auto in die Garage. Wenn es was Schönes zu essen gab, war mein Vater leicht zu überzeugen. Ich hoffte bloß, dass er sich nicht übers Ohr hauen lassen würde. Ich schwang mich auf mein Moped und fuhr los über die Schlaglöcher, die noch tiefer waren als jemals zuvor. Unser Gespräch war schon fast liebevoll gewesen. Vielleicht wurde ja doch noch alles gut zwischen uns.

Ich brauchte vorübergehend erst mal einen Job. In der Kreisstadt gab es ein neues Amt für Arbeit. Das hatte ich in der *Frankenwalder Post* gelesen – ebenso, dass erfahrene Mitarbeiter aus Westfalen in den Kreis zogen, um bei der Umstellung auf Westniveau zu helfen. Denn die Arbeitslosenzahlen stiegen wohl jeden Monat gigantisch an. Ich hatte vorsichtshalber meine Kündigung von der VEB Kulturwaren eingesteckt.

Als ich in die Stadt einfuhr, sah alles aus wie immer. An den alten Mauern hingen noch Plakate von den Wahlen im März, als die CDU groß abgeräumt hatte. *Fotze* stand quer über dem Gesicht von Hans-Wilhelm Ebeling, dem Chef der DSU. Sein zerfetztes Plakat versprach: *Keine sozialistischen Experimente!* Auf anderen Postern stand *1 : 1 – nur das ist meins!* In wenigen Monaten sollte die D-Mark eingeführt werden, und zwar nicht eins zu eins, wie es Kanzler Kohl versprochen hatte, sondern zwei zu eins.

Überall hatte es vor den Wahlen große Demonstrationen gegeben. Auch in Berlin am Marx-Engels-Platz war einiges los. »Ihr wolltet den totalen Kohl? Jetzt habt ihr den Salat«, und andere sinnige Sprüche skandierten Hunderttausende, die gemerkt hatten, dass sie sich von den begehrten »Südfrüchten« allein nicht ernähren konnten. Was ging es mich an? Durch eine Demo wurde auch nichts besser.

Ich hätte die Sozis gewählt, schon allein wegen Helmut Schmidt, weil der echt 'nen genialen Scheitel hatte. Aber ich war ja in Berlin nicht gemeldet. Henner hatte also recht. Es kamen Millionen neue Kohl-Wähler dazu.

Als ich über den Markt fuhr, sah ich erstaunlicherweise an fast jeder Ecke eine Imbissbude. Und überall Besoffene in Arbeitsanzügen.

Offenbar hatten auch andere Unternehmen als das meines Vaters ihren schwarzen Schafen den Laufpass gegeben. Ich fand es merkwürdig, dass sie nicht die einzigen Besoffskis waren. Da waren noch andere, aber die trugen feinsten Zwirn: Anzüge mit Krawattennadeln, die farbige Schlipse festhielten. Sie hatten Aktenkoffer dabei und sprachen überall Leute an. Manche fuhren auch bunt beklebte Trabis, die Werbung für Victoria-Versicherungen und andere heiße Bräute machten. Ein irres Gewusel aus Gestrandeten, die jetzt Morgenluft witterten.

Ich parkte das Moped am Rand des Stadtparks und wollte einen kleinen Spaziergang zum Arbeitsamt machen, das sich jetzt sinnigerweise in der ehemaligen Stasizentrale von Frankenwalde befand, einem riesigen Plattenbauklotz mit

Sichtblendenfenstern. Plötzlich kam einer dieser Kofferträger auf mich zu. Ich erkannte in ihm Kotte, einen Typen aus der Zentrale, der Disco, in der ich als Teenager den Großteil meiner Zeit verbracht hatte. Vor Kotte hatten damals alle Angst gehabt, denn er hatte ständig Leute verprügelt. Ein falscher Blick genügte.

Kotte war von oben bis unten zugehackt. Der auftätowierte Lidschatten hatte ihm was echt Dämonisches gegeben. Kurz vor Ende der Disco war er immer besoffen auf einen Barhocker geklettert und hatte den Hitlergruß gezeigt.

Ich wollte ihm ausweichen, was aber wegen dichten Strauchwerks unmöglich war. Dann stand er vor mir, und ich erwartete den Schlag. Doch der kam nicht. Er streckte mir freundlich seine Hand entgegen.

»Matthias Kozarski, ich bin Finanzberater bei der Hamburg-Mannheimer.« Er zückte eine Visitenkarte. »Haben Sie Ihr künftiges Vermögen schon irgendwo investiert?« Er grinste mich mit seinen löchrigen Zähnen an. Wir standen beide am Rand einer riesengroßen Pfütze inmitten des Stadtparks.

»Was für 'n Vermögen?«

»Na, Erlöse aus Grundstücken, Kapitalsparbriefen, äh, und Bauspar…verträgen«, referierte er nicht ganz fehlerfrei und schaute mich fragend an.

Ich muss ihm ein ziemlich dummes Gesicht gezeigt haben, denn sein freundliches Lächeln erstarb schon kurz darauf.

»Na, willste investieren oder nich?«, wurde sein Ton jetzt schlagartig rauer.

»Investieren bei dir, oder was?«

»Können wa gleich machen. Ich hab 'nen Quittungsblock dabei.« Kotte öffnete den Aktenkoffer zu seinen Füßen.

Was mir auffiel: Er war wunderschön. Wo hatte so ein Typ einen derartig geilen Aktenkoffer her? *Nazareno Gabrielli* las ich auf einem kleinen Blechschild. Um sein mit Stacheldraht tätowiertes Handgelenk war eine silberne Kette geschlungen, die mit dem Koffergriff verbunden war. Es rasselte gefährlich, und kurz darauf knallten die Schnappverschlüsse nach oben.

Er holte einen nagelneuen Block aus dem Koffer, in dem ich außerdem noch Werbematerial von einer Versicherung sehen konnte. Und 'ne halbvolle Pulle Goldkrone. Glaubte der jetzt etwa, dass ich ihm im Tausch gegen eine Quittung Bargeld schenken würde, weil er was von Kapitalbriefen faselte?

»Lass mal, ich kann nichts investieren«, sagte ich so freundlich wie möglich. »Ich hab nüscht.« Das gefiel ihm offenbar gar nicht. Mit schnellen Bewegungen ließ er den Quittungsblock wieder verschwinden und zischte fordernd: »Ich brauch dann mal deine Adresse.«

Mir wurde heiß und kalt, als ich mir vorstellte, dass der bei uns am Wohnzimmertisch saß und meine Mutter um ihre Ersparnisse brachte. »Kriegste nicht«, sagte ich bestimmt. Jetzt traf mich sein stechender Blick.

»Gib mal wenigstens 'n Bier aus da vorne«, schraubte er die Eskalationsstufe ein Stück höher und zeigte auf eine neu eröffnete Imbissbude mit Stehtischen davor. *Schlemmer-Paradies* stand oben auf dem Schild. An den Tischen tummelten sich schon andere Kofferträger mit Bierflaschen in den Händen.

Ich ließ ihn stehen und lief schnell an der Imbissbude vorbei, an der mit einer großen Fahne Werbung für irgendeine Heiße Hexe gemacht wurde. Er schrie mir irgendwas hinterher, und ich rannte in leichter Panik zu meinem Moped.

Ein Finanzberater direkt aus der Hölle, ging es mir durch den Kopf und fuhr davon, froh darüber, ihm entkommen zu sein.

Die viereckigen Sichtblenden an der Stasizentrale waren zum Teil schon abmontiert worden. Schwarze Quadrate machten die Fassade zu einer Art riesigem Schachbrett. Das Gruselgefühl von früher, wenn ich daran vorbeigefahren war, mischte sich jetzt mit Schadenfreude und einer Art Aufgeregtheit. Das ehemals stets verschlossene stählerne Eingangstor stand weit offen. Der Stacheldraht obendrauf war noch vorhanden, als ob irgendjemand glaubte, dass seine Zeit noch nicht vorbei war. Ich fuhr mit tuckerndem Motor auf den Hof. Das Triumphgefühl wollte ich mir nicht nehmen lassen. Doch was ich dann sah, verschlug mir den Atem. In Kringelreihen standen Hunderte Arbeitslose auf dem anonymen Hof. Es war ein wenig wie damals auf der Oberbaumbrücke – nur dass hier keine Vorfreude herrschte, sondern blanker Frust. Ein wahrer Elendskordon, verschämt, geschlagen und ohne jede Hoffnung im Blick. Die Schlange endete an einer Freitreppe, die zu einer Flügeltür führte. Ich ließ den Motor tuckern und überlegte, ob ich mich da anstellen sollte. Hatte Kirsten vielleicht recht mit ihrem Gerede von der doppelten Lohnabhängigkeit? Würden jetzt alle in einer riesigen Kapitalismusmaschine zermalmt werden?

Aus einer Seitentür kam ein Mann mit Akten unter dem Arm und lief auf den Ausgang zu. »Lohnt sich das, mich hier anzustellen?«, fragte ich ihn. Der Mann blieb stehen und lächelte. Es musste ein Westler sein. Das sah ich an seiner Kleidung. Und außerdem lächelte sonst niemand. »Na ja, alle wissen, es ist bald vorbei, keiner weiß, was kommt, niemand kann irgendwas tun.« Er schaute auf seine Uhr. »Außerdem schließen wir gleich. Und so ein junger Mensch wie Sie, der sollte sich hier nicht anstellen, der macht auch so seinen Weg.« Dann lächelte er wieder und ging davon. Ich war beeindruckt. Wo nahm der nur die positive Energie her? Ich grinste vor mich hin, seine Aufforderung zur Eigeninitiative hinterließ Spuren.

Einen Moment lang blieb ich noch mit tuckerndem Motor stehen und brauste dann los durch das Neubaugebiet von Frankenwalde Nord. Ich hatte Durst, bremste vor der Kaufhalle und ging hinein. Ein unglaublicher Ramschladen. Hier gab es alle Ostprodukte zum halben Preis, und alles aus dem Westen zum dreifachen. Ich kaufte eine Flasche Brohler Mineralwasser für zwei Mark fünfzig, denn die olle Selter, die nach Salz schmeckte, wollte ich jetzt auch nicht mehr trinken. Obwohl sie nur unschlagbare sieben Pfennig kostete.

Als ich draußen die überflüssige Kohlensäure mit einem langen Rülpser in die Atmosphäre entweichen ließ, sah ich etwas Vertrautes. Und zwar ein Paar überdimensionierte, hochgeschnallte Titten, die gerade aus dem Hauseingang eines Plattenbaus wippten.

Und die gehörten – ich fasste es nicht – zu Elke. Wir kannten uns seit frühester Kindheit.

Elke war in der Schule Streberin gewesen, und trotzdem hatte sie mir immer aus der Patsche geholfen. Andererseits war sie geltungssüchtig und hatte wenig Glück mit Männern, was ich nicht so richtig verstand. Und sie hatte als aktives Clubmitglied der Helden des Fortschritts ihren Beitrag zu unserem Erfolg geleistet. Jetzt, in schwarzem

Kostüm und Feinstrumpfhosen, hätte ich sie fast nicht erkannt. In der Hand führte sie wie Kotte einen Koffer spazieren. Elke hatte sich in eine attraktive Geschäftsfrau verwandelt. Ich brüllte ihren Namen, und die gerade noch ziemlich düstere Miene hellte sich sofort auf. »Anton!« Sie lief durch das Plattenbaugestrüpp auf mich zu und gab mir links und rechts einen Schmatzer auf die Backe. Ich staunte. »Macht man jetzt so im Westen, Anton. Mit Küsschen rechts und links. In Berlin nich, oder was?«

»Doch, manche schon«, sagte ich und erinnerte mich an Kirstens Umarmungsszenarien mit Freudentränen und Tralala.

Es war schön, Elke nach so langer Zeit wiederzusehen. Sie inspizierte meine Stirn. »Ham se gut wieder hingekriegt. Mensch, hast du ein Schwein gehabt.«

Sie hatte mich in jener Nacht auf der Landstraße gefunden, als ich gegen den Baum geknallt war. Ohne sie hätte ich vielleicht gar nicht überlebt. Ich lächelte dankbar. »Was machst du denn hier in den Plattenbauten?« Elke hob die Augenbrauen. »Kunden akquirieren für die Hamburg-Mannheimer.«

»Da bist du ja eine Kollegin von Kotte«, sagte ich.

»Nazi-Kotte, der ist auch bei uns?«, rief sie erstaunt aus.

Ich nickte vieldeutig. »Die nehmen jetzt jeden Knallkopp, weil sie wissen wollen, wie die Leute versichert sind und die Adressen brauchen. Deswegen sagen auch alle Bautzen-Stammheimer. Aber das geht nicht mehr lange.« Sie schaute mich bedeutungsschwanger an.

»Und dann?«

»Wird die D-Mark eingeführt. Am 1. Juli. Dann ist alles anders, Anton. Dann überleben nur die Stärksten.«

»Du bist ja gut informiert.«

»Ich mach grad 'ne Umschulung zur Versicherungskauf-
frau und will dann zur Allianz, weil die die Staatliche übernehmen werden. Dann haben die anderen sowieso keine
Chance mehr.«

Ich war verblüfft von Elkes strategischem Vorgehen und ein
wenig neidisch, weil ich gar keinen Plan hatte, wie es weitergehen sollte. »Elke, Elke, immer vorbereitet, wie im Unterricht.«

Sie lächelte, holte aus ihrem Aktenkoffer ein Schminktäsch-
chen und zog vor dem Taschenspiegel ihre Lippen nach.
»Aber ob's dann besser wird?« Sie zuckte die Schultern und
verstaute das Täschchen wieder in ihrem Koffer. »Keener
weiß es. Und du?«

»Hab 'n paar Projekte am Start, Einzelheiten später«, sagte
ich gönnerhaft. Ich wollte auf keinen Fall zugeben, dass es
in Berlin nicht so prickelnd gelaufen war.

Elke schaute mich ein wenig merkwürdig und feierlich
an. »Ach, übrigens, die Helden gibt's wieder.«

Ich war wie vor den Kopf geschlagen. Ich hatte den Club
zusammen mit Henryk vor fast acht Jahren gegründet, und
nur ich oder er konnten ihn reaktivieren. Er war sozusagen
mein Lebenswerk.

»Wie bitte?« Ich wurde jetzt hellhörig.

»Reg dich ab, Anton. Was sollten wir denn machen, du
warst weg, und Harry hat uns gefragt.«

Ich schluckte aufgeregt. »Und wie macht ihr das?«

»Na, ich bin Clubleiterin, und Ekel-Kai ist mein Stellver-
treter, Marion kassiert wie damals. Kurte und Wuschel sind
ooch aus Gießen zurück.«

Ich hatte das Gefühl, als würde mich jemand mit einem
Samuraischwert durchtrennen. »Ekel-Kai? Blueser-Ekel-
Kai???« Das war zu viel für mich.

»Die andern sind doch auch alle weg«, reagierte Elke pragmatisch.

Ich wollte mich sammeln, schaffte es aber nicht. Ich hatte wohl noch nicht ansatzweise mit meiner Vergangenheit abgeschlossen. Da riss mich Elke wieder aus meinen Gedanken. »Komm doch morgen mal vorbei, wir haben Freddys Power-Disco geholt.«

Ich sackte in mich zusammen. Einst hatte ich von David Bowie geträumt, und jetzt spielte Freddys Power-Disco?

# 14 Das sind nicht die Scorpions

»Kummer! Ich dachte, du hängst in Berlin schon an der Nadel«, rief eine bekannte Stimme dröhnend, als ich die Linde betrat.

Durch den Zigarettenqualm erkannte ich sofort Harry, den Kneiper, der noch dicker geworden war, seitdem ich ihn vor einem Dreivierteljahr das letzte Mal gesehen hatte. Ich hob die Hand in seine Richtung und schaute gleichzeitig zum Einlasstisch neben der Tür. Auf einer umgedrehten Bockwurstpappe stand mit Filzstift gekritzelt: *Eintritt 3 Mark.* Niemand saß da, der kassierte, ich hätte einfach so durchgehen können. Sauerei, dachte ich. Wo sind die denn alle? Ich konnte mich gar nicht dagegen wehren, mich sofort verantwortlich zu fühlen. Die mit vielen Band-Aufklebern verzierte Kasse war natürlich auch nicht verschlossen, und ich genoss kurz das vertraute Quietschen beim Öffnen. Drin lagen zehn Pfennig und ein alter Quittungsblock, der noch aus der Vorwendezeit stammte. Die Zeichen standen also »ganz klar auf Erfolg«. Aber erst als ich den Flyer mit den Programmankündigungen las, packte mich das wahre Entsetzen.

*Jugendclub Helden des Fortschritts proudly presents:*
Der Anfang war noch vielversprechend. Da hatte jemand was dazugelernt. Aber dann kam es ganz dicke.

*Große Ossi-Party – Zurück zur Planwirtschaft –*
*Einlass nur in FDJ-Bluse oder als Funktionär*
*Scorpions-Tribute-Band aus Baunatal (Westgermany)*
*Allerfeinster deutscher Rock*

Ich erstarrte zur Salzsäule. Im gleichen Augenblick trällerte aus der geöffneten Saaltür Klaus Meine von den echten Scorpions »Wind of Change«.

Ein neuer Freiheitsgassenhauer, der das Zeug hatte, »Looking for Freedom« in der Liste der beschissensten Songs aller Zeiten abzulösen. Wütend und enttäuscht stapfte ich durch die leere Gaststube zum Tresen.

Ich hatte mir einen riesigen Empfang vorgestellt; Leute, die mich bestürmten, um nach meinem Berlin-Aufenthalt zu fragen.

Aber nichts passierte. Und vor allem sah ich nicht einen einzigen Vertreter unseres schrägen Publikums, das wir früher in mühevoller Kleinarbeit aus den großen Städten nach Düsterbusch gelockt hatten. Am Tresen die üblichen Gestalten in Gummisticfeln, die mich schon vor zehn Jahren mit schalen Blicken gemustert hatten. Bauer Brahmke schlief mit dem Kopf auf seinen verschränkten Armen. Die einzige Neuerung war, dass aus seiner Brusttasche ein buntes Fähnchen der Partei REP – Die Republikaner herausragte. Angeblich waren es Nazis, aber ganz genau wusste ich das nicht. Ich musste mal wieder Zeitung lesen.

Ein Bier im ungewöhnlichen Goldrandglas landete vor mir auf dem Tresen. »Bestes Hauff Pils aus Lichtenau. Vierzig Prozent Stammwürze, nur für dich zwee Mark fuffzich«, flötete Harry. Dann deutete er auf die Trinker am Tresen. »Die Eierköppe ham die Marktwirtschaft noch nich verstanden. Saufen weiter ihr Dessauer Hell. Ich ...«

»Hier is ja Totentanz«, unterbrach ich sein Gelaber.

Harry wurde sofort einsilbig und begann, braune Schnäpse in dickwandige Gläser nachzuschenken. »Da musste die neue Führungsspitze fragen«, murmelte er, ohne aufzublicken. Da kamen auch schon Elke und Ekel-Kai aus dem Saal.

»Haste schon mein neues Schmuckstück jesehen, Kummer?« prustete Kai sofort los. »Kadett GTE mit Frontspoiler, polarweiß, Baujahr 83 und ...« Elke brachte ihn mit einer Handbewegung zum Schweigen.

»Wir mussten noch die Stühle runterstellen«, sagte sie fast entschuldigend.

»Für wen denn?«, fragte ich ironisch, denn ein Blick durch die Futterluke in den Saal reichte, um zu erkennen, dass sich darin maximal zwanzig Leute verloren.

»Die kommen alle noch«, erwiderte Kai in speckiger Wrangler-Jacke, seine Bindfadenhaare verdeckten den Canned-Heat-Button an seinem Revers.

»Den Spruch kenn ich!« Harry lachte schallend hinter dem Tresen, als ob er genau wie ich nicht daran glaubte.

»Kummer, nur du mit deine Konäktschns kriegst die Hütte wieder voll.«

»Ich bin raus, Harry«, sagte ich mit tiefster Überzeugung.

Christel kam mit zwei Tellern aus der Küche. Auch ihr Gesicht wirkte noch verquollener als früher. Gleich geblieben war ihre rosafarbene Rüschenschürze.

Sie knallte die Teller mit wenig appetitlich aussehenden Bockwürsten und Salatbeilage auf den Tresen. Als sie mich sah, nickte sie mir gequält zu und verschwand wieder in der Küche. Ich sehnte mich plötzlich unglaublich danach, wieder den *Zirkel* in Berlin auszutragen.

Selbst die Debattierrunden in Ritas Ranzbude erschienen mir auf einmal in einem ganz milden, nostalgischen Licht.

Hier war ganz klar ein Neuanfang nötig, so wie 1982. Aber dafür hatte ich weder die Kraft noch das Interesse.

Die Kneipentür öffnete sich, und eine Horde Langhaariger blieb vor dem Einlasstisch stehen. Darunter auch Kais alter Kumpel Schwabbel. Kai lief freudig auf sie zu. Ich verrenkte mich, um zu sehen, ob er sie abkassierte. Wenigstens das tat er. Aber ich ärgerte mich trotzdem. »Für Langhaarige kein Einlass«, war früher das oberste Gesetz gewesen. Aber das zählte nicht mehr.

»Sind seine alten Freunde aus Lübben«, bemerkte Elke konsterniert. »Wird wirklich Zeit, dass du wieder einsteigst.«

Niemals. »Was habt ihr denn hier nur gemacht?«, fragte ich verzweifelt. Elke zuckte die Schultern. »Es war ja keiner mehr da. Und ich hab keine Ahnung von Musik. Wir brauchen dich, Anton.« Sie sah mich flehend an. Ich schmollte immer noch und schüttelte unwillig den Kopf.

»Guck dir wenigstens mal den Vertrag der Band an.«

Ich wollte Elke widerwillig folgen. In diesem Augenblick bekam ich einen dicken fetten Kuss auf die Wange. Ich drehte mich um und dachte kurz, Nicole Kidman stünde leibhaftig vor mir. Aber es war Marion, unsere Kassiererin und Exfreundin von Henryk.

Ihr schwarzer Pagenkopf war einer blonden Dauerwelle gewichen. Doch ich freute mich trotzdem, sie zu sehen. Marion war keine Heldin, aber eine treue Seele und litt still darunter, dass sie von vielen, vor allem von Elke, nicht ernst genommen wurde. Ihr großer Vorteil: Sie war unfassbar hübsch, und wenn sie gut sichtbar am Einlass saß, zahlten manche nur, um in ihrer Nähe zu sein. Selbst die künstliche Dauerwelle konnte ihr makelloses Gesicht nicht entstellen.

»Bin zu spät, ich weiß«, flötete sie in Richtung der ungeduldig wartenden Elke. Und dann zu mir: »Musste noch deiner Mutter die Haare machen.«

»Ich hoffe, nicht wieder mit so viel Rosa!«

»Was soll ich tun, Anton? Elisabeth steht einfach drauf.«

Ich inspizierte am Einlasstisch den Vertrag der Scorpions-Tribute-Band, während Marion, Elke und Kai mit gespannten Gesichtern um mich herumstanden.

»Dreitausend D-Mark in bar Garantiegage. Seid ihr irre? Da hättet ihr euch niemals drauf einlassen dürfen.«

Von Henryk wusste ich, dass man möglichst keine Festgagen aushandeln sollte, damit man nicht mit horrenden Schulden dastand, wenn zu wenig Leute kamen. Am besten war, man feilschte um einen Break-Even. Nach Abzug der Unkosten bekam die Band einen gewissen Prozentsatz. Doch dafür war es jetzt zu spät.

»Harry hat 'nen Cousin in Hessen, der hat die besorgt«, sagte Kai schnell, als ob das die Situation verbessern würde.

»Wir dachten, Scorpions ist 'n ziemlich großer Name, oder?«, steuerte Elke bei, während mich Marion mit erwartungsvollem Gesicht musterte.

Ich seufzte tief. Warum waren Mädchen bei Musik meist einfach komplett ahnungslos?

Jahrelang hatten hier die schrägsten Bands und DJs gastiert.

Wir feierten die seltensten Spielarten des Post-Punk ab, und die ließen sich 'ne Scorpions-Tribute-Band aufschwatzen? Ich war deprimiert.

»Die spielen nur nach. Ist euch klar, oder? Das bedeutet ›Tribute-Band‹. Das sind nicht die Scorpions«, verlieh ich meiner Rede noch mal Nachdruck.

»Na, ganz blöd bin ich jetzt auch nicht«, sagte Elke gereizt.

Verunsicherte Blicke gingen hin und her. Ich blätterte mich weiter durch den Vertrag und las den sogenannten Rider vor:

*Der Veranstalter verpflichtet sich, 10 vegetarische Essen (frische Tofuburger, Seitansteaks o. Ä. mit frischem Salat), keine Convenience, zu stellen.* Ich drehte mich zu den anderen um. »Und wer besorgt die jetzt? Christel, oder was?«

»Nee, die hat schon jesagt, nur über ihre Leiche kommt so was in die Küche«, sagte Marion schnell und wurde mit einem giftigen Blick von Elke zum Schweigen gebracht.

»Ich dachte, du hast vielleicht 'ne Idee, Anton.« Elke sah ziemlich verzweifelt aus.

»Ja, wo kriegen wa so 'n ekliges Zeuch her?«, fragte sich nun auch Marion. »Ach, da ziehen wa hinter der Scheiß-LPG 'n paar Futterrüben raus und kochen die.« Kai feixte. »Das merken die gor' nich!«

»Das müsst ihr besorgen, sonst gibt's Ärger«, sagte ich bestimmt zu Elke.

Wäre das meine Veranstaltung gewesen, hätte ich keine Sekunde gezögert, nach Berlin zu fahren, um die Sachen einzukaufen. Mir fiel sofort die Tofurei in der Kolonnenstraße ein, die kurz vor der Schließung stand. Die hätten mir bestimmt noch ein gutes Rezept für 'nen Tofu-Burger mitgegeben.

Weitere Sonderwünsche waren eine Flasche Fenchelhonig für die Stimme des Sängers, ein Glas Käpt'n Nuss-Nougat-Creme und Unmengen Johnny Walker Black Label Whisky.

Alles Dinge, die es in der dahinsiechenden DDR nirgendwo gab und die nur mit teurem Westgeld zu besorgen waren. Fenchelhonig musste wohl ein ganz besonderes Elixier sein, denn schon die Rodeo Starters hatten danach gefragt.

»Beteiligt euch Harry denn jetzt am Umsatz?«, fragte ich flüsternd.

Elke schüttelte den Kopf. »Keine Chance.«

»Das hättet ihr leider zur Bedingung machen müssen«, sagte ich. Wohlwissend, dass Henryk und ich es ebenfalls nie geschafft hatten, diesem Kneiper und seiner unausstehlichen Frau auch nur einen müden Heller aus der Tasche zu leiern. Abgesehen vom Catering waren auch die technischen Anforderungen, wie zum Beispiel ein Sechzehn-Kanal-Mixer, kaum zu erfüllen. Ich verdrängte das Mitleid mit diesem ahnungslosen Haufen.

»Und was soll das hier?«, fragte ich erstaunt, als ich den letzten Punkt des »Gastspielvertrages« las. *Der Veranstalter verpflichtet sich, zwanzig Gummiknüppel und zwanzig Ordner zu stellen.*

»Die haben Angst vor Nazis«, sagte Elke vieldeutig.

»Wieso, hier gibt's doch gar keine«, gab ich zurück.

Elke und Kai warfen sich vielsagende Blicke zu. »Noch nicht«, sagte Kai, »aber die überfallen grade überall Discos.«

»Ach Quatsch! Früher waren auch Skinheads hier, die haben doch niemandem was getan«, empörte ich mich.

»Aber jetzt tun die ganz schön was«, erwiderte Elke energisch.

»Liest du keene Zeitung, Kummer?«, rüffelte mich Kai.

»Was geht mich euer Blödsinn an. Nazis!«

Ich ahnte nicht, dass ich schneller mit ihnen Bekanntschaft machen sollte, als mir lieb war.

Auf der letzten Seite sah ich, dass Elke schon unterschrieben hatte und unser Stempel darüber draufgedrückt war.

Ich ließ den Vertrag auf den Tisch segeln. »Dieser Stempel stand mal für Experimentierfreude und Avantgarde«, sagte ich konsterniert. »Und jetzt?« Ratlose Blicke von Elke und Marion.

»Die Popperzeit ist zum Glück vorbei, Kummer, jetzt regieren wieder die Mattenträger«, freute sich Kai. Dann spielte er Luftgitarre und schüttelte seine verlauste Mähne vor mir aus. »Nirvana, Soundgarden und Pearl Jam sind die Macht«, rief er schließlich.

»Techno ist das neue Ding, du Eimer«, erwiderte ich. »Die Gitarre ist tot und kommt nie mehr zurück!«

Schallendes Gelächter schlug mir selbst von Elke entgegen.

»Ich hab Nirvana live gesehen in Berlin, war scheiße«, brachte ich die drei zum Verstummen. Dann ließ ich sie stehen.

Ich wollte eigentlich nach Hause gehen, konnte es mir aber nicht verkneifen, noch mal in den Saal zu gucken. Ein Typ, eingewickelt in eine DDR-Fahne, bei der Hammer, Sichel und Ährenkranz herausgeschnitten waren, torkelte mir entgegen. Auf der Bühne stand DJ Freddy, ein schwitzender Mann Anfang Vierzig. Aus den Boxen röhrte John Lennons »Give Peace a Chance«. Und auf dem Fußboden des Saales saßen die Langhaarigen im Kreis, klatschten und sangen: »All we are saying, is give peace a chance.« Ich schaute aus dem Fenster. Da stand jetzt Kai, vor einem einst schneeweißen, etwas lädierten Opel. Er war umringt von staunenden Leuten. Die Türen des Kadetts standen offen, und Kai erklärte begeistert und mit leuchtenden Augen die Besonderheiten seines neuen Spielzeugs. Das schien ihn mehr zu interessieren als das Schicksal des Clubs, dessen Ende in meinen Augen besiegelt war. Da tippte mir jemand auf die Schulter und sagte: »Du bist mir noch 'ne Cola Wodka schuldig.«

# 15 Kleine Taschenlampe brenn

Sie stand nach über einem halben Jahr tatsächlich vor mir: IRINA!

Wie oft hatte ich daran gedacht, ihre Adresse rauszubekommen und ihr Briefe zu schreiben. Ich hatte mit dem Gedanken gespielt, meine Mutter zu bitten, sie zu suchen. Ich träumte in romantischen Momenten davon, eine Flaschenpost in der Spree auf die Reise zu schicken und Brieftauben mit Liebesbotschaften in die Höhe steigen zu lassen. Doch nichts davon hatte ich getan.

Zu merkwürdig war mir ihr Verschwinden erschienen, damals zwei Tage nach Maueröffnung am Nollendorfplatz. Es war irgendwie grausam gewesen, und ich hatte Angst davor gehabt, dass mir das mit ihr noch mal passieren würde. Denn so etwas macht man eigentlich nur mit Leuten, die einem egal sind. Oder mit solchen, die man verletzen will. Andererseits würde ich niemals den Moment vergessen, als sie meinen Kopf in ihre Hände genommen und auf Russisch »mein armer Anton« gesagt hatte. Bis auf meine Mutter zeigten alle anderen wenig Interesse an der Verletzung, und schon gar nicht daran, wie ich mich deswegen fühlte.

Mit großem Mitgefühl dachte ich daran zurück, wie der Drecksack an der Mauer sie als »Russengesindel« bezeichnet hatte.

Die Winter-Irina war jetzt einer völlig veränderten Sommer-Irina gewichen, noch mehrere Zacken schärfer. Sie trug Karottenjeans, Espadrilles und ein rosafarbenes Oberteil mit kurzen weiten Armen.

Ein dünnes goldenes Kettchen ohne Anhänger schmiegte sich um ihren Schwanenhals. Irgendwie wirkte sie mädchenhaft und gar nicht so ernst und erwachsen wie damals an der Grenze. Hatte sie vielleicht 'nen Kerl? Irgendeiner von diesen Hirnis, die hier mit verstümmelten DDR-Fahnen durch die Gegend liefen?

»Mensch, Irina, hast dir ja Zeit gelassen.« Es sollte kumpelig klingen, doch meine Stimme zitterte dabei, und der Vorwurf war unüberhörbar. Ich biss mir auf die Lippe, und sie errötete leicht.

»Warst du sauer?« Sie zog ihre Stirn in Falten.

»Ich war am Boden zerstört«, sagte ich wahrheitsgemäß, und sie schaute nachdenklich zur Seite. Um mir dann wieder voll in die Augen zu gucken. Wir hielten ziemlich lange dem Blick des anderen stand.

»Das finde ich schön«, sagte sie schließlich.

»Was?«

»Na ja, ich dachte, du ziehst sowieso gleich weiter zu deinen Berliner Freunden und lässt mich stehen.«

»Wirklich? Ich, äh, ich hab gar keine Berliner Freunde ... äh, ich meine, 'n paar schon.«

»Ich glaube, das war einfach nur ein großes Missverständnis«, sagte Irina nachdenklich, und wir standen voreinander rum wie bestellt und nicht abgeholt.

Aber ich spürte, dass sich da zwischen uns was entwickelte. Ich hätte sie jetzt am liebsten geküsst, hatte aber Angst davor, dass ich die Situation völlig falsch einschätzte und sie sich vielleicht wegdrehen würde. Sollte ich es trotzdem wagen?

Zum Glück brachte mich DJ Freddy wieder zurück in die Realität.

John Lennon fadete gerade aus, und er ergriff das Mikro.

»Ein kleiner Rückblick auf die gute alte Zeit«, röhrte er in den halbleeren Saal. »Weiter geht es hier bei Freddys Power-Disco mit der aktuellen Single von Marius Müller-Westernhagen und seinem aktuellen Hit ›Freiheit‹.«

»Der ist bestimmt von der *Aktuellen Kamera*«, bemerkte Irina trocken, und wir lachten um die Wette.

Sofort gingen die Feuerzeuge der von den Tischen stürmenden Trinker an. Sie versammelten sich vor der Bühne und schwenkten im Takt mit.

»Meine Vision ist komplett zerbröselt«, sagte ich niedergeschlagen.

»Bist du denn jetzt wieder hier?«, fragte Irina.

Ich schüttelte den Kopf.

»Besuche nur kurz meine Eltern.«

»Na, dann müssen wir die Zeit nutzen.«

Sie streckte ihre Hand nach meiner aus und wackelte ungeduldig mit den Fingern. Voller Inbrunst ergriff ich sie, und ein wohliger Schauer durchströmte mich.

An der Saaltür entdeckte ich Elke, die uns mit einem abschätzigen Blick beobachtete.

Ich war stolz wie Bolle, und wir liefen Hand in Hand durch die Feuerzeugschwenker in den Keller zur Bar hinunter. Irina war echt 'ne Erscheinung, und aus den Augenwinkeln sah ich, wie bei einigen der Zahn tropfte.

Sie betrat als Erstes den Raum und zog mich hinterher. Das Licht brannte, aber es war niemand da. Jetzt musste ich die Chance nutzen und ihr einen aufdrücken. Doch sie löste ihre Hand aus meiner und nahm auf einem der alten, mit rotem abgewetztem Leder bespannten, Barhocker Platz.

Ich genoss den vertrauten Modergeruch des schlauchförmigen Raumes und riskierte einen Blick durch die verschmierten Kellerfenster. Im Abendlicht erschienen die letzten Sonnenstrahlen irgendwie unwirklich. Wie Scheinwerfer, die den angrenzenden Wald in eine Art Filmset verwandelten. Auf der »Spielwiese« davor, früher immer der Hotspot für vögelnde Pärchen, grasten ein paar Schafe in der Dämmerung.

Da polterte Christel schnaufend in den Raum und wuchtete zwei volle Wassereimer auf den Tresen.

»Zwei Eimer frisches Wasser mussten früher immer reichen, um die Gläser von mindestens dreihundert Leuten zu spülen«, flüsterte ich Irina zu.

»Das war früher. Und heute, was sind heute deine Pläne?«, fragte sie laut zurück. Sie erwischte mich ziemlich kalt, doch ich fing mich wieder.

Ich dachte nach. »Früher ...«, sagte ich betont, »... wäre mein großer Plan gewesen, hier unten eine Ausstellung zu organisieren. Die Große Irina-Freiberg-Schau. Wir hätten deine Zeichnungen an die Wand gehängt. Dazu hätte ich ein paar Platten aufgelegt, Cocteau Twins oder so was.«

Irina wurde rot und lachte geschmeichelt. Sie stupste eine der Bar-Lampen an, die auf meinen Kopf zupendelte.

»Lasst mal die Lampen in Ruhe und sagt mir lieber, was ihr saufen wollt!«, beendete Christel barsch unsere Turtelei. Ich brachte die Funzel wieder in Ruhestellung und bestellte zwei Cola Wodka. »Klarer Juwel oder Gorbatschow?«

»Gorbatschow«, riefen wir wie aus einem Munde. Die Kneiperin begann, die noch frischen Gläser mit Wodka zu füllen, während wir in uns hineingrinsten.

»Du hast meine Frage noch nicht beantwortet«, bemerkte Irina.

»Du bist aber hartnäckig.«

»Wenn ich was will, schon.« Sie nahm einen großen Schluck und wartete interessiert auf meine Reaktion.

»Ich hatte immer den Plan, Düsterbusch in eine Großstadt zu verwandeln. Aber siehst ja«, ich deutete mit dem Kopf nach oben. »Ist ohne Frage gescheitert.«

»Du bist schon wieder bei früher. Aber wovon träumst du heute? Ist doch jetzt alles möglich.«

»Wovon ich träume ... Englisch lernen, bei 'ner Plattenfirma arbeiten, die Welt sehen. Davon träume ich.«

»Sind große Träume. Das finde ich gut«, sagte sie, wirkte dabei aber ein wenig enttäuscht.

»Und du?«

»Grade bin ich ziemlich vernünftig und träume nicht so viel. Vielleicht davon, dass mich mal jemand mit 'nem schicken Auto abholt.«

Sie lachte verschämt.

»Damit kann ich leider nicht dienen«, erwiderte ich.

»War ja auch nicht ernst gemeint.« Sie lächelte und schaute auf ihre Espadrilles, mit denen sie das Rohr des Barhockers bearbeitete. »Bleib doch«, sagte sie plötzlich und schaute mich wieder an.

»Bleiben. Warum?«

Ihr durchdringender Blick traf mich unvorbereitet, und was sie danach sagte, noch viel mehr. »Na wegen mir zum Beispiel?!«

In Verbindung mit der Cola Wodka ließ dieser Satz ein warmes Erhabenheitsgefühl in mir aufsteigen. Hatte ich richtig gehört? Vor allem nach meinem Unfall, der Operation und dem Berliner Irrsinn wünschte ich mir nichts sehnlicher als eine Freundin an meiner Seite. Aber wollte ich in Düsterbusch bleiben?

»Wir können ja zusammen weggehen«, sagte ich.

Sie lachte. »Das geht nicht, Anton. Ich bin froh, dass ich noch Arbeit habe.«

»Was macht man denn als Physiotherapeutin?«

»Massieren, motivieren, Rückstände aufholen.« Sie lächelte hintergründig.

»Krieg ich 'nen Termin?«

»Du hast sogar eine Privataudienz.«

Ich bekam weiche Knie. Jetzt war der Moment. Unsere Gesichter näherten sich.

»Kummer, gib mal 'nen Negerschweiß aus!«, zerstörte eine meckrige Stimme von hinten unsere zarte Annäherung. Gerber polterte in die Bar und stellte sich genau zwischen uns.

Er trug ein Basecap schief auf dem Kopf und ein T-Shirt mit Pepsi-Logo. Schlaff hielt er uns beiden seine Flosse hin und inspizierte ungeniert meine Stirn. »Ich würde mal sagen, Unkraut vergeht nicht, wa.«

»Ich würde mal sagen, du störst.«

»Cola Wodka!!«, forderte er jetzt umso ungenierter.

Ich wollte ihn schnell wieder loswerden und wandte mich an Christel. Währenddessen betrachtete er Irina von oben bis unten.

»Haste die aus Berlin mitjebracht?«

»Nee, DIE wohnt in der Langen Straße«, sagte Irina.

»Da komme ich morgen gleich mal vorbei.«

»Siehst du, Anton, da hat noch jemand große Träume«, wandte sich Irina an mich.

»Was willste?«, blaffte er sie an. Bei hübschen Mädchen war Gerber schon früher immer schnell eklig geworden. Vor allem, wenn er merkte, dass seine Chancen gegen Null gingen. Das hing mit Minderwertigkeitskomplexen aufgrund seiner Körpergröße zusammen. Er hätte im Stehen glatt sein Kinn auf den Tresen legen können.

»Komm, wenn du Sprüche machst, dann musste ooch einstecken können«, sagte ich, und er schmollte.

Christel stellte das Glas auf den Tresen, ich bezahlte und gab es ihm. »Jetzt zisch ab.« Mürrisch griff er sich den Drink, lief ein Stück und drehte sich noch mal um.

»Ich war schon in Italien, du Penner. Da gibt's massig solche Bräute wie deine. Sollteste mal hinfahren. Die stehen auf deutsche Jungs.«

Dann stiefelte er die Treppe hinauf. Irina und ich schauten einander mit den Augen rollend an.

»Deine ›Braut‹ muss jetzt leider gehen«, sagte sie plötzlich und rutschte von ihrem Barhocker.

»Irina, der Typ ist nicht ganz fruchtich in der Waffel. Ich … kann nichts dafür.«

»Ach«, sagte sie. »So was passiert mir ständig. Aber ich muss trotzdem los.«

Ich war enttäuscht, denn ich hatte mich noch nicht an ihr sattgesehen. »Bleib doch noch 'n Stündchen.«

Sie schüttelte den Kopf. »Ich will meiner Mutter noch beim Packen helfen.«

»Fährt sie in den Urlaub?«, fragte ich nicht ohne Hintergedanken.

»So ähnlich«, sagte Irina knapp.

»Soll ich noch mit rauskommen?«

»Natürlich.«

Ich war erleichtert, dass sie nicht einfach ging. Im Saal liefen wir an wild herumspringenden Leuten vorbei.

Werner Wichtig schallte jetzt aus Freddys Boxen und sorgte mit »Pump ab das Bier« für ausgelassene Stimmung. Der kurze Moment des Glücks an der Bar war dahin. Ihre Abschiedsankündigung hatte eine komische Distanz zwischen uns erzeugt. Hand in Hand war nicht mehr.

Als wir hinaus ins Freie traten, rief jemand von hinten: »Warte mal, Anton.«

Wir drehten uns beide um. Es war Elke. Ich stellte die beiden Damen einander vor.

»Ja, ja, wir kennen uns«, unterbrach mich Elke.

Irina blinzelte nachdenklich in das Gegenlicht der Funzel über der Tür. »Wirklich?«, fragte sie Elke zurück.

»Vom Handball. Du hast mir mal in der Doppelturnhalle den Arm ausgekugelt.«

»Ach, du warst das«, sagte Irina ohne große Emotion.

»Ist ja schon ein paar Jahre her. Grüß dich.«

Ein Moment des Schweigens trat ein. Ich hatte den Eindruck, dass Elke auf eine nachträgliche Entschuldigung wartete. Aber nichts passierte.

»Egal«, sagte Elke schließlich. »Anton, hilfst du uns bei der Ossi-Party?« Es klang eher wie ein Befehl als eine Frage.

»Warum?«

»Na, wir müssen noch ein Plakat entwerfen, ein paar Gags schreiben.«

»Ossi-Party, ey. Die Mauer ist noch kein Jahr runter. So was mach ich nicht mit.«

»Ja, aber die Leute wollen das. Wird rammelvoll.«

Irina konnte sich das Lachen kaum verkneifen. Elke bedachte sie mit einem vernichtenden Blick.

»Kann ich mir nicht vorstellen. Außerdem muss ich erst mal einen Job finden«, sagte ich.

»Gut, wie du willst. Dann brauchste dich hier aber auch nicht mehr sehen lassen.«

Dann verschwand sie wieder in der Kneipe. Irina und ich schauten uns an.

»Du hast wirklich tolle Freunde, Anton.« Irina grinste.

Ich zuckte die Schultern. Elkes Spruch hatte mich eher erleichtert. Jetzt war das Kapitel Helden des Fortschritts wenigstens abgeschlossen, und ein neues Leben konnte beginnen.

Viel mehr beschäftigte mich, dass ich die Chance auf einen Kuss verpasst hatte. Ich folgte Irina auf den dunklen Hof. Auch hier alles vergammelt, wie immer. Neben dem schief in den Angeln hängenden Blechtor der riesige Flaschenberg.

Irina hatte ihr Rad einfach dagegen gelehnt. Sie schloss es auf und schaute mich mit Abschiedsblick an, beide Hände fest am Lenker.

»Schöner Fahrradständer«, sagte ich.

Irina lachte. »Gibt's in Berlin nicht, oder?«

Wir schwiegen wieder.

»Stimmt das?«

»Was?«

»Dass du dir 'nen Job suchen willst.«

»Ja«, sagte ich.

»Das heißt, du bleibst?«

»Ja«, sagte ich erneut, ohne nachzudenken.

Völlig unerwartet küsste sie mich. Das Fahrrad fiel um. Ich drückte sie gegen die klappernden Flaschen. Ihre Zunge war fordernd. Ein gutes Zeichen. Es war unheimlich erleichternd. Endlich hatte mich mal wieder jemand gern. Der Schönheit des Moments folgte eine extreme Geilheit.

Ich konnte mich gar nicht mehr daran erinnern, wann ich das letzte Mal gevögelt hatte.

Das musste wohl in der Steinzeit gewesen sein. War jetzt der große Moment? Ich fing an, ihren Hintern zu befummeln, meine Hand glitt in ihre Jeans. Ich wollte gerade zur Slipkontrolle übergehen. Da ließ sie von mir ab, befreite sich aus meiner Umarmung und trat einen Schritt zurück.

»Wir müssen nicht weitermachen nur so 'n bisschen ...«, log ich fast schon bettelnd. Sie legte ihren Zeigefinger auf meinen Mund. »Ich hab grad eine ziemlich beschissene Beziehung hinter mir. Verstehst du das?« Ihre Stimme wurde plötzlich sehr ernst, und sie schaute mir in die Augen. Ich nickte. Genau wie damals in der U-Bahn nahm Irina meinen Kopf in die Hände und sah sich die Narbe unter meinen Haaren an. Dann schaute sie mir in die Augen. »Anton, das kann was ganz Großes werden mit uns. Aber gib mir ein bisschen Zeit.« Sie lächelte, setzte sich auf ihr Fahrrad und radelte davon. Ich rannte auf den Vorplatz der Kneipe. »Wann sehen wir uns wieder?«, rief ich ihr nach. »Ich melde mich.« Dann verschwand sie in der Dunkelheit. Ich warf ihr einen Handkuss hinterher und lief wie auf Wattebäuschchen nach Hause, während ein Auto mit der Aufschrift *Freddys Power-Disco* an mir vorbeirumpelte. Ich war jetzt wieder voller Energie und hatte auch schon eine Idee, wo ich vielleicht Arbeit bekommen könnte.

# 16 Marktwirtschaft ist keine Einbahnstraße

Der Bahnhof Dosse-Nord sah aus wie nach einem Fliegerangriff. Das Stationsschild baumelte zusammen mit einer Dachrinne an der Vorderfront des Hauses und hatte einen Eisenbahner erschlagen. Er lag auf einer Streumehlmatte, und seine aufgemalten Augen schauten wie erkaltet auf das kunstvoll gearbeitete Teerdach der Bahnhofshalle. Es war zersplittert, und in der Mitte klaffte ein riesiges Loch. Darin stand der Fuß meines geliebten Drehstuhles. Die Sitzfläche war aufgeschlitzt, man konnte gelbe Schaumstofffetzen sehen.

Um den Bahnhof herum – das absolute Chaos. Mehrere Trafos lagen mit kaputten Spielzeugtelefonen verkeilt übereinander. Daneben Tausende von Nässe und Dreck verformte Lochkarten, kleine Babybadewannen, bemooste Tunnelstücke, Bäume und zerfetzte Ausgaben des *Modelleisenbahners*, der beliebten DDR-Zeitschrift für alle Miniaturschienenfans. Gekrönt wurde der Haufen von meinem demolierten Lochkartentisch, an dem ich mehr als zwei Jahre lang gesessen hatte. Seine verbogenen Beine zeigten anklagend in den trüben Himmel, der dem Ausmaß der Zerstörung noch eine zusätzliche Dramatik gab.

An diesem Tisch hatte ich damals die Einzelhändler der Region empfangen, um ihnen als Großhandelsverkäufer all die Artikel zu präsentieren, die nun in Trümmern auf dem Hof meiner letzten Arbeitsstelle in der real existierenden DDR lagen. Der leer geräumte Musterschrank, in dem ich Bausätze und Loks für interessierte Einzelhändler präsentiert hatte, stand geschändet an der Backsteinwand des Hofes. Das Holz war vom Regen gequollen, und in den großen Schiebefenstern klafften Löcher wie von Hammereinschlägen. Er sah aus, als wolle er mir sagen: »Ich kann nicht mehr, Anton!«

Fast schossen mir Tränen in die Augen, und Wut regte sich. Wer ging so widerlich mit den Sachen um, die mir mal was bedeutet hatten?

Ich schaute Unheil ahnend an dem riesigen Gebäude hinauf. Dort, wo sich damals mein Büro befunden hatte, waren die Fenster weit geöffnet. Die große Eingangstür, deren Knarren mich manchmal sogar im Schlaf verfolgte, lehnte an der Wand. Mehrere Bauarbeiter vergrößerten mit Stemmeisen den Eingangsbereich.

»Was soll denn das?«, fragte ich und zeigte zu dem Trümmerberg hinüber.

Die Bauarbeiter zuckten die Schultern. »Anweisung vom Chef«, sagte einer. »Marktwirtschaft«, der andere. Dann arbeiteten sie verbissen weiter, ohne mich zu beachten.

Ich lief die breiten verschmutzten Holztreppen hinauf. Die Tür zu meinem alten Arbeitsplatz stand halb offen. Das Firmenschild war bereits abmontiert und durch ein neues ersetzt worden: *Schwartz GmbH – Fürstenfeldbruck*. Ich warf einen Blick hinein und erschrak. Die Lagerhallen, noch im letzten Jahr voll mit Modellbahnartikeln, waren leergefegt. Meine letzte Hoffnung schwand, dass ich hier vielleicht wieder einen Job bekommen würde.

Auf Zehenspitzen lief ich zu meinem Büro. Auch hier gähnende Leere. Nur ein Foto der V 180, für meine Begriffe eine der schönsten Dieselloks aller Zeiten, hing noch an der wasserfleckigen Tapete. Sie zeigte sich von ihrer Schokoladenseite, in Farbe und im Sonnenlicht auf dem Bahnhof Jüterbog im September 1976. Es war ein Mini-Poster aus dem *Modelleisenbahner*, ich hatte es irgendwann mal an die Wand gehängt. Ich schlich mich wie ein Dieb in den Raum, löste vorsichtig die Reißzwecken und ließ das Poster in meine Plastetüte gleiten. Dann ging ich in die Richtung, aus der Stimmen kamen.

Ein grau melierter Mittfünfziger in hellbraunen Wildledermokassins und weißem Polohemd saß mit baumelnden Beinen auf meinem Schreibtisch, der jetzt im Büro von Monika, meiner Exchefin stand. Das einzige Utensil, das noch an die DDR erinnerte.

Statt ihrer schweren Stores hingen jetzt lamellenartige Konstruktionen vor den Fenstern, die mehr Helligkeit reinließen, aber absolut tot und steril wirkten. Ein nagelneuer Drucker stand auf einem ebenfalls neuen Beistelltisch. Monikas Katzenposter hatten einem Kunstdruck von Pablo Picasso weichen müssen. *Die Zeit nach Guernica* war das expressionistische Werk übertitelt. Wie passend, dachte ich. Monika nickte dienstbeflissen zu jedem Wort, das der Mann mit großen Gesten begleitete, wobei er in Richtung der leer geräumten Lagerhallen zeigte. Die beiden sahen mich nicht, und ich hörte ein bisschen zu.

»Kennst die Haertle-Passaschn in Minga?«, fragte er mit bayerischem Akzent.

Monika schüttelte unterwürfig den Kopf. Sie waren schon beim Du.

Es konnte aber auch sein, dass der Typ sie einfach duzte, weil sie Ossi war.

Das war mir in Berlin auch ein paarmal passiert. Ähnlich herablassend, wie manche Ostler wiederum die Fidschis einfach duzten.

»I hob da ganz sche was vor mit dem Haus, aber ned unrealistisch«, referierte der Graumelierte weiter. »A Multizentrum mit Sportanlage, Hotel, Bürovermietungen und Sekretariatsservice.« Er schaute Monika tief in die Augen. »Da kimmst dann du ins Spui.«

Sie lächelte dankbar, und ich dachte daran, wie sie mich bei jeder Gelegenheit angeschissen hatte.

»Und ins Untergeschoss, da kimmt a Italiena nei. Kennst des La Casera in der Hohenzollernstraßn?«

Eins musste man ihm lassen, das R rollte er fast so professionell wie mein polnischer Freund Henryk. Monika schüttelte wieder lachend und verschämt den Kopf.

»Vom Feinstn, sog i da. Der Besitzer, a Freind von mir, is a italienischer Chilenee, Züchter von wuide Orchideen. Der hod die Tschardonnai-Traubn nach Deitschland brocht. I kannt ma guat vorstellen, dass der da a zwoate Filiale aufmacht.«

Jetzt reichte es mir mit dem Gequatsche. Ich räusperte mich, Monika beendete ihre Fixierung und blickte etwas entsetzt zu mir rüber.

»Anton«, rief sie aus und stand hinter dem Schreibtisch auf. »Das ist Hans-Dieter Schwartz, der neue und alte Besitzer.«

Hans-Dieter blieb sitzen und streifte mich mit einem Seitenblick. »Ja«, sagte er feierlich, »die Gerechtigkeit hat gsiegt.«

»Und wieso liegt da mein ganzes Büro auf dem Hof, wenn die gesiegt hat?«, fragte ich noch immer ziemlich wütend.

»Du hast doch 'ne Kündigung gekriegt«, entgegnete Monika.

»Trotzdem. Das war jahrelang mein Arbeitsplatz.«

»Junger Mann, junger Mann.« Der Graumelierte hob jetzt beschwichtigend seine stark behaarten Hände. »Jetzt amoi ned so gfühlig. Des kaft koana mehr. Gegen Märklin & Co habts ihr koa Chance. Da geht gar nix!«

»Kommt auf 'nen Versuch an«, konterte ich.

Er stand jetzt auf, zog eine Schachtel Astor aus der Hemdbrusttasche und zündete sich eine davon mit einem goldenen Feuerzeug der Marke Dupont an. Auf eine sehr großkotzige Art hatte der Typ Stil. Das musste man ihm lassen.

»Der Anton war mal Verkäufer bei uns ... äh, ich meine ... bei VEB-Kulturwaren«, fügte Monika schnell noch hinzu.

»Ko ois sei, aber des is jetzt wieder mei Eigentum. Mei Familie hat da bis 1949 erfolgreich Fensterleder hergstellt. I bin a oida Frankenwalder und werd da den Wogn ausm Dreck ziagn mit tragfähigen Konzepten. Und DDR-Spuizeig ghead net dazua. A halbe Million pump i da nei, des gibt an Goldregen!« Schwartz machte eine Geste Richtung Himmel, als könne er sofort Manna regnen lassen. »Und wia i des mach, is mei Sach!«

»Haben Sie denn auch 'nen Job für mich?«, rutschte es mir heraus. Denn nichts hatte ich bitterer nötig als eine Perspektive, und vor allen Dingen Geld. Immerhin hatte ich im Berliner Künstlercafé als Kellner gearbeitet.

Warum sollte ich das im La Casera von Frankenwalde nicht auch können?

Schwartz sah mich durchdringend an und nahm einen tiefen Zug aus seiner Zigarette. Dann ging er aus dem Büro und köderte mich mit dem Zeigefinger.

»Lieber Gott, geh du voa, du host die greßtn Latschen o!« Seinen Altherrenwitz quittierte Monika mit einem schallenden Lachen.

Ich nickte nur und lief neugierig hinterher, während er die Tür zum Dachboden aufschloss. Dann standen wir vor den Resten meines Spielwarenuniversums. Unzählige Kartons mit Rennbahnen der Marke Prefo waren bis zur Decke gestapelt.

»Des Zeig muas aufn Lkw, aber schney. Des Dach von der Halle kimmt weg. Da oben kimmt die Sportanlage nei, mit Squash, Fitnessbar und allem Drum und Dran.«

Ich überlegte. Ich hätte die Dinger eigenhändig vier Treppen runtertragen müssen. Es waren bestimmt zweihundert Kartons. Wollte ich das wirklich machen für diesen Typen? »Was springt denn dabei raus?«, fragte ich.

Hans-Dieter zückte seine bordeauxfarbene Geldbörse, in der jede Menge Scheine mit einer Klammer festgehalten wurden. Zu meiner Enttäuschung zog er einen grünen Zwanziger heraus.

Das war eindeutig zu wenig. »Zweihundert!«, forderte ich.

Schwartz schüttelte den Kopf. »Zwanzig D-Mark und koan Pfennig mehr!« Er trat die Astor-Kippe aus und guckte mich abschätzig an.

»Danke für nüscht«, sagte ich und ging über die knarrenden Bohlen zum Ausgang.

»Ihr miasts a langsam begreifn, dass d'Marktwirtschaft koa Einbahnstraßn is«, rief er mir noch hinterher.

»Ich schreib's mir übers Bett«, antwortete ich und polterte die Treppen runter. Draußen befreite ich noch die Ruine des Bahnhofs Dosse-Nord von meinem Drehstuhl und befestigte sie auf dem Gepäckhalter meines Mopeds.

Ich fuhr zum Marktplatz. Am Kiosk gab es doch tatsächlich den *Musikexpress*, den ich mir sofort kaufte, obwohl eine Karikatur von Mick Jagger auf dem Cover zu sehen war. »Boring old farts forever«, sagte ich mir und knatterte Richtung Düsterbusch. Unterwegs bekam ich plötzlich ein beschwingtes Gefühl.

Man konnte sich jetzt an jedem Kiosk den *Musikexpress* kaufen und eine Arschgeige, die einem einen Scheißjob aufdrängen wollte, einfach stehen lassen. Beides war in der DDR nicht möglich gewesen. Der Westen war doch gar nicht so schlecht, wie er hierzulande hingestellt wurde.

# 17 Telefonquiz
## auf Leben und Tod

Als ich auf dem Nordweg durch die Schlaglöcher fuhr, trübte sich meine Laune allerdings wieder ein. Das Auto meines Vaters stand vor der Garage, obwohl es noch früh am Tag war. Ich konnte keine frohen Botschaften verkünden, sondern kam mit leeren Händen nach Hause, ohne Job und Perspektive – genau wie damals, als ich aus der Lehre geflogen war.

Ich betrat die Veranda. Da saßen meine Eltern schon am Esstisch. Erst mal gab es was zu feiern. Auf dem Tisch stand ein nagelneues Telefon, sogar mit Tastatur. Wir hatten einen Anschluss, was in der DDR unmöglich gewesen wäre. Alle drei betrachteten wir das Teil wie ein UFO, das gerade zwischen Serviettenständer und Bleikristallschale gelandet war.

Mein Vater hatte es irgendwie geschafft, von seinem Betrieb aus einen zweiten Anschluss legen zu lassen. Meine Mutter füllte drei Gläser mit Spumante, und wir stießen an. Die Freude währte allerdings nur kurz. »Aber nicht, dass du denkst, du kannst jetzt hier Tag und Nacht die Leitung belegen«, maßregelte mich mein Vater sofort.

»Klaus«, ermahnte ihn meine Mutter.

»Nee, ich fahre lieber wie früher zum Bahnhof«, sagte ich trotzig, trank den süßen Sekt aus und wollte in meinem Zimmer verschwinden.

»Was willste denn jetzt überhaupt machen?«

Die alles entscheidende Frage hatte ich erwartet, sie erwischte mich trotzdem eiskalt. »Paar Dinge sind am Köcheln, aber Genaues steht noch nicht fest.«

»Hör dir den an!«, wandte sich mein Erzeuger jetzt mit einem sarkastischen Lacher an meine Mutter. Dann sagte er zu mir: »Bei dir is immer was am Köcheln, nur, es zahlt sich nie aus.«

Seine Worte trafen mich wie Hammerschläge, aber ich versuchte, ruhig zu bleiben. »Ich finde schon was.«

»Wie denn? Du hast doch noch nicht mal 'ne abgeschlossene Berufsausbildung.«

Ich atmete tief durch, die Wut auf ihn war kaum noch zu kontrollieren.

»Jetzt reicht's«, sagte meine Mutter. »Du musst es immer auf die Spitze treiben, oder?« Mein Vater schaute sie uneinsichtig an. »Anton wohnt erst mal hier und fertig.«

»Das musste ja so kommen.« Mein Vater verdrehte die Augen. »Und wer bezahlt das, wenn du bei der Rente leer ausgehst?«

Das Kinn meiner Mutter bebte vor Wut. Sie sah ihn mit zusammengekniffenen Augen an und schüttelte den Kopf. Offenbar sollte ich irgendwas nicht erfahren.

»Wieso, was ist denn mit deiner Rente?«, fragte ich sie beunruhigt.

»Das erzähle ich dir später. Geh mal in dein Zimmer, ich habe dir da was hingelegt.«

Ich verließ die Veranda und hörte, wie sich meine Eltern weiter stritten. Ich wollte aber nicht lauschen, hatte Angst davor, dass ich dann wieder rausstürmen und meinem Vater an die Gurgel gehen würde.

Ich schloss die Tür hinter mir und stellte den Bahnhof Dosse-Nord auf die Kommode, direkt unter das Bowie-Poster von der *Serious-Moonlight-Tour*. Das abgefuckte Modell bildete einen scharfen Kontrast zu Davids apricotfarbenem Anzug. Es war kultig.

Dann sah ich die zwei Zeitungsausschnitte auf meinem Schreibtisch. *Die Bewerbung ist Werbung in eigener Sache*, war als große Überschrift zu lesen. Ich schloss die Augen. Ich hatte es früher schon gehasst, mich für irgendwelche Kackjobs zu bewerben. Desinteressiert überflog ich die *nützlichen Tipps*, um jetzt im Westen erfolgreich irgendwo einzusteigen. *Verwenden Sie keine abstrakten Begriffe und Fremdwörter! Schreiben Sie mit linksbündiger Randbegrenzung! Benutzen Sie kein farbiges Papier! Was ist von meinem Erfahrungs- und Ausbildungspotential für das Unternehmen interessant?* Und so weiter. Ich schob den Artikel von mir und vergrub meinen Kopf in den Unterarmen. Mein Vater hatte recht.

Mit abgebrochener Lehre als Automateneinrichter, weiterführender Karriere als Waggonkosmetiker, Verkäufer von DDR-Modelleisenbahnen und schlussendlich Austräger des *Zirkel*, fand mich wohl kaum ein Unternehmen interessant. Sollte ich vielleicht Finanzberater werden wie Kotte? Die Grübelei fand erst ein Ende, als es an der Tür klopfte.

Meine Mutter humpelte ins Zimmer. »Hast du dir denn die Tipps mal durchgelesen? Ist doch sehr nützlich, oder?«

»Mhhh.«

Sie ließ sich ächzend auf mein Bett fallen. »Musst du dich eben überall bewerben. Irgendwas klappt schon. Kannst auch meine Schreibmaschine benutzen. Weißte ja.«

Sie lächelte den Streit mit meinem Vater weg. Ihr hübsches Gesicht bekam jetzt schon was von einer alten Dame.

Aber der jugendliche Stolz blieb irgendwie, das beruhigte mich, doch nur für den Augenblick.

»Erzähl mal lieber, was mit deiner Rente ist.«

Ihr Lächeln verschwand, und sie schaute zum Fenster raus. »Du kennst doch noch Frau Quade, die Sekretärin.«

»Ja klar, Christine war in meiner Klasse.«

Meine Mutter nickte. »Na, die hat mal in die Kasse gegriffen, ewig her. Ich habe es gemerkt, aber leider auch meine Kollegin Jutta, die damals Pionierleiterin war. Ich wollte es vertuschen, aber Jutta hat es an die große Glocke gehängt. Frau Quade musste dann die Schule wechseln und ist nach Kirchhausen an die Hilfsschule gegangen.« Meine Mutter machte eine Pause.

»Und?«

»Die erzählt jetzt, ich wäre 'ne hundertprozentige Kommunistin gewesen und hätte Leute drangsaliert.«

»Aber das stimmt doch nicht, wissen doch alle.«

»Ach, die haben mit ihrem eigenen Weiterkommen zu tun, manche waren Stasi. Außerdem hat die noch ein paar Eltern mobilisiert, mit deren Kindern ich immer Probleme hatte. Ein Ausschuss entscheidet jetzt darüber, ob ich meine Rente kriege.«

Tränen liefen ihr über die Wangen. Ich umarmte sie. »Kann sein, dass es nur Mindestrente wird.«

Ich streichelte ihren Rücken über der Kittelschürze und versenkte mich wie früher mit der Nase in ihrer blonden Lockenpracht. »Ausgerechnet du, die ewige Zweiflerin«, sagte ich, und sie umarmte mich fest.

»Ich hab dich so vermisst, als du in Berlin warst.«

»Aber warum haste das denn nicht gesagt?«

»Ach, ich will dich doch nicht beunruhigen.«

»Wenn irgendwas schiefläuft, Mutti, dann helf ich dir«, sagte ich jetzt und dachte an den kleinen Maulwurf, und wie er versuchte, dem Löwen im Zoo einen Zahn zu ziehen.

»Ach Anton, wie willst du mir denn helfen?« Sie seufzte, löste sich von mir und hatte sich gleich wieder völlig im Griff. Sie stand auf, strich ihre Schürze glatt und ging zur Tür. »Schreib jetzt Bewerbungen. Da liegen noch mehr Ausschnitte mit Stellenangeboten. Damit hilfst du mir schon.«

Ich seufzte und setzte mich immer noch aufgewühlt wieder an den Schreibtisch.

Unser Gespräch hatte leider nicht die Motivation hervorgerufen, mich als Assistent eines Produktionsleiters im Maschinenbau zu bewerben, wie ich es in einem von vielen uninteressanten Angeboten las. Ich klierte ein bisschen was auf ein Blatt Papier, verlor das Interesse und starrte verzweifelt das Bowie-Poster an. »David, hilf mir«, rief ich ihm entgegen. Doch er schaute nur weiter visionär in die Ferne. Aus Kunzes Essay wusste ich, dass auch Bowies Karriere erst mit fünfundzwanzig Jahren begonnen hatte.

Anfangs fuhr er nur Misserfolge ein. Erst 1972 mit den Spiders from Mars wurde er zum Popstar. Ich war jetzt auch fünfundzwanzig. Es musste also was passieren.

Da fiel mein Blick auf die Plastetüte mit dem *Musikexpress*.

Ein bisschen abschalten und in der großen weiten Welt des Pop schmökern. Das kam mir gerade recht.

Ich schwang mich auf mein Bett und begann zu lesen. Ich überblätterte die Karikaturen der Rolling Stones, studierte mäßig interessiert einen Artikel über Vaya Con Dios und las dann umso angefixter eine Konzertkritik über Sinéad O'Connor.

Zum Schluss geriet ich an die Kleinanzeigen und war plötzlich elektrisiert. Ein westdeutsches Plattenlabel namens Rock-Juwelen suchte Vertreter für Ostdeutschland. Ich sprang auf. *Classic-Rock in limitierter Auflage,* hieß ihr Slogan, und sie hatten nur Platten von prähistorischen Bands wie eben den Stones, Pink Floyd, Allman Brothers oder Tom Petty im Angebot. Trotzdem war das ein Job, der wie für mich gemacht war. Er hatte mit Musik zu tun. Ich würde herumkommen, und wer weiß, was da noch so möglich war. David hatte mich erhört, und ich warf ihm einen dankbaren Blick zu.

Aufgeregt rannte ich mit der Anzeige zum Telefon und schaute aus dem Fenster. Das Auto meines Vaters war weg, und ich tippte hastig die Telefonnummer ein, die in der Annonce stand. Mein erster Anruf von zu Hause in die Welt. Im Hörer klang es, als ob sich ein Vulkan zusammenbraute. Es zirpte, quietschte und rumpelte. Dann kam das Rufzeichen.

Ich hatte fast einen Bolzen in der Hose, als nach fünfmaligem Rufen endlich jemand abnahm und eine weibliche Stimme erklang. »Vialli?«

»Bin ich da bei Rock-Juwelen? Ich rufe auf Ihre Annonce im *Musikexpress* an, als Vertreter für Ostdeutschland«, stammelte ich hastig in die Muschel.

»Moment!«

Ich wartete.

»Ist leider schon weg«, sagte die Frau.

»Oh.« Ich war tief enttäuscht und wollte wieder auflegen, als eine männliche Stimme von Weitem zu hören war.

»Nein, ist noch nicht weg. Der Letzte hat die Prüfung nicht bestanden ...« Es raschelte. Dann hörte ich den Mann ganz nah. »Vialli?«

Ich wiederholte meinen Spruch. Er war kurz angebunden. »Drei Fragen, dann sind Sie drin oder draußen.«

Ich atmete tief durch. Jetzt ging es um die Wurst. »Wer war der Sänger bei Genesis vor Phil Collins?«

»Peter Gabriel.«

»Richtig.«

Das war relativ einfach. *The Lamb Lies Down On Broadway* hatte mal zu meiner Plattensammlung gehört. Das letzte Album, auf dem Peter Gabriel gesungen hatte. Ich hätte jetzt sonst was dafür gegeben, wenn Ekel-Kai neben mir gestanden hätte. Der kannte sich mit dieser Rockseuche besser aus als ich.

»Was war der Anlass für Deep Purples Song ›Smoke on the Water‹?«

Ich musste sofort schmerzhaft an Sprenzel denken. Nur durch ihn, den größten Purple-Fan aller Zeiten, kannte ich die Antwort. Es war, als würde er neben mir stehen und vorsagen. »Ein Brand beim Konzert von Frank Zappa beim Montreux Jazz Festival.«

»Ohh, hört, hört, die Ostler. Daran ist bis jetzt jeder von euch verzweifelt. Sehr gut. Und nun die letzte Frage.«

Ich zerrte fast das Telefon aus der Wand vor Aufregung. »Wer sind die Mitglieder von Emerson ... Lake ... and ... Palmer?«

Ich wiederholte die Frage aufgeregt für mich selbst ein paarmal und kam zu keinem Ergebnis. Ich wusste es einfach nicht. Nach ewiger Grübelei sagte ich: »Emerson ... Lake ... and Palmer?«

»Richtig«, wieherte Vialli jetzt am anderen Ende der Muschel. »Sollte lustig sein.«

Jetzt erst bemerkte ich den Sinn dieser Schwachsinnsfrage und lachte erleichtert mit.

»Entschuldigung, aber wir müssen alle DDRler ein wenig auf Fachwissen prüfen. Sonst geht das schief.«

»Klar.« Der Typ wirkte hemdsärmelig, aber nicht unsympathisch.

»Sie kennen sich also aus mit Beatles, Jimi Hendrix und so weiter?«

»Ich glaube, Hendrix ist hier in der Feuerwehrkapelle wieder auferstanden, und gelbe Unterseeboote kommen auch ständig vorbei.«

»Sehr witzig. Führerschein, Auto haben Sie?«

Diese Frage zog mir fast die Beine weg.

»Äh, ja«, log ich. Daran hatte ich überhaupt noch nicht gedacht. »Heißt das, ich hab den Job?«

»Na ja, erst mal sollten wir uns kennenlernen. Am besten, Sie kommen Samstag hierher.«

»Das ist ja schon diese Woche.«

»Das sollte doch wohl zu schaffen sein aus ...?«

»Düsterbusch.«

»Na dann. Rein in den Trabi und hergerauscht.«

Er gab mir noch die Adresse in einem Ort namens Minden, und wir legten auf.

Ich sprang in der Veranda hin und her und konnte keinen klaren Gedanken fassen. Von so einem Job hatte ich immer geträumt. Und jetzt war er in greifbarer Nähe.

Ich hatte plötzlich große Sehnsucht nach Irina und danach, ihr alles zu erzählen. Aber ich wusste nicht mal, wo sie wohnte. Außerdem hatte sie gesagt, sie würde sich melden. Ich wollte auf jeden Fall den Eindruck vermeiden, dass ich ihr hinterherrannte.

Ich nahm das Telefonbuch und guckte es durch. Wenn ihre Mutter Russin war, konnte es gut möglich sein, dass sie ein Telefon besaß.

Freiberg war ein ziemlich seltener Name. Trotzdem gab es in einem Kaff wie Kirchhausen drei davon. Ungeduldig fuhr ich die Namen mit dem Zeigefinger ab: *Freiberg Günther, Freiberg Helmut, Freiberg/Rybakowa Lange Straße 14.* Das musste es sein. Ich atmete durch. Jetzt war es auch egal. Hastig tippte ich die Nummer ein. Mein zweiter Anruf von diesem Telefon, und genauso wichtig wie der erste.

Es klingelte ein paarmal. Ich wollte schon auflegen, da nahm jemand ab. Ich hörte eine genervte weibliche Stimme. »Ja?«

»Guten Tag, hier ist Anton. Ich würde gern Irina sprechen.« Keine Antwort, nur irgendwelches Rumoren und Rascheln. Es dauerte ewig, bis wieder jemand ranging.

»Hier Freiberg.«

»Ich bin's, Anton.«

»Anton?« Sie klang so erleichtert, als würde ich sie aus einem umgestürzten Schulbus befreien.

»Können wir uns sehen?«

»Klar, auf jeden Fall. Komm vorbei.«

Als ich auf dem Moped saß, dachte ich: Lange Straße 14. Die Adresse kenn ich doch.

# 18 Die Stunde der Hallodris

Wie früher drehte ich den Zündschlüssel noch während der Fahrt auf der Langen Straße in Kirchhausen rum und der Motor erstarb. Ich ließ mein Moped ausrollen, dann stand ich direkt vor Connys Eingang. Und ausgerechnet hier wohnte Irina. Mir blieb auch nichts erspart. Connys ehemalige Wohnung im ersten Stock sah, von der nächtlichen Straße aus gesehen, unbewohnt und verwaist aus, was mich traurig stimmte. Eigentlich war ich in dieser Neubausiedlung immer traurig gewesen. Jetzt war es, als würde ein sonntäglicher Kater das Verlorenheitsgefühl der letzten Zonenjahre zurückbringen. In den oberen Stockwerken waren vereinzelt Wohnungen erleuchtet.

Irgendwo da musste Irina zu Hause sein. Es begann zu regnen. Ich sprang vom Moped und schlug den Kragen meiner Jeansjacke hoch. Die Hitze der letzten Tage war einer typischen Siebzehn-Grad-Wind-von–vorne-Regenphase gewichen. Trostlos lag die Lange Straße vor mir. Böen peitschten Birkenzweige vor die funzligen Straßenlampen und erzeugten Schattenspiele auf dem nassen Asphalt. Die Lampe direkt vor dem Eingang war ausgefallen. Ich latschte mein Moped wieder an, stellte es vor den Eingang und studierte im matten Licht des Scheinwerfers die Klingelleiste. Ich fand Irinas Namen, und die Aufregung stieg. Als ich das

Treppenhaus betrat und dieses scheiß Aroma von Bohnerwachs gewürzt mit Mischgemüse einsaugte, blieb ich kurz stehen. Sofort waren sämtliche Erinnerungen wieder da.

Ich versuchte mit geschlossenen Augen an Connys Wohnungstür vorbeizugehen. Aber ich schaffte es nicht. Ihr Name war entfernt, die Tür sah ramponiert aus. Allzu oft war ich hier nicht zu Gast gewesen. Und wenn, dann hatte es meistens Streit gegeben, weil ich mich weigerte, zu ihr zu ziehen.

»Hier hat Conny gewohnt, hier sind noch Spuren von Conny«, sagte ich vor mich hin. Ein Zitat aus dem DEFA-Film *Solo Sunny*, den ich in der Plenumsrunde bei Rita gesehen hatte und erst jetzt nach der Wende wirklich gut fand. Dann stürmte ich die Treppen hinauf, um die schmerzhaften Erinnerungen abzuschütteln. Die Lange Straße gab mir eine zweite Chance. Dieses Mal würde es gutgehen, redete ich mir Mut zu.

Im dritten Stock stand ich schließlich vor Irinas Wohnungstür und klingelte. Ich lauschte. Drinnen stritten sich zwei Frauen lautstark auf Russisch. Ich verstand so gut wie nichts.

In dieser Sprache hatte ich schon in der Schule kaum Punkte machen können. Ich hatte in der zehnten Klasse mal den Titel des russischen Textes »Lenins Maske« fälschlicherweise mit »Lenin – die Maske« übersetzt, was mir als antisozialistische Provokation ausgelegt worden war. Meine Mutter hatte es wieder mal ausbaden müssen.

Der Streit wurde immer lauter. Ich wollte gerade abdrehen, da öffnete sich die Wohnungstür, und vor mir stand Irina.

Sie zog sich gerade ihren Poncho über und sah mich erstaunt an.

»Anton, da bist du ja schon!« Es hörte sich nicht nach großer Liebe an, mehr so, als würde sie einen guten Kumpel begrüßen.

Ich ließ mir meine Enttäuschung nicht anmerken und machte eine entwaffnende Geste. »Ist sie sauer wegen mir?«, flüsterte ich.

»Ach.« Irina winkte mit finsterer Miene ab und schloss die Tür. Dann schob sie sich an mir vorbei und ging die Treppe runter. Ich folgte ihr und sah, dass sie ihre roten Haare zu einem Zwiebelzopf geflochten hatte. Um ihre Laune etwas aufzubessern, wollte ich ihr sofort von dem neuen Job erzählen. Doch sie kam mir zuvor.

»Was ist eigentlich mit deinem Kind?«, fragte sie, als wir an Connys Tür vorbeigingen. Sie blieb auf dem Treppenabsatz stehen und schaute mich erwartungsvoll an.

Ich wurde ein bisschen unsicher. »Woher weißt du ...?«

»Woher?«, fragte sie spöttisch. »Wir sind in Kirchhausen, Anton!«

Ich nickte. »Was soll sein, ich hab keinen Kontakt«, sagte ich einsilbig.

Irina guckte komisch durch mich hindurch. »Stimmt es, dass du sie vergessen hast?« Sie lief zur Ausgangstür, und ich folgte ihr widerwillig.

»Was?«

»Meine Mutter hat erzählt, du hast sie in Bad Berta mal vergessen, weil du betrunken warst.«

»Ja, das stimmt leider. Aber ich hab es tausendfach bereut. Was soll denn das jetzt, Irina?«, erwiderte ich trotzig.

Sie hatte die Klinke in der Hand und sah mich abschätzig an. »Eine Frage noch. Zahlst du?«

Ich seufzte genervt. »Nein, ich hab meiner Ex Briefe geschrieben, wie wir das klären wollen, aber sie hat nicht geantwortet.«

»Und damit gibst du dich zufrieden?«, fragte sie empört. »Ich dachte, du bist jemand, der so was selbst in die Hand nimmt.«

»Was geht dich das eigentlich an?« Langsam wurde ich sauer.

»Nichts«, sagte sie und schaute nach unten.

Draußen empfing uns der kalte Wind, der jetzt die Rangiergeräusche zusammenknallender Waggons vom Güterbahnhof herüberwehte. »Ich fahr nach Hause«, sagte ich verärgert. Irina hatte all meine wunden Punkte gedrückt, und ich war jetzt ziemlich im Eimer. Ich wollte zu meinem Moped gehen, da nahm sie meinen Arm.

»War nicht so gemeint. Ich bin Scheidungskind«, sagte sie reuig und erweckte mit ihrem Blick den Eindruck, dass es ihr wirklich leidtat.

Unschlüssig standen wir auf dem Bürgersteig, eine Windböe ließ mehrere Haare aus ihrem Zopf entweichen, die sie mit den Fingern wieder einfing. »Wo wollen wir denn jetzt hin? Der Blitz Club hat schon dicht, oder?« Sie grinste zu mir rüber. »Genau wie das Tropicana und der New York Yacht Club«, erwiderte ich immer noch ein wenig trotzig.

Ich küsste sie, und wir blieben eng umschlungen vor dem Eingang stehen. In Sekundenbruchteilen war aller Groll vergessen.

Wir wiederholten das Spiel ein paarmal. Sie schob mir ihren Unterkörper entgegen, und ich platzte fast vor Erregung. »Deine Mutter geht nicht zufällig kegeln oder so?«, keuchte ich.

Irina spitzte lachend ihren lippenstiftverschmierten Mund und schüttelte den Kopf.

»Wollen wir zu mir?«

Sie schaute mich mit bedauernder Miene an und schüttelte abermals den Kopf.

Ich seufzte enttäuscht und wollte anfangen zu betteln. Da erinnerte ich mich an Henryks Aufreißer-Ratschläge. »Die Käthen nie unter Druck setzen. Du musst warten können!« Ich atmete tief durch und lenkte in der vagen Hoffnung ein, irgendwann mal mit ihr im Bett zu landen. »Da bleibt wohl nur die Mitropa.«

Sie nickte und klapperte mit den Wimpern.

Erstaunlich pünktlich um 21:30 Uhr hielt der letzte Zug aus Cottbus zur Weiterfahrt nach Leipzig über Falkenberg, während obendrüber auf der Berliner Strecke ein Güterzug durchrauschte. Es war herrlich, dieser Kakofonie zu lauschen, die langsam in der Ferne verebbte. Irina schaute mich etwas irritiert an, wie ich so mit halbgeschlossenen Augen und selig grinsend in der Bahnhofshalle stand. Als wir die Treppen in die Mitropa hinaufstiegen, erzählte ich ihr von meiner Eisenbahnfaszination. Sie hielt mich für bekloppt, aber ungefährlich.

Blauer Dunst und Stimmengewirr empfingen uns in der Bahnhofskneipe. Und natürlich bollerte »Looking for Freedom« aus dem Kofferradio.

Drei der Tische waren besetzt. An einem saßen übermüdete Durchreisende mit dunklen Augenrändern vor ihrer Brühe mit Ei. Die anderen beiden waren von Kirchhausener Trinkern belegt. Am Tresen stand Kotte, der »Finanzberater«, jetzt total im Kleister.

Wir setzten uns so, dass er mich nicht sehen konnte. Irina schnappte sich einen Bierdeckel, zückte einen Bleistift und begann mit schnellen Bewegungen, den Tresen zu zeichnen. Und Kotte davor, der jetzt einen kugelrunden Kopf ohne Verbindung zum Körper hatte.

»Wahnsinn«, sagte ich beeindruckt davon, wie schnell das alles bei ihr Gestalt annahm. »Erinnert mich an Käthe Kollwitz – *Brot!*«

Sie lachte. »Ich stehe eher auf die russischen Konstruktivisten.«

»Mhh.« Ich nickte anerkennend und bestellte bei der Kellnerin, einer jungen Frau im *Dirty Dancing*-T-Shirt, zwei Bier.

Über dem Tresen hing eine Schnur mit kleinen Deutschlandfähnchen, und auf der Zapfanlage pappte ein überdimensionaler Hundert-D-Mark-Schein.

»Ist jetzt schon Endspiel?«, fragte ich Irina, denn die Fußball-WM war gerade in vollem Gange.

»Übermorgen wird die D-Mark eingeführt. Die freuen sich schon alle auf den Untergang«, entgegnete sie.

»Untergang?«

»Klar, was denkst du, was hier passiert. Hinter dem Konsum bei uns liegt alles voller Rotstern-Schokolade. Gab es früher nur auf Zuteilung. Jetzt rührt sie keiner mehr an, nicht mal für umsonst. Und wenn keiner mehr Ostware kauft, wie soll denn dann die Industrie überleben?«

Ich dachte sofort an den Hof bei Kulturwaren und wie getroffen ich war, als Schwartz einfach meine Sachen aus dem Fenster werfen ließ. Doch ich wollte mich jetzt keiner Jammerorgie anschließen.

»Willste auch die DDR zurück, oder was?«

»Nein, aber dass die alles ausplündern und mit ihrer Westware fluten, finde ich nicht gut«, konterte Irina ziemlich laut.

Die Kellnerin kam mit dem Bier.

»Ich will aber 'n Dessauer Hell«, sagte Irina unfreundlich zu der Blondine.

Die schüttelte den Kopf. »Ham wa gestern alles weggeschüttet.« Dann stellte sie zwei Hauff Pilsener in Goldrandgläsern vor uns ab und ging wieder.

Irina warf mir einen Gewinnerblick zu und nickte.

Ich dachte an die schwierige Situation meines Vaters und an das Nieten- und Bolzenwerk.

Der Betrieb war, als ich dort lernte, schon ganz schön vergammelt gewesen. Ich konnte mir kaum vorstellen, dass er jetzt »konkurrenzfähig« sein sollte, wie das so schön hieß. Und immerhin arbeiteten dort über zweitausend Leute.

Auf der anderen Seite war ich schadenfroh. Das war die Strafe dafür, dass die Kommunisten uns jahrzehntelang beschissen und gegängelt hatten.

Und die, die einfach die ganze Zeit mitgelaufen waren, ohne sich zu wehren, mussten jetzt dafür büßen. So lief es eben. Ich hatte ja auch keinen Job und jammerte trotzdem nicht. Ich hatte mich dem System verweigert und war nicht in festen Strukturen auf den Wogen des Sozialismus mitgeschwommen. Ich war ein Hallodri. Und vielleicht war jetzt die Stunde der Hallodris.

Ich stieß mein Glas an Irinas und exte das Bier hinunter. Auch sie trank zügig.

»Ich würde das mal nicht so negativ sehen, Irina. Das Bier schmeckt besser, es bricht eine neue Zeit an, und wir sind jung. Du hast es doch selbst gesagt. Jetzt ist alles möglich.«

Sie lächelte schwach. »Ja, aber meine Mutter ...«

»Was ist denn mit deiner Mutter?«

»Die ist Russischlehrerin. Und das bleibt nicht Pflicht-
fach und wird fakultativ. Kannst dir ja vorstellen, wie viele
jetzt noch Russisch lernen wollen.«

Irina guckte sich in der Kneipe um, während ich bei der
Kellnerin noch zwei Hauff Pilsener bestellte.

»Und wo ist dein Vater?«

»Der ist an einem Institut in Leipzig. Aber ob die überleben, weiß auch keiner.«

Irina legte plötzlich ihren Kopf auf meinen Unterarm.

Vorsichtig streichelte ich über ihr kunstvoll geflochtenes
Haargebilde.

Dann schaute sie traurig zu mir auf. »Mama geht
wieder zurück nach Nowosibirsk und will, dass ich mit-
komme.«

Ich schauderte ein wenig. Nowosibirsk, eine anonyme
russische Großstadt, deren Namen ich irgendwann mal im
Erdkundeunterricht gehört hatte. Es klang geheimnisvoll,
aber auch extrem fremd. »Und gehst du mit?«, fragte ich
ängstlich.

Sie seufzte. »Was soll ich hinter dem Ural? Ich bin hier
geboren.« Sie richtete sich wieder auf und wischte sich ein
paar Tränen aus den Augenwinkeln.

Erleichtert nahm ich ihre Hand und lächelte.

»Warst du mal da?«

»Ja, mit zwölf oder so. War schön. Ich kann mich noch
erinnern, dass wir im Ob gebadet haben. Ein riesiger Fluss,
der mitten durch die Stadt geht.«

»Bestimmt so groß wie die Ostsee, oder?« Ich grinste.

»Größer. Auch der Bahnhof sah aus wie ein Palast. Von
da aus konnte man überall hin. Taschkent, Wladiwostok.
Sogar nach China.« Sie streckte sich über den Tisch. »Und

abends dann nach Kolzowo auf die Datscha von Onkel Wassili, Schaschlik essen.« Sie lächelte.

»Wer ist Onkel Wassili?«

»Der Bruder meiner Mutter.« Ich nickte, und mein Fernweh verstärkte sich. Ich wäre mit Irina auch nach Kolzowo gegangen. Hauptsache, wir waren zusammen.

»Es gibt übrigens neue Perspektiven, Irina.« Ich zwinkerte geheimnisvoll, und ihre braunen Augen schauten neugierig. Dann erzählte ich von Rock-Juwelen, dem Quiz und dem möglichen Job mit Zukunft. Zum Schluss sagte ich: »Willste vielleicht mitkommen zum Vorstellungsgespräch?«

»Gerne, aber ich kann keinen Urlaub nehmen. Ich hab Angst, dass ich am nächsten Tag auf der Straße stehe.«

»Ist Sonnabend.«

Jetzt strahlte sie über das ganze Gesicht. »Und wie kommen wir dahin?«

»Mit dem Auto.«

»Hast du denn jetzt eins?«, fragte sie freudig.

»Besorge ich noch«, sagte ich lässig, noch nicht wissend, ob das wirklich klappen würde.

Irina umarmte mich. »Ach Anton«, flüsterte sie in mein Ohr. »Jetzt habe ich niemanden mehr.«

»Aber du hast doch mich«, sagte ich, und sie schaute mich dankbar an. Als wir am Tresen zahlten, sah ich hinter der Bedienung Kottes Koffer stehen. Das Teil war mir schon aufgefallen, als er ihn im Stadtpark geöffnet hatte. Und da meine Karriere als Vertreter ja bald begann, wäre dieser Koffer der perfekte Begleiter. Er war aus echtem Leder gefertigt, und mattsilberne Beschläge zierten die eleganten abgerundeten Ecken. Der Griff war aus Bambus. Wie ich richtig vermutete, hatte Kotte damit bezahlt, weil er kein Geld mehr besaß. Für zehn D-Mark überließ mir die achselzuckende Bedienung das gute Stück. »Den würde ich aber noch mal saubermachen«, sagte sie. Irina und ich grinsten und verließen Hand in Hand die Mitropa.

# 19 Die polarweiße Verheißung

Silvesterraketen mitten im Sommer. Der ganze nächtliche Himmel über Düsterbusch war erhellt. Ich stand mit meinen Eltern am Zaun, und direkt über uns in hundert Metern Höhe explodierte ein »Fliegender Blitz mit Schweif und Knall«. Es handelte sich um eine Rakete vom VEB Pyrotechnik Silberhütte, das erkannte ich sofort. Der nach dem Knall einsetzende Goldregen ließ unser altes Bauernhaus einen kurzen Moment lang wie ein Märchenschloss erscheinen. Überall funkte, zischte und knisterte es.

Mein Vater schaute in die Ferne und sagte: »Das letzte Mal war es nachts so hell, als Dresden '45 bombardiert wurde.«

Wenn die Miesmacher recht behielten, dann war das ein passender Vergleich für das, was bald folgen würde. Denn der Grund für diesen Feuerzauber war die Einführung der D-Mark genau am 1. Juli. Als die Pyro-Show vorbei war, gingen wir ein wenig bedröppelt ins Haus zurück. Denn meine Eltern wussten zu diesem Zeitpunkt nicht so recht, wie es weitergehen sollte. Nur in mir keimte die vage Hoffnung, jetzt im Westen einen Job zu finden, der mich erfüllte.

Es gab nur eine kleine Bodenwelle auf dem Weg zum Ruhm und zur ganz großen Kohle: der fehlende Pkw. Wie schon früher hatte ich mich mit einer Lüge in eine Problemsituation gebracht, die gelöst werden musste, bevor die Lüge aufflog. Das war eine ziemlich gute Strategie, um niemals träge zu werden.

Roberto Vialli, der Mindener Labelchef, glaubte, ich wäre im Besitz eines Autos und eines Führerscheins. Also musste ich Fakten schaffen. Wie, wusste ich noch nicht.

Den Führerschein würde ich erst im Frühjahr 1991 zurückbekommen. Also musste ich darauf hoffen, nicht kontrolliert zu werden. Ich ging davon aus, dass gerade eine länger andauernde Glückssträhne begann. Nur, wo sollte ich ein Auto herbekommen? Meinen Vater brauchte ich nicht zu fragen. Der würde mir seinen Wartburg nie überlassen.

Als die letzten Raketen über Düsterbusch zerplatzten, hatte ich eine folgenschwere Idee. Die D-Mark war noch keine zwanzig Stunden alt, als ich die Linde betrat. Wohl wissend, dass die neuen Helden des Fortschritts ihre große Ossi-Party vorbereiteten. Elke hatte meinen Platz an der Stirnseite des Stammtisches eingenommen. Um sie herum saßen Kai, Marion, Wuschel, Kurte und Gerber. Dazu noch ein paar jüngere Gesichter, die ich nicht kannte. Harry hing über dem Tresen und las die *Frankenwalder Post*. In sein rotes Alkoholikergesicht trat freudige Erregung, als er mich sah. »Jetzt kommt die graue Eminenz.«

Ich klopfte mit dem Knöchel auf den Tresen und ging zum Tisch rüber. Der ganze Club schaute mich feindselig wie einen Abtrünnigen an. Trotzdem winkte ich den neuen Mitgliedern freundlich zu. Elke gab der Jugend eine Chance. Das hätte ich ihr gar nicht zugetraut. »Na Kurte, was ist aus dir geworden?«, fragte ich.

»Der ist jetzt Verkäufer von Investitionsgütern«, sagte Marion und betonte das letzte Wort süffisant.

»War ich«, nuschelte Kurte vor sich hin.

»Warum?«, entgegnete ich.

»Dreimal verpennt, dann ham se mich rausjeschmissen.«

»Wäre dir im Osten nich passiert.« Marion kicherte.

Elke brachte sie mit einem Blick zum Verstummen. »Was willst du?«

»Ich hab mir das noch mal überlegt. Ich helfe euch bei der Ossi-Party. Ist vielleicht doch nicht so 'ne schlechte Idee«, log ich. Ich glaubte immer noch nicht daran, dass so etwas irgendjemanden interessierte.

Elke schaute angestrengt nach vorn. Dann kam Bewegung in ihr Gesicht.

»Ich wusste es, Anton«, sagte sie schließlich erleichtert. »Es kommen wirklich viele Leute. Frag mal Harry.« Elke zeigte lachend nach hinten.

»'n paar haben schon angerufen. Aber ob die dann wirklich erscheinen ...«, dämpfte dieser gleich die Stimmung. »Du musst die Puhdys aus Berlin holen, Kummer. Dann wird's 'n Kracher!« Harry untergrub offensichtlich Elkes Autorität, was sie sich stoisch gefallen ließ. »Wir brauchen dringend 'n Motto, Anton. Haben aber keine richtigen Ideen.« Elke puhlte missmutig Pappestücke aus einem Bierdeckel.

»Wieso? ›Zurück zur Planwirtschaft‹ ist doch gar nicht so schlecht.«

»Ist von mir«, meldete sich Marion.

»Ja, aber das ist nur so 'n Untermotto, verstehst du, Anton. Wir brauchen noch irgendwas, das dich vom Plakat runter anspringt.« Elke schaute nachdenklich zur Decke hoch. »Mir fällt aber nichts ein.«

»›Auf zur FDJ‹ oder so«, sagte Wuschel.

Gerber musterte sie abschätzig. »Da hab ich ja mehr Geschmack im Penis.«

»Dann schlag doch selber was vor, du Schlappschwanz«, blaffte ihn Elke lautstark an, und alle erschraken.

»Sind wohl Erfahrungswerte«, grunzte Kurte lächelnd und schaute zu den beiden rüber.

Alle lachten, Elke deutete eine Ohrfeige in Kurtes Gesicht an, und Gerber wurde knallrot. An der Dynamik hatte sich wenig geändert. Dummes Gequatsche, ab und an mit einem Sexspruch angereichert.

Nur folgte jetzt nichts mehr einer Vision oder einer Idee. Es ging nur noch darum, mit irgendeinem Schwachsinn den Saal vollzukriegen.

»Was ist denn mit: ›Auf zum XIII. Parteitag‹?« Ich erntete verständnislose Blicke.

»So viel ich weiß, gab es nur zwölf«, flötete Wuschel.

»Genau das ist die Idee, Wuschel. Ihr macht den dreizehnten«, sagte ich eindringlich. »Ihr führt das Erbe von Krenz weiter«, schob ich ironisch hinterher.

Totenstille. Dann atmete Elke durch und drückte über den Tisch hinweg meine Hand. »Das ist es. ›Auf zum XIII. Parteitag.‹ Mensch, Anton, das ist es. Das ist lustig und wahrhaftig!«

Ich fragte mich zwar, was daran wahrhaftig sein sollte, aber Elke musste natürlich mit bedeutungsschwangeren Reden ihre Führungsposition behaupten.

»Da fällt mir aber ein Stein vom Herzen. Hast du noch mehr so gute Ideen, Anton?« Sie lehnte sich mit zufriedenem Gesicht zurück.

»Hab ich. Aber die sind an Bedingungen geknüpft. Kommst du mal kurz mit raus? Du auch, Kai.« Alle schauten erstaunt auf.

»Willste mir einen blasen, Kummer?«

»So ähnlich.«

Ich stand auf, und die beiden folgten mir in den eiskalten Saal.

»Mach's nicht so spannend, mein Schnaps wird warm«, unkte Ekel-Kai übellaunig, als ich lächelnd, aber innerlich aufgewühlt, vor den beiden stand.

»Ich hab noch massig Ideen, aber ich brauch dein Auto.«

Kai begann zu lachen. »Du hast wohl 'ne Meise!«

»Gut, dann geh ich wieder.« Ich hob bedauernd die Schultern.

»Wozu brauchst du denn das Auto?«, fragte Elke.

»Ich muss in den Westen, was besorgen.«

»Hat das etwa was mit Irina Freiberg zu tun?«

»Nee, aber selbst wenn ...«

»Die hält sich für was Besseres.«

Elke wirkte ganz aufgekratzt, als ob sie mir wegen Irina schon lange mal die Meinung geigen wollte.

»Und hübsch ist sie«, entgegnete ich.

»Conny ist hübscher. Anton ... ich habe Marie-Luise übrigens gesehen«, schweifte Elke jetzt ab und schlug sich vor Entzücken die Hand vor den Mund. »Ich schwöre dir, deine Tochter wird mal Fotomodell.«

»Ganz toll, Elke«, unterbrach ich sie. »Was ist denn jetzt mit deinem Kadett?«, wandte ich mich wieder an Ekel-Kai.

»Vergiss es, Kummer!«

»Gib ihm doch die alte Kiste«, schnauzte Elke Kai an.

»Alte Kiste? Der hat siebentausend Ost gekostet, die Vadder extra jetauscht hat Eins zu Neun. Also fast tausend West.«

»Ist ja alles egal, ist ja alles West jetzt«, blaffte Elke weiter. »Ich will dem dummen Arsch da vorne beweisen, dass wir den Laden vollkriegen.«

Kai schaute nachdenklich zum Fenster hinaus. Hinter den vergilbten Gardinen leuchtete der polarweiße Kadett wie eine Verheißung.

»Gib ihm das Auto, Kai. Wir brauchen Anton.«

Kai lief ein paarmal im Saal auf und ab. Dann blieb er vor mir stehen.

»Aber wehe, du machst Flecken auf meine Polster, Kummer. Dann sind deine Eier Matsch.«

Ich nickte nur schmallippig und hatte mein Ziel erreicht. Jetzt stand meiner Karriere nichts mehr im Weg.

»Schlüssel?«, fragte ich Kai und hielt die Hand auf.

»Kriegste nachher. Zusammen mit 'ner Einweisung.«

»Dann bringst du auch gleich noch ein paar Sachen für die Scorpions-Tribute-Band mit«, sagte Elke zu mir. »Fenchelhonig, Johnny Walker und Käpt'n Nuss.«

»Mach ich.«

Erleichtert setzte ich mich wieder an den Tisch. Die Ideen sprudelten jetzt nur so. Ich schlug vor, den Saal mit einer »Straße der Besten« zu dekorieren. Dazu würden Fotos von allen Clubmitgliedern in DDR-Verkleidung gemacht.

»Zwischendurch gibt es ein paar Sketche, auf die Dorfjugend zugeschnitten.« Mir fielen die alten roten Verse der Kabarettgruppe meiner Mutter ein.

Alle sahen mich an. »Du meinst, wir sollen die selber spielen?«, fragte Kurte.

Ich nickte, und die Begeisterung kannte keine Grenzen.

»Ja, wir machen Theater«, rief Elke mit glänzenden Augen.

Erst am Ende wurde mir klar, dass ziemlich viel wieder an mir hängenbleiben würde. Gleichzeitig genoss ich es, gebraucht und bewundert zu werden. Dann kam der große

Moment. Wir gingen auf den Hof, und Kai öffnete für mich seinen Kadett. Es war das erste Mal, dass ich in einem Westauto saß, und ich fühlte mich sofort wohl. Kai erklärte mir die Gangschaltung und die Armaturen. Ich hatte nie ein Auto besessen, obwohl ich in der Lehre sogar den Lkw-Führerschein gemacht hatte, bevor ich rausgeflogen war.

Nur wenn Baade früher so besoffen war, dass er nicht mehr fahren konnte, hatte ich manchmal seinen riesigen Tschaika über nächtliche Landstraßen gesteuert.

»Und denk dran, der ist tiefergelegt. Schlaglöcher vermeiden.«

»Na klar.«

Nachdem mir Kai alles gezeigt hatte, stiegen wir beide wieder aus. »Ein Kratzer, Kummer ...«, sagte er drohend.

»Du kennst mich doch«, erwiderte ich beschwichtigend.

Er nickte. »Und dein Moped ooch. Sonntagnachmittag steht der wieder hier, und zwar picobello!« Er hielt die Schlüssel in die Höhe, ließ sie aber ins Gras fallen, bevor ich zugreifen konnte. Ich bückte mich und hob sie auf.

»Dass du noch mal vor mir in die Knie gehst, finde ich richtig gut.« Er lachte höhnisch und stiefelte mit seinen Klettis und den Bell-Bottom-Jeans vom Hof. Eigentlich hätte ein Blümchen-Käfer viel besser zu ihm gepasst.

Ein komischer Typ, aus dem man nicht schlau wurde. Von Kai hätte ich als Erstes vermutet, dass er bei der Stasi war. Ich atmete durch. Weder er noch Elke hatten nach meinem Führerschein gefragt. Jetzt begann das aufregende Leben.

# 20 Über Tschernobyl ins Glück

»I Shot the Sheriff«, nölte Eric Clapton aus Kais Kassettenrekorder. Zumindest stand das mit Krakelkuli auf einer von seinen klebrigen Ostkassetten, von denen ich schon mindestens vier Stück wieder aus dem Autodeck geworfen hatte. Ein völlig neues Gerät, das Tapes wie ein Toaster in die Wirklichkeit zurück beamte. Immer wieder betätigte ich den Mechanismus. Es war ein irres Gefühl, beim Autofahren Kassetten hören zu können.

Leider hatte Kai nur Uralt-Rock auf Lager. Von Foreigner bis Jethro Tull reichte das Kabinett des Grauens. Ich wollte Clapton auch wieder aus der Öffnung katapultieren, da nahm Irina meine Hand vom Knopf und platzierte gleichzeitig ihr rechtes nacktes Bein auf dem Ablageboard. Sie war so schon eine perfekte Erscheinung, aber ihr wohlgeformter großer Zeh, den sie jetzt gepflegt und silbern lackiert wenige Zentimeter vor meinen Augen präsentierte, ließ mich doch ein wenig Richtung Grünstreifen abweichen. Ich hatte ihr erzählt, dass ich mir den Kadett von Kai geborgt hatte, aber nicht, dass ich keinen Führerschein besaß. Neben mir hupte mich ein Trabi an, von denen jede Menge in Richtung Westen unterwegs waren.

»›I Shot the Sheriff‹ ist doch ein großartiger Song«, sagte sie mitgroovend, als ich den Kadett wieder in die Spur brachte.

Es war bullenheiß, und wir waren unterwegs nach Minden. Wir hatten Bernburg über Rumpelstraßen und sandige Pisten erreicht, das mich ein wenig an Tschernobyl erinnerte, zumindest so, wie ich es aus dem Fernsehen kannte. Alles wirkte verlassen, staubig und radioaktiv. Dagegen sah Düsterbusch wie ein Kurort aus, musste ich – mal ganz Lokalpatriot – feststellen.

Der Verkehr war relativ entspannt. Von vorn kamen uns jede Menge Lkw auf dem Weg in den Osten entgegen. Ich musste mich erst mal dran gewöhnen, dass die alle aussahen wie fahrende Litfaßsäulen.

*Keine Feier ohne Meyer,* schrie der Schriftzug auf einem riesigen Truck, der mit großem Pfeifen und nur wenigen Zentimetern Abstand an uns vorbeirauschte. Der fauchende Luftdruck ließ Kais Kadett auf der Piste schlingern, und ich hielt mit aller Kraft dagegen.

Demnächst würden wir die Noch-DDR über den Grenzübergang Marienborn verlassen, und die Spannung stieg. Im Radio hatte ich gehört, dass dort ab dem ersten Juli keine Kontrollen mehr stattfanden. Aber was war, wenn die aus irgendwelchen Gründen doch noch kontrollierten? Ich nahm abwechselnd meine schweißnassen Hände vom Lenkrad und wischte sie mir an meinen weinroten Shorts ab, zu denen ich ein kariertes Kurzarmhemd und meine Martens trug.

Wird schon schiefgehen, redete ich mir Mut zu, und schon waren wir auf der Autobahn. In Irinas Schoß lag ein Atlas über dem sandfarbenen Jeanskleid. Sie suchte ständig Abkürzungen heraus und schien auch immer recht zu behalten. Sie hatte extra eine Westkarte besorgt. Da waren im Gegensatz zu den DDR-Karten alle Nebenstrecken eingezeichnet.

Ich war von ihrer praktischen Art, Dinge einfach so zu machen, mehr als fasziniert.

Allerdings wollte sie ständig bestimmen und widersprach mir permanent. Das machte mich unsicher, verstärkte aber zugleich ihre erotische Ausstrahlung. Und Irina genoss es sichtlich, neben mir im Auto zu sitzen. Mit heller klarer Stimme sang sie mit: »›I shot the sheriff, but I swear it was in self-defense.‹«

»Du bist ja ziemlich textsicher.«

»Gary, mein Ex, hat in einer Bluesband gespielt. Das haben die auch gecovert.«

»Ach«, rief ich erstaunt aus. Jetzt schloss sich der Kreis aus Poncho und Wildlederstiefeln.

»Lothars Blues Experiment.« Sie lachte zu mir rüber. »Im Erzgebirge waren die eine große Nummer.«

»Na, kein Wunder, bei dem Namen.«

Jetzt schlug sie mir auf den Oberarm, teils amüsiert, teils beleidigt. »Die waren wirklich nicht schlecht!«

»Was hat er denn gespielt?«

»Schlagzeug.«

»Und deswegen haste ihn gleich geheiratet?«

Sie schaute jetzt etwas melancholisch geradeaus.

»Ja, nach drei Wochen. Wir haben in Jeans geheiratet. Auf dem Standesamt in Glauchau.«

»Fast schon revolutionär«, sagte ich und bekam den nächsten Schlag.

»Ich steh nämlich auf Schlagzeuger!«

»Hattet ihr 'ne gute Zeit?«

»Ja, am Anfang schon, wir waren viel unterwegs.«

»Wann war es denn nicht mehr schön?«

»Als er mir betrunken zum ersten Mal eine geknallt hat.«

Ich erschrak und streichelte ihren Unterarm. »Entschuldige.«

»Schon gut.« Sie küsste mich auf die Wange, und wir schwiegen gemeinsam.

Vor uns auf der Autobahn erschien eine riesige düstere Höhle, auf die ich zufuhr. Beim Näherkommen erkannte ich, dass es der Grenzübergang war. Ich atmete tief durch, als wir an blauen Schildern vorbeifuhren, auf denen *Transit BRD* stand. Jetzt waren wir tatsächlich an der sogenannten Nahtstelle zwischen Ost und West.

Eine dunkle Wolke schob sich in dem Moment vor die Sonne, was den Gruseleffekt noch verstärkte. Die Höhle entpuppte sich als Blechdach, das sich quer über die ganze Autobahn erstreckte. Rechts wuchs plötzlich die schneeweiße Mauer aus dem Boden. Nur in Berlin war ich bisher dem »antifaschistischen Schutzwall« so nah gekommen.

Plötzlich wurden die Autos langsamer, und wir kamen schließlich zum Stehen.

Bei einer Kontrolle wäre alles aus. Irina würde erfahren, dass ich keinen Führerschein besaß, und ich hätte das Auto stehen lassen müssen. Was dann kam, wagte ich mir gar nicht auszumalen.

»Is was?«, fragte Irina, da sie bemerkte, dass ich mich nervös umschaute.

»Ach, nur ein bisschen warm.« Ich kurbelte die Scheibe runter und lehnte mich aus dem Fenster.

Drei junge Leute in Marmor-Washed und mit Dauerwellen fläzten sich direkt neben uns an ihren Trabi und köpften lachend eine Flasche Sekt.

Ich zog sofort den Kopf wieder ein. Irina nahm ihre Tasche und holte einen Skizzenblock heraus. Sie brachte die

Dauerwellen neben ihrem Trabi in wenigen Strichen zu Papier. Nur dass auf ihrer Zeichnung die Köpfe winzig klein waren und die Dauerwellen überdimensionale Formen annahmen. Ich schaute ihr zu. Ehe ich etwas sagen konnte, blätterte sie ein paar Seiten zurück.

»Guck mal hier. Ich habe alle Backstage-Räume, wo wir aufgetreten sind, gezeichnet.«

Hektische Bleistiftskizzen stellten enge Räume mit allerlei Mobiliar dar, das teilweise umgestürzt war. Kleine Tische mit Essensresten und Bierflaschen drauf. Ein naiv gekritzelter Mensch pennte auf einem Sofa. In der Ecke seine Gitarre. Auf der nächsten Zeichnung ein karges Büfett auf zwei Schultischen, dahinter ein offenes Klosett. Ein Mann schlief daneben.

Sie lächelte mich an, während ich ihre Blätter betrachtete.

»Guck mal. Hier steht noch *Umkleideraum*. Da wusste ich noch nicht, dass das Backstage heißt.« Irina zeigte auf das Datum und den Ort, mit dem sie jede Zeichnung versehen hatte.

Ich las vor: »*Parkfest Gräfenroda. 25. Juli 1987.*« Die Zeichnungen waren in den angesagtesten Blues-Treffpunkten der DDR gemacht worden, von Werben bis zum Weimarer Zwiebelmarkt.

»Und da hat Lothars Blues Experiment überall gespielt?«

»Ja, aber immer nur als Vorband. Sogar in Berlin im Jugendclub Langhansstraße.«

»Und wieso Backstage-Räume?«

Sie zuckte die Schultern. »Ist irgendwie ein mythischer Ort der Ankunft und des Abschieds, finde ich. So wie die Grenze da vorne.«

Sie sah mich mit großen Augen an, und ich war begeistert.

»Du bist ja 'ne richtige Künstlerseele, Irina.«

»Mit irgendwas musste ich mir ja die Zeit vertreiben, wenn Gary auf der Bühne war.« Sie wurde rot.

»Daraus können wir ein Buch machen. Ich schreib das Vorwort.« Ihre Augen begannen zu glänzen.

*»Backstage-Tristesse … äh … Relikte eines gebrauchten Raumes.* Mit Zeichnungen von Irina Freiberg und einem Vorwort von Anton Kummer.«

Ich grinste zu ihr rüber.

»Schöner Titel. Aber das ist unrealistisch.«

»Es gibt bestimmt kleine Verlage in Berlin, die so was machen würden«, sagte ich.

»Meinste?«

»Klar. Das hat doch totales Potenzial. Schon die Idee ist gut.«

Irina schmiegte sich an meine Schulter.

»Ach, Berlin, davon habe ich auch schon immer geträumt.«

»Mit dir zusammen würd ich es noch mal probieren. Wir nehmen uns einfach 'ne Bude in der Lychener. Da steht so viel leer.«

Sie streifte mich mit einem Seitenblick. »Aber nicht einfach so. Außerdem hab ich ja jetzt Mamas Wohnung.«

»Sie ist schon weg?«, fragte ich überrascht.

»Ja, vorgestern habe ich sie zum Zug gebracht«, sagte Irina und schaute mit trüber Miene zu den drei Sekttrinkern hinaus.

»Dann zieh ich bei dir ein«, sagte ich, und mein Herz bummerte dabei. Ruckartig fuhr sie hoch.

»Bisschen früh, meinste nicht?!«, sagte sie.

Ich nickte verständnisvoll. »Klar.«

Dann wechselte ich das Tape, und die elektronische Bassdrum von Global Force ließ Kais Kassettendeck im Rhythmus knarren.

»Das ist das neue Ding, Irina: Techno. Industrielle Musik für industrielle Menschen.«

»Schrecklich«, sagte sie und drehte leiser. »Aber ich finde es schön, wenn du Visionen hast.« Plötzlich löste sich der Stau auf, und ich musste mich wieder auf den Verkehr konzentrieren. Große Erleichterung, denn kein Grenzer war zu sehen. Jetzt wuchsen an den Seiten noch mehr Blechdächer, Türme und hässliche Plattenbauten aus dem Boden, und ein monströses Areal breitete sich links von uns aus. Es schien verlassen. Auch Irina zeigte sich beeindruckt.

»Wollen wir mal anhalten?«

»Anhalten?« Wir waren gerade auf der Überholspur.

»Na, da ist doch keiner mehr.«

Ich wurde wieder nervös, auch weil ich glaubte, unser erstes Mal stünde kurz bevor, und das wäre der wahre Grund, warum sie anhalten wollte. »Aber hier ist ein Zaun.«

»Stell dich nicht so an.«

Ich begann zu schwitzen. Dicht hinter mir folgte ein Lada, und wir hatten das Gelände schon fast hinter uns, als ich links eine Lücke im Zaun sah. Schnell riss ich das Lenkrad herum, und wir flutschten aus der Autoschlange auf die riesige Betonfläche. »Wie Niki Lauda, wa.« Ich war stolz auf mich. Für einen Nichtautofahrer hatte ich ganz schön was drauf. Ich drehte drei Runden um einen Lichtmast, der mit riesigen Scheinwerfern bestückt war. Dann hielt ich an, und wir stiegen aus.

»Gerade noch unüberwindliche Grenze, jetzt schon verwunschenes Märchenland«, sagte Irina.

In der Tat brauste der Verkehr vorbei, und niemand nahm Notiz von dieser riesigen Grenzabfertigungsanlage. Es war komplett unwirklich. Bis auf einen Lkw, vor dem sich zwei Männer unterhielten, war auch keine Menschenseele zu sehen. Ich musste diesen Anblick erst mal verdauen. Überall Sichtblenden, heruntergelassene Jalousien, stummer Beton. Und dann diese Blechdächer, futuristische Konstruktionen der Einschüchterung. Völlig krank, aber auch irgendwie majestätisch, wie im Science-Fiction-Film.

Ich öffnete die Autotüren und drehte »Future Dance« von Global Force laut. Es war der perfekte Soundtrack für diese Kulisse. Irina streifte ihre Espadrilles von den Füßen und schlug vor meinen Augen kunstvoll zwei Räder auf der verlassenen Betonfläche.

Dabei löste sich der Zwiebelzopf, und die rote Mähne fiel ihr fast bis auf den Hintern. Diese ganz schnelle Barfuß-Affinität und dann auch noch ein Zirkuskunststückchen. Das törnte mich ein bisschen ab.

Ich musste an Conny denken. Niemals hätte sie diese ölverschmierte Betonfläche mit bloßen Füßen betreten.

Etwas außer Atem stellte sich Irina wieder zu mir und guckte erwartungsvoll. Ich lächelte unsicher.

»Lernt man so was beim Handball?«

»Nein, beim Bodenturnen«, sagte sie keuchend.

»Sag mal, was war denn da los in der Doppelturnhalle?«

Sie winkte ab. »Das ist bestimmt fünf Jahre her.«

»Und wieso haste Elke den Arm ausgekugelt?«

»Ich habe ihr nicht den Arm ausgekugelt. Handball ist kein Mikado. Sie war Kreisläuferin, ich halb rechts, wollte sie am Wurf hindern. Da geht das manchmal ganz schnell.«

»Haste dich entschuldigt?«

»Weiß ich nicht mehr«, motzte sie mich an. »Ich glaube, da waren gleich ganz viele Leute um sie rum.«

»Vielleicht sagste noch mal was zu ihr«, argumentierte ich vorsichtig.

Irina schaute mich an, als hätte ich was an der Waffel.

»Und das von dir, den sie total hat abblitzen lassen?«

»Ich bin doch nicht abgeblitzt.«

»Natürlich. Die hat dir praktisch Clubverbot erteilt. Dir, der das alles geschaffen hat. Ohne dich würde da kein Mensch hinfahren. Niemand wüsste von dem Kaff.« Sie betrachtete mich kopfschüttelnd. »Du verkaufst dich eindeutig unter Wert, Anton Kummer.«

»Deshalb habe ich dich ja mitgenommen. Damit mir das nicht mehr passiert.« Ich küsste sie auf die Nasenspitze. »Und weil ich dich liebe.«

»In der Reihenfolge?« Sie lachte und küsste mich zurück.

Dann entzog sie sich meiner Umarmung.

»Was waren deine Sportarten?«, fragte sie plötzlich.

»Handgranate und hundert Meter.«

Sie nickte. »So weit ist es ungefähr bis zu dem Blechdach da drüben.« Sie stellte sich in Position.

»Ach komm, Irina.« Ich hatte wenig Lust auf solchen Quatsch. Dadurch litten die Frisur und auch meine Schuhe.

»Hab dich nicht so. Einmal Sprinter, immer Sprinter. Wer gewinnt, kann sich was wünschen.«

»Auch das noch.«

Sie zählte ein, und wir rannten los. Es gab bestimmt ein ziemlich obskures Bild ab, sie barfuß mit wehendem Haar und ich mit meinen Martens im sportlichen Wettkampf quer über das Grenzuniversum.

Die Nähte an meinem Kopf hielten, aber Irina war schneller. Der ganze Fusel, den ich die letzten Jahre unkontrolliert in mich hatte hineinlaufen lassen, erzeugte schon nach kurzer Distanz Schnappatmung.

Sie schlug mit zwanzig Metern Vorsprung an einer der Grenzerbuden an, die verlassen auf kleinen Rampen unter dem Blechdach standen. Keuchend ging ich auf sie zu.

»Na, Gewinnerin?«

»Ich gewinne immer.« Sie trat leicht mit ihrem Fuß gegen meinen Oberschenkel.

»Lass das!«

Sie machte es noch mal, verstärkt durch einen trotzigen Blick.

Ich nahm ihre Hand und zog sie an mich. Dann drückte ich sie gegen die Budenwand, auf der ein kaputtes Schild warnte: *Achtung! Motor abstellen.* Wir küssten uns. Doch kurz darauf war wieder mal Schluss, und sie versuchte, sich zu entwinden.

»So ein geschichtsträchtiger Ort für das erste Mal.«

»Erst die Arbeit, dann das Vergnügen.« Sie befreite sich aus meiner Umklammerung.

»Und was wünschst du dir?«

»Weiß ich noch nicht«, sagte sie. »Erzähl ich dir später.«

## 21 Sehnsucht nach wilden Müllkippen

Wir fuhren über eine riesige Brücke, die uns direkt nach Minden führte. Bis zum Horizont glänzte ein biblisch großer Fluss in der Nachmittagssonne. Ich war baff. »Ist das der Rhein?«

»Das ist die Weser.« Irina grinste. »Geografie ist nicht so deine Stärke, was?«

»Nee, auch nicht Geometrie, sondern eher Genitalogie.«

Ich lachte über meinen eigenen billigen Witz, und Irina schaute abschätzig zu mir rüber. »Sehr komisch. Dass deine Mutter Lehrerin ist, kann ich wirklich kaum glauben.«

»Da bist du nicht die Erste.«

Wir hielten eine Weile lang die Klappe und lauschten »Future Dance«, dem Remix von David Morales. Es war ein ambientmäßiger Track, der gut zu dem glitzernden Wasser der Weser passte.

Schon waren wir mitten in der Stadt. Jetzt war volle Konzentration gefragt, denn Minden bestand aus einem einzigen Labyrinth. Überall Einbahnstraßen und verwinkelte Abzweigungen. Sogar Irina musste richtig arbeiten. »Links, nein, rechts, oder warte mal.«

Ständig starrte ich in den Rückspiegel, denn mein Fahrstil war auffällig. In Westdeutschland war die Gefahr natürlich wesentlich größer, in eine Bullenkontrolle zu geraten.

»Halt mal, ich blick hier nicht mehr durch«, sagte Irina plötzlich, und ich durchfuhr erst mal widerrechtlich eine Einbahnstraße.

Unsicher eierte ich mit dem Kadett eine steil ansteigende Gasse hinauf und parkte vor einer alten Backsteinkirche. Wir stiegen aus und streckten uns. Irina fläzte sich lasziv auf die Motorhaube und studierte konzentriert den Atlas. Die unteren Knöpfe ihres Jeanskleides waren geöffnet, und der Anblick ihrer schönen Beine bot sehr viel Interpretationsspielraum.

»Ich finde die Leutenstraße nicht.«

Dort hatten die Rock-Juwelen ihr Büro. Von unserem erhöhten Standort aus konnte ich auf den Markt hinunterblicken. Eine intakte Traumwelt lag vor mir. In Minden sah es ein bisschen aus wie in einer Episode der *Schwarzwaldklinik*.

Überall Geschäfte mit Reklame an den Häuserwänden. Gepflegte Gassen mit schnuckeligen Fachwerkhäusern. Alles war extrem sauber, was mich ein bisschen verunsicherte. Ich musste an die Schauspielerin Heidi Brühl denken, von der jemand behauptet hatte, sie sei die fleischgewordene Fußgängerzone einer westdeutschen Kleinstadt. Da war irgendwie was dran, dachte ich, während Irina den Atlas zuschlug.

»Die Leutenstraße 6 ist nicht in der Innenstadt, sondern ein Stück draußen«, sagte sie. »Aber weit kann es nicht sein, maximal fünf Kilometer.« Ich schaute auf meine Armbanduhr. Wir waren fast zwei Stunden zu früh. Ich nickte, und Irina warf den Atlas auf den Beifahrersitz. Dann verschloss ich den Kadett. »Wollen wir ein bisschen bummeln?«

Sie lachte. »Lass uns bummeln!«

»Und danach fummeln.«

Irina verdrehte etwas genervt die Augen. »Langsam reicht es, Anton.«

»Gut, ich höre ja schon auf.«

Wir liefen eine kleine Treppe zum Marktplatz hinunter. Zufrieden aussehende Flaneure mit Plastetüten in den Händen kamen uns entgegen. Darunter auch ein paar Plunderjacken aus dem Osten, die ich nicht nur an der Kleidung, sondern auch am geduckten Gang erkannte. Eine heile Welt lag vor uns, mit Tchibo, Karstadt und Kochlöffel. Aber war diese Welt aus der Ferne, von einer Mauer getrennt, nicht viel interessanter gewesen? Ich spürte kurz eine gewisse Fremdheit gegenüber dieser Perfektion und hatte Sehnsucht nach dem, was ich kannte, obwohl ich die Zone eigentlich hasste wie die Pest. Ich verzehrte mich nach Baggerseen und den Liedern von Veronika Fischer, nach verkommenen Hausecken und wilden Müllkippen, nach Stille und dem DDR-Gefühl der Siebziger, irgendwie in Watte gepackt zu sein. Ich wollte solche Gefühle nicht zulassen und wehrte mich erfolgreich gegen die Melancholie, denn es war nicht mehr möglich, in das warme Nest DDR zurückzukriechen. Umso glücklicher war ich jetzt, dass Irina neben mir lief. Ihre Anwesenheit gab mir eine neue Art von Geborgenheit.

In der Obermarktstraße entdeckte ich einen kleinen, feinen Zigarettenladen, der auch Schnaps im Angebot hatte. Durch die Scheibe lächelte mich ein Johnny Walker Black Label an.

»Ich muss da mal rein.«

»Du rauchst doch gar nicht.«

»Trotzdem.«

»Warum?«

Ich atmete durch. Es hatte keinen Sinn. Irgendwann würde sie es doch erfahren.

»Du, ich muss dir was sagen. Ich mach da jetzt doch mit bei der Ossi-Party.«

»Was? Bist du verrückt?«

»Na, sonst hätte ich den Kadett nicht gekriegt.«

»Du kannst dich doch von denen nicht abhängig machen. Wir hätten doch auch mit dem Zug fahren können.«

»Bis nach Minden hätten wir mit den Verbindungen drei Tage gebraucht. Außerdem will ich Vialli zeigen, dass ich ein Auto hab.«

»Aber du hast ja gar keins.«

»Kommt schon noch.« Ich seufzte.

»Na, da bin ich ja mal gespannt«, sagte Irina.

Sie folgte mir mit finsterem Blick. Als wir wieder draußen waren und ich zwei Flaschen von dem Whisky in einer schneeweißen Plastetüte hatte, schüttelte sie nur den Kopf.

Schweigend bummelten wir weiter. In der Scharn-Apotheke kaufte ich einer weizenblonden Frau mit makelloser Haut eine Flasche Fenchelhonig ab. Sie sah aus wie eine Mischung aus Heidi Brühl und meiner Mutter – und obendrein noch extrem freundlich. Irina wartete draußen und ordnete schmollend ihren Zwiebelzopf, als ich den Schmierstoff für die Stimmbänder des Sängers mit leichtem Klirren zu den Whiskypullen in meine Tüte schob.

»Ich brauch nur noch ein Glas Käpt'n Nuss, dann haben wir's auch schon.«

Sie sah mich entgeistert an. »Käpt'n Nuss? Ich sage dir eins, wenn du für diese Schwachköpfe jetzt auch noch Nougatcreme kaufst, fahr ich sofort mit der Bahn zurück.« Dann eilte sie schnellen Schrittes davon.

Ich rannte hinterher, direkt vor einem einladenden Schuhgeschäft holte ich sie ein.

»Gut, vergessen wir Käpt'n Nuss. Du hast ja recht.«

Ihre großen braunen Augen stellten von Wut auf Versöhnung um, und sie quälte sich ein Lächeln ab.

Gegenüber auf der anderen Seite des Marktes stand ein nobles Kaufhaus, über dem mit grüner Schreibschrift *Hagemeyer* stand. Flankiert von mondän wirkenden Fahnen an der Fassade, erweckte es den Eindruck eines sündhaft teuren Einkaufsschlosses. »Wollen wir da mal gucken?«

Doch Irina hatte sich bereits mit den Augen an der Auslage des teuren Schuhladens festgesaugt. Ich tat es ihr gleich, und sofort fielen mir ein paar himmelblaue Pumps mit einem riesigen silbernen Reißverschluss auf dem Spann ins Auge. Ich zeigte drauf, und Irina nickte begeistert. »Claude Mon… tana«, las ich auf dem Schild. »Claude Montana. Schon wegen des Namens sollteste die Dinger kaufen.«

»Meinst du?«

»Klar!«

»Steht aber kein Preis dran.«

»Gutes Zeichen«, sagte ich.

Wir gingen durch große Glastüren in den Laden. Mehrere Verkäuferinnen standen wie aufgereiht im Eingangsbereich des Glaspalastes.

Sie musterten uns abschätzig, als wir den Laden betraten. »Guten Tag, Sie wünschen bitte?« Eine stark geschminkte Frau in unserem Alter löste sich aus der Reihe. Irina radebrechte mit dunkler Stimme. »Ich komme aus der Sowjetunion und möchte die Pumps von Claude Montana.«

»Claude Montanna!«, verbesserte sie die Verkäuferin. »Das a wird kurz gesprochen. Aber es ist eine sehr gute Wahl.«

Sie führte uns in die Damenabteilung, während Irina mir gegenüber die Kotzgeste machte.

Mit den Schuhen war sie fast so groß wie ich, und mir blieb die Spucke weg, als sie auf dem weichen türkisfarbenen Teppich vor den großen Spiegeln Schaulaufen machte. Ihre sexy Waden wurden durch diesen Schuh zum absoluten Hingucker.

»Wenn du mit den Dingern bei Rock-Juwelen aufläufst, dann habe ich den Job sofort.«

»Meinst du etwa, alle Menschen sind so einfach gestrickt wie du?«, zischte sie.

»Na klar, Roberto Vialli mit Sicherheit.«

Die Verkäuferin stand an der Seite und hielt sich kichernd die Hand vor den Mund.

»Was kosten die?«, fragte ich.

»Vierhundertfünfzig D-Mark.«

Irina schaute entsetzt zu mir rüber.

Mir kam fast der sehr gute Hamburger hoch, den wir bei Kochlöffel genüsslich verdrückt hatten. »Dann nehmen wir nur einen«, versuchte ich einen schlechten Witz anzubringen.

Irina schüttelte energisch den Kopf, zog aggressiv die Schuhe aus und streifte sich wieder ihre alten Espadrilles über die Füße. »Das ist über die Hälfte meines Monatslohns.«

Bevor die Situation anfing, unangenehm zu werden, wollte ich etwas sagen, doch die Verkäuferin war schneller.

»Der SSV beginnt zwar erst morgen, aber ich will mal nicht so sein. Da Sie aus der Ostzone sind, gibt es sowieso Rabatt bei uns – auch auf Designerartikel. Für hundertfünfzig können Sie die Pumps mitnehmen.«

»Kommt überhaupt nicht infrage«, blaffte Irina. »Ich bin doch kein Affe im Zirkus.« Dann rannte sie aus dem Laden.

Das war genau die Reaktion, die ich von ihr erwartet hatte. Ich dachte sofort an die Plenumsrunde in der Lychener damals in Berlin. Die wollten auch keine Almosen von Helmut Kohl annehmen. Aber warum nicht, wenn man damit gut aussah? Ich rechnete nach. Meine Mutter hatte mir zweihundert D-Mark zugesteckt. Und dann hatte ich noch ein bisschen was Angespartes aus Berlin. »Ich nehm die mit«, sagte ich gönnerhaft.

»Na, wenigstens sind Sie vernünftig.« Die Verkäuferin lächelte, entfaltete mit einem lautstarken Ruck eine große Papiertüte und ließ die Pumps im Karton von »Claude Montanna« darin verschwinden.

»Na, ich stell mir das auch schwer vor. Wenn man gar nichts hat, und plötzlich ist alles möglich.«

»Mhhh«, nuschelte ich. »Eine Frage habe ich doch noch. Was heißt denn SSV?«

»Sommerschlussverkauf«, flötete sie.

»Da hätte ich auch selber drauf kommen können.«

»Keine Ursache.« Sie hielt die Tür auf, reichte mir lächelnd die Tüte, und ich verließ den Laden.

# 22 Großer Auftritt in Claude Montanas

»Die Dunkeldeutschen sind da!« Roberto Viallis Lachen war breit, einladend und ein bisschen spöttisch, als wir unsicher auf der geräumigen Steintreppe vor der Eingangstür standen. Er trug die schwarzen geölten Haare zu einem Zopf gebunden, und sein Gesicht war im klassischen Sinne gutaussehend. Ein Italiener, wie er im Buche stand. Doch im Gegensatz zu meinen Vorstellungen über seinen Kleidungsstil war er kein alternativer Hippie in Leinenklamotten, sondern eher eine Art Geschäftsmann Mitte dreißig in Oberhemd und Anzughose. Genauso überraschend war das Domizil von Rock-Juwelen. Ich hatte mir eine stillgelegte Fabrikhalle vorgestellt, aber der Labelchef empfing uns in einem schmucken Einfamilienhaus mit Vorgarten nebst Kinderrutsche und Rasenmäher.

»Wollt ihr 'nen echten Cappuccino?« Er grinste breit.

Wir nickten beide, und er öffnete die Haustür. »Verenchen, bringst du mal Kaffee ins Büro?«

»Mach ich«, rief eine Frau von drinnen.

Wie erwartet, machte Irina ziemlichen Eindruck auf ihn. Er checkte sie vom Zwiebelzopf bis zu den Claude Montanas ab, doch sie guckte demonstrativ zur Garage rüber, vor der ein nagelneuer VW Passat stand. Nach dem Schuhkauf hatte ich sie ewig gesucht und schließlich vor dem Café

173

de l'Opera am Marktplatz gefunden, wo sie neben Mindener Poppern unter weißen Peter-Stuyvesant-Schirmen ein Bier getrunken hatte. Erst als ich ihr die Pumps zum Geschenk machte, war sie bereit gewesen mitzukommen.

»Wir sind jetzt erst mal die Verlierer, Irina. Damit müssen wir uns abfinden. Aber zusammen schaffen wir das, glaub mir.«

Sie hatte schmallippig gelächelt. »Aber du musst mich zum Auto tragen.«

Unter den Augen erstaunter Passanten hatte ich sie mit letzter Kraft die Mindener Martinitreppe hinauf zu unserem Parkplatz gehievt. Auf der letzten Stufe küsste sie mich, und wir waren wieder versöhnt.

Viallis anzügliche Art und die Tatsache, dass er uns sofort duzte, hatten ihre Laune wieder etwas sinken lassen. Wir fanden uns in einem riesigen Flur wieder, der fast so groß war wie unsere gesamte Bauernkate in Düsterbusch. Der Fußboden war gefliest, und große gerahmte Spiegel zierten die Wände. Auf dem Weg zum Büro geleitete uns der Hausherr eine freistehende Holztreppe hinunter.

Der Treppenabgang war in Brusthöhe mit schwarzen Holzpanelen verkleidet, an die allerlei Plattencover gepinnt waren. »Oh, *Eric Clapton – American Tour '76*«, rief ich aus und blieb vor einer der Plattenhüllen stehen. »Von dem ist doch auch ›I Shot the Sheriff‹«, wollte ich mich hervortun.

»Nicht wirklich.« Vialli grinste.

»Ist von Bob Marley, Clapton hat es nur gecovert«, ergänzte Irina mit triumphierendem Blick, und der Labelchef pfiff anerkennend durch die Zähne. Ich war erst mal bedient.

Das Büro war ein großer Raum mit gleißenden Neonlampen an der tiefen Decke. Der mit grauem Teppich ausgelegte

Fußboden stand voller Kartons, in denen sich jede Menge Platten und sogar CDs befanden.

Auf dem Tisch standen zwei merkwürdig aussehende Metallkannen und ein paar kleine Tassen. Aber keine Spur von Verenchen. »Bedient euch«, sagte er freundlich, und ich inspizierte erst mal die achteckige Kanne mit schwarzem Bakelitgriff.

»Abgefahren. Und Sie sind echter Italiener?«

»Ja, aus Tropea in Kalabrien. Meine Eltern sind kurz nach meiner Geburt hier gelandet und betreiben ein paar Straßen weiter ein Eiscafé.«

»Und – manchmal auch ein bisschen fremd im eigenen Land?«, fragte Irina völlig unvermittelt. Für einen Moment verlor Vialli ein wenig die Selbstsicherheit und wiegte den Kopf hin und her. »Mal so, mal so. Aber eigentlich kann ich nicht klagen. Warum?«

»Irina ist Halbrussin«, kam ich ihr zuvor, und Vialli hob interessiert die Augenbrauen.

»Ah ja.« Für meine Begriffe schauten sie sich einen Moment zu lange in die Augen.

»Sehr gut, der Kaffee, vor allem mit dem Schaum da oben drauf«, brüllte ich schon fast, und Vialli beendete seine Fixierung mit einem Lächeln in meine Richtung. Dann nahm er auf einem Drehsessel hinter einem großen modernen Schreibtisch Platz. In seinem Rücken war eine riesige Deutschlandkarte mit Reißzwecken an der Wand festgemacht. Auf seine einladende Geste hin setzten wir uns auf zwei Stahlrohrstühle, die auf der anderen Seite des Schreibtisches standen, und ich bekam jetzt Muffensausen.

»Wo kommt ihr noch mal weg?«, fragte er.

Wir schauten uns entgeistert an. »Wie bitte?«

»Entschuldigung, so sprechen hier die Einheimischen. Wo ihr herkommt.«

»Aus Düsterbusch.«

Ich erntete einen schalen Seitenblick, und Irina erklärte: »Na, ich komme nicht aus Düsterbusch. Ich komme aus Kirchhausen.«

»Ja, die feine Dame kommt aus Kirchhausen.«

»Na egal«, unterbrach Vialli unsere Lokalrivalitäten. »Jedenfalls will ich da nirgendwo tot über dem Gartenzaun hängen.« Dann lachte er meckernd. Irina kochte schon wieder innerlich. Aber ich trat sie ermahnend mit dem Fuß. Sie sollte mir auf keinen Fall die Tour vermasseln, nur weil ihr Ostler-Stolz erneut angegriffen wurde.

»Also, ich sag's euch gleich. Das sind alles Bootlegs. Aber 1A-Qualität.« Sein prüfender Blick wanderte von Irina zu mir. Wir schauten uns an. Ich wusste nicht so recht, was Bootlegs sind, Irina offenbar auch nicht. Wir nickten nur zustimmend.

»Für diese Bootlegs führen wir GEMA-Gebühren ab, und deshalb sind die völlig legal in Deutschland. Hergestellt werden sie in Luxemburg.« Wir zuckten die Schultern, mit diesen Informationen konnten wir ebenfalls nicht so viel anfangen. »Ich habe grade ein neues Dreifachalbum reingekriegt. *Rolling Stones – Toronto Tapes.*« Er holte ein pinkfarbenes Karton-Cover unter dem Schreibtisch hervor.

»Das wird der Renner. Mit 'nem Top-Equipment aus dem Hubschrauber im Stadion aufgenommen. Blitzsaubere Qualität.« Vialli nahm eine der Platten aus der Hülle und drehte sie voller Stolz in der Hand. Die Scheibe fluoreszierte in verschiedenen Rottönen. »Und, wie alle unsere Platten, farbiges Vinyl.«

Wir lachten beide beeindruckt. Plötzlich klingelte sein Telefon, und er nahm ab. »Ja? Herr Riemig. Sie können nicht?«, fragte er enttäuscht in die Muschel, und seine Miene trübte sich ein. »Schade ... mmhh ... wirklich schade. Wiederhören.« Er legte auf und lehnte sich zurück. »Also, die Herrschaften aus Finsterbusch. Ich glaube, heute ist euer Glückstag.«

»Wieso?«

»Der Mann am Telefon gerade war früher Vertreter bei der Amiga in der DDR. Den hätte ich sofort eingestellt. Dann wärt ihr umsonst gekommen. Aber er hat soeben abgesagt.«

Ich atmete durch und konnte mich kaum noch konzentrieren. Fing jetzt das aufregende Leben an?

»Also, wer von euch zwei Hübschen will jetzt den Job haben?«

»Ich!«, rief ich vielleicht etwas zu euphorisch.

Vialli zeigte sich kurz enttäuscht und schaute zu Irina rüber. »Aber du kennst dich besser aus.«

»Mein Mann hat mal in 'ner Bluesband gespielt«, sagte sie knapp.

»Exmann« ergänzte ich.

»Ja.«

»Seid ihr beide verheiratet?«

Wir schüttelten energisch mit den Köpfen.

Er guckte etwas verdutzt. »Na ja, ich habe auch schon die dritte Frau, macht die Buchhaltung, und das macht sie gut.« Vialli rollte mit seinem Drehstuhl an die Landkarte hinter sich.

»Also, das hier ist Deutschland, und wie ihr seht, sind wir hier schon in ganz vielen Städten vertreten.« Auf der Karte waren viele kleine farbige Stecknadeln über die ganze

Bundesrepublik verteilt. »Und das hier ist der Osten. Hier haben wir Nachholbedarf.« In der ganzen DDR steckte nicht eine Stecknadel.

Vialli fixierte uns mit magischem Blick, und seine Stimme wurde feierlich. »Und die große Chance ist jetzt. Nicht morgen, nicht übermorgen, jetzt.« Er stand auf und lief hinter dem Tisch hin und her.

Irina trat mir vor Aufregung die Montanas gegen das Schienbein. »All die großen Plattenfirmen, Ariola, WEA, EMI und wie die alle heißen, brauchen mindestens noch ein Vierteljahr, mindestens! Zu groß, zu unbeweglich, schwerfällige Logistik, Angst vor der Zone, tarifvertraglicher Zwist und so weiter. Aber ein ganzes Land ausgehungerter Ostler dürstet nach echtem Rock'n'Roll. Die wollen keine Sekunde mehr warten. Die haben sich ihr ganzes Leben nach den Stones verzehrt. Und die bekommen sie jetzt, und zwar nicht von den Majors, sondern von uns, von Rock-Juwelen. Und das alles in Hochglanz und farbigem Vinyl.«

Vialli setzte sich wieder an den Schreibtisch und breitete einen Katalog vor uns aus, in dem alle seine Platten abgebildet waren. »Wir haben aktuell fünfundvierzig Alben im Vertrieb, von den Allman Brothers bis ZZ Top«, sagte er im Katalog blätternd, »und die sind sofort lieferbar, innerhalb von drei Wochen.«

In der anderen Hand hielt er einen grauen Hefter hoch. »Das hier ist der Bestellkatalog. Hier kommt der Stempel des Plattenladens rein, Titel und Stückzahl. Und das alles natürlich mit zweifachem Durchschlag. Den ersten bekommt der Kunde, den zweiten behält der Vertreter. Das Original wird hierhergeschickt. Dann liefern wir die Ware aus. Kinderleicht!«

»Und wie hoch ist der Lohn?«, fragte Irina.

Vialli fixierte sie wieder mit seinem eigenartigen Aufreißerblick.

»Da will also jemand gleich über Geld sprechen.« Er lachte.

»Wieso? Sie haben doch die ganze Zeit über was anderes gesprochen.«

»Irina!«, ermahnte ich sie.

»Schon gut«, sagte Vialli, »unsere kleine Russin hat sehr schnell die Marktwirtschaft begriffen.« Er zwinkerte Irina zu und stand wieder auf. »Also, fünfhundert D-Mark Festgehalt und zehn Pfennig Provision pro verkaufte Platte. Wenn das so läuft, wie ich glaube, erwarten euch traumhafte Margen.«

Ich nickte zustimmend.

»Da machen wir mal tausend draus und zwanzig Pfennig Provision«, erwiderte Irina wenig beeindruckt.

Ich war geschockt und sah den Job schon in weite Ferne rücken.

»Auf keinen Fall. Ihr seid blutige Anfänger. Ich schmeiß das Geld doch nicht zum Fenster raus«, erwiderte Vialli.

»Irina, das ist doch gut bezahlt«, ermahnte ich sie und dachte dabei an das schmale Handgeld, das ich für das Austragen des *Zirkel* kassiert hatte. Aber sie machte nur eine unwirsche Geste.

»Ich weiß nicht, Herr Vialli, Anton führt schon jahrelang einen erfolgreichen Club mit Tausenden Besuchern. Und er ist ein echter Profi, kann gut Leute überzeugen, kennt sich sehr gut mit Musik aus. Und das Wichtigste: Anton hat keine Angst vor der ›Zone‹. Er kommt von da. Schon deshalb finde ich das durchaus angemessen. Wenn Sie allerdings noch andere Bewerber haben, dann würde ich sagen, nehmen Sie doch die.«

Stille. Ich sah nach unten und wollte auf der Stelle im Boden versinken. Irina setzte alles auf eine Karte. Als ich wieder aufschaute, stand Roberto Vialli mit dem Rücken zu uns, den Blick überlegend in Richtung der Neonröhren an der Decke gerichtet, die mit einem Metallgitter verkleidet waren. Ich zählte die Sekunden, die verblieben, bis er uns rausschmeißen würde. Doch statt sich an uns zu wenden, ging er zur Tür und öffnete sie. Dann rief er nach oben. »Verenchen, änderst du mal den Vertrag und schreibst tausend D-Mark rein, und Provision auf zwanzig Pfennig für diese gierigen Zonis.« Mit jedem Wort steigerte er die Lautstärke.

»Soll das auch mit rein?«, fragte Verenchen.

»Natürlich nicht«, brüllte er jetzt nach oben.

»Alles klar, Schatz.«

Dann schloss er die Tür wieder, ging zu einem Kopierer an der Wand und öffnete die Klappe. Irina lächelte mir zu.

Ohne sich umzudrehen, streckte Vialli den Arm in unsere Richtung und schnipste mit den Fingern.

»Anton, gibst du mir mal schnell deinen Führerschein, damit ich ihn kopieren kann.«

Das kurz aufgeflammte Gefühl der Freude verwandelte sich in eine Art Schockstarre. Auch Irina schaute erwartungsvoll zu mir rüber. »Ähh, den habe ich ... im Auto liegen lassen.«

»Na, dann hol ihn«, sagte Vialli bestimmend und mit zunehmend schlechter Laune. Ich begann zu schwitzen. Ich musste unbedingt das Thema wechseln, sonst war alles verloren. »Heißt das etwa, ich ... ich kriege den Job jetzt?«, versuchte ich abzulenken.

Vialli drehte sich an den Kopierer gelehnt zu mir um. »Sieht ganz so aus.« Es klopfte, und er öffnete erneut die Tür.

Zwei Schriftstücke wurden hereingereicht, und der Italiener schloss die Tür wieder. Dann setzte er sich zu meiner Erleichterung hinter den Schreibtisch. Meine Anspannung ließ immer mehr nach, das mit dem Führerschein hatte er offenbar schon wieder vergessen. Ich überflog mit Irina den Vertrag, der auf drei Monate befristet war. Spritgeld und zwölf D-Mark am Tag für Essen konnte ich zusätzlich berechnen. Ich war unendlich glücklich und so stolz auf meine neue Freundin.

»Aber dafür will ich Leistung«, sagte Vialli. »Mindestens vier Plattenläden täglich. Und lass dir auch einen Stempel geben, wenn du nichts verkaufst. Damit ich weiß, dass du da warst.«

»Nichts verkaufst? Kann das denn passieren?«

»Natürlich nicht. Aber ich sag es trotzdem dazu.«

Irina hielt unter dem Tisch meine linke Hand, während ich mit rechts unterschrieb. Er gab uns zwei Kisten mit Katalogen und Bestellbüchern und eine ziemlich lange Liste mit Plattenläden aus der ganzen DDR. Dann komplimentierte er uns nach draußen.

Es dämmerte bereits, und ich wollte auch schnell weg, damit nicht noch etwas Unerwartetes passierte. Doch ausgerechnet jetzt streikte Kais Kadett.

Mehrmals versuchte ich erfolglos zu starten, und in dem Moment, als er ansprang, tauchte Viallis lachendes Gesicht am Seitenfenster auf. Ich kurbelte entsetzt die Scheibe herunter.

»Wir haben noch was vergessen«, sagte er. Ich schloss die Augen. Jetzt wollte er den Führerschein, und alles war aus. »Ich hab noch zwei Kisten Musterplatten für euch. Sonst kannst du ja unsere schönen Produkte gar nicht zeigen.«

Endlose Erleichterung durchströmte mich, und ich stieg mit weichen Knien aus. Irina folgte mir. Wir wuchteten die beiden Kisten in den Kofferraum. Dann zeigte Vialli auf den Kadett. »Was hat der denn gekostet?«

»Siebentausend«, sagte ich, noch Kais Worte im Ohr.

Vialli fing wiehernd an zu lachen und beruhigte sich nur langsam. »Da war aber Irina wohl nicht dabei.«

Bevor ich ausplappern konnte, dass ich von Ostmark sprach, war er schon im Haus verschwunden.

## 23 Heil Sieg, du fette Sau!

»Wo kommt ihr denn weg?«, imitierte Irina Roberto Vialli und schüttelte sich vor Lachen. Sie trank einen Schluck Herforder Pils und bekleckerte sich mit einer ruckartigen Bewegung ihr Jeanskleid. Ich war durch ein massives Schlagloch gefahren. Ein sicheres Zeichen, dass wir wieder im Osten waren.

Es gewitterte stark, der Regen peitschte von vorn gegen den Kadett, und die Scheibenwischer legten Doppelschichten ein. Wir hatten gerade wieder den fast komplett im Dunkeln liegenden Grenzübergang Helmstedt/Marienborn passiert. Von einem grellen Blitz erleuchtet, glitt die Stahlkonstruktion an uns vorbei und erzeugte bei mir erneut extremen Grusel. Es ging nur langsam voran. Unzählige Autos quälten sich durch die verregnete Nacht in Richtung Osten.

»Roberto Vialli, genialer Typ. Jetzt geht es los, Irina. Wir werden reich. Die Zukunft ist im Anmarsch.«

Sie holte sich vom Rücksitz einen Katalog und blätterte ihn durch. »The Byrds, Pink Floyd, Cream. Ist jetzt nicht die Hitparade von letzter Woche. Du musst schnell sein. Aber der Katalog macht wirklich absolut Eindruck. Am besten ist, du fährst Montag gleich nach Dresden oder Karl-Marx-Stadt. Die kaufen das wie die Verrückten.«

»Zwanzig Pfennig für die gierigen Zonis«, imitierte ich noch mal den Labelchef. »Wie du das gemacht hast mit dem Geld, Irina. Genial!« Ich nahm einen großen Schluck Bier.

»Na, rate mal, wer für Lothars Blues Experiment die Verträge ausgehandelt hat.« Sie lächelte stolz.

»Bei den Helden war das Henryks Job, der Pole, von dem ich dir erzählt habe.«

Irina musterte mich mit einem aufreizenden Blick, kam ganz dicht an mein Ohr heran und flüsterte: »Dafür brauchst du keinen Polen mehr, Anton Kummer, dafür hast du jetzt mich.«

Dann ließ sie kurz ihre Zunge in mein Ohr hineingleiten. Ich küsste sie und kam vor Geilheit fast von der Fahrbahn ab. Das erste Mal, dass sie entspannt wirkte, wenn wir Flüssigkeiten austauschten. Für mich hieß das ganz klar, der lang ersehnte Fick lag nun in greifbarer Nähe.

Ich hatte mich schon ewig nicht mehr so glücklich gefühlt. Einen Traumjob in der Tasche, und die heißeste Braut des Universums auf dem Beifahrersitz.

»Ich weiß jetzt, was ich mir wünsche«, sagte Irina.

»Wirklich?« In irrer Selbstüberschätzung dachte ich, sie würde den Wunsch äußern, dass ich doch bei ihr einziehen sollte. Doch es kam anders.

»Ich möchte gerne das Plakat machen.«

»Welches Plakat?«

»Na, für die Ossi-Party. Da kann ich kreativ sein, und endlich sieht es mal jemand.« Sie lachte glücklich zu mir rüber.

Ich war ein wenig verdattert und dachte nach. Elke hatte gesagt, dass sie dafür noch Ideen brauchte. Das war schon mal gut. Aber würde sie Irina das Plakat machen lassen?

»Was ist?« fragte Irina.

»Ja ... klar, irgendwas Sowjetisches, äh, Realistisches. Das wäre doch cool. Kannst du bestimmt.«

»Und ob ich das kann«, sagte sie freudig und legte ihren Kopf an meine Schulter. »Klärst du das mit Elke?«

»Da brauch ich gar nichts klären. Ich sage einfach, du machst das, und fertig.«

Sie lächelte dankbar.

Ein abgeblättertes Hinweisschild zeigte die Ausfahrt Randersleben an.

»Wollen wir nicht mal hier runter?« Irina zwinkerte vieldeutig mit den Augen, und ich fuhr ab. Die freudige Aufregung stieg.

An der nächsten Gabelung wollte ich in einen Waldweg einbiegen, da legte sie die Hand auf meinen Arm. »Guck mal, da hinten ist was los.« Gleißendes Licht war über den brusthohen Wipfeln einer Kiefernschonung zu sehen. Durch den dunklen Himmel pflügte sich ein Suchscheinwerfer. Ich folgte einer Straße, die plötzlich in den nächsten Waldweg mündete. Dann holperte ich durch das Gestrüpp, und plötzlich lag vor uns eine riesige Freifläche, auf der unzählige Autos parkten. »Da ist 'ne Disco oder so was«, rief Irina begeistert.

»Da habe ich jetzt aber null Bock drauf«, maulte ich, denn ich sah unseren Koitus schon wieder in weite Ferne rücken.

»Lass uns doch wenigstens mal gucken«, drängte Irina. »Wir müssen doch deinen neuen Job feiern.«

»Und die Skins feiern mit, oder was?«

»Ach, weißte doch gar nicht.«

»Ich habe ausnahmsweise mal 'n bisschen Zeitung gelesen, Irina. Das ist Bezirk Magdeburg, wenn ich mich nicht täusche. Hier gibt's mehr Skins als Schäferhunde. Darauf kannste einen lassen.«

Irina schaute mich feindselig an. »Nicht so ordinär bitte. Ich bin nicht Ekel-Kai oder Gerber.«

»Entschuldige«, sagte ich und befürchtete, dass dieser so schön begonnene Abend jetzt ganz klar in die falsche Richtung ging. Missmutig parkte ich ziemlich weit weg von der Disco, was ich später noch bereuen sollte. Dann stiegen wir aus und liefen, geschickt frischen Pfützen ausweichend, Richtung Eingang. Das heftige Sommergewitter war weitergezogen und verabschiedete sich mit ein paar tonlosen Blitzen am Horizont.

»Aber hattet ihr in Düsterbusch nicht auch Skinheads?«, fragte Irina.

»Das waren Modeskins, die haben niemandem was getan.«

Wir liefen an einem mattschwarzen Dacia vorbei, auf dessen Hutablage sich eine Reichskriegsfahne wellte, gekrönt von einem Wackelhund in Wehrmachtsuniform. Ich blieb kurz stehen.

»Der Besitzer dieses Pkws ist mit Sicherheit kein Modeskin. Der meint es ernst«, sagte ich feierlich.

Irina wurde unsicher und schaute in die Nacht. »Na, jetzt sind wir nun mal unterwegs. Komm, zehn Minuten. Wenn es öde ist, hauen wir wieder ab.«

Ich atmete unwillig aus.

»Weißte was, Anton«, sagte Irina, »dann fahr doch einfach. Die ganze Zeit nervst du mit unterirdischen Sexsprüchen und dem blöden Gefummel. Kannst du nicht einfach mal warten und die Zeit mit mir genießen? Manchmal denke ich, der Westen tut dir gar nicht so gut, wie du glaubst. Ich geh da jetzt jedenfalls rein, ob du mitkommst oder nicht.«

Ich hatte einen Kloß im Hals. Denn sie hatte mich eiskalt erwischt. Sie ging mit stolzem Schritt voran. Beleidigt trottete ich hinterher.

Wir liefen zum Eingang, vor dem eine Traube junger Leute Einlass begehrte. Es waren alles Stinos in Adidas-Equipment, Diesel Saddles und reingesteckten Oberhemden.

Die Disco selbst war ein Beton-Flachbau und sah aus wie eine ehemalige Sporthalle oder ein Kuhstall. Von drinnen war »Sit and Wait« von Sydney Youngblood zu hören. Über der großen spartanischen Flügeltür leuchtete der aus vielen Glühbirnen bestehende Name der Disco *Menhattan*.

»Guck mal, ist nur für Männer«, wollte ich sie aufheitern.

»Spinner! Bestimmt falsch geschrieben.«

»Nein, hier darfst du nicht rein«, erwiderte ich.

Sie bedachte mich mit einem vernichtenden Blick, und wir reihten uns in die Schlange ein. Meinen, wieder mal nicht allzu witzigen, Kommentar sollte ich doppelt bereuen. Als wir endlich dran waren, sahen wir uns zwei Einlassern Marke Gladiator gegenüber. Sie trugen nur schwarze Westen über den muskulösen Oberkörpern. Eine Fliege war um ihre Stiernacken gebunden. Wir mussten die Arme heben, und einer der Typen unterzog uns einer Leibesvisitation. Dann schob er Irina Richtung Eingang und musterte mein Schuhwerk. »So kommst du nicht rein!«

»Wieso denn nicht, Herkules?«, fragte ich ihn provozierend. Er hatte zum Glück meine Anspielung auf den griechischen Helden nicht verstanden und zeigte auf meine Schuhe. »Hier ist Springerstiefel-Verbot.«

»Aber das sind Southerner Halbschuhe in Cherry Red«, sagte ich angeberisch.

»Da ist 'ne Stahlkappe drin. Ausziehen und da drüben hinschmeißen oder abhauen«, bellte er mir aggressiv ins Gesicht. Ich warf Irina einen ratlosen Blick zu, die hinter Herkules auf mich wartete.

An der Seite neben der Tür sah ich einen beachtlichen Berg Doc Martens Highlander, außerdem noch Workers und anderes martialisches Spezialschuhwerk, das kreuz und quer durcheinander lag. Ein sicheres Zeichen, dass hier offenbar Ostdeutschlands erster offizieller Skinhead-Kongress stattfand. Ich hatte nicht vor, meine Schuhe dorthin zu werfen, wohl wissend, dass sie danach weg sein würden. Gerade wollte ich Irina ein Zeichen geben, dass wir schleunigst wieder fahren sollten, da rief sie »bis gleich« und verschwand einfach so hinter der Flügeltür.

Genervt brachte ich die Docs zurück ins Auto. Dann zog ich meine weißen Socken aus. Noch vor ein paar Minuten hatte ich geglaubt, der glücklichste Mensch der Welt zu sein. Jetzt balancierte ich barfuß durch vollgeregnete Treckerspuren auf eine Großraumdisco zu und spürte, dass meine Liebe zu Irina einen ersten Knacks bekam.

Der vergangene Nachmittag erschien mir plötzlich wie aus einem Märchen. Der Mindener Marktplatz im gleißenden Sonnenlicht, frequentiert von gut gekleideten Menschen im demokratischen Austausch.

Ohne Schuhe ließ mich der Türsteher problemlos in die Disco.

Als ich den großen Saal betrat, schleimte Nick Kamen »I Promised Myself« aus den riesigen Boxen, die in allen vier Ecken an Stahlträgern von der Decke hingen. Das ganze Ambiente war offenbar einem Kino nachempfunden. Ganz schön viel Budenzauber für eine schnöde Disse. Beleuchtete Treppenstufen führten mich hinunter zur übervollen Tanzfläche.

Hier und da blinkte eine Glatze im wilden Geflacker der elektronisch gesteuerten Scheinwerfer auf. Aber zum Glück waren es nicht so viele, wie ich befürchtet hatte. In einer Ecke stand die Kanzel eines ausrangierten russischen Jagdbombers, erkennbar an dem roten Stern. Das Konzept war mir nicht ganz klar. Was hatte das mit »Menhattan« zu tun?

In der Kanzel des Bombers thronte der DJ an einem Pult, das mit schwarzem Tuch verhangen war. Irgendwie war das ein Scheißladen. Alles wirkte wie billige Effekthascherei, wahllos zusammengewürfelt.

Mit der klebrigen Schnulze auf den Ohren durchlief ich die Tanzfläche. Kraushaarige Mädchen in weißen Blüschen und Fick-mich-Töppen drehten sich im Paartanz.

Ich suchte Irina und fand sie weder auf der Tanzfläche noch an einem der zahlreichen Stehtische, wo spießig aussehende Endzwanziger blaue Cocktails tranken. In dem für DDR-Verhältnisse ungewöhnlich neuen Toilettenvorraum, mit Kacheln, Spiegeln und Handtuchhaltern, schob ich mich an der dicken Klofrau vorbei, die an einem Tisch saß. Auf dem gehäkelten Deckchen hatte sie mehrere Zeitschriften im Angebot, darunter die *Praline*, die *SUPERillu* und die *BILD*. Auf der *Praline* räkelte sich eine barbusige Frau in Spitzenhöschen und machte Werbung für Leuchtkondome. Vor den Zeitschriften war der Teller für das Kleingeld platziert. Als ich das Urinal betreten wollte, zuckte ich kurz zusammen. Vier beinharte Skins kamen mir entgegen und schlossen gerade ihre Hosenschlitze. Ich schätzte sie alle auf Anfang zwanzig. Zwei trugen Bomber-, die anderen beiden Harringtonjacken, mit schmucklosen weißen T-Shirts drunter.

Sie musterten mich feindselig aus schmalen Augenschlitzen, bis ihre Blicke auf meine Füße fielen. Da sie wie ich keine Schuhe zu ihren Krempel-Jeans trugen, grinsten sie nur. Der Größte von ihnen, ein Typ mit Koteletten ohne Verbindung zum geschorenen Kopf, wünschte mir »viel Spaß«. Dann rief er der Klofrau noch »Heil Sieg, du fette Sau« zu.

Mir wurde schlagartig schlecht. Jetzt pinkeln, Irina finden und dann so schnell wie möglich mit ihr abhauen, war der Plan. Die Klofrau deutete auf meine Füße, als die Skins weg waren. »Biste ooch eener von denen?«, fragte sie mich mit ihrem anhaltinischen Dialekt, einer Mischung aus Sächseln und Berlinern.

»Nein.« Ich hob meine Hände abwehrend in die Luft. »Wir haben nur den gleichen Schuhgeschmack.« Den Ekel unterdrückend, betrat ich mit bloßen Füßen die Pinkelbude mit den nagelneuen Becken. Am Ende des Raumes befanden sich zwei Kloboxen, deren Türen offenstanden. Ich wollte gerade losstrullern, da prallte ich zurück.

Neben einem der Becken kauerte ein alter Trinker, vielleicht Anfang sechzig, mit fettigen Haaren. Sein Kinn war auf die Brust gesackt, Blut rann aus seiner Nase, und einiges davon klebte verschmiert hinter ihm an den Kacheln. Seine hellbraune Präsent-20-Hose war komplett nass. Ich beugte mich zu ihm runter. »Alles in Ordnung, Chef?« Er schaute mit trübem Blick zu mir auf, das linke Auge war dunkel angeschwollen.

»Die feigen Schweine. Viere gegen eenen«, schniefte er. Jetzt wusste ich, warum »Kotelette« mir »viel Spaß« zugerufen hatte. Ich musste erst mal tief durchatmen und den Zorn unterdrücken. Dann zog ich den Alten an seinem verdreckten braunen Anorak nach oben. Er stöhnte.

»Tut was weh?«

Er schüttelte den Kopf.

»Ist das Pisse?«, fragte ich und deutete auf seine Hose.

»Ja, aber nicht meine.« Er schaute peinlich berührt weg in Richtung der beiden Toilettenboxen an der Wand. Ich fing jetzt vor Wut auf die Skins an zu kochen. Aber noch viel wütender war ich auf Irina, die mich erst in so eine beschissene Situation gebracht hatte und dann einfach verschwunden war. Schnell rannte ich zu einer der Boxen und rollte jede Menge Klopapier ab. Dann drückte ich den Kopf des Mannes nach hinten, wischte ihm die Nase ab und gab ihm ein Stück Klopapier. »Nase zudrücken!«

Er tat, was ich sagte, und mit dem Rest des Papiers versuchte ich, seine Hose trockenzureiben. Eine schwachsinnige Idee, alles weichte sofort durch.

Jetzt hatte ich auch noch Skinhead-Pisse an der Hand.

Er schaute mit halb weggetretenem Gesicht zu mir runter und klang mit zugedrückter Nase wie einer der Schlümpfe von Vader Abraham. »Haste Zijarette?«

»Nee, bin Nichtraucher.«

»So was gibt's noch?«

»Können se mal sehen.«

Ich stützte den Alten auf dem Weg nach draußen, und die Klofrau schlug die Hände vors Gesicht, als sie uns sah.

»Mensch Werner, ich hab dir doch jesacht, du sollst dich auf dem Klo verstecken.«

»War zu spät, Annegret!« Er schnaufte.

»Haben Sie denn nichts gehört?«, fragte ich sie.

»Wie soll man bei dem Krach was hören, Jungchen?« Sie deutete in Richtung Saal, in dem der DJ gerade eine unverständliche Ansage machte. Ich wollte den Alten jetzt absetzen, denn er war ziemlich schwer und stank außerdem wie ein Iltis.

»Legen se da mal was drunter.« Ich deutete auf den Stuhl neben ihr. Schnell nahm sie die *Praline*, riss ein paar Seiten raus und bedeckte mit der barbusigen Schönheit die Sitzfläche des Stuhles. Hinter mir drängten sich zwei Schnauzer-Typen mit Dauerwelle vorbei in Richtung Toilette.

Dann ließ ich Werner los, und er sank auf dem Stuhl in sich zusammen. »Die haben letzte Woche ’nen jungen Kerl zusammenjekloppt, halbtot haben die den geschlagen«, erzählte die Klofrau aufgeregt, während sie die Zeitungen neu ordnete.

Jetzt war mir auch klar, warum es hier Springerstiefel-Verbot gab. »Und wieso sind die dann wieder hier und nicht im Knast?«

Die Klofrau stand auf und sah an mir vorbei. Dabei wühlte sie nervös mit beiden Händen in den Taschen ihrer weißen Kittelschürze. »Die doch nich, da traut sich doch keener mehr ran.«

Ich wandte den Kopf, und mich packte das blanke Entsetzen. Durch die offene Klotür sah ich die Skins, die im Vorraum rauchten und grinsend zu mir rüberguckten.

»Wie kommt der denn nach Hause?«

»Mein Mann holt mich nachher ab, dann nehmen wa Werner mit. Wir kommen ja alle von Walzdorf, kommen wir ja alle.«

»Wollen Sie sich nicht mal was anderes suchen?«

»Hab ich ooch schon überlegt, aber ich bin froh, dass ich überhaupt Arbeit habe. Sind ja schlechte Zeiten, sind das.«

Wir schwiegen einen Moment und schauten zu dem vor sich hin schniefenden Werner hinunter. Dann wandte ich mich zum Gehen. Die Klofrau setzte sich wieder. »Du bist aber 'n anständjer Junge.«

»Da müssen se mal meine Exfreundin fragen«, erwiderte ich lächelnd und verließ die Toilette Richtung Saal. Dabei musste ich an den Glatzen vorbei. Ich unterdrückte die Wut, jetzt war es wichtig, auf meinen Kopf zu achten, wenn ich lebend rauskommen wollte. Mit gesenktem Blick lief ich einfach los.

»Die FDJ – dein Freund und Helfer«, rief mir einer hinterher, die anderen lachten.

Die Falle war zugeschnappt. Ich musste Irina finden, um sofort mit ihr abzuhauen, egal, was sie sagte. Ich durchsuchte die Tanzfläche, wo mir Depeche Modes Einschlafhymne »Enjoy the Silence« Normalität vorgaukelte. Ich bekam Panik, als ich wieder an den spießigen Pärchen, die sich lachend unterhielten, vorbeilief. Sollte ich jemanden um Hilfe bitten? Aber mir war ja noch gar nichts passiert.

Wo war Irina, verdammte Scheiße? Ratlos schaute ich mich um. Da sah ich einen Nebenraum, der von der Tanzfläche abging.

Die sogenannte *Air-Bar*, wie der ebenfalls erleuchtete Schriftzug verriet. Es war ein schmuckloser Raum mit langem Tresen und einer dauergewellten Bardame.

Sie trug eine helle Smokingweste mit Strass-Applikationen und dazu eine bunte Krawatte, die mit Alf-Figuren in verschiedenen Posen bedruckt war. Ich wollte mir ein Bier bestellen, um es schnell hinunterzustürzen, da sah ich Irina. Sie stand flankiert von zwei Typen mit einem Cocktail in der Hand am hinteren Ende der Bar und schien sich prächtig zu amüsieren.

Die beiden trugen schwarze Hüte über ihren langen Haaren und hatten ebenfalls schwarze Sonnenbrillen auf der Nase. Dazu schwarze schmale Krawatten und weiße Hemden. Irgendwie wirkten sie verkleidet. Ich trat dazu, doch weder stellte Irina mich vor noch zeigte sie in irgendeiner anderen Form, dass wir uns kannten. Ich musste wieder mal bewundernd feststellen, wie gut ihr die Claude-Montana-Pumps standen.

»Hallo, ich bin Anton, tretet ihr heute noch auf?«, fragte ich in die Runde.

»Wir sind im Auftrag des Herrn unterwegs.« Einer der beiden Typen musterte mich und ließ dabei seine Sonnenbrille herunterrutschen.

»Und wie heißt ihr?«

»Wir sind im Auftrag des Herrn unterwegs«, sagte der andere.

»Aha. Und was soll ich jetzt damit anfangen?«

Irina stand daneben und wandte sich lachend ab. Ich schaute irritiert zu ihr rüber, doch sie machte keine Anstalten, sich zu mir zu stellen.

»Irina, wir müssen jetzt fahren«, sagte ich mit bebender Stimme. Einer der Typen fing an, vor Lachen in sein Glas zu husten, weil der andere auf meine inzwischen schwarz verkrusteten Füße deutete.

»Ach komm, noch 'ne halbe Stunde«, sagte sie plötzlich. »Wir haben uns doch grade erst kennengelernt.« Sie lachte zu den beiden Typen rüber, und die lüfteten gleichzeitig ihre Hüte. Wollte sie mich eifersüchtig machen?

Aber ich hatte wichtigere Probleme. »Gut, dann hau ich alleine ab.« Ich drehte mich um und ging. Zum Ausgang musste ich wieder durch den Saal.

Ich schaute mich suchend um, doch von den Skins keine Spur. Als ich den erleuchteten Vorraum betrat, hielt mich jemand von hinten fest, und ich fuhr panisch herum. Es war Irina. Ich war erleichtert, wollte das aber auf keinen Fall zeigen.

»Was ist denn los mit dir?«

»Nüscht, willste nicht zu deinen Freunden zurückgehen?«

»Die hatten sich als Blues Brothers verkleidet, das ist doch witzig.« Sie lief mir hinterher und konnte kaum Schritt halten.

»Wer sind denn die Blues Brothers?«

Sie blieb stehen und schaute mich entgeistert an. »Du kennst die Blues Brothers nicht?«

»Nein«, sagte ich, ohne anzuhalten.

»Du bist wirklich 'n Popper. Über die wurde einer der erfolgreichsten Filme aller Zeiten gedreht. Der läuft jetzt auch hier im Kino. Da müssen wir zusammen rein!«

Ich marschierte wortlos weiter, und Irina folgte mir widerwillig.

»Entschuldige wegen vorhin, aber ... manchmal bist du wie ein kleiner Junge.«

»Ich hab jetzt keine Zeit für 'ne Grundsatzdiskussion. Wir müssen weg.«

Wir verließen den Saal mit »Killer« von Adamski auf den Ohren, und ich hoffte, dass es kein Wink mit dem Zaunpfahl war.

Im Vorraum wurden Einlass und Ausgang jetzt durch Metallgitter in zwei Hälften geteilt. Auf beiden Seiten stauten sich die Leute. »Scheiße«, zischte ich aufgeregt vor mich hin.

»Du sagst mir jetzt, was los ist!«

»Was soll los sein, Glatzenalarm, wie ich es befürchtet hatte.«

Als wir endlich vor der Tür standen, atmete ich kurz erleichtert aus. Doch dann fiel mein Blick auf den kleiner gewordenen Schuhberg, und ich erschrak. Denn dort waren die vier Skins unter Aufsicht von Herkules gerade dabei, ihre Workers zuzuschnüren. Ich nahm Irina an die Hand und wollte unauffällig mit ihr in die Nacht verschwinden. In diesem Moment schaute Kotelette auf und rief: »Die FDJ – dein Freund und Helfer.«

»Was ist los, Anton?«, zischte Irina jetzt mit aufkommender Panik.

»Erklär ich dir später.« Nun hieß es, schnell sein. Wir rannten los, und ich überlegte, während meine Füße durch nasse Muttererde stampften, was dieser Primat damit meinte. Das hieß doch eigentlich: »Die Polizei – dein Freund und Helfer.«

Oder hielt der mich für einen Ex-FDJ-Sekretär? Ich hoffte aus tiefstem Herzen, dass sich dieses Missverständnis nicht mehr aufklären würde. Ich blickte mich gehetzt um und sah, wie die vier Skins uns schnell folgten und nach verschiedenen Seiten ins Dunkle ausschwärmten.

Nach etwa fünfzig Metern blieben wir keuchend stehen. Irina blickte mit ihren großen Rehaugen ängstlich durch die Gegend.

»Anton, was machen wir jetzt?«

Jeden Moment konnten sie irgendwo auftauchen. Ich hatte große Lust, sie als Opfer darzubringen, denn sie hatte sich extrem mies benommen.

»Da hinten müsste das Auto stehen«, raunte sie. Wir steuerten einen weißen Kadett an. Doch es war nicht der von Kai. Ihr Orientierungssinn hatte sie ausgerechnet jetzt das erste Mal im Stich gelassen. »Scheiße«, rief ich. »Los, weiter!« Wir liefen im Slalom über den Parkplatz, auf dem die Autos wie auf einem Schachbrett angeordnet standen. Dann hatte Irina Kais Kiste endlich gefunden.

Zitternd schloss ich auf, und sie ließ sich schnell auf den Beifahrersitz fallen. Ich blieb stehen und überlegte noch kurz, ob ich die Docs anziehen sollte, ließ es dann aber und stieg ein. »Barfuß wie Bruce Lee gegen eine Horde Stahlkappenträger. Na prima«, brabbelte ich vor mich hin.

Irina schaute mich entgeistert an. »Fahr los, Anton.« Ihr kamen die Tränen vor Angst. Aber selbst in dieser Situation behielt sie ihre Attraktivität.

Ich betete, dass Kais Scheißkarre nicht wie bei Vialli wieder streikte, und drehte den Schlüssel um.

Es leierte und leierte, aber er sprang nicht an. Ich versuchte es erneut. Da klatschte etwas auf das Heckfenster, und Irina schrie auf. In diesem Moment röhrte der Motor, und ich fuhr einfach los durch die frei gebliebene Gasse. Da stand plötzlich, wie aus dem Nichts, Kotelette vor uns und versperrte mit ausgebreiteten Armen die Durchfahrt. Ich hielt an, und er musterte mich mit diabolischem Grinsen durch das Fenster. Irina krallte sich in meinen Oberarm. Irgendwie erinnerte mich das an eine Szene aus ... *denn sie wissen nicht, was sie tun* mit James Dean. Sollte ich den

Drecksack einfach umnieten? Dass ich es nicht tat, unterschied mich von solchen Leuten.

Ich fuhr ein Stück zurück und bog in die nächste Gasse zwischen den Autos ein. Kotelette folgte uns. Ich fühlte mich, als könne ich sein Keuchen im Nacken hören.

Wenn dort der nächste Skin wartete, musste ich ihn wohl auf die Motorhaube nehmen. Stand ein Auto quer, war alles zu Ende. Doch der gesamte Fuhrpark, bestehend aus Trabis, Wartburgs und westdeutschen Gebrauchtwagen, stand schön in Reih und Glied.

Am deutschen Wesen soll die Welt genesen, fiel mir passenderweise ein, und ich raste durch die nächste Gasse. Aus den Augenwinkeln sah ich, dass zwei andere Skins links und rechts von uns zwischen den Autos auftauchten. Noch ein paar Meter, dann hätten wir den Wald erreicht.

»Hinter uns sind mindestens fünf«, schrie Irina, die sich umschaute.

Dann kam eine Bodenwelle, und Kais Kadett hob ab. Das Auto schien endlos weit in die Nacht zu fliegen. Ich schloss die Augen, und Irina drückte ihren Kopf an meine Schulter. Ich wartete darauf, dass der Wagen aufsetzte. Endlose Sekunden vergingen.

Schließlich krachte der Kadett auf den Waldboden und schlingerte hin und her. Dabei verabschiedete sich der Frontspoiler nach rechts ins Gestrüpp. Ich hielt gegen und raste weiter.

Kienäppel und Zweige schlugen gegen den Unterboden, als wir den Waldrand erreichten. Irina schrie: »Hier lang, von hier sind wir gekommen!«

Ich hielt an, rammte wieder den Rückwärtsgang rein, stieß zurück und bog ab. Dann betete ich, dass sie recht hatte. Nach ein paar Metern schrie sie erleichtert auf. Es war der rettende Weg zur Autobahn.

Wir schwiegen erst mal eine ganze Weile, und kurz hinter Bernburg fing Irina an zu weinen. Sie schmiegte sich an mich, und ich erzählte ihr, was passiert war. Dann streichelte sie meine Wange.

»Moi bjedny Anton«, mein armer Anton, sagte sie, wie damals in Berlin in der U-Bahn.

Ganz weit hinten im Osten begann bereits ein neuer Tag.

## 24 Hart ist es, wenn er weich wird

Ich spürte etwas Nasses an meiner Wange, schreckte auf, und stellte dann erfreut fest, dass es Irina war, die wie eine Katze fauchend mein Erwachen begrüßte. Ich lächelte müde, und sie bedeckte mein Gesicht mit Küssen. Ich hatte komatös geschlafen und schaute aus dem Autofenster. Wir standen mitten im Wald und lagen beide auf der Rückbank des Kadetts. Plötzlich kam die Erinnerung zurück, an das Menhattan und den ganzen Irrsinn.

Mitten auf der Autobahn waren mir ständig die Augen zugefallen, und ich hatte nur noch an Schlaf gedacht. Ich konnte einfach nicht mehr weiterfahren. Wir hatten die erste Abfahrt genommen und waren irgendwo im Wald stehen geblieben. Durch die geschlossene Tür hörte ich jetzt die Vögel zwitschern, und in einiger Entfernung rauschte der Verkehr mit dem typischen Geräusch über die uralten Autobahnplatten. Podupp, podupp, podupp.

Irina küsste mich jetzt immer intensiver, und schlagartig war ich hellwach. Wir tauschten nasse Zungenküsse aus, und sie ließ ihre Hand in meine Hose gleiten. »Lass es uns jetzt machen, sofort, mein Retter.«

Monatelang hatte ich davon geträumt, aber jetzt war ich irgendwie überfordert, so verklebt und schmutzig. Ich brauchte immer ein wenig Vorspiel.

»Rein und raus, aus die Maus«, war noch nie so mein Motto gewesen. Und wenn, dann im Freien, und nicht auf dieser zu kleinen Rückbank.

»Wollen wir in den Wald?«, stöhnte ich, denn sie begann, meinen Schwanz zärtlich zwischen Daumen und Zeigefinger zu wichsen. Sie schüttelte den Kopf und keuchte. »Alles voller Mücken, hab ich schon getestet.« Dann öffnete sie in wildem Aktionismus meinen Gürtel, küsste mich auf den Bauch und zog dann mit einem Ruck alles herunter. Schnell nahm sie ihn in den Mund und blies. Dabei federte ihre markante Nase vor und zurück.

Was ich mir monatelang beim Wichsen in blumigsten Facetten vorgestellt hatte, erzeugte jetzt leider wenig Größe. Und es wurde immer schlimmer.

Hart ist es, wenn er weich wird, kam mir plötzlich in den Sinn. Ein blöder Kneipenspruch, aber ich wusste nicht mehr, wie er weiterging. Dann musste ich auch noch an die Skins und die Klofrau denken, mimte aber laut stöhnend den Aufgegeilten. Jetzt konnte ich mir ansatzweise vorstellen, was es bei Frauen bedeutete, einen Orgasmus vorzutäuschen.

Irina ließ in dem Augenblick von meinem Schwanz ab, als es langsam anfing, schön zu werden. Das Timing stimmte nicht. Sie zog sich ihren Slip aus und legte sich breitbeinig auf Kais Rückbank, den Kopf an der Armlehne, einen Fuß auf der Rückbank, den anderen an den Vordersitz gestemmt. Alles war von einer mich verunsichernden Hektik bestimmt. Ich schaute hinunter auf ihr schwarzes Dreieck, darunter schimmerten zartrosa ihre Schamlippen.

Ich wollte sie erst mal lecken, um ein bisschen Zeit zu gewinnen und in Fahrt zu kommen. Doch sie schüttelte den Kopf und zog mich auf sich. Ich legte mich zwischen ihre Schenkel. Das Problem: Ich sah sie gar nicht, weil ich viel zu groß war und mein Gesicht an das Seitenfenster gequetscht wurde. Ich schaute mit einem Auge abgelenkt in den Kiefernwald, wo ich glaubte, ein Eichhörnchen vorbeihuschen zu sehen. So, jetzt, Anton, volle Konzentration, machte ich mir selber Mut. Aber es funktionierte nicht. Ich hörte, wie eine Stimme von irgendwo rief: »Die FDJ – dein Freund und Helfer.«

Mühselig, schwitzend und ungeschickt versuchte ich, wenigstens meinen Halbstarken in sie hineinzudrängeln, in der Hoffnung, dass er in ihr größer wurde. Ich zwängte immer wieder meine Hand zwischen uns und wichste ihn. Aber es hatte keinen Sinn, er schrumpfte auf unteres Normalmaß.

Ich quälte mich von Irina herunter und hatte Angst davor, ihr in die Augen zu schauen. Mit dem Blick nach unten setzte ich mich am anderen Ende in den Schneidersitz. Irina richtete sich ebenfalls auf, zog die Knie an und stützte ihr Kinn darauf ab. Wir schwiegen, und ich schaute aus dem Fenster.

Es war tatsächlich ein Eichhörnchen, das blitzschnell an einer Kiefer hinaufkletterte und verschwand. Das Wort Hörnchen erzeugte in mir sofort eine Abwehrreaktion.

»Du bist nicht der Erste, dem das passiert, Anton«, brach Irina das Schweigen.

Ich rollte mit den Augen angesichts dieser Floskel. »Und was ist, wenn es noch mal passiert?«

»Anton, jetzt steigere dich da nicht so rein. Das war nur eine kurze Erektionsstörung …«

»Bist du verrückt?«, unterbrach ich sie unwirsch. »Das macht's ja noch viel schlimmer. Wie das schon klingt.« Ich legte meinen Kopf auf ihre Knie und war ganz verzweifelt.

Sie strich mir übers Haar und fing an, meinen Rücken zu massieren. »Gary hat zum Schluss gar keinen mehr hochgekriegt.«

Ich schaute auf und durchbohrte sie mit meinem anklagenden Blick.

»Entschuldigung, war wieder falsch, oder?« Sie biss sich auf die Lippe und massierte weiter.

»Zum Glück bin ich nicht Gary«, sagte ich mürrisch. Sie hörte auf zu massieren, und ich zwängte mich mühselig wieder in meine Hosen. Bei Conny hatte er damals immer wie 'ne Eins gestanden. Nur bei irgendwelchen bedeutungslosen Quickies schwächelte ich auch früher manchmal, vor allem wenn ich zu viel Äthanol mit Cola getrunken hatte. Dann war mein Unterkörper komplett abgestorben. Aber das war lange her. Und jetzt bei der Frau, die ich liebte. Wie peinlich. Eifersucht regte sich in mir.

»Roberto Vialli hat bestimmt keine Erektionsstörung. Der hat dir doch gefallen, oder?«, wurde ich jetzt ein wenig unfair.

Irina schaute mich teils mitleidig, teils amüsiert an. »Ach Anton, was soll ich mit so 'nem Orang-Utan. Blondes Haar und schmale Brust ist mein Beuteschema.« Sie fuhr mir durch die wiedergewonnene Popperlocke und schaute prüfend auf meine Narbe. »Wie Goldmund von Hesse. Wer so viele Verletzungen hat und auf Wanderschaft ist wie du, Anton Kummer, der kann sich auch mal eine Erek-, äh, 'nen Vorfall erlauben.« Sie lächelte mich an, und ich nickte ein wenig beruhigt.

»Und jetzt hör auf zu jammern, das nächste Mal wird es himmlisch.« Sie küsste meine Stirn und zog sich an.

Wieder auf der Autobahn, quälte mich die Frage, warum sie sich so komisch benommen hatte bei den Blues Brothers.

Obwohl ich einfach nicht richtig schlau aus ihr wurde, verliebte ich mich immer mehr in sie. Jetzt im Schlaf mit dem Kopf an die Beifahrertür gelehnt, sah sie auch noch extrem gut aus. Weder schnarchte sie noch war ihr Mund unkontrolliert geöffnet, was mich bei manchen Tanten früher extrem abgetörnt hatte.

Es war bereits zehn Uhr, als ich bei strahlendem Sonnenschein in der Langen Straße hielt. Bei diesem Wetter war die Platte sogar einigermaßen zu ertragen. Ich küsste sie wach, sie streckte sich und gähnte ungeniert, was ich schön fand, weil es ihr ein bisschen den Stolz nahm.

Dann griff sie nach hinten und förderte etwas Undefinierbares zutage. »Guck mal hier!« Sie zeigte mir ihre Montanas. Die Schuhe waren nicht mehr wiederzuerkennen. Das blaue Wildleder hatte eine schwarze Dreckkruste, außerdem waren die teuren Designerteile völlig verformt.

»Ich krieg das hin«, tröstete ich sie mit einem schwachen Lächeln. Sie legte die Schuhe wieder auf die Rückbank, und wir verabschiedeten uns mit einem langen Kuss. Ich hielt sie noch mal am Arm fest. »Meinste, der Alte vom Klo, von dem ich dir erzählt hab, ist wirklich gesund nach Hause gekommen?«

Sie streichelte mein Kinn. »Bestimmt. Und ich mach jetzt das Plakat, ja?«

»Na klar«, sagte ich.

Dann fuhr ich los. Entgegen meiner Erwartung ging sie nicht sofort ins Haus, sondern blieb stehen und sah mir nach, bis ich hinter der Kurve verschwunden war.

»Und, hattet ihr 'nen schönen Abend?«, begrüßte mich meine Mutter an der Tür.

»Auf jeden Fall 'nen aufregenden, Mutti!«, sagte ich und schleppte die Plattenkisten von Vialli an ihr vorbei in die Veranda.

»Was ist denn das?«

»Musterplatten, ich habe den neuen Job.«

»Wirklich?«

»Ja, ich bin jetzt Plattenvertreter bei Rock-Juwelen für ganz Ostdeutschland. Stell dir das mal vor!« Ich platzte fast vor Stolz. Erst jetzt kam es bei mir richtig an, dass ich mich nicht mehr nutzlos treiben lassen musste.

»Anton, da fällt mir aber ein Stein vom Herzen.« Sie strahlte übers ganze Gesicht.

»Jetzt kaufen wir dir ein paar neue Beine und 'ne Insel im Pazifik«, rief ich aufgedreht.

Ich ging zu unserem alten Ziphona Plattenspieler und zog *Beatles – Live in Lissabon 1966* aus dem farbigen Cover. Darauf machten die vier Pilzköpfe lustige Verrenkungen an einem Strand. Die Platte selbst leuchtete quietschrot, und meine Mutter bekam Stielaugen.

Dann legte ich die Scheibe auf. Das erste Stück war »I Want to Hold Your Hand«. Meine Mutter schätzte die Beatles, und ich führte sie zum Tanz zwischen Esstisch und Kamin. So gut es mit ihren verbundenen Beinen ging, drehten wir uns auf dem Perserteppich und lachten einander an. Doch dann stutzte ich. War die Musik am Anfang noch klar und laut, rauschte es jetzt im Vordergrund, und Paul McCartney war kaum noch zu verstehen.

»Ist der Plattenspieler kaputt?«, fragte ich.

Meine Mutter schüttelte den Kopf. »Ich hab gestern noch Elvis gehört.«

Ich ließ von ihr ab und stupste die Nadel ein Stück weiter auf »She Loves Me«. Statt Rauschen lag jetzt ein lautes Knistern über dem Gitarrensolo. Es klang ein bisschen wie aus einem Probenkeller. Ich schaute meine Mutter fragend an. Sie zuckte die Schultern. Unser kleiner Tanz war jäh beendet. Schließlich schleppte ich die Kiste in mein Zimmer.

»Leg dich mal hin, du siehst ja ganz müde aus«, rief sie mir hinterher.

Ich probierte die Platten eine nach der anderen auf meiner Anlage durch. Die meisten Songs klangen in etwa so, als hätte ich früher etwas auf Mittelwelle aus dem Westradio aufgenommen. Atmosphärisches Rauschen bestimmte den Vordergrund. Nur eine Platte war fast blitzsauber. *Toronto-Tapes* von den Rolling Stones. Lediglich ein ganz leises Hubschraubergeräusch war im Hintergrund zu hören. Ich ließ mich auf das Bett fallen und überlegte. Dann nahm ich mein neues Deutsch-Englisch-Wörterbuch von Langenscheidt aus dem Regal und suchte nach *Bootleg*. Da stand doch tatsächlich *fälschen, kopieren, illegal verändern*. Völlig kaputt legte ich mich auf das Bett und dachte: Wird schon schiefgehen. Irina hatte recht. Ich musste schnell sein.

Kurz bevor ich einschlief, fiel mir jetzt der gesamte Kneipenspruch ein, auf den ich im Auto nicht gekommen war. Hart ist es, wenn er weich wird, aber noch härter, wenn er weich bleibt.

# 25 Das Ende der Zigeunerlieder

Ich hatte mich in Schale geworfen und schlenderte kurz nach Öffnung durch das Magnet-Warenhaus in Karl-Marx-Stadt. Meine Doc Martens waren frisch geputzt, die weißen Socken gewaschen. Dazu trug ich eine karierte Hochwasser-Bundfaltenhose, die ich mit einem türkisfarbenen Blazer und einem weißen Hemd mit Stehkragen kombinierte.

In der rechten Hand trug ich eine Plastetüte mit ausgewählten Musterplatten, in der linken schaukelte mein neuer Aktenkoffer, in dem sich nach gründlicher Reinigung jetzt die Hochglanz- und Bestellkataloge befanden.

Über eine Rolltreppe verließ ich die Bekleidungsabteilung im Erdgeschoss, in der die Leute sich fast tottrampelten. Hier sorgten Westjeans und bunte Ballonseidenjacken für einen Besucheransturm. Wenn es in der Musikabteilung genauso war, konnte ich wieder nach Hause fahren. Dann hatte Vialli sich getäuscht, und die großen Musikkonzerne waren bereits vor Ort. Mein Herz schlug bis zum Hals, und ich schloss die Augen, als ich nach oben fuhr.

Plätscherndes Orchestergedudel wurde immer lauter, als ich schließlich die Augen wieder öffnete und meinen Fuß von der Rolltreppe setzte. Ein Gefühl der Erleichterung machte sich breit. Zu meinem großen Glück verloren sich nur wenige Kunden in der riesigen Etage. Ich atmete tief durch und entdeckte das Wort *Schallplatten*, das in weißen, bestimmt dreißig Zentimeter hohen Styroporbuchstaben über einer holzvertäfelten Wand thronte.

Darunter waren auf gefühlten hundert Metern Länge kleine Stehregale an den Wänden angebracht, in denen die Platten übersichtlich angeordnet auf Käufer warteten. Alle zwanzig Meter standen in etwas kleineren, ebenfalls weißen Buchstaben die Namen der Unterlabels des staatlichen DDR-Kombinats VEB Deutsche Schallplatte über den Regalen. Ich schlenderte an Eterna, Litera und Schola vorbei und prüfte die Ware. In den Fächern staubten neben Mahlers 5. Sinfonie noch Hunderte verschiedene Klassikplatten vor sich hin. Bei den Märchen sah es nicht besser aus. *Das kleine Mädchen mit den Schwefelhölzern* guckte genauso traurig aus der Wäsche wie *König Drosselbart*. Ich sah keine einzige Westplatte und war auch der einzige Kunde weit und breit. Zum Schluss ging ich zur Amiga-Sektion, der größten Abteilung, und arbeitete mich durch das Angebot.

Die *Zigeunerlieder* von Sandra Mo wollte niemand, und keiner interessierte sich für *Die Farbe meiner Tränen* von Ines Paulke. Alles dümpelte in einer Art Dornröschenschlaf vor sich hin. Ich schaute mich nach einer Verkäuferin um und ging über den geräuschdämpfenden Teppich zum sogenannten Hörtresen, einem brusthohen Sprelacart-Regal. Oben schauten aus kleinen Öffnungen Telefonhörer raus. Als ich nähertrat, sah ich hinter dem Tresen Plattenspieler, die in die Regale eingelassen waren.

Dazwischen saß eine junge Frau in rosafarbener Kittelschürze und füllte Listen aus. »Was möchten Sie hörn?«, fragte sie, ohne aufzublicken.

»Ich? Gar nichts! Ich wollte mal den Chef sprechen.« Sie schaute auf und musterte mich aus hellgrün umrandeten Augen. Die Orchestermusik war verklungen, und jetzt war es bedrückend still. »Diedor, gommsde ma?«, durchbrach sie lautstark mit ihrer hohen Stimme die Stille.

Ein untersetzter Mann Mitte vierzig im karierten Hemd trat mitten aus der holzvertäfelten Wand. Schnurstracks lief er über den Teppich auf mich zu. »Wo brennt's denn?«

»Guten Tag, mein Name ist Anton Kummer. Ich komme von der Firma Rock-Juwelen und möchte Ihnen unsere Neuerscheinungen vorstellen.« Ich setzte mein charmantestes Lächeln auf.

Der Mann musterte mich von oben bis unten mit undurchdringlicher Miene. Dann streckte er mir seine Pranke entgegen, und ich schüttelte sie.

»Biernoth. Was sind denn das für Neuerscheinungen?«

»Na, hauptsächlich Beatles, Rolling Stones, Genesis ...«

»Sie schiggd wohl der Himmel odor was?« Ohne eine weitere Frage zu stellen, drehte er sich wieder um und winkte mir mit dem Finger, ihm zu folgen. »Waren Se schon woanders?«, fragte er im Laufen, als ich ihm folgte.

»Nein, Sie sind die Ersten in Karl-Marx-Stadt.«

Ruckartig drehte er sich wieder um. »Wolln wa gleisch wiedor gehn?«, fragte er streng und baute sich vor mir auf.

Ich erschrak. »Wieso?«

Er sog tief Luft ein, als stünde er vor einem begriffsstutzigen Schüler. »Wessi, was?«

»Nein.« Ich schüttelte den Kopf.

»Dann müssden Se eijendlisch wissen, dass de Scheiß-Kommunisdn abgewirdschafded ham und unsre schöne Stadd seit erstem Juni wieder Gemnitz heeßt.«

»Ach, na klar«, sagte ich, »Chemnitz. Entschuldigung.«
Er rang sich ein Lächeln ab, und wir gingen in sein enges Büro.

Dort deutete er auf einen Stuhl und schob mir eine geöffnete Kiste Asbach-Uralt-Pralinen rüber. Ich nahm eine und biss drauf. Der ziemlich starke Alkohol ging sofort ins Blut. Er tat es mir gleich und lachte. »Bisschen Freude brauchen wa ooch, was?«

Ich nickte, und mein Blick fiel auf ein Poster an der Wand. Das Cover eines Albums von Frank Schöbel mit dem sinnigen Titel *Wir brauchen keine Lügen mehr.*

»Den gooft ooch keener mehr, keen Mensch«, sagte er fatalistisch, als er meinen Blick bemerkte.

»Geschieht ihm recht«, antwortete ich.

»Och, der Frang, war nicht son Schleschdor, den hadden ma oft hier zur Audogrammstunde.« Herr Biernoth seufzte. »Da gab's Schlimmere.« Er räumte die Pralinen weg und befreite den Tisch von ein paar Kartons. »Dann zeign Se mal här.«

Ich betätigte den Mechanismus an meinem Nazareno-Gabrielli-Koffer, und nach dem eleganten Ploppen öffnete ich ihn. Ich nahm den Hochglanzkatalog heraus und gab ihn Herrn Biernoth. Dabei zitterte ich ein wenig, was er zum Glück vor lauter Interesse gar nicht bemerkte. Der Musikchef strich zärtlich über das bunte Cover von *The Rolling Stones – BBC Sessions.* »Mensch – Schdones, Beatles, Zabba. Isch werd verrückd!« Aufgeregt blätterte er sich durch das ganze Heft und klappte es dann wieder zu. »Ham Se denn ooch Pladden mit?«

»Na klar.« Ich griff zur Plastetüte und holte Pink Floyds *Live in Stockholm 1969* heraus. Die Scheibe hatte die übelste Qualität, aber sie war die bunteste von allen.

Herr Biernoth schaute sich das Cover an, Pink Floyd hinter Keyboardtürmen auf einer Livebühne.

»Na, gucken Se mal rein«, sagte ich.

Schließlich nahm er die Platte wie einen Edelstein aus der Hülle.

Das fliederfarbene Vinyl in seiner Hand reflektierte das Licht der Neonröhre an der Decke zurück in sein selig lächelndes Gesicht.

»Das gann ich ja gor nüsch glooben«, murmelte er verzückt vor sich hin.

Ich lächelte aufmunternd. Und zersprang fast vor Aufregung. »Stark, was?«

»Wenn das de Gunden sehen, drehen die dursch. Wolln wa se ma ufflegen?«, fragte Herr Biernoth.

Ich erschrak und schaute auf die Uhr. »Ich hab gleich noch 'nen Termin.«

»Isch hoffe, nisch hier in Gemnitz?«, pampte er sofort wieder.

»Nee, nee«, sagte ich. »In äh ... Dresden.«

»Dräsden«, rief er laut. »Sind wohl mit 'nem Borsche da, was? Würde zu ihnen bassen, Herr Gummor.« Krachend schlug seine rechte Pranke auf meiner Schulter ein.

»Und ... wollen Sie bestellen?«

Er schaute mich an, als ob ich 'ne Klatsche hätte. »Na freilisch. Lassen Se glei ma zehndausend Stüg hier«, rief Herr Biernoth mir begeistert entgegen.

Hatte ich mich verhört, oder hatte der das wirklich gesagt? »Zehn ... äh, tausend?«, fragte ich ungläubig.

»Nu glor!«

»Äh ... da muss ich erst mal ...«

In meinen Kopf begann es zu rattern. Das waren glatte zweitausend D-Mark Provision nur in diesem Geschäft.

Ich war überfordert und erklärte ihm völlig aufgelöst, dass kein Truck voller Platten vor der Türe stand. Herr Biernoth zeigte sich schließlich herb enttäuscht von den drei Wochen Lieferzeit. »De Gunden haben fast keene Geduld mähr. Die sinn ausgehungerd, sach isch Ihnen. Jetzt müssen de Schdones här, sonst könn ma dischdmachen.«

Ich holte den Bestellkatalog aus dem Koffer, und wir gingen jede einzelne Platte durch. Irgendwann riss er mir den Stift aus der Hand und kritzelte selbst das Papier voll. Fünfhundert Pink-Floyd-Platten, insgesamt tausend von den Rolling Stones. Achthundert Mal Neil Young & Crazy Horse. Tausend von den Beatles. Siebenhundert von Jimi Hendrix.

Die vielen Nullen passten überhaupt nicht in die dafür vorgesehenen Kästchen. Am Schluss lächelten wir beide zufrieden, als er seinen Stempel auf das Original und die beiden Durchschläge drückte und unterschrieb.

»Aber denken Sie dran, Herr Biernoth, die Platten sind Sondereditionen, keine regulären Alben«, sagte ich und verschwieg die Qualität.

»Das ist mir doch Wurschd.« Er winkte ab.

Ich stand auf und schüttelte ihm die Hand.

»Dann warde isch ungeduldisch, Herr Gummor.« Er lachte und komplimentierte mich aus seinem Büro, nicht ohne mir noch eine Asbach-Uralt-Praline anzubieten, die ich schnell hinunterwürgte.

Ich stieg wieder in Kais lädierten Kadett, fuhr los und machte kurz vor Ladenschluss noch in Dresden Station. Dort ging ich ins Centrum-Warenhaus, den sogenannten Silberwürfel.

Hier wurden von einer resoluten Dame über neuntausend Tonträger bestellt. Ich hatte an einem Tag fast zwanzigtausend Platten verkauft und schrie auf dem Heimweg meine Begeisterung zu Kais Kadett-Himmel. Jetzt begann das große, unbeschwerte Dasein, ich fühlte es.

Als ich nach der langen Fahrt auf den Hof der Kneipe rollte, stand der ganze Jugendclub auf der Terrasse. Ich hatte den Kadett noch ein bisschen länger behalten als abgemacht.

»Ach du Scheiße«, rief Kai sofort. »Wo ist denn der Spoiler? Und wie klingt das denn?«

»Wie 'n Formel-1-Bolide«, rief ich und ließ den Motor noch mal aufheulen, bevor ich den Zündschlüssel herumdrehte.

Kai prüfte sofort mit skeptischem Blick den Innenraum. Ich hatte den groben Müll – leere Bierdosen, Burger-Verpackungen und zerfledderte Zeitungen – rausgeräumt. Aber der ganze Dreck von unseren Schuhen klebte noch überall.

»Kummer, du Wichser«, zischte Kai und forderte mich auf auszusteigen. Ich tat, wie mir befohlen. Er kroch fast unter das Auto und zog unter dem Gejohle der anderen einen fast armlangen Kiefernast aus dem Fahrwerk hervor. Der stammte offenbar noch von der Hatz mit Kotelette und seiner Skinhead-Gang. »Ich hab's geahnt! Der braucht ja 'ne komplette Unterbodenpflege. Und der Auspuff ist eingerissen, du Arschloch«, brüllte er und richtete sich auf. Ich versuchte, ruhig zu bleiben.

»Ich wusste gar nicht, dass du so 'n Spießer bist, Kai«, sagte ich, noch im Rausch meines Erfolges. Er schnellte vor und packte mich an der Gurgel. Ich hatte ihn selten so wütend gesehen. »Das kostet dich mindestens fünfhundert Mark, du Scheiß-Wichser.«

Ich wollte gerade antworten, da rief Elke von der Terrasse: »Ich hab 'ne bessere Idee! Texte schreiben, Gags entwickeln. Und zwar schnell. In zwei Wochen ist die Ossi-Party.«

# 26 Der Plakatwettbewerb

»Stalin muss höher und in die Mitte«, befahl Elke lautstark. Sie stand allein mitten im Saal und gestikulierte mit wedelnden Armen. Auf zwei Feuerwehrleitern neben der Bühne bemühten sich Kai und Gerber, ein abgeblättertes Ölgemälde des Generalissimus nach oben zu hieven. Es wurde flankiert von Honecker- und Ulbricht-Porträts, die jetzt ein Stück tiefer hingen.

Überall wuselten und werkelten die Clubmitglieder herum, verteilten DDR-Fähnchen auf den Tischen, zogen Etiketten von Weinflaschen ab, um sie mit selbstgebastelten Aufklebern zu verzieren. *Honnis Zischwein* oder *Politbüro-Scheurebe* hatten bei der Ideenfindung großes Gelächter ausgelöst. An der Wand war die *Straße der Besten* zu sehen. Verdiente Werktätige wie Melker, Chemielaborantinnen und Mechanisatoren posierten lachend auf großformatigen Porträts. Darunter auch ich mit Hornbrille und Schnauzbart als Olaf Gammel, Leiter Handel und Versorgung.

Die Fotos waren mit Mainelken aus Plastik bekränzt, die wir zu Hunderten in Harrys verschimmeltem Keller gefunden hatten. Die DDR war noch nicht mal erledigt und erstand in Düsterbusch jetzt schon wieder auf. Der Jugendclub Helden des Fortschritts war wieder mal ganz vorn oder auch ganz hinten. Es kam auf die Sichtweise an.

Elke hatte auf jeden Fall den richtigen Riecher gehabt. Die Ossi-Party war bereits zur Hälfte ausverkauft, und ihr Selbstbewusstsein wuchs auch im Umgang mit mir. »Und, haste die DDR-Musik besorgt?«, rief sie mir zu, als sie mich im Eingang stehen sah.

»Ich hab keine DDR-Musik.« Ich zuckte lustlos die Schultern. Denn ich war dazu verdonnert worden, als DJ Jugendliebe Zonenmugge aufzulegen. Aber ich wollte das Elend so lange wie möglich hinauszögern.

»Ja, ich auch nicht«, motzte Elke. »Du hast mit deiner Dame Kais Auto zu Klump gefahren. Dafür musste hier jetzt mal ein bisschen ran, Anton. Lass uns erst mal die Moderation umschreiben.«

»›Deine Dame‹«, wiederholte ich ihre Anspielung. »Was hast du eigentlich gegen Irina?«

Elke musterte mich trotzig. »Die grüßt nicht mal auf der Straße.«

»Vielleicht hat sie dich nicht erkannt.«

»Pahh.« Elke lachte auf. »Von wegen.«

Widerwillig setzte ich mich mit ihr an einen Tisch, und wir überarbeiteten abstruse Gags, die sie in ihre Reiseschreibmaschine hackte. Zur Inspiration wühlten wir uns durch Singehefte, Abschlusszeugnisse und die Texte der Kabarettgruppe meiner Mutter.

Außer Kais kaputtem Auto gab es noch einen anderen Grund, warum ich diesen ganzen Blödsinn aktiv mitgestaltete.

Irina hatte sich gleich nach unserer Rückkehr aus Minden an die Arbeit gemacht, um das Plakat zu entwerfen. Dafür setzte sie sehr viel Herzblut ein, zeichnete, verwarf Ideen wieder und begann von vorn.

Ich hatte die letzten Nächte bei ihr verbracht, und meine Erektionsschwäche erwies sich zum Glück als nicht dauerhaft. Vor allem weil der Sex öfter mal durch eine ihrer Physiotherapeutinnen-Massagen eingeläutet wurde.

Wir vögelten himmlisch, und ich war glücklich wie lange nicht mehr.

Nur merkte ich, dass sich Irina richtiggehend in den Entwurf verbiss. Ich durfte keinen Blick drauf werfen.

Schon morgens vor dem Aufstehen verschwand sie im Wohnzimmer ihrer Mutter und kam dann geschafft, aber glücklich an den Frühstückstisch.

»Noch zwei Tage, dann kannst du es sehen.« Darauf küsste sie meine kaputte Stirn. Den Einwand, vielleicht nicht zu viel Herzblut zu vergießen, ignorierte sie.

Danach ging Irina in die Praxis, und ich klapperte mangels Auto mit Bahn oder Bus die Schallplattenläden der umliegenden Kleinstädte ab.

»Irina entwirft übrigens ein Plakat«, sagte ich jetzt ganz nebenbei und grinste zu Elke rüber. Sie hörte schlagartig auf zu tippen und schaute verdutzt aus der Wäsche. »Wieso?«

»Na, weil ich sie gefragt hab.«

»Da hätteste erst mal mich fragen müssen.«

»Ach komm, Elke, sei doch froh, dass es jemand macht.«

»Guck dich mal um, Anton. Hier wird nichts dem Zufall überlassen. Ich arbeite schon längst selber an 'nem Plakat.«

»Nu komm, lass ihr das doch mal.«

Sie schüttelte energisch den Kopf. »Dann müssen wir abstimmen.«

»Von mir aus«, sagte ich genervt.

Gegen Irinas Zeichentalent hatte Elke sowieso keine Chance. Da war ich mir mehr als sicher.

»Wenn ich was von dir und Henryk gelernt habe, dann Demokratie.«

»Wie man hier ganz deutlich sieht.« Ich seufzte und wies auf Stalin, der immer noch nicht ganz fest hing. Doch Elke lachte nicht und tippte weiter.

»Wir haben die DDR hier immer draußen gelassen, und deshalb hatten wir Erfolg, Elke.«

»Jetzt sehnen sich die Leute aber nach ein bisschen Geborgenheit in dieser Scheiß-Zeit.«

Ich hatte einen kurzen Lachkrampf. »Du bist hier mit 'nem Dienstwagen von der Versicherungs-AG. Was willst du eigentlich?« Sie hatte es inzwischen geschafft, beim ostdeutschen Ableger der Allianz einzusteigen.

»Ja, aber meine Mutter ist letzte Woche bei Feintuch rausgeflogen, und mein Vater kriegt 'ne ABM-Stelle im ›Tierpark‹, wenn er Glück hat. Und der ist Ökonom. Deine Eltern wissen ja auch nicht, was wird, oder?«

»Motzt Kummer rum, oder was?« Kai kam jetzt von der Leiter.

»War schon immer so 'n Wessi-Arschkriecher mit seiner Tante Klara«, bemerkte er abfällig. Er war immer noch stinksauer wegen seines Autos.

»Ausgerechnet du, Kai. Früher Schwerter zu Pflugscharen mit deinem Blueser-Kleidchen, jetzt hängste hier Stalin auf. Wahnsinn.«

»Kannst doch gehen, Kummer, wenn es dir nicht passt. Da ist die Tür«, sagte Kai und zeigte Richtung Eingang.

Ich war kurz davor, auf ihn loszugehen. Denn der Spruch traf mich hart. Ausgerechnet dieser Hinterwäldler wollte mich aus meinem eigenen Club werfen. Dann kam mir der Zufall zu Hilfe. Stalin löste sich von der Bühnenstirnseite.

Beim Fallen riss er auch gleich noch Walter Ulbricht mit, und beide Porträts stürzten mit lautem Getöse auf den Saalboden.

Ich lachte schallend, und Elke stimmte mit ein. Bedröppelt marschierte Kai ab. Er sollte sich allerdings später noch genüsslich an mir rächen.

Nach einer weiteren Durchlaufprobe mit Singechor und marschierenden NVA-Soldaten machte ich die Biege.

»Also, bis Freitag?«

Elke nickte. »Dann starten wir einen Plakatwettbewerb. Und denk an die Ostmusik.«

Ich trat vor die Kneipentür und holte erst mal tief Luft. Das waren die gleichen Diskussionen wie bei Rita in der Plenumsrunde. Waren die alle verrückt geworden?

Natürlich wusste ich, dass manche Schüler einfach nach Hause geschickt wurden, weil ihre Schulen schlossen.

Ich wusste auch, dass das Nieten- und Bolzenwerk in den letzten vier Wochen tausend Leute entlassen hatte.

Ich traf selbst genug arrogante Wessis. Aber wollte ich deshalb die DDR wiederhaben? Niemals. Das Land des Kleinmuts und der Denunzianten wollte ich nie wieder betreten.

Grübelnd setzte ich mich auf das »Gesicht in der Menge«. Ich hatte mein klappriges Moped wegen des fehlenden Autos wieder reaktiviert und fuhr damit nach Kirchhausen.

»Komm rein«, sagte Irina lächelnd, als ich vor ihrer Wohnungstür stand. Aufgeregt betrat ich ihr Reich. Und sofort schlug mich die künstlerische Atmosphäre in ihren Bann. Dafür sorgten die übergroßen Bücherregale ihrer Mutter und die russischen Ikonen, die überall an der Wand hingen.

»Ich hab was für dich«, sagte ich und überreichte Irina die Claude-Montana-Pumps, die ich in mühevoller Kleinarbeit mit feinem Sandpapier gereinigt hatte.

Sie umarmte mich dankbar.

»Ich hab auch was für dich.« Sie lächelte und lotste mich über dicke Perserläufer in ihr Zimmer, in dem kreatives Chaos herrschte.

Ihr Schreibtisch vor dem Fenster war mit Skizzen und Zeichnungen bedeckt. Dazu Schere und Stifte. Alles lag wild durcheinander. Auf dem Fußboden türmten sich zerknüllte Blätter und abgeschnittene Papierfetzen. Dazwischen Fotobände mit kyrillischer Schrift.

Links an der Wand stand ein kleiner Kleiderschrank mit ihren Ponchos und Blusen, schief auf Bügel gehängt. An der Schranktür, mit Reißzwecken befestigt, ein Schwarz-Weiß-Poster von Tatjana Samoilowa, der Hauptdarstellerin aus dem sowjetischen Antikriegsfilm *Die Kraniche ziehen*. Die Ähnlichkeit mit Irina war verblüffend. Ich fühlte mich sofort geborgen in diesem Chaos.

Sie lächelte aufgekratzt und hielt mir ihre rechte Hand vor die Augen, als ich an den Schreibtisch trat. Es raschelte, und sie sagte: »Jetzt kannst du gucken.«

Mitten auf dem Tisch lag ihr Entwurf. Das dreieckige Gesicht einer gequält schauenden russischen Bäuerin, umrahmt von einem kantigen Kopftuch. Im Hintergrund wild durcheinanderlaufende Streben und U-Bahn-Viadukte.

Alles in düsteren Rot- und Schwarztönen. Auf der Stirn der Bäuerin wie eingemeißelt in krakeliger Typo der Schriftzug: *Auf zum XIII. Parteitag.*

Sie schaute mich mit großen Augen erwartungsvoll an.

Ich musste mich erst mal sammeln.

Für eins unserer Psychedelic-Konzerte 1986 wäre es das perfekte Plakat gewesen. Es versprach Dekadenz, Düsternis und Todessehnsucht. Alle Großstädter, die in Scharen zu uns kamen, hätten sich dieses Plakat als Erinnerung über das Bett gehängt.

Ich wusste aber sofort, dass es für eine klamaukige Ossi-Party viel zu ambitioniert war. Trotzdem lächelte ich, als wäre ich überwältigt.

»Stark.« Ich hatte sofort Erinnerungen an Baades Ranch vor Augen, wo auch überall abfotografierte Gemälde von Surrealisten und Dadaisten herumhingen. »Hat was von Man Ray«, fügte ich schlau hinzu.

»Eher Rodtschenko, der war früher dran als Man Ray«, erwiderte sie souverän. »Und, gefällt es dir?«

»Klar ... natürlich, toll Irina. Vielleicht ... kannst du es ein bisschen einfacher machen?« Ich versuchte, lapidar zu klingen.

Irina wurde sofort ernst. »Das ist sehr einfach. Oder meinst du billig?«

»Nee, nee, auf keenen Fall billig. Fetzt schon«, sagte ich. »Die werden vor Neid erblassen.« Ich wollte nicht riskieren, dass sie sich verunsichert fühlte, und vor allem nicht, dass wir uns schon wieder stritten.

Die Harmonie der letzten Tage und das schöne Gefühl, eine neue Freundin zu haben, ließen mich jede Art von Konflikt vermeiden. Ich verschwieg ihr, dass sie mit dem Entwurf noch Konkurrenz zu fürchten hatte, und redete mir ein, dass ich mit meinem Einfluss und dem Ruhm vergangener Tage ihr Plakat irgendwie würde durchsetzen können. Außerdem hoffte ich darauf, dass Elke einfach nichts zustande brachte.

Trotzdem hatte ich verdammte Sehnsucht danach, mit meiner Freundin ganz weit weg zu sein.

»Mensch, Irina ...«, sagte ich. »Stell dir vor, du studierst in Venedig Kunst, und ich mach den Gondoliere. Das wäre doch was, oder?«

»Du würdest auf jeden Fall ins Wasser fliegen.« Dann küsste sie mich auf den Mund, und wir begannen zu fummeln.

Kurz darauf landeten wir in ihrem Bett, und ich vergaß das Plakat und alles, was damit zusammenhing.

# 27 Kunst kommt von Kunsthonig

Auch in den Kleinstädten des südlichen Berliner Umlandes bestellten die Händler reichlich Sondereditionen von Rock-Juwelen. Zu meinem Erstaunen waren die großen Musikkonzerne auch noch nicht bis hierhin vorgedrungen. In Ermangelung eines Pkws legte ich die kürzeren Strecken mit dem Moped zurück. Für alles über fünfzig Kilometer nahm ich den Personenzug. Dabei studierte ich das Rock-Lexikon von Siegfried Schmidt-Joos und Barry Graves. Ich informierte mich über Besetzungen und Diskografien der etwas unbekannteren Bands von vorgestern wie Gentle Giant und Little Feat. Die gehörten mit jeweils einer Platte ebenfalls zu unserem Sortiment. Das Dreifachalbum *Rolling Stones – Toronto Tapes*, aus dem Hubschrauber aufgenommen, war allerdings auch außerhalb Sachsens der absolute Renner. Insgesamt verkaufte ich dreitausend Stück davon in sechs Städten. Dicht gefolgt von *Pink Floyd – Live in Stockholm 1969* mit knapp zweitausend Platten.

Auch in diesen Städten gelang es mir, wie in Chemnitz, den Wunsch nach einer Hörprobe geschickt zu umgehen.

Im Musikpavillon Jüterbog bekam ich nach dem erfolgreichen Geschäftsabschluss einen Jägermeister und entdeckte beim Trinken auf dem Fußboden eine ganze Kiste mit DDR-Rock. Da war alles drin, was ich für die Ossi-Party brauchte, Puhdys, Stern Meißen, Berluc, Silly und andere.

*20 Stück – 10 Mark* stand auf einem Zettel. Das war ein unschlagbares Angebot.

Ich verpackte alles in meine geliebten Plastetüten, gab dem Verkäufer das Geld und verschwand schwer beladen Richtung Bahnhof.

Es war Freitag, und als ich in Kirchhausen ankam und auf mein Moped umstieg, erfasste mich plötzlich eine gewisse Unruhe. In dreißig Minuten war die letzte Versammlung der Helden des Fortschritts vor dem XIII. Parteitag anberaumt. Der ganze Kreis redete von dieser Ostalgie-Show. Elke hatte sogar einen von ihr geschriebenen Artikel in der *Frankenwalder Post* platziert. Er triefte vor Erinnerungsschmalz und endete mit dem Satz: »Wer sein FDJ-Hemd gerne noch mal anziehen möchte, ist herzlich willkommen.«

Ich fuhr zu Irina. Sie wartete bereits an den Müllverschlägen vor ihrer Haustür. Ich schämte mich ein wenig, als ich wie ein Penner mit lauter Tüten am Lenker und dem kaputten Moped vor ihr stand. Sie hatte eine große Kladde vor der Brust und sah umwerfend aus mit ihrer Turmfrisur, den Karottenjeans und der weiten Bluse. Genau so hätte sie auch vor einer Kunstakademie in Venedig stehen können, dachte ich sehnsuchtsvoll.

»Wie viele sind es schon insgesamt?«, fragte sie fröhlich.

»Fast dreißigtausend«, rief ich stolz.

Ihre Augen weiteten sich vor Staunen.

Dann tippte sie mit vieldeutiger Miene ihren Fuß gegen das »Gesicht in der Menge«.

»Dann weißt du ja, was du dir als Erstes kaufst.«

Ich konnte mich noch nicht wirklich zu einem Autokauf entschließen. Erstens, weil ich keinen Führerschein besaß. Und zweitens, weil das Geld von Rock-Juwelen noch nicht auf meinem Konto gelandet war. »Steig auf«, sagte ich, und Irina nahm auf dem eingerissenen Polster der Sitzbank Platz.

Eine Fußraste fehlte, also stemmte sie den rechten ihrer Montana-Pumps gegen meine Wade, und wir knatterten von Fehlzündungen unterbrochen zur Linde.

Als wir auf dem Vorplatz hielten, erfasste mich plötzlich Panik.

Ich hatte mich bisher nicht getraut, ihr irgendwas von dem Plakatwettbewerb zu erzählen. Die letzten Tage mit ihr waren von solch künstlerisch-sexueller Harmonie geprägt gewesen, da hatte ich nicht mit schlechten Nachrichten um die Ecke kommen wollen. Aber jetzt musste ich es ihr sagen.

»Du, ähh, kann sein, dass Elke auch irgendwas zusammengeschustert hat.«

»Wie bitte?« Irina musterte mich mit zusammengezogenen Augenbrauen.

»Ja, die wollte auch was entwerfen. Aber mal ehrlich, Irina. Wer ist denn hier der Profi?« Ich lachte ihr entgegen.

»Das hättest du mir aber vorher sagen müssen«, zischte sie, als wir die Treppenstufen zur Kneipe hinaufgingen.

In der Gaststube der Linde saßen alle schon um den großen Tisch herum, soffen und quatschten dummes Zeug.

»Antonchen«, rief Elke sofort mit sichtlich guter Laune, als wir eintraten. »Haste die DDR-Musik?«

Ich nickte. Ich konnte mich nicht daran erinnern, schon mal von ihr Antonchen genannt worden zu sein.

Irina schaute fragend zu mir rüber.

»Ich mach Disco«, sagte ich knapp, und sie nahm es nickend zur Kenntnis.

Ich packte die Tüten mit den Platten auf den Tresen, während mir Harry zwei Bier hinüberschob.

Irina wirkte etwas eingeschüchtert von den glotzenden Jungs in der Runde und stürzte ihr Bier herunter.

»Irina Freiberg«, rief Kai laut. »Bei deiner Mutter hatte ich Russisch. Sadis. Viel mehr habe ich mir nicht jemerkt.«

Ein paar Leute lachten. Ich reichte Kai eine meiner Musterplatten. Als kleine Entschuldigung für den Zustand seines Autos.

»Hier, schenk ich dir.« Blueslegende Canned Heat mit *Celebrating the Blues* von 1968 in grünem Vinyl. Es war eins der besseren Bootlegs. Kai betrachtete erstaunt das Cover und drehte die Platte um.

»Kenn ich gor nich. Mit John Mayall am Piano. Hast wohl 'n schlechtes Jewissen, Kummer«, motzte er sofort. »Den Auspuff musste trotzdem bezahlen.« Er lachte laut.

Ich hätte es wissen müssen. Solchen Leuten irgendwie entgegenzukommen, war immer ein Fehler.

Marion lümmelte sich über den Tisch, ihre rechte Hand an den Kopf gestützt, und betrachtete Irina mit verzücktem Gesichtsausdruck.

»Dir würde ich gerne mal die Haare machen. Du bist so eine wunderschöne Frau.«

Betretenes Schweigen. Irina wurde knallrot und quälte sich ein Lächeln ab.

»Grüß dich, Irina«, sprach Elke sie jetzt auch noch direkt an.

Irina schaute kurz auf. »Hallo, Elke.«

»So, dann sind ja endlich alle da, und es kann losgehen.«
Elke begann erst mal, eine Art Rechenschaftsbericht abzulegen, schwadronierte von Gemeindesteuern, GEMA-Gebühren und Industrie- und Handelskammer-Abgaben. Alles Institutionen, die jetzt im Westen Geld haben wollten. Die polizeiliche Genehmigung, an der wir in der DDR oft gescheitert waren, schien nur noch eine Formsache zu sein.

Ich staunte, wie ihr die männlichen Clubmitglieder an den Lippen hingen. Ein bisschen neidisch musste ich anerkennen, dass sich Elke zur unangreifbaren Chefin der Helden des Fortschritts gemausert hatte. Aber es regte sich nur eine laue Unzufriedenheit in mir, kein wirklicher Widerstand.

»Dann kommen wir mal zu einem wichtigen Punkt ... das Plakat. Das müssen wir nämlich langsam drucken lassen.«

Die Aufregung stieg. Ich legte meine Hand auf Irinas Knie, was sie sich willenlos gefallen ließ.

»Anton kam ja mit der Neuigkeit, dass Irina was entworfen hat. Da war ich aber schon fast fertig mit meiner Vorlage.«

Jetzt wischte Irina meine Hand weg.

»Also müssen wir entscheiden, welche besser ist.«

Alle klopften zustimmend mit den Knöcheln auf den Tisch.

»Ich fang mal an«, sagte Elke. Sie holte eine Papierrolle hervor und streifte den Gummi ab. Dann rollte sie ihren Entwurf, der etwa doppelte Zeichenblockgröße hatte, auf dem Tisch aus. Alle erhoben sich und betrachteten das aufgeklebte Motiv.

Es handelte sich um das FDJ-Symbol, aber statt des Kürzels der Jugendorganisation waren die Anfangsbuchstaben des Clubs *HdF* im Emblem zu sehen. In der strahlenden Sonne darüber stand halbrund in goldenen Lettern: *Auf zum XIII. Parteitag.*

Umrahmt wurde das Symbol von zahlreichen grünen und roten DDR-Ampelmännchen. Es war etwas zusammengeschustert, aber nicht schlecht. Es erfüllte seinen Zweck, das sah ich sofort. Die Zweifel, ob Irina da mithalten konnte, verstärkten sich.

Viele nickten zustimmend.

»Stark, Elke«, sagte Gerber.

»Finde ich ooch«, ergänzte Kai.

Wirkliche Begeisterung klang anders. Und ich machte mir wieder Hoffnungen. Ich setzte auf Kurte, Wuschel und einige andere, denen ich eine künstlerische Ader zutraute. Und auf Marion, die ja offenbar ein richtiger Fan von Irina war.

»Gucken wir uns mal Irinas Entwurf an«, sagte ich und lächelte ihr aufmunternd zu.

Ohne eine Miene zu verziehen, öffnete sie ihre Mappe und legte ihre konstruktivistische Arbeit mitten auf den Tisch. Alle guckten drauf, doch niemand sagte etwas. Elke blickte mit offenem Mund auf den Tisch.

»Jetzt staunt ihr, was?«, sagte ich feierlich und lachte in die Runde.

Marion fand als Erste die Sprache wieder. »Du hattest bestimmt in Zeichnen 'ne Eins, oder?«

Irina nickte lächelnd.

»Erinnert mich an die brennende Côte d'Azur«, bemerkte Kurte schlau.

Jetzt lächelte Irina breiter. »Auch 'ne Assoziation.«

»Das ist eindeutig Kunst«, sagte Wuschel.

Elke sah sichtlich verschnupft in die Runde, weil Irinas Entwurf lebhafter diskutiert wurde. Ich hatte bereits einen kurzen Höhenflug. Dann kamen Elkes Knechte zu Wort.

»Kunst kommt von Kunsthonig«, orakelte Kai plötzlich.

»Zeig mal her, den Schmutz.« Er zerrte das Plakat unwirsch zu sich heran. »Wieso is 'n das Jesicht der Bäuerin dreieckich, Irina?«, fragte er mit amüsiertem Blick.

Bevor sie antworten konnte, grätschte Gerber dazwischen. »Die hat bestimmt 'ne dreieckje Muschi«, bollerte er los, und die Hälfte des Clubs lachte. Gerber brach ebenfalls in wieherndes Gelächter aus und legte seinen Oberkörper über den Tisch.

»Du hast doch noch gar keine Muschi gesehen«, konterte Irina und hatte jetzt die Lacher auf ihrer Seite.

»Jetzt reißt euch mal wieder zusammen«, schnauzte Elke.

»Ich hab mich nur gegen diesen Prolo verteidigt«, sagte Irina und guckte jetzt betrübt zum goldenen Reichsadler rüber. Das war nicht so gut. Ihre gerade aufgebaute Führung schmolz dahin. Die proletarische Herkunft durfte nicht infrage gestellt werden. Da waren die meisten empfindlich.

Ich nahm ihre Hand, doch sie zog sie sofort weg.

Es kam zur Abstimmung, und ich hoffte jetzt auf meine Leute. Aber es kam anders als gedacht. Elkes Entwurf wurde mit zwölf zu drei Stimmen angenommen.

»Kurte«, sagte ich ermahnend. Er zuckte die Schultern.

»Für die Nörgler würde Irinas Plakat vielleicht passen. Aber nicht für 'ne Spaß-Party auf 'n ländliches Publikum zujeschnitten.«

Für Irina stimmte außer uns beiden nur noch Marion, die sich danach giftige Blicke von Elke gefallen lassen musste.

Irina stand einfach auf, packte das Plakat wieder in ihre Mappe und ging, ohne ein Wort zu sagen, zur Tür hinaus.

»Auch 'ne Art, sich zu verabschieden«, hörte ich Elke noch sagen, während ich ihr folgte.

Irina stand, ihre Arme vor Brust und Kladde verschränkt, vor der Kneipe und schaute verbissen vor sich hin.

»Irina, ich ...«

»Sag bitte gar nichts und fahr mich nach Hause«, zischte sie nur.

Als ich jetzt versuchte, das Moped anzutreten, sprang es nicht an. Die aufgerissene Sitzbank und die überlangen Holzschrauben, die aus dem Motorblock guckten, verstärkten mein jämmerliches Gefühl noch.

»Muss schieben«, nuschelte ich vor mich hin.

Genau auf Höhe des Kriegerdenkmals knatterte das Gesicht plötzlich los. Irina setzte sich auf die Rückbank und rutschte bis zum Gepäckträger nach hinten. Sie stemmte mir auch nicht ihren Pumps gegen die Wade, sondern hielt ihr Bein einfach in die Höhe. Dann fuhr ich los.

»Wann sehen wir uns denn wieder?«, fragte ich, als wir an den Müllverschlägen in der Langen Straße hielten. Sie stieg ab, ging ein paar Schritte und drehte sich um.

»Ich weiß nicht, ob ich dich noch mal wiedersehen will«, sagte sie und verschwand im Hauseingang.

# 28 Der XIII. Parteitag

»Max Zimmering: ›An die Genossen‹«, sagte ich in das Mikrofon, und andächtige Stille machte sich breit. Ich ließ den eitlen Blick nach Art eines Parteisekretärs über das Meer aus FDJlern, Pionieren, NVA-Soldaten und Konsum-Verkäuferinnen schweifen. Harrys Saal war wie einst an glorreichen Tagen bis zum Bersten gefüllt. Es war der 21. Juli 1990. Der Mauerfall lag gut acht Monate zurück. Ich nahm einen Schluck Wein und hielt mich mit beiden Händen am Rednerpult fest, das mit einer roten Fahne bespannt war. Ich legte viel Pathos in meine Stimme und sprach:

»Genosse, welch ein stolzes Wort,
bei diesem Wort verblassen alle Titel.
Es reißt die Trennung,
reißt das Fremdsein fort.
Ob Du Minister bist
oder im dunklen Arbeitskittel
tagein, tagaus an der Werkbank stehst ...«

Plötzlich kicherte jemand. Ich schaute auf und bekam einen Schlag. Es war Irina. Sie stand in der ersten Reihe, ihre Haare waren nur noch schulterlang, und sie hatte das FDJ-

Hemd sexy über ihrem nackten Bauchnabel zusammengeknotet. Sie hatte noch nie so großartig ausgesehen. Jetzt hielt sie sich die Hand vor den Mund, warf mir einen spöttischen Blick zu und schüttelte den Kopf. Ich freute mich. Ihre Aussage, nicht zu wissen, ob sie mich überhaupt wiedersehen will, hatte ja nicht lange gehalten. Doch dann der zweite Schock. Neben ihr stand ein junger blonder Typ in eng anliegender NVA-Uniform, verziert mit silbernen Kokarden. Er sah fesch aus und war leider hübsch.

An der Art, wie er Irina von der Seite musterte, sah ich, dass er heiß auf sie war. Ich wurde sofort eifersüchtig, stockte einen Moment lang und nahm dann meinen Vortrag wieder auf.

»Ob du den Stahl zu blanker Welle ... drehst.
Ob du als Arzt dein Tagewerk verrichtest,
ob du im Erz dem ... Schacht zu Leibe rückst.
Ob du den Bohrer in die Kohle drückst.
Du bist der Größte unter uns.«

Ein paar Sekunden lang herrschte Stille, die wiederum von Irinas Gekicher unterbrochen wurde, das mich inzwischen ein bisschen ärgerte. Dann brandete tosender Applaus auf, dazwischen skandierte die Menge lautstark: »FDJ-SED.«

Ehrlich gesagt hatte ich noch nie in meinem Leben so viel Applaus bekommen, und nun ausgerechnet dafür.

Doch ich dachte nur an Irina, als ich mich in Funktionärsmanier verneigte.

Dabei fiel mir die übergroße Hornbrille aus dem Gesicht, die ich auf unserem Dachboden gefunden hatte. Die

Menge pfiff und lachte. Mit erhobener Faust im Sinne Ernst Thälmanns rannte ich von der Bühne. Ein letzter Blick ins Publikum. Aber Irina stand nicht mehr dort, auch nicht der blonde Typ. War das ihr neuer Kerl? Ich lockerte meinen Schlips über dem kratzigen Perlonhemd meines Vaters und bekam einen Schweißausbruch.

Elke trat an meine Stelle.

Als Komsomolzin Valentina Stalinowa hatte sie die Moderation übernommen. Eine halb aufgeknöpfte russische Offiziersbluse verdeckte ihre Titten nur notdürftig.

Während sie mit russischem Akzent eine Direktschalte in ein sowjetisches Militärhospital zu Erich Honecker anmoderierte, pflügte ich mich auf der Suche nach Irina durch das Publikum. Aber so sehr ich den Hals auch über mit Friedenstauben verzierte Fähnchen reckte, ich konnte sie nirgendwo entdecken. Verdammt, wo war sie nur? Ich musste sie finden.

Inzwischen erschien Ekel-Kai als verkleideter Staatsratsvorsitzender auf einer Leinwand, die über der Bühne befestigt war. Er saß in einem zellenähnlichen Raum.

Es war Kurtes Idee gewesen, für den Gag die schmierige Toilette zu benutzen. In die alten Fenster hatten wir ein paar vergammelte Trommelstöcke geklemmt, die Gitterstäbe simulieren sollten. Die Videokamera für die Aufnahmen stellte Harry.

Unter dem Gebrüll der Leute imitierte Kai mit Perücke und übergroßem Anzug den typischen saarländischen Honi-Singsang.

Er glitt dabei immer wieder ins Sächsische ab und machte Pausen, wie beim Ablesen von einem Redemanuskript.

»Hier in Düsdorbusch ist es uns ... gelungn, de ledzde feige Addagge ... der Bonner Uldroas auf den Arbeidär-und-Bauärn-Sdoadt ... zurückzuschloagn.«

Wieder tobte die Menge und trampelte mit den Füßen.

»Hoch, hoch, hoch – der Genosse Honecker lebe hoch!« Ich drängte mich an Handgelenktaschenträgern, Kittelschürzen und Bauarbeiterhelmen vorbei nach draußen. Doch auch auf der übervollen Terrasse keine Irina. Ich hatte sie seit mehreren Tagen nicht gesehen; sie war weder ans Telefon gegangen, noch hatte sie auf mein gelegentliches Klingeln an ihrer Haustür reagiert. Und ich war fast vor Sehnsucht gestorben.

»Und jetzt die Singegruppe Rote Rübe«, rief Elke in das Mikro.

Zehn Mädchen in FDJ-Blusen marschierten durch den Saal. Die Menge teilte sich, bildete ein Spalier und begleitete die Girls mit rhythmischem Klatschen zur Bühne, die sie über eine kleine Holztreppe erklommen. Als sie Aufstellung genommen hatten, setzte vom Band die Musik ein. Die Singegruppe trällerte im Playback den Text mit:

»Vorwärts Freie Deutsche Jugend,
du erkämpfst das Menschenrecht.«

Der Chor ging unter großem Geschrei ab, dann war ich wieder dran und fluchte vor mich hin, denn ich hatte Irina noch nicht gefunden.

Als DJ Jugendliebe erklomm ich unter lautem Gejohle abermals die Bühne. Ich legte *Der blaue Planet* von Karat auf den Plattenteller und bekam ein schlechtes Gewissen. War ich nicht ein wachsweicher Opportunist? Verriet ich nicht gerade alles, wofür ich stand: Unangepasstheit sowie die Suche nach dem Besonderen und innerer Freiheit?

»Scheiß drauf«, sagte ich vor mich hin und versenkte die Plattennadel im knisternden Vinyl.

Die Tanzfläche war sofort voll. Manche Leute, die mich vor einem Jahr noch für geistesgestört gehalten hätten, wenn ich mit 'ner Karat-Platte aufgelaufen wäre, verbogen sich jetzt zu Herbert Dreilichs rauchiger Stimme: »Tanzt unsere Welt mit sich selbst schon im Fieber? Dümdüm dü dü dü düm, dümdüm dü dü düm.« Die tobende Masse vibrierte wie in Trance ineinander verhakt von einem Saalende zum anderen.

Der nächste Song war von den Puhdys. Kurz vor dem Refrain zog ich den Regler runter, und ein vielstimmiger Chor sang: »›Es ist keine Ente, wir spielen bis zur Rockerrente ...‹« Dieses Lied war der Offenbarungseid.

Ich grinste in Richtung des dunstigen Saales und dachte mir, dass ich das Ganze vielleicht etwas ideologiefreier sehen sollte. Das Wichtigste für einen DJ war immer noch ein begeistertes Publikum.

Nach einer halben Stunde löste mich Kai ab und belebte sofort mit »Du hast den Farbfilm vergessen« den etwas eingeschlafenen Dancefloor. Ich begab mich wieder auf die Suche nach Irina. Schließlich fand ich sie in der Kneipe, wo sie auf Elke einschimpfte.

»... spielst da total peinlich die Russin und hast überhaupt keine Ahnung.«

»Ich weiß gar nicht, was du von mir willst«, schnauzte Elke zurück, und ich ging dazwischen.

»Ey, hört mal auf jetzt.«

Als Irina mich sah, lief sie hinaus. Elke warf mir einen mitleidigen Blick zu, und ich folgte meiner Freundin nach draußen.

Ich stellte mich auf die Treppe und suchte mit den Augen das Gelände ab. »Wie ein Stern« von Frank Schöbel wehte jetzt von drinnen in den Abend hinaus und über das Kriegerdenkmal. Ich blickte nach oben.

Die Sterne standen tatsächlich groß und kitschig am Firmament. Ich fixierte den hellsten unter ihnen, bis er zu flimmern begann und mir die Augen tränten.

Als ich den Kopf senkte, sah ich sie. Sie verharrte in erstarrter Körperhaltung an der Friedhofsecke.

Genau dort, von wo aus ich früher immer Ausschau nach Publikum gehalten hatte. Ich lief hinüber und berührte ihre Schulter, aber sie reagierte nicht.

»Hat dir Marion die Haare geschnitten?«

»Was geht's dich an?«

»Irina, hör mal auf jetzt!« Ich wollte sie in den Arm nehmen, aber sie entzog sich.

»Wer war denn der Typ da vorhin?«

»Welcher Typ?«

»Na, der mit der Offiziersuniform.«

»Ist doch unwichtig. Du wusstest genau, dass die mein Plakat ablehnen, oder?«, wechselte sie das Thema.

»Nein. Ich hab es vielleicht geahnt.«

»Endlich wäre mal was von mir zu sehen gewesen.« Sie seufzte.

»Ich fand es ja auch zehnmal besser, aber … siehst ja, wir wurden überstimmt.«

»Du hattest ja auch grade deinen Ruhm«, sagte sie mit anklagendem Unterton.

»Was für 'n Ruhm? Ich hab das Schlimmste gemacht, was es gibt. Ich hab Puhdys aufgelegt.«

»Ja, und das ist das Problem. Du machst nichts aus Überzeugung. Du brennst nicht mehr für irgendwas.«

»Und warum wolltest du dann, dass ich hierbleibe, wenn du mich für so 'n Loser hältst?«

»Weil ich dachte, dass du wieder angreifst und nicht alles diesen Spatzenhirnen da drin überlässt.«

»Aber ich hab doch meinen Job.«

Sie zuckte mit den Schultern.

»Du bist Vertreter für schlechte Platten, Anton. Du willst doch nicht sagen, dass dir das reicht.«

»Im Moment schon. Die meisten haben gar keine Arbeit.«

»Da könnte jetzt eine englische Band auf der Bühne stehen, bei deinen Kontakten«, zischte sie.

Ich atmete durch. »Ja, aber ich will das nicht mehr.«

Ich deutete zum Friedhof. »Mein Freund Sprenzel liegt da drüben. Er ist tot. Auch deswegen, weil ich dachte, das wird hier was ganz Großes, und nichts um mich herum mehr wahrgenommen habe. Ich hab ein Kind, von dem ich nichts weiß, weil ich immer nur an diesen Scheiß-Club dachte. Und was hat es gebracht? Hör zu.«

Die Ossi-Party ging jetzt fremd. »Hier kommt Kurt« von Frank Zander dröhnte aus dem Saal.

»›Ohne Helm und ohne Gurt, einfach Kurt.‹«

»Aber jetzt ist 'ne neue Zeit, Anton, jetzt könntest du deine Träume wahrmachen.«

Ich schaute in die Nacht und überlegte. Ich wollte es nicht unversöhnlich enden lassen. »Wenn Henryk noch hier wäre ... oder ...«

»Ach Henryk, Henryk. Brauchst du immer für alles ein Kindermädchen, oder was?«, motzte sie.

»Du bist ganz schön arrogant, Irina. Wenn ich nicht dein Kindermädchen gespielt hätte, würdeste jetzt in Stendal auf der Intensivstation liegen.«

Sie sah mich an und schüttelte den Kopf.

»Entschuldige, wollen wir nicht zu mir gehen?«, lenkte ich wieder ein.

Sie lachte kurz auf. Dann winkte sie zur Kneipe rüber. Sofort startete ein Moped.

Es kam mit ausgeschaltetem Licht näher, machte auf der Straße einen Bogen und blieb ein paar Meter vor uns stehen. Es war der junge Offizier mit der Schützenschnur, auch Affenschaukel genannt. Er ließ das Moped tuckern.

»Beeindrucke mich mal wieder, Anton, aber richtig. Dann komme ich vielleicht mit zu dir.« Sie lief zu dem Moped und nahm auf dem Sozius Platz. Der Offizier fuhr mit dem typischen Geräusch des klappernden Simson-Vergasers an, und sie verschwanden in der Nacht.

# 29 Gegenwind der Platten-Multis

Ich hatte mir eine einwöchige Tour ins Sächsische und nach Thüringen zusammengestellt. Dafür konnte ich wie früher endlich mal wieder das Kursbuch studieren und erfreute mich auf den Bahnhöfen an neuen Dieselloks der Bundesbahn wie der BR 601, die mit ihrer Schnauze einem Walfisch ähnelte. Mit jedem Kilometer, den ich mich weiter von Düsterbusch entfernte, ließ der Schmerz wegen Irina ein wenig nach. Ich schaute aus den dreckigen Reichsbahnfenstern auf verfallene Schuppen und sah, wie auf den Feldern das nicht gemähte Korn verdorrte. Dabei dachte ich darüber nach, wie ich unsere Krise überwinden könnte. Aber mir fiel nichts ein. Außer, dass ich ihrem Wunsch nicht entsprechen konnte, in Düsterbusch noch mal Veranstalter zu werden. Meinem Selbstbewusstsein hätte es gutgetan, jetzt noch mehr Platten zu verkaufen. Das wurde aber mit der Bahn immer schwieriger. Die Sitze in den muffigen Abteilen klebten noch schlimmer als zu Ostzeiten. Dafür häuften sich die Kontrollen.

Zweimal war ich bereits ohne Fahrkarte erwischt worden. Zuletzt in einem Personenzug zwischen Oelsnitz und Plauen. Ein Auto war Einstellungsbedingung bei Rock-Juwelen, deshalb traute ich mich nicht, Fahrkarten abzurechnen. Kaum hatte ich einen Job, zahlte ich schon wieder drauf.

Es kam auch vor, dass ich wegen einer Horde Glatzen oder anderer Stressmaker vorsichtshalber den Zug wechseln musste. Ich stand mir stundenlang auf verlassenen Provinzbahnhöfen die Beine in den Bauch.

Schwer bepackt, aber trotzdem nur mit einem Teil der bunten Musterplatten, was ein zusätzliches Manko war.

Manchmal kam ich auch gar nicht mehr weg und musste dann in Pensionen mit Namen wie Bei Bettina oder Zum röhrenden Hirsch in winzigen Zimmern übernachten.

Wenn ich in der Dämmerung die muffigen Übergardinen wegzog und durch die schmalen Fenster irgendwo im Vogtland auf verlassene Bürgersteige guckte, war ich oft den Tränen nahe. In dieser Geschwindigkeit würde ich mein Pensum von vier Läden am Tag nie schaffen.

Die absackende Tagesquote entging auch Roberto Vialli nicht, dem ich wie verabredet meine Bestelllisten zuschickte. Wir telefonierten regelmäßig.

Er war zwar hocherfreut über die irrsinnigen Zahlen, mahnte aber sofort wieder Leistungssteigerung an.

Die tausend D-Mark Festgehalt kamen pünktlich als Barscheck, dazu eine penible Abrechnung. Nur die Provision ließ noch auf sich warten.

»Bei den Zahlen kommt das Presswerk nicht mit der Produktion hinterher«, begründete der Italiener die Verzögerung.

Und so machte ich auf meiner Rücktour wieder in Chemnitz Halt. Ich hatte zwölf Städte besucht. Und insgesamt wieder fast sechstausend Platten verkauft, zumindest auf dem Papier. »Und wie läuft der Verkauf, Herr Biernoth?«, fragte ich den Leiter der Musikabteilung des Magnet-Warenhauses mit freudiger Miene.

»Bis jetzt hab 'sch nur 'nen Bruchdeil bekommn, Herr Gummor, die hunderd Pladden konnden wa gor nüsch in den freien Vergauf geben. Die warn alle vorbeschdelld. Ooch nisch viel bessor wie bei die scheiß Kommunisdn.«

»Hundert Platten?«, fragte ich erstaunt und machte dabei offenbar ein ziemlich dummes Gesicht.

Er nickte verdrießlich. »Fehlen nur noch Neundausendachdhunderd und 'n paar Zerquedschde.«

Ich stand etwas ratlos im Büro und versprach dem verstimmten Musikchef nachzuhaken. Mein erster Besuch bei ihm lag jetzt ein paar Wochen zurück. Langsam wurde ich etwas nervös. Ich konnte das nicht verstehen. »Liegt vielleicht an den verstopften Autobahnen?«

»Woran ooch immor.«

Herr Biernoth bot mir keine seiner berüchtigten Pralinen an. Die Packung lag zur Hälfte geleert auf seinem Tisch, und ich fragte mich, ob es auch Weinbrandbohnen-Alkoholiker gab.

»Wollen Sie noch mal nachbestellen?«, säuselte ich in zuckersüßem Ton.

»Hab isch edwa was an der Waffel? Aber das hier is noch gegommn. Können se mir das erglärn?«

Sein rauer Ton blieb auf dem gleichen Level, und er holte unter einem Stapel Kataloge ein Schriftstück hervor. Es war mit dem Briefkopf der Plattenfirma BMG-Ariola bedruckt. *Warnung vor Betrügern* prangte in Großbuchstaben über dem Text. Darin stand, dass Rock-Juwelen illegale Raubkopien verkaufen würde und davon abzuraten sei, mit der Firma weiter Geschäfte zu machen. In Kürze würde auch ein Vertreter der Ariola persönlich vor Ort sein, um den Sachverhalt zu erläutern. Ich gab ihm das Blatt zurück, und mir wurde heiß und kalt.

»Das stimmt nicht, Herr Biernoth«, sagte ich in gespielt gelassenem Ton. »Wir haben alle Urheberrechte geklärt und führen GEMA-Gebühren ab.«

Diesen Satz hatte mir Roberto Vialli eigehämmert. Mit dem Hinweis: »Falls es Probleme gibt.«

Herr Biernoth schien nicht ganz zufrieden mit meiner Erklärung. »Hmm. Mir werdn sehen, Herr Gummor. Wenn jedenfalls bis nächsde Woche de Ware nisch eindriffd, schdorniere isch den ganzen Batzen.«

Ich überlegte fieberhaft, was zu tun sei. »Ich müsste mal telefonieren.«

Doch Herr Biernoth schüttelte energisch den Kopf. »Kann isch nisch erlaubn, Dienstabbarat.«

Ich schnaufte angesichts der Sturheit dieser unangenehmen Osttöle, verabschiedete mich aber höflich und war froh, den verzierten Betonklotz wieder verlassen zu können. Von einer Telefonzelle aus rief ich in Minden bei Vialli an. Verenchen ging ans Telefon. Sie bat mich zu warten.

Kurze Zeit später kam der Meister selbst und bellte »Vialli« in den Hörer. Ich erklärte ihm den Sachverhalt mit den nicht gelieferten Platten. Nach kurzem Schweigen versuchte er mich zu beruhigen.

»Es liegt jetzt nur noch an den Covern. Wenn die fertig sind, wird der ganze Schwung nächste Woche abgeschickt. Versprochen.«

Das beruhigte mich etwas. Als ich ihn auf das Schreiben der Ariola ansprach, reagierte er gereizt.

»Diese Konzerne versuchen uns seit Jahren mit unlauteren Methoden aus dem Wettbewerb zu drängen. Wir haben schon ein Gegenpapier aufgesetzt. Geht heute an alle Händler raus.« Er fügte noch hinzu: »Und – gute Arbeit, Anton!« Dann legte er auf.

Nachdenklich verließ ich die Telefonzelle und sagte mir, Vialli würde es schon richten. Auf ein paar Tage mehr oder weniger kam es nicht an. Ich begab mich zu einer Einkaufszeile, dem sogenannten Rosenhof, denn ich hatte auf einer Litfaßsäule gelesen, dass dort der Plattenladen Charts eröffnen sollte. Aber Fehlanzeige. Der Laden befand sich noch im Bau. Etwas ziellos schlenderte ich über den Brühl-Boulevard.

Dort zogen ein paar Hare-Krishna-Jünger in safranfarbenen Gewändern mit Handtrommeln etwa fünfzig glotzende Chemnitzer in ihren Bann. Einige lachten amüsiert, andere zeigten ihnen den Vogel und regten sich lautstark auf. Ich blieb einen Moment stehen und überlegte, ob das für mich auch eine Alternative wäre, falls alles mal scheitern sollte.

Es war schon spät, und der letzte D-Zug, der in Kirchhausen hielt, war schon lange weg. Also musste ich bleiben. Ich hatte aber keine Lust auf Pension Hinterhofblick oder Gästezimmer Burghardt. Ich wollte mich international fühlen. Schließlich knisterten ein paar Hunderter in meiner Tasche, die ich nach ewiger Wartezeit an einem Geldautomaten gezogen hatte.

Ich ging zum Interhotel Kongreß, einem furchteinflößenden Stalinbau, von dem mir Herr Biernoth erzählt hatte, dass dort früher nur Bonzen und Diplomaten eingecheckt hatten.

Aber das war ja nun zum Glück vorbei.

Ich schlenderte mit meinem Koffer und den Musterplatten durch das riesige Foyer mit nussbraunem Rezeptionstresen, das mich ein wenig an den Palast der Republik erinnerte. Unzählige Lampen strahlten von der Decke.

Zwischen Topfpflanzen und schweren Ledersesseln hatten hier bestimmt Stasi-Agenten auf ihre Informanten gewartet. Es war nicht viel los, und die Dame am Schalter war sehr freundlich, und hübsch noch dazu. Ich buchte ein Zimmer im zwölften Stock. Anschließend empfahl sie mir die Jalta-Bar, um dort noch etwas zu essen.

Mein Zimmer war nicht sehr groß und roch nach kalter Zigarre und frisch ausgewischten Schränken. Dafür hatte ich freien Blick über Chemnitz. Ich schmiss meinen Koffer auf das Bett und machte mich auf die Suche nach der exotisch klingenden Bar auf dem Dach des Hauses.

»Abgefahren. So was gab es im Osten?«, fragte ich mich laut, als ich in der Tür stand. Ein James-Bond-mäßiger, langgezogener Raum mit tiefen Decken und einer Bar. Nur einzelne Tischchen waren von älteren Schlipsträgern besetzt. Kleine Sitzecken, Skulpturen und Wandmalereien ließen mich von London träumen. Vielleicht würde ich ja mal Vertreter von Ariola oder EMI werden und könnte dann ständig in teuren Hotels absteigen.

Von hier oben aus war die Sicht noch besser. In der Ferne vermutete ich die Ausläufer des Erzgebirges und verscheuchte die wiederkehrenden Gedanken an Irina.

Lass es mal richtig krachen, dachte ich mir und bestellte ein würziges Pfeffersteak mit Cocktailwürstchen, das mir am Tisch von einem Mann mit Kochmütze zubereitet wurde. Danach orderte ich einen Eisbecher Sotschi und einige Havana Clubs als zweites Dessert.

Ich stellte mir vor, dass Irina mir gegenübersaß. Und dass wir nicht in Chemnitz, sondern in Coventry oder Kalkutta ein paar schöne Tage miteinander genossen. Aber wie konnte ich diese rätselhafte Frau beeindrucken?

Besoffen zurück im Zimmer, legte ich mich aufs Bett und schaute auf MTV *120 Minutes* mit Paul King. Beim Video zu »Bite the Dice« von Claw Boys Claw schlummerte ich weg und dachte mir: Es wird schon irgendwie alles gut werden.

# 30 Ein Goldstück unter Konsum-Brötchen

Bewaffnet mit meinen Musterplatten und Kottes Koffer, latschte ich über den Bahnübergang. Ich war bereits sehr früh in Chemnitz aufgebrochen und hoffte jetzt, dass mich irgendein Düsterbuscher nach Hause mitnehmen würde.

Die Morgensonne brannte schon unbarmherzig, sodass die Schienenstränge Richtung Falkenberg in der Hitze flimmerten. Da sah ich neben der Molkerei, wo Henryk gewohnt hatte, wie der frisch aufgekommene Wind an bunten Luftballons zerrte. *Auto-Fuchs Neueröffnung!* stand auf einem großen Schild. Es zeigte einen aufgemalten fröhlichen Meister Reineke, der seine Pfötchen zu einer einladenden Geste emporreckte. Neugierig ging ich gucken.

Auf der provisorisch eingezäunten Freifläche hatte doch tatsächlich ein Gebrauchtwagenhändler sein Geschäft eröffnet. Ich schnüffelte ein wenig zwischen Opel Kadetts, Nissan Sunnys und Ford Escorts herum. Und dann sah ich ihn: ein Goldstück zwischen lauter Konsum-Brötchen.

Es handelte sich um ein BMW 318i Baur Cabrio, wie ein weißer Zettel hinter der Windschutzscheibe verriet. Jetzt wusste ich, womit ich Irina beeindrucken konnte. Das Auto war Baujahr 1984. Diesen Umstand wertete ich als Wink mit dem Zaunpfahl. Denn 1984 war ein echtes Sonnenjahr gewesen. Damals waren die Helden des Fortschritts auf dem

Höhepunkt des Erfolges geschwommen, Sade hatte *Diamond Life* herausgebracht, und mit Conny hatte ich in diesem Sommer eine kurze Phase der Unbeschwertheit genossen.

Allein schon deshalb musste ich die Kiste haben.

Der BMW war dunkelblau metallic lackiert, besaß als vorderes Dach ein Hardtop und im hinteren Bereich ein Faltdach. Die schwarzen Ledersitze glänzten in der Sonne. Die Armaturen waren ebenfalls schwarz, und der Wagen besaß neben dem Radio ein Kassettendeck von Blaupunkt. »Edel, edel«, murmelte ich vor mich hin. Ich hätte wetten können, dass der Schlitten früher einer Berühmtheit gehört hatte, vielleicht Boris Becker oder Baby Schimmerlos, bevor er Porschefahrer geworden war. Der Flitzer hatte am Heck sogar einen kleinen Spoiler. Ich hätte dieses Auto ficken können.

Bei näherer Besichtigung entdeckte ich allerdings etwas, das dem Wagen einen Punktabzug in der B-Note einbrachte. Das Heck unter dem Spoiler war schmutzig-grün lackiert und irgendwie uneben. Ein mächtiger Schlag ins Kontor. So ähnlich, als hätte Sade plötzlich ein Auge verloren.

»Is 'n Unfallwagen«, hörte ich jemanden hinter mir sagen und drehte mich um. Ein hagerer Typ im blauen Kittel grinste mich an und inhalierte den Rauch seiner Zigarette. »Deshalb ist er billiger. Normalerweise würde ich so was hier nicht anbieten.«

»Was soll er denn kosten?«

»Achttausend, weil Sie es sind«, sagte er, und ich musste husten.

Achttausend D-Mark war eine unfassbare Summe. »Den können Sie natürlich gleich mitnehmen, und wir machen ganz bequem Ratenzahlung.«

»Was?«

»Fünfhundert im Monat. Das ist sehr fair bei einem solchen Luxuswagen.« Der Verkäufer spulte seinen Text so professionell ab, als käme er von einem dieser neumodischen Anrufbeantworter.

Ich stand da und atmete vor Entsetzen hörbar aus. Ich konnte die Summe immer noch nicht fassen.

»Sie haben doch einen guten Job, oder?«

Er musterte wohlwollend meinen Aktenkoffer und die Bundfaltenhose.

»Natürlich.«

»Dann würde ich nicht zögern. So was fährt hier keiner. Und das ist halb geschenkt.« Er hielt die Schlüssel in die Luft und klapperte damit. »Mal Probe fahren?«

Ich nickte, und wir lösten mit ein paar Handgriffen das Hardtop und verstauten es im Kofferraum. Dann befestigten wir das Faltdach mit Druckknöpfen auf dem Heck. Dabei erklärte er mir kurz die Funktionsweise. Das war alles ein wenig umständlich. Aber was tat man nicht alles, um oben ohne zu fahren. Ich musste meinen Perso dalassen, und dann ging es los.

Die Servolenkung war butterweich. Ich gab so heftig Gas, dass ein paar matschige Äpfel von der Fahrbahn in Richtung Straßengraben flogen. Ich hatte den Eindruck, sie freuten sich mit mir über mein neues Spielzeug. Noch nie in meinem Leben hatte ich so ein erhabenes Fahrgefühl gehabt.

Schon nach wenigen Kilometern war mir klar: Ich musste ihn haben.

Was sollte schon passieren? Die große Kohle rollte jetzt an, wenn auch mit ein bisschen Verzögerung.

Und wegen des Führerscheins machte ich mir auch keine Sorgen. Die Bullen hatten jetzt jede Menge zu tun – Vandalismus, prügelnde Nazis. Überall Mord und Totschlag. Da blieb mit Sicherheit gar keine Zeit mehr für schnöde Verkehrskontrollen. Ich musste einfach nur noch die neun Monate, bis ich die Pappe wiederbekam, überbrücken.

Ich lenkte den Schlitten wieder auf den Hof, und wir machten einen Kauf- und Ratenvertrag. Das Auto hatte noch eine Münchner Nummer. »Ich hab den in Kommission genommen. Die Versicherung ist noch für eine Weile bezahlt. Aber Sie müssen es ummelden«, sagte der Händler, der doch tatsächlich Reineke mit Nachnamen hieß.

»Klar«, sagte ich, noch nicht wissend, wie ich das machen sollte. Aber das würde ich schon rauskriegen.

Mit überhöhter Geschwindigkeit düste ich durch Kirchhausen und an Bad Berta vorbei. Zwischen den vorüberfliegenden Datschen am Straßenrand genoss ich immer wieder die Aussicht auf den Badesee, dessen Oberfläche im gleißenden Sonnenlicht funkelte. Ich kam mir vor, als säße ich in einem Düsenjet. Ständig befummelte ich die Armaturen und trat die Kupplung, damit ich die Gänge rein- und rausfahren konnte. Dazu hörte ich The Beloved: »Up, up and away. Hello new day.« Und ich wusste genau, wem ich in Verbindung mit diesem Auto eine große Freude machen konnte.

Als ich in Düsterbusch ankam, war es kurz nach zehn und mein Vater schon bei der Arbeit. Also konnte ich mit dem BMW zu Hause vorfahren, ohne mich vor seiner Fragerei fürchten zu müssen. Ich klingelte und sah wie immer die humpelnde Gestalt meiner Mutter durch die Milchglasscheibe. Sie öffnete und lachte mich an. »Anton, willst du was frühstücken?«

»Wollen wir nicht in Berlin frühstücken, Mutti, preußisch sentimental?«

Sie schaute mich erstaunt an.

»Ich schaff es nicht mal die paar Stufen bis zum Gleis.« Sie keuchte.

Ich trat zur Seite und präsentierte ihr mit großer Geste den BMW, der vor dem vergammelten LPG-Gelände in der Sonne funkelte. Sie zog die Stirn in Falten.

»Ist meiner.«

»Aber du hast doch gar kein Geld«, sagte sie fassungslos.

»Doch, bald jede Menge. Außerdem läuft das ganz bequem auf Ratenzahlung. Mach dir keine Sorgen.«

»Anton!«

Ich ließ ihre Ermahnung an mir abperlen. »Jetzt maul nicht so viel, Mutti. Steig ein. Wir fahren in deine Heimatstadt.«

Sie überlegte einen Moment. Dann huschte ein Lächeln über ihr Gesicht. »Jetzt oder was?«

»Klar, jetzt auf der Stelle.« Ich war voller Energie und Vorfreude, dass ich ihr endlich mal etwas bieten konnte.

# 31 Hommage an Tante Klara

Kurze Zeit später rollten wir am Ortsausgangsschild vorbei über die Apfelallee Richtung Kirchhausen. Ich blickte mich um. Elisabeth saß in einem cremeweißen Hosenanzug aus den späten Siebzigern glücklich auf dem schwarzen Leder. Ihre bandagierten Beine hatte sie auf der Rückbank ausgestreckt.

Die rosa-blonden Haare wurden von einem Tuch gebändigt, der Pony schaute vorn heraus. »Wollen wir vielleicht zu Tante Klaras Grab?«, fragte ich nach hinten.

Sie strahlte. »Dann müssen wir aber noch unterwegs Blumen kaufen.«

Nachdem wir das erledigt hatten, brausten wir Richtung Autobahn.

Meine erste lange Tour im BMW, und ich büßte gleich meine Bob-Marley-Mütze ein, die ich bei Rita gefunden hatte. Sie flog mir auf der Autobahn einfach vom Kopf. Als ungeübter Cabrio-Fahrer musste ich meine Erfahrungen sammeln. Aber der Verlust war nur eine Schäfchenwolke, die sich vor meine innere Sonne schob. Das Erhabenheitsgefühl, jetzt gleich in Berlin einzufahren, mit dem gleißenden Himmel über dem Kopf, überstrahlte alle irdischen Probleme. Ich war nun nicht mehr der verhärmte Bittsteller, der mit eingezogenem Kopf die Grenze überquerte, sondern ein erfolgreicher Plattenvertreter.

Ein bisschen Angst vor dem Verkehr hatte ich allerdings, als wir an einem riesigen Polenmarkt vorbeifuhren und den Stadtteil Mariendorf erreichten.

Zum Glück war meine Mutter, was Kartenlesen betraf, ein ähnliches Genie wie Irina. Sie lotste mich sicher durch den Westberliner Straßendschungel und staunte an jeder Ecke, wie sehr sich die Stadt verändert hatte.

Schließlich fanden wir den Luisenfriedhof in Charlottenburg. Ein riesiges Gelände am Fürstenbrunner Weg.

Bei der Friedhofsverwaltung erfuhren wir die Lage der Grabstelle. Auf dem Weg dahin mussten wir eine Pause machen, weil meine Mutter Schmerzen in den Beinen hatte. Also ließen wir uns auf einer Bank nieder.

Elisabeth machte einen etwas fahrigen Eindruck und war ziemlich abgemagert. Ihr silberner Armreif wirkte an ihrem knochigen Handgelenk fast überdimensional groß.

In stillem Einklang blickten wir auf die riesigen marmornen Familiengrüfte von Industriellenfamilien, Wissenschaftlern und verblichenen Militärs.

»Dass ich hier noch mal sitzen kann«, sagte sie lächelnd und schüttelte den Kopf.

»Was ist denn jetzt eigentlich mit deiner Rente, Mutti?«

Sie betrachtete ihre verbundenen Beine. »Ist immer noch in der Schwebe.«

Sie lächelte mich unsicher von der Seite an.

»Klappt schon. Im Westen wird niemand hängen gelassen.«

»Wollen wir mal hoffen, dass das auch für deinen Vater gilt«, orakelte sie skeptisch.

»Wieso?«

»Heute entscheidet sich, ob er zusammen mit dem Wessi den Betrieb übernimmt oder in den Vorruhestand geht.«

Wir schwiegen, während wir beide darüber nachdachten, was das für die Zukunft meiner Eltern bedeutete.

»Dann könnte er dich doch überall hinfahren«, versuchte ich sie aufzumuntern.

Sie streifte mich mit einem finsteren Blick, sah wieder nach unten und scharrte nervös mit einem ihrer Gesundheitsschuhe im Kiesbett.

»Macht er nicht, oder was?«, fragte ich ärgerlich.

»Ach«, sie winkte ab. »Bei deinem Vater kommt immer was dazwischen.«

»Vielleicht sollte ich mal mit ihm reden.«

»Untersteh dich, Anton. Ich muss das dann nur wieder ausbaden.«

Ich atmete durch und unterdrückte die Wut auf meinen Erzeuger.

»So ist er eben. Den änderst du nicht mehr. Und jetzt müssen wir das Grab finden. Hilf mir mal hoch.«

Ich griff ihr unter die Arme, und wir liefen weiter. »Außerdem kannst du mich ja fahren. Bleib so lange du willst.« Mit diesem Satz brachte sie meine Träume vom Weggehen ins Wanken. Konnte ich sie in diesem Zustand mit meinem Vater alleine lassen?

Nach einigen Grabreihen fanden wir schließlich Tante Klaras letzte Ruhestätte.

Vertrocknete Blätter und hohes Unkraut sorgten dafür, dass sie ein desolates Bild abgab. Das einzige verwahrloste Grab weit und breit.

Wir schwiegen und schauten auf den einfachen Gedenkstein herab. Tante Klara war es zu verdanken gewesen, dass ich in der DDR mehr West- als Ostgeld besessen hatte. Das einzige Privileg, das ich in der DDR genossen hatte.

Und das hatte nichts mit diesem Staat zu tun gehabt. Meine Mutter war entsetzt über den Zustand des Grabes. Offensichtlich kümmerte sich niemand mehr um die Ruhestätte meiner so heiß geliebten Tante.

»Hol mal 'ne Harke. Ich will ein bisschen Unkraut zupfen«, sagte Elisabeth.

Als ich wiederkam, kroch sie auf allen vieren herum, so gut es ging, und hatte schon einen großen Berg Gestrüpp neben sich. Ich half ihr.

»Wie lange hast du eigentlich bei Tante Klara gewohnt damals?«, fragte ich sie.

»Na, so drei Jahre, schätze ich.«

»Und wann war das?«

»'45, nachdem die Scheiß-Amis meiner Mutter in Reinickendorf 'ne Bombe uff 'n Kopp jeschmissen haben.«

Sie keuchte und wischte sich den Schweiß von der Stirn. Ich wusste, dass meine Oma bei einem Bombenangriff in den letzten Kriegswochen umgekommen war, aber wir hatten nie groß darüber geredet.

»Und mein Papa war ja schon zwei Jahre früher in der Sowjetunion jefallen«, berlinerte sie weiter und entfernte eine Brennnessel mit weit verzweigtem Wurzelgeflecht.

Ich wunderte mich über ihre lockere Ausdrucksweise, denn zu Hause war mir Dialekt immer verboten worden. Meine Mutter erzählte weiter von sich, was sie früher nur widerwillig getan hatte.

»Jedenfalls hab ich dann bei Klara in der Pfalzburger jewohnt. Ihr Haus wurde nicht getroffen. Sie war ja Muttis ältere Schwester. Aber sie war ganz anders, sehr streng. Immer um sieben ins Bett, immer Licht aus. Das war hart für ein junges Mädchen wie mich.«

»Und dann?«

»Na, kurz nach dem Krieg habe ich im Sportpalast Margot kennengelernt. Die war aus der Ostzone. Sie hat mich von der sozialistischen Idee begeistert. Margot konnte so schön reden. Und weil ich so einen Groll gegen die Amis hatte, wurde ich eines der ersten Mitglieder der FDJ, dann Junglehrerin ...« Sie lächelte und richtete ihren Blick in Erinnerungen schwelgend in die Ferne.

»Und dann biste ausgerechnet in Düsterbusch gelandet?«

Sie nickte. »Ja, die Junglehrer wurden damals überallhin verteilt.«

Ich half ihr hoch. Wir liefen zu einem kleinen Steinbrunnen und wuschen uns die Hände im aufgefangenen Regenwasser.

»Die Ironie der Geschichte ist, dass Margot schon sehr früh erkannt hat, wohin die Reise mit der DDR geht.«

»Ach, das war die, der du zur Flucht verholfen hast?«

»Ja, kurz vor Mauerbau. Wir haben uns auch richtig gestritten. Aber sie wollte unbedingt weg«, sagte Elisabeth, als wir wieder am Grab ankamen.

Ich erinnerte mich, dass mir meine Mutter noch zu Ostzeiten die Geschichte mal unter der Voraussetzung strengster Verschwiegenheit erzählt hatte. Elisabeth war immer ganz traurig, wenn Margot einen Brief aus München schrieb, wo sie glücklich war und an einem Institut arbeitete. Die Briefe waren zur Tarnung an jemand anders adressiert.

»Wollen wir Margot mal besuchen?«, fragte ich spontan.

Meine Mutter lachte ungläubig. »Ach, wir haben schon lange keinen Kontakt mehr.«

»Na und? Die müsste dir eigentlich 'nen goldenen Teppich ausrollen.«

»Da können wir ja mal in Ruhe drüber reden, Kleener.«
Damit war für sie die Reise in die Vergangenheit beendet.
Sie zauberte zum Schluss noch mit der Harke kunstvolle
Muster in den von Unkraut gereinigten Mutterboden. Dann
stellten wir die Blumen in einem Gurkenglas, das ich ein
paar Reihen weiter klaute, darauf.

Auf dem Weg zum Auto wirkte sie gelöster und schenkte
mir ein Lächeln. »Schön mit dir«, sagte sie jetzt halb entschuldigend.

Ich betrachtete ihren Hosenanzug. Er hatte jetzt ein paar
grüne Flecken am Knie. Dazu fiel mir ein Text von DDR-
Blueser Jürgen Kerth ein: »Grasfleck im Mantel, und sie hat
staubige Schuh, Blasen an den Füßen, und sie ist glücklich,
yeah, yeah, dazu.«

Wir kurvten noch durch die Uhland- und die Fasanen-
straße und fuhren dann zur Pfalzburger, wo Tante Klara
gewohnt hatte. Meine Mutter war sichtlich gerührt, ihren
alten Kiez wiederzusehen. Dann wollte sie aber schnell weg,
und ich düste mit ihr über den Potsdamer Platz zum Alex.
Zum Glück ganz ohne Kontrolle.

Unser Ziel war das Selbstbedienungsrestaurant im Centrum-Warenhaus mit der markanten Wabenfassade, ähnlich dem Silberwürfel in Dresden. Hier war Elisabeth bei
früheren Einkaufsbummeln in der glücklichen Zeit mit meinem Vater immer essen gegangen.

Ich parkte unter der S-Bahnbrücke und klappte etwas
ungeschickt das Verdeck hoch, dann hängte ich die Spann-
schraube ein, holte das Hardtop aus dem Kofferraum und
verschloss alles sehr umständlich. Meine Mutter beobachtete mich skeptisch. »Na, irgendwie passt ihr beede noch nicht
so richtig zusammen, was?« Sie lachte, und ich wurde rot.

»War nur Spaß, Kleener.« Sie hakte sich bei mir ein, und wir gingen los.

Wir liefen über den Alex zum Eingang des Kaufhauses. Dort, wo noch vor ein paar Monaten der revolutionäre Geist geweht hatte, flanierten jetzt nur wenige Leute. Fast alle trugen Plastetüten.

Mit der Rolltreppe fuhren wir nach oben. Von Weitem sah ich schon den silber verspiegelten Schriftzug *Schallplatten / Kassetten* in der Musikabteilung. Hier konnte ich natürlich auch gleich versuchen, ein paar Rock-Juwelen zu verkaufen.

Doch im Gegensatz zu Chemnitz oder Dresden war die Musikabteilung derartig mit Plunderjacken überfüllt, dass mir die Lust verging, mich dort hindurchzudrängen. Die dunkle Ahnung, dass die großen Plattenfirmen bereits in das Warenhaus eingefallen waren, überkam mich.

Ich spürte plötzlich eine merkwürdige Unruhe. Ich musste unbedingt so schnell wie möglich wieder den Umsatz steigern.

Das Selbstbedienungsrestaurant strahlte das übliche Mitropa-Feeling aus, vielleicht ein wenig gemütlicher, mit Siebzigerjahre-Kugellampen und dicken Tischdecken. Ich holte zweimal Steak mit Letscho und Rote-Beete-Salat.

»Und, fühlste dich jetzt wohler, wieder hier?«, fragte ich meine Mutter, als wir zu essen begannen.

Sie zuckte die Schultern und schaute nachdenklich vor sich hin. »Ach, weißt du, ich fühle mich überall ein bisschen unwohl.«

Ich kratzte die Paprikastreifen von meinem Steak und haderte mit mir, ob ich die folgenden Sätze sagen sollte. Zu zerbrechlich kam sie mir vor. Aber ich tat es trotzdem.

»Fang doch noch mal ein neues Leben an, Mutti. Jetzt ist doch alles möglich. Du kannst wieder hierherziehen, lernst neue Leute kennen. Du bist doch kontaktfreudig. Ich besuch dich jede Woche. Und hier suchste dir 'nen Westdoktor, wegen der Beine, nicht so 'n Wald- und Wiesenarzt wie Doktor Kremer.«

Erst beim Reden merkte ich, wie gut diese Idee war, und lachte sie breit an. Doch Elisabeth schaute, als hätte ich sie beleidigt.

»Red nicht so altklug mit mir. Außerdem ist es dafür längst zu spät, Anton.«

Mein Respekt vor ihr hielt mich davon ab, weiter auf sie einzureden.

»Gut, Mutti. Du, ich muss jetzt noch was erledigen ...«

»Ich merk schon, du hast Hummeln im Hintern. Arbeit geht vor, Anton«, sagte sie. »Ich kann hier noch bummeln, und dann holst du mich am Brunnen wieder ab.«

Ich küsste sie auf die Wange und wollte gehen, aber sie zog mich noch einmal zurück.

»Ich finde es so schön, dass du jetzt Arbeit hast, die dir Spaß macht. Das habe ich mir immer gewünscht.«

Wir drückten uns, und ich ging.

# 32 Faith No More im Anjebot

Auf meiner Liste gab es zwei Läden im Prenzlauer Berg, die ich abklappern wollte. Das Musikhaus Melodie auf der Schönhauser Allee und Fame Records in der Gethsemanestraße. Ein neuer Szene-Plattenladen, der nach der Wende eröffnet hatte. Ich beschloss, dort zuerst aufzulaufen, und fuhr die Karl-Liebknecht-Straße Richtung Norden, wo sie bald zur Prenzlauer Allee wurde. Irgendwann wollte ich wenden, doch nirgendwo auf dieser elend langen Piste konnte ich links abbiegen.

Eindeutig ein Werk der Stasi, die Linksabbiegen als Konterrevolution gewertet und alle Linksabbiegerspuren einfach dichtgemacht hatte. Da war ich mir ziemlich sicher und schimpfte laut auf die roten Verbrecher. Ich hoffte auf eine Großdemonstration für Linksabbieger. Erst als ich schon fast auf der Autobahn Richtung Ostsee war, konnte ich wenden und bog dann rechts in die Stargarder ab.

Als ich am toten Ende der Lychener vorbeikam, überlegte ich kurz, ob ich Rita besuchen sollte. Aber ich wollte meine Mutter nicht zu lange warten lassen.

Fame Records war nicht zu übersehen, ein pinkfarben gestrichener Shop, der sich erfrischend von den grauschwarzen Fassaden der Umgebung abhob. Misstrauische Blicke von zwei Punks auf dem Bürgersteig begleiteten mein Einparkmanöver. Das Verdeck ließ ich vorsichtshalber geschlossen. Ich stieg aus, blieb breitbeinig über einem Hundehaufen stehen und sah mir das Schaufenster an. Darin standen die neuesten Scheiben. Von den Breeders über Public Enemy bis zu den Charlatans reichte das Angebot. Ich stellte mit Erschrecken fest, dass die Westlabels in Ostberlin schon Fuß gefasst hatten.

Mein freudiges »Tach schön« wurde vom Mann hinter dem Tresen mit mürrischem Kopfnicken quittiert. Der Laden war erstaunlicherweise ziemlich leer.

Nur ein attraktiver Schwarzkittel mit blondem zurückgegeltem Haar schaute sich interessiert eine Platte an. Ich machte einen Rundgang und inspizierte das Sortiment, das in riesigen Kisten und nach Alphabet geordnet auf zwei großen Tischen stand.

»Wer hätte das vor einem Jahr gedacht, die ganzen Schätze auf einem Haufen?« Ich grinste zum Inhaber rüber. Doch mein launiger Einstieg in das Verkaufsgespräch verfing bei dem mit Lederweste und silbernen Nieten bekleideten Zopfträger überhaupt nicht. Er nickte nur, ohne von seiner Schreibarbeit aufzublicken. Ich trat näher und ließ die Verschlüsse meines Nazareno-Gabrielli-Koffers mit elegantem Geräusch aufschnappen. »Ich bin Anton und komme von Rock-Juwelen«, sagte ich, nicht ohne Stolz in der Stimme.

»Das ist doch das Bootleg-Label«, nuschelte der Inhaber zurück.

»Sondereditionen«, erwiderte ich und reichte dem Typ meinen Hochglanzkatalog über den Tresen. Unterstützend dazu holte ich unseren Dauerbrenner, das Toronto-Album der Stones, heraus und gab es ihm ebenfalls.

»Ganz schön bunt, wa?«, mäkelte er gleich an der Platte herum. Typisch Berlin.

Während ganz Sachsen dahinschmolz, fiel dem Kerl nur ein blöder Spruch ein.

Er nahm den Katalog und blätterte ihn durch. »Ich brauch mal 'nen Moment. Guck dich um oder geh irgendwo 'nen Kaffee trinken.«

Angesichts dieser freundlichen Aufforderung zog ich die Augenbrauen hoch und begab mich zur Ladentür.

»Du bist doch Anton«, sagte plötzlich der Schwarzkittel hinter mir. Ich drehte mich um, und dann erkannte ich ihn. Es war Cosmo, Manager und Schlagzeuger der Nörgler.

Ich war ein wenig irritiert. Als er mit seiner Band bei uns zu Gast gewesen war, hatte er mich kaum mit dem Hintern angesehen. Jetzt schüttelte er mir freundlich die Hand. Ich konnte mich noch an die zähen, unfreundlichen Gagen-Verhandlungen erinnern, die meist Henryk mit ihm geführt hatte.

»Ist das deine Proletenkiste da draußen?«, fragte er und deutete auf den BMW. Ich wurde offenbar knallrot, und er lachte wiehernd.

»Nee ... äh ja, wieso?«

»Ich hab jesehen, wie du einjeparkt hast. Mit Münchner Nummer lebste hier jefährlich.«

»Und du, Cosmo?«, wechselte ich das Thema. »Eure Auftritte sind doch bestimmt spärlich geworden?«, versuchte ich, die Beleidigung zurückzugeben. »Deshalb hat es mich auch auf die andere Seite verschlagen«, parierte er souverän und zückte schnell eine Visitenkarte. »Ich vertrete jetzt Spree River Concerts. Wir haben ziemlich viele internationale Acts unter Vertrag. Machst du noch Konzerte?«

Ich schüttelte den Kopf.

»Schade, euer Laden war ja der einzige mit Niveau im ganzen Osten«, schmierte er mir jetzt Honig ums Maul.

»Bei dem Publikum, das ihr euch erarbeitet habt, musst du doch unbedingt weitermachen.« Sein belehrender Tonfall ging mir ziemlich auf den Keks.

»Ich denke drüber nach, Cosmo.«

»Mach das. Ick hab unter anderem Faith No More im Anjebot. Nächstet Frühjahr. Da können wa zusammen 'n Open-Air-Festival draus machen.«

Wenn Cosmo mit mir redete, hatte ich immer den Eindruck, dass er mich für einen Analphabeten hielt. »Ruf an!« Er hielt seine beringte Hand ans Ohr. »Und übrigens: Die Nörgler geben ein Abschiedskonzert im Knaack. Da besprechen wir allet Weitere. Du stehst auf der Liste.« Dann drückte er mir noch einen Flyer mit seinen Bands in die Hand und verließ den Laden.

Ich wollte ihm gerade folgen, als der Inhaber von Fame Records hinter mir nuschelte: »Bin fertig.«

Ich trat erwartungsvoll an den Tresen und wurde zum ersten Mal in meiner Karriere als Vertreter so richtig enttäuscht. Er hatte insgesamt nur acht Platten bestellt. Absoluter Minusrekord. Nachdenklich verließ ich den Laden und fuhr zum Musikhaus Melodie. Aber auch dort bestellte die Inhaberin nur schlappe fünfundzwanzig Stück. Roberto Vialli würde schlechte Laune bekommen.

»Faith No More in Düsterbusch. Was für ein Schwachkopf«, sagte ich vor mich hin, als ich wieder im Auto saß, und warf Visitenkarte und Flyer auf die Ablage. Das Treffen mit Cosmo hatte mir erneut klargemacht, was ich nie mehr sein wollte: Veranstalter.

Ich vergaß ihn gleich wieder und dachte darüber nach, wie ich den Umsatz so schnell wie möglich steigern könnte. Vielleicht sollte Rock-Juwelen Rabatte anbieten oder Radiowerbung schalten, um das Label bekannter zu machen. Ich hatte einige Ideen, die ich Roberto Vialli bei unserem nächsten Telefonat unterbreiten wollte.

Als ich zurück zum Alex kam, saß meine Mutter auf dem Rand des Brunnens vor dem Kaufhaus und hatte ihre Beine darauf ausgestreckt. Ihr Gesicht war der Sonne zugewandt. Ich setzte mich kurz dazu, wir lachten uns in stiller Vertrautheit an und sprachen kein Wort. Meine Mutter war eine der wenigen Personen, mit denen ich einfach zusammen die Schnauze halten konnte, ohne dass es peinlich wurde.

Auf dem Heimweg schlief sie, die Verpflichtung, sie gesund nach Hause zu bringen, bescherte mir ein behagliches Beschützergefühl. Kurz vor Düsterbusch wachte sie wieder auf. Als ich in den Nordweg einbog, schwiegen wir beide bedrückt. Das Auto meines Vaters stand bereits vor unserem Haus.

## 33  Das größte Pfand ist die Familie

»Und?«, fragte Elisabeth mit gespielter guter Laune meinen Vater, der über unserem Gartentor hing und mein Einparkmanöver misstrauisch beäugte. Schließlich stand der BMW vor seinem Wartburg. Im direkten Vergleich wurde in Zustand und Formensprache wieder einmal deutlich, wer den Kampf der Systeme gewonnen hatte. Mein Vater antwortete nicht, löste sich vom Gartentor und ging vor uns ins Haus. Wir trotteten hinterher und ahnten bereits, was uns drinnen erwartete. Als die Tür ins Schloss fiel, ging das Gemecker sofort los: »Ich komm hier nach Hause, kein Abendbrot, nix.«

Ich konnte mich nicht dagegen wehren, dass ich sofort aggressiv wurde.

»Kannste kein Brot abschneiden?«, fragte ich, und Elisabeth machte eine unwirsche Geste in meine Richtung.

»Rede ich mit dir?«, entgegnete mein Vater sofort ähnlich aggressiv.

»Was ist denn mit dem Betrieb?«, wollte meine Mutter wissen.

Doch mein Vater dachte nicht daran, ihr zu antworten, sondern schoss sich jetzt auf mich ein. »Wo kommt ihr denn jetzt her?«

»Wir haben uns in Berlin einen schönen Tag gemacht«, sagte ich.

»Und was ist das für eine Kiste da draußen?«

»Mein neues Auto«, antwortete ich knapp.

Er lachte böse. »Seit deinem Unfall biste noch bekloppter geworden.«

Es war kaum zu fassen, wie er die größten Gemeinheiten ohne Ankündigung einfach so aus der Hüfte schoss. »Du bist bekloppt«, erwiderte ich und wäre ihm am liebsten an die Gurgel gesprungen.

»Bezahlt wieder deine Mutter, oder was?«, provozierte er jetzt uns beide.

»Ich geh arbeiten und verdiene mehr Geld als du«, erwiderte ich.

Er lachte verächtlich auf. »Und was produzierst du?«

Ich verdrehte die Augen. In seinem kleinen Knuffer-Kosmos musste man immer was produzieren, was in der Hand haben, sonst war alles nichts wert. »Ich verkaufe Schallplatten, müsstest du eigentlich wissen.«

»Andere haben sich in deinem Alter schon 'ne Existenz aufgebaut, und du?«

»Ja, das war immer schon das Problem, dass du nur andere toll findest, und nicht deinen eigenen Sohn.«

»Was soll ich auch an dir toll finden?«, fragte er und meinte es tatsächlich genau so.

»Klaus, jetzt reicht's«, ging meine Mutter dazwischen, wie immer.

Doch das machte es nicht besser, die Wunde lag offen, wie schon seit Jahren. »Komm Mutti, wir gehen«, sagte ich zu ihr.

Eine lange Pause entstand. Ihr Blick blieb strafend an mir hängen. Ich war ihrer Meinung nach zu weit gegangen.

Sie schüttelte den Kopf. »Was soll denn der Quatsch, Anton. Ihr reißt euch zusammen, und dann essen wir Abendbrot. Ich hab 'nen halben Broiler aus Berlin mitgebracht. Der ist noch warm.«

Die Vorstellung, mich jetzt mit meinem Vater an einen Tisch zu setzen, war apokalyptisch.

»Hab keinen Hunger«, sagte ich, ging und knallte hinter mir die Verandatür zu. In der Garage klaute ich mir eine Flasche Bier aus seinem Kasten. Ich stieg ins Auto und fuhr los, wohl wissend, dass meine Mutter ihn niemals verlassen würde und jetzt wieder schutzlos seinen Vorwürfen und Launen ausgesetzt war. Je weiter ich mich von Düsterbusch entfernte, umso mehr ließ der Schmerz nach. Nicht zuletzt dank des Pilseners, das ich in einem Zug austrank.

# 34 Kein Glamour an der Eisdiele

Auch nach mehrmaligem Klingeln regte sich nichts bei Irina. Ich drückte die Klinke, doch die Haustür war verschlossen. Ungeduldig ging ich ein paar Meter zurück und schaute an dem heruntergekommenen Wohnblock hinauf. Kurz darauf öffnete sich ein Fenster. Ihr Kopf erschien. Sie hatte sich offenbar gerade die Haare gewaschen. Ein Handtuch war wie ein Turban um ihren Kopf gewickelt, und sie schaute auf mich herab.

»Rapunzel, lass dein Haar herunter«, schrie ich in die Dämmerung.

Sie lächelte mir entgegen. »Ist ab, weißt du doch.«

Irgendwie sah sie versöhnlich aus. Stolz wies ich auf den BMW. Das schnell getrunkene Bier löste jetzt Glücksexplosionen in meinem Kopf aus. Ich glaubte, dass ich unwiderstehlich wirkte. Sie schaute hinüber. »Deiner?«

Ich nickte grinsend. »Kommste runter?«

Sie antwortete nicht, und ihr Kopf verschwand wieder. Typisch Irina. War das jetzt ein Ja, oder würde sie sich gar nicht mehr blicken lassen? Dann wäre wenigstens klar, dass ich sie nicht beeindruckt hatte.

Kurze Zeit später stand sie zu meiner Erleichterung doch vor dem Eingang. In Jeans-Hotpants, den Montanas und einer Strickjacke über ihrer Bluse. Dazu die kürzeren Haare.

Das Hippie-Mädchen war passé, so wie ich es immer gewollt hatte.

Ich bekam weiche Knie bei ihrem Anblick. Gemeinsam liefen wir zum Auto. Ich öffnete ihr die Tür, und wir setzten uns hinein.

Ich ließ die vorderen Scheiben hoch und runter sausen, und Irina staunte. »Elektrische Fensterheber, echtes Leder und 'n Blaupunkt-Radio. Willste mich heiraten?«

Ich legte meinen Kopf auf ihren Schoß und fühlte ihre kalten Oberschenkel in meinem Nacken. Es war himmlisch. Sie strich mir die Haare aus dem Gesicht und küsste meine kaputte Stirn.

»Ist wieder gut?«, fragte ich.

»Ja«, sagte sie.

Ich blieb ein paar wundervolle Minuten lang so liegen und stellte fest, dass ich auch mit Irina einfach mal die Schnauze halten konnte. Eine Frage quälte mich allerdings doch noch. »War was mit dem Offizier?«

Sie lachte. »Das musste kommen. Anton, der ist achtzehn.«

»Ja, der spritzt noch bis an die Decke.«

»Hör auf mit dem Schweinkram. Du weißt, dass mich das nervt. Da war nichts. Der hat mich nur nach Hause gebracht.«

»Gut, ich vertrau dir«, sagte ich erleichtert und setzte mich aufrecht hinter das Steuer.

»Heute Abend ist Jeff Mills und Global Force im Quartier auf der Potsdamer, der DJ, den ich dir vorgespielt hab. In zwei Stunden sind wir in Berlin. Dann erlebste mal Techno live.« Ich hob fragend meine Augenbrauen, so gut es meine Stirn zuließ. Sie schaute mich bedauernd an und schüttelte den Kopf.

»Ich muss morgen arbeiten.«

»Am Sonnabend?«

»Ja«, maulte sie. »Ich hab einen kleinen Jungen, dem ich eine Krücke anpasse. Der wartet da schon ewig drauf. Außerdem brauch ich das Geld. Ich muss meiner Mutter was schicken.«

Ich nickte enttäuscht. »Schade. Jetzt kommt bald die große Kohle. Dann geb ich dir was ab.«

»Lass mal«, sagte sie.

»Und was machen wir jetzt?«

»Wir drehen 'ne Runde durch Kirchhausen, oder?« Sie legte ihr rechtes Hammerbein auf die Türkante.

»Wer ist denn hier einfach gestrickt?«, fragte ich, und wir lachten beide. Dann ließ ich chefmäßig den Motor an, drückte ein paarmal das Gaspedal durch, und wir fuhren los. Zuerst zur Eisdiele, in der Hoffnung, dass vielleicht Elke und andere Helden davorstanden, um vor Neid zu erblassen. Doch Fehlanzeige. Nur ein paar Trinker aus dem Pflegeheim lümmelten mit Bierflaschen an einem Stromkasten herum. Ansonsten war alles mausetot. Wir holten uns ein Punscheis und aalten uns auf den Sitzen.

Ich hatte plötzlich eine Idee, womit ich sie zusätzlich beeindrucken könnte.

»Ich zeig dir mal was«, sagte ich und düste los.

# 35 Vision war gestern

Wir fuhren die Landstraße in Richtung Frankenwalde, und Irina band sich die kürzeren Haare zu einem kleinen Zopf zusammen.

Ich schaute zum Segelflugplatz rüber, wo der letzte Segler des Abends ausrollte. Das verstärkte kurz mein Fernweh.

»Wer ist denn Christian ›Cosmo‹ Kossagk?«, holte mich Irina wieder in die Realität zurück. »Ist das auch so ein Techno-Typ?«

»Nee.« Ich grinste. »Das ist 'n Rocker, Schlagzeuger der Nörgler.«

»Ach, diese düstere Band, die so oft bei euch gespielt hat?« Ich nickte, wollte jetzt nicht über Cosmo reden.

»Spree River Concerts«, las Irina vor. Dann nahm sie sich den Flyer und studierte ihn.

»Sind das Bands, die der vermittelt?«

»Ja, aber die kennt keiner«, sagte ich.

Sie legte den Flyer zurück. Nach ein paar Kilometern bog ich kurz vor Frankenwalde in einen Waldweg ein.

»In den Wald, Anton? Das ist doch schon mal schiefgegangen.« Sie kicherte.

»Ha ha«, kommentierte ich den Spruch und steuerte zielgerichtet durch die Karnickelsandpisten, bis ich schließlich auf einer Freifläche hielt. Wir standen vor Richard Baades Ranch. Irina schaute mich fragend an.

»Das war damals die Experimentierstation für freies Leben«, sagte ich, und wir stiegen aus.

Die Ranch war verlassen, das sah ich sofort. Baade war im Westen, das hatte Rita mir erzählt. Aber wo, wusste niemand. Gerade er, der niemals abhauen wollte. Vielleicht stimmte das mit der Stasi ja. Und er war irgendwo untergetaucht, bevor es rauskommen konnte. Überall zwischen den Gebäuden wucherte Buschwerk.

Die Gartentür des damals schon kaputten Zaunes war niedergetrampelt. Die alten Holztüren der Nebengebäude hingen schief in den Angeln. Davor lagen verrostete Eimer, verbogenes Maurerwerkzeug und Schutt. Sofort erinnerte ich mich daran, wie Walther an der Stalltür Dartpfeile im Gesicht von Egon Krenz platziert hatte. Plötzlich war wieder Energie in mir.

»Komm«, sagte ich zu Irina, und wir liefen zum Haupthaus. Die Tür stand offen, dahinter präsentierte sich eine dunkle Höhle.

Die alten Kastenfenster standen ebenfalls offen und waren zum Teil zerschlagen. Wir gingen hinein. Unter unseren Füßen knirschten Scherben.

Überall auf dem staubigen Fußboden im großen Raum lagen Möbelreste und Müll, dazwischen Papierfetzen. Ich hob einen davon auf und lachte. »Guck mal hier, ein Stück Text von ›Kantinen-Mädchen‹.«

Es war einer der Songs, die Brechreiz bei ihrem ersten und einzigen Auftritt in Düsterbusch gespielt hatten. Stolz hielt ich Irina den Fetzen vor die Nase, auf dem ein paar von Baades steil geschriebenen Wörtern zu sehen waren.

»Wer war denn Baade?«, fragte sie.

»Baade war ein Lebenskünstler, sehr widersprüchlich und oft ein Arsch. Aber er hat mir die Augen geöffnet, dass man sich gegen den Kleingeist wehren und selbst was anschieben muss, damit man nicht eingeht im Scheiß-Osten. Viele Ideen für die Helden sind hier entstanden. Es war immer was los, Musiker, Leute aus Berlin, seine ganzen Freundinnen. Das war sehr inspirierend, aber manchmal auch furchtbar. Da drüben stand 'n Bierfass mit 'ner Kupferleitung. Baade hat selber Schnaps gebrannt.«

Irina schaute mich mit großen Augen an und schien beeindruckt. Ich nahm ihre Hand, stieg über Schutt und heruntergefallene Balken und ging zu einer Wand. »Guck mal hier.«

Irina stellte sich neben mich. Der krakelige Schriftzug war noch da. »Bevor mich der tiefe Schlaf befällt, will ich das Licht sehen«, las sie vor.

»Das war unser Motto«, sagte ich begeistert.

Sie küsste mich plötzlich stürmisch, und wir hatten Mühe, auf dem Schuttberg stehen zu bleiben.

»Das ist der Anton, den ich damals gesehen habe, der junge Gott in Lederjacke mit dem visionären Blick. Den will ich wiederhaben«, keuchte sie, als wir voneinander abließen.

»Ja, aber ich will hier gar keine Vision mehr. Ich will erst mal gucken, was in der Welt los ist, was ausprobieren. Wir leben in 'nem neuen Land. Vision war gestern.« Ich grinste.

Irina trat ein Stück zurück, und ihre Miene verdüsterte sich. »Ich nehm dir das einfach nicht ab, Anton Kummer, dir nicht. Ich dachte, du hast mal ein bisschen nachgedacht und holst dir deinen Club zurück.«

Ich seufzte. »Ach, Irina. Ich hab darüber nachgedacht. Aber aus Düsterbusch wird keine Großstadt. Ossi-Partys und die Scorpions-Tribute-Band passen da viel besser hin.«

Sie schüttelte den Kopf und stupste den rechten Montana-Pumps gegen einen löchrigen Kochtopf, an den ich mich noch erinnerte.

»Ich hab auch ein bisschen Hoffnung reingesetzt, was du da gesagt hast von der Ausstellung, von dem Buch. Dass meine Zeichnungen mal jemand sieht. Du holst die Bands. Ich bin deine Muse, wenn du willst.«

»Ich helf dir ja auch, aber nicht hier. Hier ist alles gesagt. Und wenn du da im Keller 'ne Ausstellung machst, kommen noch mehr Kais und sagen, deine Figuren haben 'ne dreieckje Muschi. Hier gibt's keinen Ruhm, Irina.«

Sie blickte seufzend durch die kaputten Kastenfenster auf den Hof.

»Aber woanders kennt dich keiner, Anton. Und in Berlin bist du doch gescheitert.«

Ich wurde ein bisschen sauer. »Ich bin nicht gescheitert, das war 'n Versuch. Und ich war erstaunt, wie kulturell überlegen die Leute in der Großstadt uns eigentlich sind. Wie viel mehr die wissen. Und ich will auch mehr wissen.«

Irina nickte.

»Lass uns irgendwo hingehen, Irina. Nach Mailand, was weiß ich. Nach Nowosibirsk zu Onkel Wanja ...«

»Wassili«, verbesserte sie mich.

»Ja, Wassili«, wiederholte ich.

»Ich will aber nicht nach Nowosibirsk«, sagte sie streng.

»Ja, aber was hält dich hier? Künstlerin sein kannst du überall.«

Sie guckte durch mich hindurch.

»Komm, wir fahren«, sagte sie nach einer Weile.

Irgendwas war komisch, als wir wieder vor der Langen Straße 14 standen. Sie hatte während der ganzen Fahrt ihren Kopf an meine Schulter gelegt. Das Schweigen war dieses Mal nicht so angenehm gewesen. Doch dann überraschte sie mich. »Kommst du mit hoch? Musst aber früh aufstehen.«

Eine tiefe Erleichterung übermannte mich. »Klar.«

Als ich am nächsten Morgen aufstand, machte sie sich schon in der Küche ihre Frühstücksbrote.

»Sehen wir uns Donnerstag?«, fragte ich.

Sie drehte sich um. »Donnerstag geh ich mit Marion in die Mitropa, was trinken.«

»Seid ihr jetzt beste Freundinnen?«

»Marion ist in Ordnung. Und sie bringt mich zum Lachen.«

»Dann komm ich Freitag.«

Sie nickte. An der Tür umarmte sie mich stumm, länger als je zuvor.

## 36 Dann zeigste Mutti mal die Welt

Meine Mutter röchelte, als hätte sie eine Lungenentzündung oder so etwas. Sie bestand darauf, dass mein Vater und ich sie gemeinsam ins Krankenhaus begleiteten. Ich machte mir schwere Vorwürfe, dass unsere Cabrio-Fahrt vielleicht daran schuld war.

»Ach Quatsch. Das kommt von der schlechten Durchblutung meiner Beine«, sagte sie. »Ist ja nicht das erste Mal. Ich muss eigentlich nur zu Doktor Kremer.« Dabei hustete sie wieder keuchend.

»Doktor Kremer, der gibt dir wieder die falschen Pillen«, entgegnete ich.

Nun waren wir zu dritt in meinem Cabrio unterwegs. Meine Mutter lag auf der Rückbank und war trotz des wolkenverhangenen, schwülwarmen Tages dick eingemummelt. Mein Vater saß neben mir. Die Rolle des Beifahrers war ihm gar nicht geheuer. Er bremste ständig imaginär mit und moserte an meinem Fahrstil herum.

»Immerhin hat sich Anton nach Berlin getraut«, rief meine Mutter von hinten, und ich grinste in mich rein.

Schließlich murmelte er: »Na, so schlecht fährste ja gar nicht.«

Ein Kompliment meines Vaters – dass ich so etwas noch erleben durfte. Als wir am Haus der Freundschaft vorbeikamen, wurde gerade das Werbebanner für die *Erotica 90* von der Stirnseite abmontiert.

Die erste Frankenwalder Sex-Messe im Kulturpalast war schon seit Wochen mit Werbung an Hauswänden und Litfaßsäulen angekündigt worden.

Grelle Poster mit blonden Nixen drauf priesen *Live-Shows*, *erotische Modenschauen* und *temporäre Videokabinen* an.

Doch insgesamt hatte die Veranstaltung am Wochenende nur wenige Zuschauer angezogen, schrieb zumindest die *Frankenwalder Post*. Fünfundvierzig D-Mark Eintritt waren dann doch zu viel für die Werktätigen der Stadt, die jetzt Bürger hießen und von denen viele bereits von Arbeitslosigkeit bedroht waren.

Das alte Krankenhaus wirkte wie ein aus der Zeit gefallenes Märchenschloss, umgeben von einem schmiedeeisernen Zaun. Wir parkten direkt davor an der Straße und stützten meine Mutter bei unserem Gang über den Kiesweg bis zu dem imposanten Eingangsportal, das uns, flankiert von lädierten Marmorengeln, in Empfang nahm.

Dann warteten wir im gleichen Bereich, wo ich vor ein paar Monaten mit meiner schweren Kopfverletzung im Schoß von Elisabeth gelegen hatte. Nur dass sie jetzt diejenige war, die Hilfe brauchte. Ein Arzt redete mit meinem Vater, und kurz darauf kamen zwei Schwestern mit einem fahrbaren Bett. Zusammen halfen wir Elisabeth hinauf, und sie wurde zu einem Fahrstuhl gerollt. Ihr Abschiedsblick wirkte, als wolle sie sich dafür entschuldigen, so hilflos zu sein. Dabei hatten mein Vater und ich viel mehr Grund, uns schuldig zu fühlen.

Schließlich hatte unser jahrelanger Streit auch zu ihrem Zustand beigetragen. Sehr viel Unausgesprochenes belastete unsere gemeinsame Rückfahrt.

»Das hat se ja alles schon mal durch«, sagte er plötzlich. Es klang, als wolle er sich damit Mut machen.

Wie schon bei ihren Krankenhausbesuchen in den Jahren zuvor hofften wir, sie bald wieder abholen zu können. Ich fuhr meinen Vater zu seinem alten Betrieb.

»Und was ist jetzt mit deiner Arbeit?«, durchbrach ich die unangenehme Stille, als wir am Segelflugplatz vorbeikamen.

»Was soll schon sein?«, blaffte er.

Ich winkte mit der rechten Hand ab, weil ich es bereits bereute, ihm eine Frage gestellt zu haben.

Ich fuhr schneller, um unser beider Elend zeitnah zu beenden. Nach drei weiteren Kilometern fing er auf einmal doch an zu reden.

»Ich war mir schon mit dem Wessi handelseinig. Aber dann hat sich der Alteigentümer gemeldet.«

»Und was heißt das?«

»Na, nüscht heißt das«, wurde er gleich wieder ohne Grund pampig.

»Willste aussteigen?«, fragte ich ihn genervt mitten auf der Landstraße, und er murmelte eine Entschuldigung.

»Das ist jetzt 'ne blöde Situation«, erzählte er weiter. »Der Wessi hätte den Betrieb für 1,2 Millionen gekauft. So viel ist die Bude wert, sagt das sogenannte ›Wertgutachten‹. Dann hätte er mich als Geschäftsführer eingesetzt, und wir hätten weiter produziert.«

»Scheibenwischer für Trabis und Wartburgs?«, fragte ich erstaunt.

»Nee, natürlich nicht, Mensch.«

»Was dann?«

Er zuckte die Schultern. »So weit waren wir noch nicht. Da aber jetzt der Alteigentümer sein Grundstück zurückwill, ist der Wessi abgesprungen.«

»Und nun?«

»Na, zum Glück bin ich kurz vor sechzig und kann in Vorruhestand gehen.«

»Na also, stell dir vor, ihr hättet keine gute Geschäftsidee gefunden und nichts verkauft«, sagte ich, als wir vor dem Fabriktor standen.

»Ja, aber ich will jetzt noch nicht zum alten Eisen gehören.«

»Na, dann zeigste Mutti mal die Welt. Die würde sich freuen.«

Er schnappte seine Tasche, die er auf die Rückbank geworfen hatte, schaute mich mit einem merkwürdigen Blick an und stieg aus. »Fahr vorsichtig«, sagte er, und ich hatte den Eindruck, dass wir das erste Mal seit langer Zeit ansatzweise so etwas wie ein Gespräch geführt hatten.

# 37 Rauschen aus dem Keller

An der Minol-Tankstelle in Kirchhausen tankte ich voll und entdeckte beim Bezahlen ein Infoblatt der DEKRA Kraftfahrzeugüberwachung. Darauf wurde angekündigt, dass es jetzt auch in der DDR mit planmäßiger Kfz-Überprüfung losging. Siedend heiß fiel mir ein, dass der BMW immer noch nicht auf mich umgemeldet war. Aber wie sollte ich das ohne Führerschein hinkriegen? Ich beschloss, später darüber nachzudenken, denn ich brauchte jetzt erst mal ein berufliches Erfolgserlebnis.

Ich musste dringend nach Chemnitz, um Kundenpflege zu betreiben. Ich war mir sicher, dass der große Posten von neuntausendachthundert Platten inzwischen eingetroffen war. Es könnte ja vielleicht nicht schaden, dachte ich mir, Herrn Biernoth wegen der langen Wartezeit eine kleine Überraschung zu kredenzen.

Nach stundenlanger Fahrt parkte ich in der Nähe des Bahnhofs und betrat eine fast komplett leer geräumte Kaufhalle. Dort gab es kein einziges Ostprodukt mehr und erst wenige überteuerte Westwaren. Ich hielt Ausschau nach Weinbrandbohnen, konnte aber keine entdecken. Schließlich kaufte ich eine Tiefkühltorte von Coppenrath & Wiese sowie neumodische Sprühsahne für fast zwanzig D-Mark.

Bei einem gemeinsamen Kaffeeklatsch wollte ich Herrn Biernoth dazu überreden, noch mehr zu bestellen. Denn laut Roberto Vialli hatte die Firma vor dem Landgericht Bielefeld einen Teilerfolg erzielt. Das Dreifachalbum *Rolling Stones – Toronto Tapes* durfte weiterhin verkauft werden.

Zehn andere Titel aus dem Katalog sollte ich wegen anstehender Klagen der Künstler vorerst nicht mehr anbieten. Darunter Dauerbrenner wie *Genesis – The Carpet Crawlers – 1974*. Die Platte selbst war leuchtend grün, und beim Abspielen erzeugten die psychedelischen Kreise im Vinyl bei längerem Hinschauen ein angenehmes Schwindelgefühl. Dieser Umstand allein hatte viele Händler überzeugt, das Album tausendfach zu bestellen.

Ich stiefelte durch die Innenstadt. Mit meiner rechten Hand, die vor Aufregung ganz feucht war, umklammerte ich den Griff des Aktenkoffers. In der linken hielt ich eine nagelneue reinweiße Plastetüte mit der opulenten Leckerei.

Vor dem Magnet-Warenhaus boten fliegende Händler ihre Waren feil. Die Volksbuchhandlung verramschte sowjetische Bücher und DDR-Literatur auf einem Wühltisch für eine D-Mark pro Stück. Das Interesse an Titeln wie *Den Wolken ein Stück näher* von Günter Görlich hielt sich in Grenzen.

Viele Schaulustige hatten sich dagegen vor dem Stand einer Westfirma versammelt. Die machte Werbung für den »Trabi 2000« und hatte einen frisch polierten »Trabant Kat« vor den Eingangsbereich des Warenhauses gewuchtet. Als BMW-Fahrer konnte ich darüber nur müde lächeln.

Ich betrat die dämpfenden Teppiche der Musikabteilung, lief am Hörtresen vorbei und staunte über mehrere

Männer und Frauen, die mit »meinen« Platten unter dem Arm kleine Grüppchen bildeten.

Ich fragte mich, ob ich vielleicht Autogramme schreiben sollte. Dann hörte ich eine bekannte Stimme, und was sie sagte, war der Anfang vom Ende.

»Da kommt ja der Bedrüger!« Herr Biernoth lief mit zornesrotem Kopf direkt auf mich zu. »Na, das is pragdisch, dass Se glei selba da sind.« Er wandte sich an die Umstehenden und zeigte mit dem Finger auf mich. »Das is der Verdreder der Bedrügerfirma.«

Sofort umringten mich die Leute und beschwerten sich lautstark über die Produkte. »Isch will Zabba glosklor und nisch mit Knisdern un Rauschn wie aus 'm Keller«, brüllte mir ein Mann mitten ins Gesicht und hielt mir *Frank Zappa – Willie The Pimp* vor die Nase.

»Zwanzisch harde D-Mark für so 'n Mist«, schnauzte ein anderer, der Tom Pettys Album *Rock 'n' Roll History* in die Höhe hielt.

»Ich dachte, mein Plattenspieler is kaputt«, sagte eine Frau resignierend. Dabei streichelte sie über das Cover von Boz Scaggs' *In My Time*, einem qualitativ fragwürdigen Live-Mitschnitt von 1972.

Ich hätte ihr am liebsten gesagt, dass es mir beim ersten Hören genauso gegangen war. Ich ließ das Gejammer stoisch über mich ergehen. Mit einer Aufwallung von Trotz dachte ich schließlich, dass der ostdeutsche Konsument eben noch nicht bereit war für Sondereditionen mit vordergründigem Rauschen, im Fachjargon auch Bootlegs genannt.

»Die Platten sind keine schlechten Pressungen von Studioalben«, sagte ich laut, um mir die Leute vom Hals zu schaffen, »sondern die Wiedergabe besonderer Momente.«

»Was soll 'n das für 'n besonderer Moment sein, wenn misch mei eigner Hund angläfft?«, sagte der Mann mit der Zappa-Platte, und ich schwieg.

Dann folgte ich Herrn Biernoth ins Büro und ließ das Lamento über die Stornierung der »Wore« und die menschliche Enttäuschung, was meine Person betraf, über mich ergehen.

»Isch dachte eigendlisch, Sie sind 'n anstänjer Kerl.«

»Bin ich auch«, motzte ich zurück und verließ das Warenhaus, wobei ich noch nicht wirklich begriff, was das eigentlich für mich bedeutete. Draußen warf ich die durchgesuppte Torte samt Plastetüte in einen Mülleimer.

Ich hatte Angst davor, auch noch andere Läden zu besuchen, denn ich ahnte, dass mich überall das gleiche Drama erwartete. Es waren leider immer nur geringe Mengen der gesamten Bestellung bei den Händlern eingetroffen. Ich ahnte, dass Vialli gar nicht in der Lage war, diese riesigen Mengen an Platten zu liefern. Ich versuchte, ihn von einer Zelle im Brühl-Viertel aus anzurufen. Doch dieses Mal hatte ich kein Glück.

Missmutig trat ich den Heimweg an. Ich hatte es die ganze Zeit geahnt, aber offensiv ignoriert. Der Traum vom unbeschwerten Leben eines Plattenvertreters für Bootlegs war einfach zu schön, um wahr zu sein.

Ich wollte mit Irina beratschlagen, wie es weiterging. Die ganze Woche hatte ich schon versucht, sie abends anzurufen. Aber es war immer besetzt gewesen. Sicher telefonierte sie die ganze Zeit mit ihrer Mutter oder mit Marion.

# 38 Wet-T-Shirt-Contest

Als ich abends vor Irinas Platte parkte, hörte ich laute Musik, die bis zu den Mülltonnen herunterdröhnte. Die Haustür war offen, und ich nahm die Stufen zum zweiten Stock mit großen Schritten.

Der Sound kam überraschenderweise aus ihrer Wohnung. Erst nach mehrmaligem Bummern gegen die Tür wurde sie schließlich geöffnet.

Irina stand mit zerzausten Haaren vor mir, in der rechten Hand hatte sie ein Weinglas. »Komm rein!«, schrie sie mich verorgelt grinsend an.

Der ohrenbetäubende Lärm kam aus dem Wohnzimmer.

»Ich mach mal leiser«, sagte ich.

»Was?«

»Ich mach mal leiser!« Es klang schauerlich, und ich trat an ihr vorbei in den Raum. Im Fernsehen lief MTV, der Videoclip zu »Epic« von Faith No More röhrte, und der Rahmen des alten Ostfernsehers brummte im heavy Sound der Band mit. Der Samowar von Irinas Mutter auf der Biedermeierkommode vibrierte ebenfalls, und ich musste kurz an den Ufa-Streifen *Titanic* mit Hans Nielsen denken, in dem mit klapperndem Geschirr der Untergang eingeläutet wird.

Ich drehte leiser. Irina war mir gefolgt. Sie grinste breit und ganz schön angesoffen. »Willste auch 'nen Soave?«

»Klar, warum nicht?«

»Kommt aus Italien, Viallis Heimat. Gab's in dem scheiß Konsum«, lallte sie und goss mir das Glas ziemlich voll.

Ich war ein bisschen erstaunt über ihren Jargon, denn sie drückte sich sonst gewählter aus und maßregelte mich ständig für meine Kraftausdrücke. Ihr Zustand war merkwürdig. Ich hatte sie noch nie so gesehen. Irina hatte sich eigentlich immer im Griff.

»Über Vialli will ich mit dir reden, Irina«, sagte ich.

Sie strahlte bis über beide Ohren, während ich einen kräftigen Schluck nahm. »Ich hab Cosmo angerufen«, sagte sie.

»Cosmo?«, fragte ich verdattert.

Sie zog triumphierend die Augenbrauen nach oben.

»Was willste denn von Cosmo?«, fragte ich und witterte Unheil, während Steve Blame gerade im Fernsehen die *MTV News* anmoderierte.

»Ey, Anton, Cosmo hat genau den Plan.«

»Wovon redest du, Irina?«

»Er hat mir erzählt, dass ihr euch getroffen habt.«

»Und?«

»Du kannst dich unabhängig machen von Elke und gründest eine eigene Firma, eine ...« – sie schaute verpeilt auf einen Zettel – »... eine GbR.«

Ich konnte mir leider das Lachen nicht verkneifen.

»Ich finde das nicht witzig«, wurde Irina pampig.

»Was erzählst du hier?«

»Weil, der hat ... so viele Bands unter Vertrag, die ... du dann alle hierherholen kannst.«

Ich musste mich erst mal sammeln und setzte mich aufs Sofa.

»Ich hab dir mehrmals erklärt, dass ich das nicht mehr machen will«, sagte ich. »Außerdem kennt diese Bands niemand. Da kommt kein Schwein.«

Während ich redete, trank sie ihr Glas leer. »Anton.« Sie setzte sich zu mir. »Du stehst dir selbst im Weg.«

»Hast du die Visitenkarte geklaut?«

»Nenn es, wie du willst. Aber dich muss man zu deinem Glück zwingen.«

Ich konnte mir lebhaft ausmalen, wie Cosmo, dieser Schleimer, sie eingelullt hatte.

»Ich gründe aber keine GbR, ich hab das alles hinter mir, musste mich ständig beleidigen lassen, hab nur draufgezahlt. Ich hab die Schauze voll davon.«

Sie legte ihre schönen Finger, deren Nägel ziemlich abgebrochen waren, auf mein Knie. »Und es kommt noch besser, Anton. Er kann auch was für mich machen.«

»Aha.«

»Ich hab ihm von Backstage-Tristesse erzählt.«

»Das war meine Idee«, sagte ich schnell.

»Hab ich dazugesagt. Er findet es richtig ... richtig interessant.«

»Mhh.«

»Pass auf.« Sie hob den Finger. »In Berlin schießen grade die Galerien wie Pilze aus dem Boden, in Mitte, im Prenzlauer Berg. Da ist bestimmt was drin für mich, hat Cosmo gesagt.«

»Ich dachte, du willst nicht nach Berlin. Außerdem hat der doch deine Zeichnungen noch gar nicht gesehen.«

»Aber er wird sie sehen, wenn wir drei – nämlich Marion, du und ich – zum Abschiedskonzert der Nörgler fahren.«

»Die hab ich schon zwanzigmal gesehen. Da brauch ich kein Abschiedskonzert mehr.«

»Aber ich. Und du willst doch immer nach Berlin.«

»Aber nicht zu den Nörglern.« Ich sprang frustriert auf. Sie stand ebenfalls auf und fixierte mich mit wütendem Blick.

»Ich habe die letzten Monate einem gehbehinderten Jungen geholfen, seine mo... notorischen Rückstände aufzuholen«, lallte sie, »sodass er an einer Krücke hätte laufen können. Aber es hat über ein halbes Jahr gedauert, bis die Krücke kam. Und jetzt ist sie zu klein. Das sind meine Erfolgserlebnisse, Anton Kummer. Und das da!«, fauchte sie mich an und deutete auf ihr Plakat an der Wand, das vom Club abgelehnt worden war. Dann rannte sie aus dem Zimmer.

Ich folgte ihr, wollte sie beruhigen. Aber da klingelte es plötzlich.

»Das ist Marion. Gott sei Dank«, hörte ich Irina rufen. Die Wohnungstür öffnete sich. Überdrehtes Lachen erklang. Dann kamen die beiden ins Zimmer.

»Anton«, rief Marion überrascht aus. »Kommste mit nach Teichwalde?«

»Was soll ich denn in Teichwalde?«

»Neue Großraumdisco – Credo 2000.« Sie hielt mir einen bunten Flyer vor die Nase.

»Ich hab die Schnauze voll von Großraumdiscos«, sagte ich. Doch Marion machte mir schöne Augen. »Anton, ich würde so gerne mal im Cabrio mitfahren.«

»Los, Anton«, nuschelte Irina.

»Gut, aber nur kurz.«

Gemeinsam fuhren wir durch die Sommernacht, die beiden neuen Freundinnen schweigend auf der Rückbank. Die

Stimmung passte gut zu »Say a Little Prayer« von Bomb The Bass feat. Maureen, das aus meinem Blaupunkt-Deck erklang.

Im zehn Kilometer entfernten Teichwalde war tatsächlich mitten auf dem Feld eine riesige Disco aus dem Boden gestampft worden.

Und die Leute standen in Zweierreihen an. Wozu wir früher Jahre gebraucht hatten, das schafften ein paar geschäftstüchtige Wessis in einer Woche. Die Autos auf dem riesigen Parkplatz kamen den Nummernschildern nach von überall her.

Nach ewigem Warten und der üblichen Leibesvisitation durch zwei Bodybuilder, ähnlich wie in Randersleben, durften wir passieren, und ich musste meine Docs zum Glück nicht ausziehen. Drinnen gab es keine Glatzen. Ich führte das auch darauf zurück, dass wir in unserer Region immer alternative Kultur angeboten hatten. Das war auch mein Verdienst. Hatte Irina recht? Sollte ich noch mal angreifen? Jetzt da es mit Rock-Juwelen vorbei war?

Die beiden Beautys stürmten sofort die Tanzfläche und verrenkten sich bei »Tom's Diner« von Suzanne Vega. Währenddessen schaute ich mir auf dem zweiten, völlig überfüllten Dancefloor einen Wet-T-Shirt-Contest an. Ich stand nicht so auf große Titten. Deswegen langweilte mich das eher. Während ich zusah, grübelte ich darüber nach, warum ich meine Vision verloren hatte. Aber ich kam zu keinem Ergebnis.

Auf dem Nachhauseweg durch die laue Nacht arbeitete mein Motor unter der Haube mit großer Präzision und elegantem Geräusch. Marion und Irina hatten die ganze Zeit getanzt und sich von irgendwelchen Vollidioten Drinks ausgeben lassen. Ich hatte an der Bar gelümmelt und Cola getrunken. Jetzt war ich der Chauffeur, der die beiden schlafenden Tussen nach Hause fuhr.

Irina war vollkommen hinüber. Ich schaffte es nicht, sie zu wecken. Marion stieg vor der Haustür in ihren Trabi um. »Stehen doch sowieso keene Bullen«, sagte sie, tuckerte die Lange Straße entlang und über die Schienen nach Düsterbusch. Ich schleppte Irina die Treppen hoch und legte sie aufs Bett. Dann zog ich sie aus und küsste sie auf die Stirn. »Ich komme mit nach Berlin«, sagte ich und deckte sie zu. Dann fuhr ich nach Hause.

Plötzlich fiel mir ein, dass meine Mutter gar nicht da war, und es versetzte mir einen Stich ins Herz. Die Stille, die bei Dunkelheit in das alte Bauernhaus einzog, war kaum auszuhalten.

# 39  This Is Not America

Ich stand an unseren Zaun gelehnt da und hörte zu. Der Soundcheck in der Linde war in vollem Gange. Wie in alten Zeiten wehten die elektrisierenden Töne von Drums und Hi-Hat sowie ein improvisiertes Gitarrenriff herüber. Die Klänge entfleuchten dem Saal, schallten über den Hof der Kneipe, stiegen in die Höhe, um dann vom Wind über Kuhstall und Mähdrescher-Friedhof direkt zu unserem Haus getragen zu werden. Ein nachmittäglicher akustischer Höhepunkt, der mir immer ein Grinsen auf das Gesicht zauberte. Vor meinem geistigen Auge sah ich ein Wirrwarr von verbogenen, tanzenden Noten heranschwirren. Kurz bevor sie mit dem kläglichen Jaulen einer abgebrochenen Probe auf dem Kartoffelacker hinter dem Haus verendeten.

Diese Geräusche waren immer das Zeichen gewesen, sich in Bewegung zu setzen, und hatten die riesige Erwartung an das große Ereignis noch gesteigert. Der Auftakt zu Tanz, Ekstase, interessanten Gesprächen und zum kurzzeitigen Verlassen der real existierenden DDR. Jetzt gab es dieses Land nur noch auf dem Papier, das Gefühl war einfach weg. Obwohl gerade Fetzen von UFOs »Prince Kajuku« herüberwehten. Ein Song, den ich als Teenager ziemlich gemocht hatte.

Die »Scorpions-Tribute-Band – Hardrock aus Baunatal« sollte später im ehemals geilsten Indie-Schuppen des Ostens auftreten, was einer Entweihung gleichkam. Die Helden hatten den ganzen Kreis Frankenwalde mit den Hochglanzpostern der Band zugepflastert. Sie sahen schlimm aus.

Typische Tunten-Metaller in pinkfarbenen Pantalons und Jeanswesten. Dazu breite Stirnbänder in den langen Haaren.

Ich hätte wetten können, dass »Wind of Change« als Höhepunkt ihres Programms gespielt wurde. Aber es sollte mir egal sein. In einer Stunde würde ich Marion und Irina in der Langen Straße abholen, wo die beiden Girls »vorglühten«. Um dann nach Berlin abzudüsen.

Ich wollte in der Linde nur noch den Johnny Walker Black Label und den Fenchelhonig für die Stimmbänder des Sängers abgeben. Der sich doch tatsächlich K.M. nannte. Als ob nicht jeder Blödkopp wüsste, dass dies die Initialen von Klaus Meine, dem echten Scorpions-Sänger, waren.

Ich dachte zurück an unseren Nachmittag in Minden und daran, wie Irina mich gehindert hatte, für die Band auch noch Käpt'n-Nuss-Nougat-Creme zu kaufen. Und wie ich sie glücklich die Martinitreppe hinaufgetragen hatte.

Ich schwang mich in meinen BMW und fuhr zur Kneipe. Ein wenig schadenfroh stellte ich fest, dass nur zwei Fahrräder davorstanden. Da war noch Luft nach oben.

Ich stiefelte auf den Hof. Der Bandbus und der Lkw mit der PA-Anlage von Sound-Schulze aus Potsdam parkten vor der Terrasse. Ich sah Ekel-Kai, Gerber und Kurte, wie sie Boxen in den Saal schleppten, und verpisste mich schnell, um nicht helfen zu müssen.

Dann betrat ich die Kneipe. Matthias Reim plärrte »Verdammt, ich lieb dich« aus der staubbedeckten Kompaktanlage von Fisher, die perfekt in die verschnörkelte neue Portas-Schrankwand hinter Harrys Tresen passte.

Drinnen war niemand vom Club zu sehen. Harry schenkte missmutig Schnäpse für drei Düsterbuscher ein, die am Stammtisch Karten spielten. Ein paar langhaarige Typen, die ich noch nie gesehen hatte, verteilten sich im Rest der Kneipe. Im Saal wurde mit stoischer Stumpfheit die Bassdrum getreten, was einen Bauern zu lauten Unmutsäußerungen veranlasste. Auf dem Tresen stand eine riesige Kiste voller Gummiknüppel.

Ein wahres Festmahl für eine Horde Nazis, wenn sie in diesem Augenblick auftauchen würde, dachte ich kopfschüttelnd. Harry selbst hatte sich einen der Knüppel in den Gürtel gesteckt.

»Wo ist denn Elke?«, fragte ich ihn.

»Bin ich Jesus, wächst mir Gras aus dem Arsch?«, schnauzte er mich schlechtgelaunt an und brachte die Schnäpse an den Tisch, während der Gummiknüppel an seiner Hüfte schaukelte.

Bloß schnell weg, dachte ich und stellte Whisky und Fenchelhonig neben den Knüppeln ab. Ich wollte gerade abzischen, da kam Elke aus dem Saal gerannt.

»Anton, dich schickt der Himmel.«

»Da drüben steht das Zeug«, sagte ich schnell. Ich hatte die Türklinke bereits in der Hand.

Sie rannte zum Tresen und schaute in die Tüte.

»Und wo ist Käpt'n Nuss?«

»Gab es nicht«, sagte ich.

Sie guckte verzweifelt an die Decke. »Kannst du nicht mit runterkommen? Die sind so arrogant.«

Ich schüttelte den Kopf.

Kai kam jetzt dazu. »Der scheiß Techniker hat grade die Pommes Frites gegen die Wand jeschmissen. Sind ihm wohl zu kalt.«

»Knall ihm eine«, sagte ich. »Bist doch sonst nicht so zimperlich.«

»Untersteh dich«, blaffte Elke Kai an. »Kannst du nicht mit denen reden? Ist schlimm, die mäkeln an allem rum, Anton.«

Ich schüttelte den Kopf.

»Ich fahre mit Irina und Marion nach Berlin.«

Das hatte sie wohl so nicht erwartet, und es trieb ihr die Zornesröte ins Gesicht.

Dann drehte sie sich um und ließ mich stehen. Kai folgte ihr. Draußen sprang ich erleichtert in den BMW. Jetzt hatte es, so glaubte ich, klick gemacht. Diesen Scheißladen wollte ich nie wieder betreten.

Hupend stellte ich mich kurz darauf vor Irinas Platte. Die beiden Girls kamen runter und waren schon wieder ziemlich angeschickert. Aber sie sahen toll aus, aufgebrezelt für die Großstadt. Kichernd stiegen sie ein, und Irina gab mir ein Küsschen auf die Wange.

Wir fuhren am Bahnhof vorbei und durch die Unterführung. Ich wollte gerade Global Force in das Kassettendeck schieben, da traf mich der Schlag. Mitten auf der Straße stand ein Polizist mit roter Kelle und winkte mich mit energischer Handbewegung in eine Einbuchtung.

»Was wollen die denn, Anton?«, fragte Marion. Ich zuckte die Schultern, und mir wurde gleichzeitig heiß und kalt.

Ich kam direkt hinter einem Wartburg 353 im typischen Bullen-Grün-Weiß zum Stehen. Darin saßen noch zwei weitere Bullen. Einer von ihnen stieg jetzt aus.

Ich ärgerte mich, dass ich nicht Gas gegeben hatte, um abzuhauen. Die hätten mich nie gekriegt. Aber jetzt gab es kein Entkommen mehr.

Ich blieb sitzen und grinste unbedarft nach oben. Der Uniformierte von der Straße, ein glattrasierter Typ Anfang dreißig, trat an das Auto heran und hielt kurz seine Hand an die Mütze.

»Tach. Oberwachtmeister Schmitz, Verkehrskontrolle. Bitte mal Führerschein und Zulassung.«

Ich atmete erst mal durch. Inzwischen war der andere auch dazugekommen, ein untersetzter Älterer mit Schnauzer.

»Sie können ruhig aussteigen. Wir sind hier nicht in Amerika.«

Ich griff zitternd über Irinas Beine in das Handschuhfach und holte ein Papier heraus, stieg aus und schloss die Tür hinter mir.

»Du hast doch nichts getrunken, oder?«, fragte Irina.

»Nein«, sagte ich und ließ die Dinge einfach auf mich zukommen.

Ich gab dem Jüngeren das Papier.

»Was ist das denn?«, fragte er.

»Äh, der Kaufvertrag.«

»Ich brauch Führerschein und Zulassung«, wurde er jetzt lauter.

Es hatte keinen Sinn mehr zu lügen. »Äh ... ich habe keinen ... besser gesagt ... vorläufig nicht.«

Der Bulle musterte mich finster. »Personalausweis?«

Er öffnete fordernd die Hand, an der ein Ehering glänzte. Im Gegensatz zu mir führte er ein geordnetes Leben. Ich gab ihm meinen Personalausweis, und er ging zum Wartburg.

Dort gab er über Funk meine Daten durch. Der Ältere blieb bei mir stehen. Obwohl ich leise gesprochen hatte, kam nun eine inquisitorische Frage von hinten.

»Du hast keine Fahrerlaubnis?«, fragte Irina.

»Nur vorübergehend«, sagte ich wieder hilflos.

»Und was soll jetzt werden?«, hing sich auch noch Marion rein.

Ich zuckte die Schultern.

»Das kann nicht wahr sein«, zischte Irina und stieg aus. Marion folgte ihr.

»Dann gehen wir eben nach Teichwalde«, sagte ich. »Ist doch egal.«

»Was, bist du verrückt geworden?«, erwiderte Irina. »Wir stehen bei Cosmo auf der Gästeliste.« Dann fragte sie schnell und entschlossen: »Wann fährt der nächste Zug?«

Ich schaute auf die Uhr. »In 'ner Viertelstunde«, sagte ich. »Das ist dann auch der letzte.«

»Na, dann beeil dich. Komm Marion, wir gehen schon mal vor. Dürfen wir?«, fragte sie den Schnauzerträger, der immer noch wie ein Wachhund neben uns stand. Er nickte süffisant.

Irina würdigte mich keines Blickes mehr. Die beiden staksten mit ihren Hackenschuhen am Straßenrand entlang und verschwanden in der Unterführung.

Fieberhaft überlegte ich, wie ich mich aus dieser Situation befreien konnte. Aber es fiel mir nichts ein.

Vom Wartburg hörte ich andauernd die abgehackten Geräusche eines Funkgerätes. Nach endlosen Minuten kam der junge Polizist wieder und sagte emotionslos zu seinem Kollegen: »Kummer, Anton. Aus Düsterbusch. Bis April '91 Führerscheinentzug wegen Fahrens unter Alkoholeinfluss mit anschließendem Unfall.«

»Aha«, sagte der Untersetzte.

Dann musste ich pusten und hatte zum Glück tatsächlich nichts getrunken.

»Und jetzt?«, fragte ich ängstlich.

»Na, Sie lassen das Auto stehen und laufen nach Hause.«

»Gibt es … nicht noch 'ne andere Lösung?«

»Vielleicht fährt ja noch 'n Bus.«

»Und was passiert mit dem Auto?«

»Bleibt natürlich stehen. Wir überprüfen noch, ob Sie das nicht geklaut haben.«

»Hab ich nicht. Und kriege ich jetzt noch mal Strafe?«

»Davon können Sie ausgehen.«

Sie gaben mir den Kaufvertrag zurück. Dann rannte ich zum Bahnhof, wobei ich noch nicht richtig begriff, was da gerade passiert war. Ich musste den Zug kriegen.

17:28 Uhr war Abfahrt des D-370 Pannonia Express aus Sofia zur Weiterfahrt nach Berlin. Der kam oft zu spät. Das war auch jetzt meine Hoffnung. Ich hetzte die Treppen zum Berlin-Gleis hinauf. Aber weit und breit keine Spur von Irina und Marion. Fiebrig studierte ich den Fahrplan.

Da sah ich, dass er bereits zehn Minuten früher abgefahren war. Jetzt rächte es sich, dass ich das Kursbuch nicht mehr auswendig kannte.

Ich drehte vor Wut fast durch. Die beiden waren einfach eingestiegen, ohne mich. Was sollte ich jetzt machen? Sollte ich Elke doch helfen? Mit arroganten Musikern, wenn auch nicht aus dem Westen, hatte ich genug Erfahrung. Siedend heiß fiel mir Cosmo ein, und ich verwarf die Idee sofort. Ich musste unbedingt nach Berlin. Also gab es nur eine Lösung. Warten, bis die Bullen weg waren.

# 40 Backstage-Exzess

Der Bürgersteig vor dem Knaack-Club war voller Leute, es wurde gejohlt, Flaschen gingen zu Bruch. Es krachte ziemlich laut, als würde die laue Brise des schwülwarmen Sommerabends die Geräusche noch verstärken. Etwas scheu lief ich im Slalom an den Berliner Großschnauzen vorbei in Richtung Eingang.

Neidisch stellte ich fest: Hier gab es das Gewusel, das bei uns längst Geschichte war. Zwischen den unverputzten Mauern eines mit eingetrockneten Pfützen übersäten Hofeingangs gab es kein Durchkommen mehr. In Viererreihen ging es nur im Schritttempo voran. Zerfetzte Plakate, die für den holländischen Rockmusiker Herman Brood warben, hingen in Streifen von den feuchten Wänden links und rechts herunter.

Auf Zehenspitzen hielt ich Ausschau nach Marion und Irina, konnte sie aber nirgends entdecken. Ich freute mich schon auf das verdutzte Gesicht meiner Freundin. Hier, weit weg von unseren geplatzten Träumen und dem Mief der Provinz, konnten wir vielleicht freier miteinander umgehen und uns neu entdecken.

Nach mehreren Minuten gelangte ich über einen gammeligen Hof zur nächsten Toreinfahrt. Darin standen schon drei Türsteher und kontrollierten hinter einem Tisch die

Stempel der auf Einlass drängenden Rückkehrer von der Straße.

»Ich stehe auf der Gästeliste«, sagte ich zu einem baumlangen Typen in Jeansweste und mit mächtigem Stirnband. Er wäre sicher auch gerne Axl Rose gewesen.

»Is schon jeschlossen«, fertigte er mich ab und blickte wieder konzentriert auf gestempelte Handgelenke.

Ich wollte gerade antworten, da rief einer der drei, ein breitschultriger Glatzkopf, plötzlich: »Mensch, du bist doch Anton aus Düsterbusch.«

Ich nickte überrascht und grinste, erkannte ihn aber nicht.

Er stellte sich mit kräftigem Händedruck als Silvio vor und sagte, er wäre früher mit den Nörglern im Schlepptau bei uns gewesen. Dabei lobte er noch mal begeistert die tollen Stunden, die er in Düsterbusch verbracht hatte. »Nur die Klos«, sagte er noch, »waren die fiesesten, die ich je irgendwo gesehen habe.«

»Da bin ich auch stolz drauf!«, erwiderte ich, und wir lachten beide laut.

Ich fühlte mich geschmeichelt, wenn einen die Berliner lobten, das war schon was wert. Lächelnd drückte er mir einen Stempel auf die Faust und machte den Weg frei. »Dit Konzert is leider schon lange vorbei, aber die Jungs sind alle noch da«, rief er mir hinterher, bevor ich von der Menge verschluckt wurde. Ich drängte mich zum Hof vor der Konzertetage durch. Das Publikum war bereits herausgeströmt. Der ganze Ostberliner Szene-Adel hatte sich versammelt, um eine der legendärsten Bands zu Grabe zu tragen. Ein bierseliges Stimmengewirr aus hundert Kehlen stieg zwischen den alten Mietskasernen, in denen sich der

Knaack Club befand, zum Himmel empor. Das war irgendwie Anarchie. Ich fühlte mich so wohl wie lange nicht mehr und spürte, wie sich meine Nackenhaare vor Begeisterung aufstellten.

Mühelos erklomm ich eine kleine Metalltreppe zum Einlass der Konzertetage. Hier war kaum noch etwas los. Das Gros des Publikums stürmte bereits die im hinteren Hofbereich gelegene Disco namens »Darmwäsche«. Später dachte ich oft darüber nach, dass ich das vielleicht auch hätte tun sollen, dann wäre mir einiges erspart geblieben.

In dem mit dunklem Stoff verkleideten Konzertraum brannte bereits das Neonlicht an der abgehängten Decke. Das sichere Zeichen für den Kehraus. Ein paar Morrissey-Doppelgänger verrenkten sich zu »Everyday Is Like Sunday«, das noch als Nachschlag zum Konzert aus den Boxen rieselte. Andere Versprengte lümmelten an der Bar herum und tranken ihre Gläser aus, während ein Mitarbeiter des Clubs bereits die Ersten zum Gehen aufforderte.

Hinten links, neben der kaum höher als die Tanzfläche gelegenen Bühne, sah ich den Sänger der Nörgler mit einem jungen weiblichen Fan vor einer schwarzen Tür stehen. Er wirkte geschafft, aber glücklich und trug ein Handtuch um den Hals. Er erkannte mich und nickte mir zu.

»Ist Cosmo auch da?«, fragte ich beiläufig, denn ich wollte nicht stören.

»Der ist, glaube ich, Backstage. Da rein.« Er zeigte auf die Tür, vor der er stand, und gab sie frei. Wir grinsten uns an. Dann betrat ich einen schmalen gelb gestrichenen Flur, von dem links zwei Türen abgingen. Das typische Backstage-Aroma aus Bierresten und kaltem Schweiß stieg mir sofort in die Nase.

Auf der ersten Tür stand *Künstler*. Sie war angelehnt, ich hörte Geräusche und schob sie ein Stück weiter auf.

Unter einem Toilettenspiegel an der Wand lag ein achtlos hingeworfener Gitarrenkoffer. Auf einem flachen Tisch davor standen eine halbe Flasche Moskovskaya, ein paar leere Bierflaschen und lagen übrig gebliebene Brötchenhälften, wahlweise mit Teewurst und eingetrocknetem Fleischsalat. Ich wollte schon weitergehen, da hörte ich ein Stöhnen. Ich stieß die Tür ganz auf. Dann wurde mir erst mal schwindlig, und ich sah nur Blau. Es dauerte ein paar Augenblicke, bis ich die Situation begriff. Ich erstarrte. Ich sah die Claude-Montana-Pumps. Aber sie standen nicht auf dem Boden, sondern hingen in der Luft. Irinas Beine, die darin steckten, umklammerten einen Arsch in schwarzer Anzughose, aus der die Kimme bereits rausguckte. Und dieser Arsch gehörte Cosmo. Er hatte Irina gegen die Wand gedrückt, und sie befanden sich inmitten einer wilden Knutscherei. Ihre Jeans waren ebenfalls nach unten gerutscht. Ich blieb erst mal tatenlos stehen. Vögelten die etwa?

Mich packte kalte Wut. Ich machte zwei Schritte auf die beiden zu und stieß von hinten Cosmos Kopf mit der Stirn gegen die Wand. Ein dumpfes Geräusch ertönte. Meine Wut besiegte jeden Skrupel.

Irina blickte erschrocken neben ihm hervor. »Anton!«, schrie sie. Cosmo war einen Moment lang benebelt. Als er nach kurzem Kopfschütteln die Situation überblickte, stürzte er sich mit wutverzerrtem Gesicht auf mich und schlug zu. Ich wich aus, und er traf mich an der Schulter. Ich strauchelte und stieß gegen den flachen Tisch. Hinter mir ging eine Schnapsflasche zu Bruch. Ich sah seine offene Hose und den halb erigierten Schwanz. Er war größer als meiner, was die Wut noch steigerte.

Ich sprang ihn wieder an und versuchte, ihn auf Irina zu schubsen, die hastig ihre Hose verschloss. Doch Cosmo leistete jetzt Widerstand und blieb einfach stehen. Der Manager und Schlagzeuger der Nörgler war drahtig und sogar ein Stück größer als ich. In einem normalen Kneipen-Fight hätte ich keine Chance gegen ihn gehabt. Bis jetzt war das Überraschungsmoment auf meiner Seite gewesen. Er sprang mich erneut an und versetzte mir wie aus dem Nichts einen Schlag in den Magen, der mir die Luft nahm. Ich ging in die Knie. Cosmo zerrte mich an den Haaren hoch, um mir eins in die Fresse zu hauen.

Da schrie Irina: »Nicht, Cosmo, der hat was am Kopf. Hör auf! Der hatte 'ne schwere Verletzung!«

Nach ein paar zögerlichen Sekunden ließ er die Faust sinken. »Verpiss dich«, zischte er und gab mir einen letzten Schubser.

Es war unendlich demütigend, denn ich war jetzt der doppelte Verlierer. Ich rappelte mich auf und stürmte aus dem Backstage-Raum. Dann rief ich noch »Ihr Arschlöcher!« hinein.

Ein wahnsinniges Verlangen nach Unmengen von Alkohol ergriff Besitz von mir. Im Konzertraum war niemand mehr. Ein einsamer Scheinwerfer brannte noch an der Decke. Ich atmete einen Moment durch. Nur Kühlschrank- und Lüftungsgeräusche störten die absolute Stille. Ich stellte mir vor, wie Irina Cosmo von der Tanzfläche aus angehimmelt hatte, und schüttelte mich vor Ekel. Dann ging ich hinter die Bar.

Etwa zehn große Schnapsflaschen hingen nebeneinander am Barschrank kopfüber verschraubt mit Ausgießern versehen. Sie wirkten wie übergroße Vögel, die ihre Schnäbel nach unten hielten und auf Futter warteten.

Ich nahm mir ein Glas vom Tresen und drückte es an den Ausgießer der Jim-Beam-Flasche. Die ölig-braune Flüssigkeit schoss in das Glas, bis es randvoll war. Ich trank es in zwei großen Schlucken aus und rülpste in die Stille. Die Wirkung war in der Tat famos. Ein kurz aufwallendes Glücksgefühl entlastete mein Herz und drückte den Schmerz nach unten weg. »Euch werd ich's zeigen«, brabbelte ich vor mich hin und verließ den Raum.

Unwirklich fröhlich schlug mir jetzt das Stimmengewirr vom Hof entgegen, und ich drängte mich zur Disco durch. Ich musste unbedingt eine Braut klarmachen, um mir die Schande von der Seele zu waschen. Ich pflügte wie betäubt durch die Leute auf der unterirdischen Tanzfläche, wo überall komische Rohre aus den Wänden schauten. Die Stimmung war ausgelassen. Ein Song der Pixies sorgte gerade für lautes Mitgröhlen. Überall hübsche Mädchen, meine Blickkontakt-Aufnahme war aber erst mal erfolglos. Ich zischte an der Bar noch ein Bier auf ex und lief weiter. Da bekam ich den nächsten Stich. Ich entdeckte Marion. Sie tanzte in der Menge mit einem Rockabilly-Typen im karierten Hemd. Ich tippte ihr auf die Schulter. Sie drehte sich um und erschrak.

»Mit dir bin ich fertig«, sagte ich nur und ging weiter.

»Ich kann nichts dafür, Anton«, rief sie mir hinterher.

Das Bier, das ich gerade frisch auf den Jim Beam gegossen hatte, sorgte dafür, dass ich jetzt schon den starren Blick aufsetzte. Ich stellte mich zu drei ziemlich attraktiven Mädchen in Raver-Outfits, die zusammen die Tanzfläche beobachteten. »Seid ihr echte Berlinerinnen?«, begann ich sehr einfallsreich die Konversation. Großes Gelächter schallte mir entgegen.

»Und du bist echter Wessi, oder wat?«, fragte eine von ihnen schroff und schaute skeptisch an meinem Vertreter-Outfit hinunter. Sie war brünett und gefiel mir am besten von den dreien.

»Ich hab 'nen BMW draußen, willste mit?« Ich fixierte sie.

»Wat hat er?«, fragte sie ihre Freundin, ohne mich anzusehen.

»'nen BMW hat er draußen. Doch Wessi«, antwortete diese.

»Ich zeig ihn dir, steht um die Ecke«, baggerte ich sie an und legte ihr meine Hand auf die Schulter.

Sie nahm die Hand weg. »Hat der mich etwa gerade anjefasst?« Sie trat empört ein Stück zur Seite.

»Kippt dem mal jemand 'n Bier uff 'n Kopp?«, rief ihre Freundin in Richtung zweier Typen, die aufmerksam herüberschauten.

»Ach, leckt mich am Arsch«, sagte ich beleidigt und ging zur Bar. Dort trank ich noch zwei Gin Tonic, grübelte allein vor mich hin, erging mich in aufflammenden Gewaltfantasien und torkelte schließlich mit »The Weeping Song« von Nick Cave and the Bad Seeds auf den Ohren hinaus. Ich wollte nur noch weg. Als ich zum Ausgang kam, war nicht mehr viel Betrieb. Nur Silvio stand noch dort und verabschiedete Gäste. »Na, Anton, haste die Band jefunden?«

»Und ob«, sagte ich vieldeutig und machte mich davon.

# 41 Zu spät für die Blues Brothers

Das Trügerische an einem mächtigen Kater waren immer die ersten Gefühle nach dem komatösen Schlaf. Sie suggerierten mir etwas Schönes, von der Welt Losgelöstes. Mein Gehirn war in Watte gepackt, der Geist war damit beschäftigt, unwichtige vergangene Situationen hervorzukramen und komisch zu überhöhen. Dann setzten Lachkrämpfe ein, bei denen sich der Kopf außerhalb des Körpers zu befinden schien und trotzdem auf lustige Art und Weise schmerzte. Und langsam tauchte am Horizont der reale Wunsch nach einem Konterbier auf, um diesen Zustand zu halten oder ihn noch schöner zu machen.

Ich schmunzelte im Halbschlaf, dieser Vorstellung ganz erlegen. Kaum wahrnehmbar erklang eine weibliche Stimme in meinem Hinterkopf. Sie war ganz leise. Ich verstand nicht, was sie sagte. Doch dann, als sie lauter wurde, hörte ich es ganz deutlich.

»Ich kann nichts dafür, Anton«, sagte sie und wiederholte immer wieder den gleichen Satz.

Jetzt erkannte ich sie. Es war Marions Stimme. Sie wurde unangenehm laut und kreischte schließlich: »Ich kann nichts dafür, Anton.«

Plötzlich spürte ich etwas Nasses an meiner Wange und wachte auf. Ich lag mit dem Gesicht auf der ledernen

Rückbank meines BMW. Panisch befühlte ich die Delle in der Stirn und die Narben. Und erkannte erleichtert, dass es kein Blut war, sondern Speichel, der mir im Schlaf aus dem Mund geflossen war.

Mit einem Schlag kehrte das Erlebnis im Backstage-Raum zurück, genau wie die peinlichen Situationen in der Disco Darmwäsche danach. Ich war hellwach und doch so müde. Schnell kroch ich von der Rückbank ins Freie und versuchte dabei, den aufkommenden Horror abzuschütteln.

Es war ein schöner Morgen. Die Vögel zwitscherten unbekümmert von den Bäumen in der Heinrich-Roller-Straße, und in den Scheiben einer Straßenbahn, die auf der Greifswalder vorbeifuhr, spiegelte sich das Sonnenlicht. Aber alles war anders.

Mühselig vertrieb ich die plötzliche Vorstellung, wie sich Irina in diesem Moment von Cosmo in seiner Prenzlauer-Berg-Wohnung vögeln ließ und er ihr danach auf seinem Balkon irgendwelche Lebensweisheiten einflüsterte. Ich schüttelte mich und trottete ziellos zur Greifswalder. Vor dem Knaack-Club waren die Reste der Party unübersehbar. »Bloß weg hier«, murmelte ich vor mich hin und wollte zurück zum Auto. Dann hielt ich überrascht vor einer Litfaßsäule inne. Die schwarze Silhouette des breitbeinig dastehenden David Bowie auf einem gelbgrünen Plakat mit Werbung für die *Sound & Vision Tour 90* schlug mich in ihren Bann. Am 31. August würde er in Berlin spielen. Ich hatte davon nichts mitbekommen. *Ausverkauft* stand quer über dem unteren Rand des Plakats.

Ich spürte, wie mir plötzlich Tränen in die Augen schossen. Aber ich bekämpfte sie erfolgreich. »Du heulst nicht wegen dieser dummen Kuh«, schärfte ich mir ein.

Ich rannte zum Auto, klappte das Verdeck zurück und fuhr los. In das Lenkrad verkrampft, düste ich Richtung Autobahn.

Die Straßen waren frei, Berlin schlief noch. Immer wieder sah ich während der Fahrt die Montana-Pumps in der Luft hängen. Ich begann zu zittern. Während die Häuser am Adlergestell an mir vorbeiflogen, schnellten die Fragen durch meinen Kopf: Wie konnte es nur so weit kommen? Wieso hatte ich nichts gemerkt?

Da dämmerte mir, dass Cosmo Schlagzeuger war. Genau wie Gary, ihr Ex.

Und er hatte offenbar »Visionen«, im Gegensatz zu mir. Jetzt ergab auch das ständig besetzte Telefon Sinn. Statt ihrer Mutter war offenbar Cosmo an der Strippe gewesen. Ich stellte mir vor, wie sie sich gegenseitig angegraben hatten.

»Wie konntest du nur so blöd sein?«, schrie ich gegen den Wind.

Das Verlangen nach einem Konterbier wurde stärker. Auf der Autobahn gab ich richtig Gas und prügelte das Cabrio bei meiner wahrscheinlich letzten Fahrt mit hundertsechzig Sachen Richtung Düsterbusch. Wenn die Bullen mich noch mal erwischten, würde ich den Führerschein nie wiederkriegen. Ich hatte plötzlich Sehnsucht nach der Linde, nach dummem Gequatsche und falschen Heimatgefühlen. Hauptsache, den Schmerz betäuben.

Doch als ich vor der Kneipe parkte, war sie zu meinem Erstaunen geschlossen. Ein großes Schild mit der Aufschrift *Zu verpachten* hing in der Scheibe. Darunter eine Telefonnummer. Ich blieb verwundert davor stehen.

Harry hatte endlich wahrgemacht, wovon er all die Jahre gesprochen hatte: Er war gegangen. Ich setzte mich auf die Treppe und lauschte der Stille. Was sollte ich jetzt tun? Immer wieder meldeten sich die schlimmen Gedanken an die letzte Nacht. Doch plötzlich stellte sich Zuversicht ein.

Das konnte es nicht gewesen sein. Da war einfach zu viel zwischen Irina und mir. Ich musste sie zur Rede stellen.

Die Wut auf sie verflog langsam. Ich wurde mir immer sicherer, dass sie sich für all das entschuldigen würde.

Wie oft hatte ich schließlich Conny betrogen? Das war jetzt eben die gerechte Strafe dafür. Ich würde Irina verzeihen, das war klar. Und ich war mir hundertprozentig sicher, dass auch Marion ihr bereits zugeredet hatte, bei mir zu bleiben.

Ein bisschen Fremdgehen kam schließlich in den besten Familien vor. Die Art und Weise war schon ziemlich mies, aber wie hätte Irina auch ahnen sollen, dass ich plötzlich im Knaack auftauchen würde?

Ich wollte nicht noch mal ohne Führerschein fahren, ließ das Auto stehen und lief Richtung Bahnhof.

Es war warm und windstill, als ich voller Elan aus Düsterbusch hinaustrabte. Ich schaute auf die Uhr, halb drei nachmittags. Sie würde mit Sicherheit bald zurückkommen.

Die bleierne Wolkendecke über mir erzeugte kurz vor dem Kirchhausener Bahnhof jedoch wieder tiefen Fatalismus. Was, wenn Cosmo mitgekommen war? Am Bahnhof schaute ich gedankenverloren ein Transparent des VEB Kraftverkehr an, das am Hauptgebäude hing. Es warb für Busreisen nach Hannover für neunundneunzig D-Mark. Jetzt einfach einsteigen und abhauen, dachte ich mir. Stattdessen ging ich in die Mitropa. Wieder wurde es schmerzhaft. Hier hatte ich mit Irina zum ersten Mal gesessen. Damals hatte sie den Tresen gezeichnet, und wir waren verliebt gewesen.

Ich stürzte zwei Bier herunter und schaute auf die Uhr. Der D-Zug von Berlin nach Mittweida musste gleich eintreffen. Mit bangem Blick starrte ich durch die trüben Scheiben zum Bahnsteig hinüber und sprang auf, als der Zug sich in mein Blickfeld schob. Als er wieder ausfuhr, kam der Stich.

Irina stand tatsächlich auf dem Bahnsteig. Sie verabschiedete sich gerade von Marion, und beide gingen in verschiedene Richtungen auseinander. Cosmo war zum Glück nicht dabei.

Wie ein räudiger Köter folgte ich Irina in sicherem Abstand durch die Unterführung und sah, wie sie schließlich im Hauseingang der Platte verschwand. Nach zwanzig Minuten rastlosen Herumlungerns fasste ich mir ein Herz. Ich lief auch zum Eingang und zog den Kopf ein. Irgendwie fühlte ich mich beobachtet. Als ob alle Welt wüsste, was passiert war. Ich hörte förmlich die Stimmen der Spötter. »Da kommt er, der Gehörnte.«

Ich klingelte bei Irina und drückte die Klinke herunter. Die Haustür war offen. Ein Mann mit Mülltüten kam mir entgegen. Wir grüßten uns mit Kopfnicken.

Irinas Wohnungstür war zu meiner Überraschung einen Spaltbreit offen, und ich trat ein. Im letzten Augenblick wollte ich fast schon wieder gehen, doch sie stand bereits vor mir.

»Na, Anton.« Sie lächelte mich etwas verschämt an. In mir keimte Hoffnung auf. Alles würde wieder gut werden. Ich folgte ihr in die Küche. Sie stand am Küchenschrank und strich Butter auf eine Stulle wie vor ein paar Tagen. Niemand sagte etwas.

Schließlich hielt ich es nicht mehr aus. »Wann ... bist du denn zurückgekommen?« Ich ärgerte mich sofort über die blöde Frage.

»Grade eben«, sagte sie und leckte sich ihren Finger ab, ohne mich anzusehen.

»Du ... du hast mir doch mal von den Blues Brothers erzählt, dass der Film im Kino läuft«, sagte ich aufgeregt. »Wollen wir uns den nicht angucken ... zusammen?«

Sie schaute mich erstaunt an und lächelte schwach. »Wir können ins Kino gehen, Anton«, sagte sie.

Die Erleichterung zog mir fast die Beine weg. »Echt?« Ich lachte sie an. »Und vielleicht kann ich ja ... äh, wirklich wieder 'ne Band hierherholen«, schob ich schnell hinterher.

»Ja, aber es ändert nichts.«

Die Hoffnung schwand sofort wieder. »Nee?«, fragte ich verzweifelt, setzte meinen Hundeblick auf und schüttelte den Kopf.

»Nein. Und jetzt hör bitte auf. Betteln bringt gar nichts.«

»Ich bettel nicht.«

»Gut«, sagte sie und schnitt ihr Brot in zwei Stücke.

Ich spürte in ihren Worten die sanfte Aufforderung zu gehen.

Panik erfasste mich, und ich musste mich an irgendeinen Strohhalm klammern. »Und ... was ist mit den Schuhen? Ich meine ...«

Sie sah mich erstaunt an. »Was soll damit sein, willst du sie wiederhaben?«, fragte sie.

Ich war drauf und dran, ihr von meiner Demütigung zu erzählen, als ich gesehen hatte, wie sie ihre Beine um Cosmos Arsch geklammert hatte. Aber ich ließ es.

»Nee, natürlich nicht«, sagte ich schnell, und die Wut wurde stärker. Wir standen etwas unschlüssig voreinander herum.

Ich hoffte, dass sie mir vielleicht doch noch um den Hals fallen oder etwas Versöhnliches sagen würde. Irgendetwas, das Hoffnung machte. Aber es kam anders.

»Cosmo wollte Anzeige erstatten. Ich habe ihn davon abgehalten.«

Jetzt lachte ich überdreht. Das wurde ja immer abstruser. »Oh, wie edel von dir. Kommt der Wichser dich heute besuchen, oder was?«, blaffte ich sie an.

Sie atmete genervt aus. »Nein. Ich fahre die Tage nach Berlin.« Es klang so, als wäre sie eine ständige Berlin-Reisende.

»Dann war also alles nur Berechnung?«, fragte ich sie.

Sie schüttelte den Kopf. »Nein, war es nicht. Ich habe dich geliebt. Aber jetzt liebe ich jemand anderen.«

»So einfach ist das also?«

»Ja, so einfach. Und jetzt geh bitte. Ich bin müde.« Ihr Blick war unmissverständlich.

»Vom Ficken höchstwahrscheinlich«, wurde ich jetzt laut.

Irina machte nur ein gequältes Gesicht und sagte gar nichts mehr. Sie lief schnell an mir vorbei und öffnete die Wohnungstür, um mich loszuwerden.

Ihre nackten Füße steckten in ihren alten Espadrilles. Ich war drauf und dran, mich hinzuknien, ihre Beine zu umarmen und sie unter Tränen zu bitten, mich nicht zu verlassen. Aber ich tat es nicht. Es gab nichts mehr zu sagen, und ich ging zur Wohnungstür. Sie folgte mir.

»Warum, Irina?«, fragte ich und trat hinaus.

Sie lehnte ihr Kinn gegen die Türkante und sah mich an. Ich bildete mir ein, dass sie noch nie attraktiver ausgesehen hatte. »Du hast es irgendwie nicht geschafft, dass ich dich bewundern kann.«

»Aber ich hab dich bewundert.«

»Na, manchmal passt es eben nicht.«

Sie schloss die Tür, und ich ging.

Völlig leer lief ich die Stufen zum Hauseingang herunter. Draußen stellte ich mich auf den Fußweg und schaute noch mal an dem Wohnblock hinauf. Einen Moment lang stand ich unschlüssig herum. »Manchmal passt es eben nicht«, äffte ich sie nach. »Blöde Kuh.«

Ich setzte mir die Walkman-Kopfhörer auf und lief zum Bahnübergang Richtung Düsterbusch.

Ich hatte ein Mix-Tape mit Rave- und Techno-Stücken dabei. Rock 'n' Roll hörte ich kaum noch. »Bass (How Low Can You Go?)«, stotterte Simon Harris in meinen Gehörgang, und der Ultra-Bass des Walkmans erzeugte Gänsehaut, als ich mitgrölend und nicht mehr ganz bei Verstand durch die Unterführung lief.

# 42   Versöhnung am Bett

Ich betrat das Krankenhaus in Frankenwalde mit einem riesigen Blumenstrauß in der Hand. Der typische Geruch hinter dem Eingangsportal ließ sofort wieder die ganzen Bilder aus der Berliner Charité in meinem Kopf Gestalt annehmen: die Schwestern, der Polyvinyl-Schlauch, der mir nach der Operation aus dem Mund geragt hatte, Buchstabensuppe aus der Schnabeltasse. Dazu gesellte sich die Stimme des englischen Radiomoderators, der am 9. November 1989 gesagt hatte: »The East Germans cross the border in their funny little cars.«

Ich sah alles glasklar vor mir. Und es verunsicherte mich wie jeder Krankenhausbesuch seitdem. Also vergrub ich auf dem Weg zur *Inneren* meine Nase zwischen den Rosen und musste niesen. Ich klopfte gegen die Zimmertür. Ein schwaches »Herein« begleitete das Gekicher zweier Frauenstimmen. Als ich die Tür öffnete, traute ich meinen Augen nicht. Elke saß neben meiner Mutter auf einem Stuhl. Elisabeth thronte aufgerichtet im Bett und sah ziemlich blass aus. Ihre Beine hatten frische, schneeweiße Verbände.

Auf dem Beistelltisch türmten sich Bücher und Obst. Daneben stand ein Tropf unbenutzt herum.

Ich setzte mich auf die Bettkante. »Mutti, wie geht es dir?«, fragte ich erst mal, ohne Elke zu beachten.

»Gut«, antwortete sie etwas schwach und doch mit ihrem typischen Ich-reiß-mich-jetzt-zusammen-Habitus. »Wir reden grade über alte Kabarett-Zeiten.«

»Und wie du immer deine Texte vergessen hast«, wandte sich Elke jetzt an mich und lächelte verlegen.

Meine Mutter hatte jahrelang in der Oberschule Düsterbusch eine Laienspielgruppe aus theaterinteressierten Schülern geleitet. Ich kniff mir ein Grinsen ab. Wir schwiegen alle drei, bis es unangenehm wurde.

»Verdacht auf Lungenembolie«, unterbrach meine Mutter die Stille und keuchte beim Sprechen. »Das sind Blutgerinnsel, die die Gefäße verstopfen, hat mir der Arzt erklärt.«

Elke nickte zustimmend.

Elisabeth schaute besorgt ihre verbundenen Beine an. »Die Venen machen nicht mehr so richtig mit.«

»Und wann kommst du wieder raus?«, fragte ich aufgeregt.

»Vielleicht nächste Woche, wenn alles gutgeht.« Sie hielt mir eine Packung Tabletten vor die Nase. »Ich kriege jetzt Blutverdünner.«

Elke rückte ihren Stuhl zur Seite. »Ich lasse Sie jetzt mal mit Anton alleine, Frau Kummer.«

Die Augen meiner Mutter glänzten ein wenig, als sich Elke von ihr verabschiedete. »Schön, dass du da warst.«

Elke streichelte ihre Schulter. Dann reichte sie mir die Hand, und ich schlug ein wenig zögernd ein. »Bis demnächst mal, Anton, oder?«

»Sicher«, sagte ich und war mir keineswegs im Klaren darüber, ob das von uns beiden nur so dahingesagt war.

Elke ging, und meine Mutter schaute ihr hinterher, bis sie die Tür schloss. »Ist aber nett von ihr. Guck mal, all die schönen Pfirsiche«, sagte sie beeindruckt und wies auf die Früchte neben ihrem Bett. Ich nickte zustimmend, schnappte mir eine leere Vase, ging zum Waschbecken und füllte sie mit Wasser. Dann stellte ich die Blumen hinein.

»Anton und Blumen. Dass ich das noch erleben darf.« Sie lachte und hob die Hand mit ihren rosa lackierten Fingernägeln, tastete an meiner Stirn entlang und sah sich die Narben an. »Ist schön verheilt. War immer schon so bei dir. Ist immer alles schnell verheilt. Wie läuft die Arbeit?«

»Nach wie vor wunderbar«, log ich überzeugend und konnte das Gefühlsgewitter, das mich fast übermannt hätte, wieder verjagen.

»Endlich kannst du dein Hobby zum Beruf machen. Ich bin ganz stolz auf dich.«

Ich rang mir ein schmales Lächeln ab. Ich hatte nicht den Mut, ihr zu sagen, dass mir Roberto Vialli ein offizielles Kündigungsschreiben geschickt hatte. Rock-Juwelen stellten ihre Aktivitäten in den neuen Bundesländern ein.

»Siehste, kommt ja doch noch alles ins Lot.«

Ich war müde, legte meinen Kopf in ihren Schoß, und wir schwiegen beide.

Es tat gut, ihr so nahe zu sein. Es linderte die schmerzhaft wiederkehrenden Gedanken an Irina. Schließlich schärfte sie mir noch ein, mich mit meinem Vater zu vertragen und mein Zimmer schön aufzuräumen. Nach einer halben Stunde stand ich auf und verabschiedete mich. Als ich fast an der Tür war, sagte sie: »Anton?«

Ich drehte mich zu ihr um.

»Ich will nur sagen, ich hab mir das noch mal überlegt. Wegen mir musst du nicht bleiben. Dir steht alles offen.«

Ich nickte. »Solange du hier drin liegst, Mutti, geh ich nirgendwohin.«

Wir schauten einander an. Sie lächelte und schaute dann durch die großen Fenster auf die Kastanien, die draußen davorstanden.

Als ich das Krankenhaus verließ, tippte mir auf dem Kiesweg jemand auf die Schulter. Ich drehte mich um. Zu meiner Überraschung stand Elke vor mir.

»Hast du die ganze Zeit gewartet?«

»Ich war vorne in der Zelle, musste noch ein paar dienstliche Telefonate führen.«

Wir standen erst unschlüssig voreinander herum und setzten uns schließlich auf eine Bank in der weitläufigen Parkanlage.

»Elisabeth schafft das schon«, begann Elke das Gespräch.

»Klar. Wo ist denn Harry?«

»Der wird Wessi, hat bei Kassel 'ne Kneipe gekauft.«

»Genug verdient durch uns, was?«, seufzte ich. »Habt ihr Miese gemacht mit der Scorpions-Tribute-Band?«

»Massig«, sagte Elke und inspizierte die Spitzen ihrer schwarzen Pumps.

»Anton, was ich mir alles anhören musste. Wir wären Zonendödels und hätten von nichts 'ne Ahnung. Dabei hab ich mir so Mühe gegeben. Mutters Tischdecken, Hausschlachte-Leberwurst. Hab ich alles aufgefahren. So wie du es immer gemacht hast.«

»Waren die nicht Vegetarier?«

»Aber ich dachte, Wurst essen sie vielleicht.« Sie seufzte.

»Oh«, sagte ich.

»Dann hat sich Kai wirklich noch mit dem Techniker geprügelt. Gerber und Kurte sind dazwischen. Und die ganzen anderen von der Band auch. Jemand hat auch noch T-Shirts aus dem Backstage geklaut. Das alles für fuffzich Zahlende. Scheiß arrogante Wessis.«

»Sind ja nicht alle so«, wiegelte ich ab.

»Stimmt.« Sie grinste mich breit an.

»Wieso lachste?«, fragte ich.

»Erzähl ich dir später. Und bei dir?«

Ich schüttelte nur den Kopf, kreuzte meine Unterarme auf den Oberschenkeln und schaute nach vorn.

»Hab schon gehört …«, sagte Elke.

»Von wem?« Ich drehte mich ruckartig zu ihr um.

Sie rollte vieldeutig mit den Augen.

»Marion?«, vermutete ich.

Sie nickte.

»Spar dir die Kommentare wegen Irina«, sagte ich und schaute verärgert wieder nach vorn.

»Ich sag ja gor nüscht«, empörte sich Elke.

Dann schwiegen wir wieder. Ein Windstoß fegte erste bräunliche Blätter vor unsere Füße. Trotz der Augustwärme kündigte sich bei mir ein leichtes Herbstgefühl an.

»Ist schon alles ganz schön kläglich zu Ende gegangen, oder?«, sagte ich irgendwann.

»Wir können ja noch mal angreifen«, erwiderte Elke.

Ich drehte mich zu ihr um, und sie lachte mich an.

»Meinste? Ich habe ja immer mal von 'ner Techno-Party geträumt.«

Elke blinzelte mit den Augen.

»Ich wäre dabei«, sagte sie.

»Global Force kommt bestimmt. Da müsste ich nur Chris anrufen.«

»Global Force«, Elke grinste, »das klingt krank.«

»Bloß wo? Da bräuchten wir 'ne kultige Location. Nich so 'nen Dorfsaal.«

»Bei den Russen oben, in dem ehemaligen Raketensilo.«

Sofort war ich hellwach und sprang auf.

»Das ist ja 'ne geniale Idee.«

»Langsam, Anton. Da müssen wir zum Bundesvermögensamt.«

»Was?«

»Ich bin da mal vorbeigefahren. Denen gehört das Gelände jetzt.«

»Na und?«

»Die müssen das genehmigen. Sonst kommen wir da gar nicht drauf.«

»Ich dachte, die Zeit der scheiß Genehmigungen wär endlich vorbei.«

Sie lachte spöttisch. »Von wegen.«

Sofort war ich wieder etwas erloschen.

»Kannst du mich nach Hause fahren, Elke?«

»Was ist denn mit deinem BMW?«

Während sie mich mit ihrem Dienstwagen nach Düsterbusch kutschierte, erzählte ich ihr die ganze Geschichte. Ich war froh, dass mir jemand zuhörte. Es sprudelte nur so aus mir heraus. Aber sie hielt sich auch jetzt mit Lästersprüchen über Irina zurück und nickte nur.

»Kannste eigentlich froh sein, Anton.«

»Was?«

»Na, ist ja ziemlich konsequent von ihr. Sie hätte dich ja auch noch ein paar Monate zappeln lassen können.«

»Mhh«, sagte ich und merkte mal wieder, dass ich von Frauen keine Ahnung hatte.

Ich betrachtete Elke von der Seite.

Sie erweckte den Eindruck, als hätte sie den System-wechsel gut überstanden – besser als alle anderen, die ich kannte. Sie schien in ihrem Versicherungsjob aufzublühen. Das sah ich nicht nur an ihrer wessimäßigen goldenen Brille mit Kette, die sie neuerdings trug, sondern auch an ihrem selbstsicheren Umgang mit Kugelschreibern und Akten-mappen, die achtlos im Auto verstreut waren.

»Wieso hast du dir das eigentlich angetan mit den Hel-den, hast doch 'nen guten Job?«, fragte ich sie.

Sie lachte, während sie den Blinker betätigte und abbog. »Ehrlich gesagt, zuerst habe ich es gemacht, weil ich 'nen Kerl kennenlernen wollte. Das hat nicht so richtig geklappt. Na ja ... und dann hab ich immer dich und Henryk vor mir gesehen, wie ihr damals aufgeblüht seid, obwohl Osten war, und euch um nichts geschert habt, außer um den Club. Dann hat es auch mit dem Kerl geklappt.«

»Kenn ich den?«

Sie schüttelte den Kopf.

»Ist 'n Wessi. Aber der ist verheiratet.« Sie schaute halb stolz, halb besorgt zu mir rüber.

»Oh«, sagte ich.

»Arbeitet der zufällig beim Bundesvermögensamt?«

»Ja.« Sie kicherte, und ich saß kerzengerade neben ihr.

»Aber das ist alles verseucht. Da gibt's keinen Strom und gor nüscht.«

»Sprichst du mal mit ihm? Vielleicht gibt es ja doch 'ne Möglichkeit.«

»Ja, aber mach dir nicht zu viele Hoffnungen.«

# 43 Nie mehr Ketchup auf die Nudeln

Als ich mir am nächsten Morgen in der Küche lustlos ein Brötchen schmierte, kam mein Vater dazu. Seitdem meine Mutter im Krankenhaus war, gingen wir uns professionell aus dem Weg. Bis auf flüchtige Begegnungen mit schwachem Kopfnicken gab es kaum Berührungspunkte. Aber wir hatten keinen Stress mehr miteinander. Auch jetzt nickte er mir nicht unfreundlich zu und goss sich Kaffee ein.

»Wo ist denn das Auto?«, riss er mich aus den Gedanken, während er sich Brot abschnitt. Ich war schon drauf und dran, ihm eine Märchengeschichte zu erzählen, aber irgendwas hinderte mich daran, wieder zu schwindeln. Ich musste mal ein paar Weichen neu stellen, auch wenn die Konsequenzen furchtbar werden könnten.

»Steht noch vor der Kneipe.« Er guckte fragend.

»Die haben mich erwischt, ohne Führerschein.« Ich wartete auf das Donnerwetter. Doch es kam nicht.

»Hab ich mir doch gedacht«, sagte er. »Und jetzt?«

Ich zuckte die Schultern. »Muss gucken, dass ich ihn verkaufen kann.«

»Und wie kommste jetzt zur Arbeit?«

»Hat sich auch erledigt.« Er machte ein bestürztes Gesicht.

Wir schwiegen, und ich musterte ihn.

Er schaute nachdenklich zum Fenster hinaus.

»Hier haben auch Plattenläden anjerufen. Ich hab's aufgeschrieben.«

»Danke.« Ich staunte, dass er etwas für mich aufgeschrieben hatte. Eine bisher nicht gekannte Fürsorge.

»Mutti kommt vielleicht nächste Woche wieder raus.«

»Ja, dann kannste wieder alles durch die Gegend schmeißen und liegen lassen«, motzte er.

»Und du musst dir keinen Ketchup mehr auf die Nudeln kippen«, konterte ich.

Wir lachten beide, als das Telefon klingelte.

»Das ist Elke«, rief ich und rannte in die Veranda.

Aber sie war es nicht, sondern die Musikalienhandlung Lectio aus Sondershausen.

Ich musste den Hörer ein Stück vom Ohr weghalten, denn der Inhaber brüllte mich an, dass sein Laden voller Kunden wäre, die mit Reklamationen in der Hand vor ihm stünden. Ich verschaffte mir Gehör und schrie zurück, dass ich nicht mehr bei Rock-Juwelen arbeiten würde. Dann legte ich auf. Deshalb hatten sich auch die anderen Läden gemeldet. Da war ich mir sicher. Jetzt rächte es sich, dass ich vielen Händlern unsere Privatnummer aufgeschrieben hatte. Ich fühlte mich ein bisschen schäbig. Ich hatte dazu beigetragen, die Plattenläden zu betrügen. Und es war die gerechte Strafe, dass ich rausgeflogen war. Ich musste mich endlich aus diesen ganzen Lügenkonstrukten befreien.

Ich ging vor die Tür und holte die *Frankenwalder Post* aus der abgeschnittenen Dachrinne. Daneben stand ein Paket von Rock-Juwelen. In meinem Zimmer riss ich es auf. Etwa zweihundert kopierte Blätter flogen mir entgegen. Es handelte sich um die Gegendarstellungen, von denen Vialli erzählt hatte. Ich warf die Kopien in die Tonne und ging wieder die Veranda. Das Telefon klingelte erneut. Wieder ein Händler? »Stell dich«, sagte ich mir und nahm ab.

Aber es war kein Händler, sondern Elke. »Es klappt«, sagte sie, und ich jubelte.

Jetzt brauchten wir nur noch Global Force. Ich kramte die Visitenkarte von Chris hervor und hängte mich gleich an die Strippe, konnte aber bei C.b.U. niemanden erreichen. Trotzdem war ich immer noch begeistert davon, durch das Fenster die Mähdrescher-Leichen zu sehen und dabei in Berlin anrufen zu können.

Ich ging ins Wohnzimmer. Mein Vater saß vor dem Fernseher und guckte *Tiere vor der Kamera.*

»Biste denn schon im Vorruhestand?«, fragte ich, weil es mich wunderte, dass er noch nicht bei der Arbeit war. »Heute erster Tag«, sagte er und glotzte weiter auf den Bildschirm.

Vor ein paar Minuten war er noch nett zu mir gewesen, und mir kam ein kühner Gedanke.

»Kneipe kannste auch nicht gehen, wa?«

»Nee, ist doch zu, weeßte doch.«

»Sag mal, willste nicht Einlass machen, wenn das mit der Techno-Party klappt?«

Er drehte sich zu mir um.

»Ach, bei deine Hottentotten da?«

»Ist Premiere. Ich glaub, wir sind die Ersten im ganzen Osten, die Techno veranstalten.«

Er schüttelte nur den Kopf, und ich ging wieder in mein Zimmer.

# 44 Prominenz am Reichstagufer

Ich fühlte mich fremd und bedroht, weil ich angeschnallt auf einer kalten, mit Leder bezogenen Pritsche lag. Als ich aus dem schmalen Fenster zu meiner Rechten sah, pladderte feiner Nieselregen auf unwirtliche Nazibauten, und ich glaubte, dass es aus dessen Mauern kein Entrinnen mehr gäbe.

»Augen zu«, sagte eine barsche Stimme. Ich tat, wie mir befohlen, und plötzlich blitzte es. So grell, dass ich es trotz geschlossener Augen kaum aushielt. Der nächste Blitzeinschlag war noch brutaler. Nun ging es Schlag auf Schlag. Die Folge der Blitze war bald so dicht, dass sie sich in einer atomaren Helligkeit auflöste, die meinen Kopf fast zum Bersten brachte. Kurz darauf folgte die Erleichterung. Die Blitze wurden langsamer und hörten schließlich ganz auf. Hinter meinen Lidern waberten noch lavaartige Feuerquellen herum, bis sie schließlich in einem schwarzen Tunnel verendeten.

»Augen öffnen.« Erst verschwommen und dann immer klarer sah ich eine korpulente Frau, die eine Lampe zur Seite schob. Sie zog mehrere Metallklammern aus meinen Haaren, die mit Kabeln am anderen Ende mit einem kastenförmigen Gerät verbunden waren. Es tat weh, aber ich sagte nichts.

Eine halbe Stunde zuvor hatte sie die Dinger mit einem eigenartig riechenden Gel eingeschmiert und dann in einer langen Prozedur an meinem Kopf festgeklemmt. Jetzt zeigte sie auf einen Monitor, auf dem ich verschwommen irgendwelche Wellenbewegungen erkennen konnte.

»Ihr Hirn funktioniert gut. Kein Tumor, keine Epilepsie. Das war's«, sagte sie, während ich ein wenig benebelt aufstand.

Tumor, ey, dachte ich. Das wäre ja noch schöner. Nach kurzer Wartezeit, in der ich mit einem Taschenspiegel meine Frisur in Ordnung brachte, sagte sie: »Befund kriegen Se zujeschickt.«

Ich nickte, verabschiedete mich und ging. Solche Blitze brauchen wir auch für unsere Technoparty, ging es mir durch den Kopf.

Ich torkelte erleichtert durch verwinkelte kleine Gassen, vorbei an den düsteren Bauten, auf die Straße. Sie gehörten zum weitläufigen Gelände der Charité.

Ein paar Tage zuvor hatte ich von dort ein Schreiben bekommen, dass ich mich zum EEG einzufinden habe, einer sogenannten Elektroenzephalografie. Das war nötig, um zu testen, ob mein Hirn bei dem Unfall auch wirklich nichts abbekommen hatte. Aus dem Charité-Besuch machten Elke, der unvermeidliche Kai und ich einen Berlin-Trip. Ich hatte Chris erreicht und ihm von unserem Projekt erzählt. Er zeigte sich von der Idee des »First Rocket Rave«, wie ich es nannte, sichtlich begeistert.

Danach wollten wir noch in einem Technikverleih Effektgeräte, ein Stroboskop und eine Nebelmaschine leihen. Außerdem noch Tofu und Ginseng-Drinks kaufen.

Irgendwo hatte ich gelesen, dass viele Techno-Leute kaum Alkohol tranken und sich gesund ernährten.

»Na, Kummer, wie groß ist dein Dachschaden?«, lästerte Kai, der gerade neben einer alten Mietskaserne, an der eine

Warntafel wegen Taubenzecken angebracht war, in die Ecke pinkelte. Wenige Meter entfernt stand der BMW mit Elke auf der Rückbank.

»Kannste den Typ mal entsorgen?«

Sie grinste und forderte mich mit einer Handbewegung auf einzusteigen. Es hatte aufgehört zu nieseln, ich verstaute das Hardtop wieder im Kofferraum. Kai setzte sich ans Steuer und fuhr los. Elke streckte sich auf der Rückbank aus.

»Mensch, Kummer«, sagte Kai. »Das ist echt ein innerer Durchmarsch. Ich steuere deine Kiste durch Drecksberlin, und du sitzt neben mir wie 'n Häufchen Elend.«

»Willst du ihn nich haben?«

»Was soll er denn kosten?«, fragte Kai.

»Achttausend, ganz bequem auf Ratenzahlung bei Auto-Fuchs.«

Kai brach in wieherndes Gelächter aus und schüttelte den Kopf. »Dafür kriegste heutzutage drei Russenpanzer, Mensch.«

»Aber die haben keen Verdeck.«

»Trotzdem, kannste dir abschminken.« Dann betrachtete er mich noch mal von der Seite. »Kummer, Kummer. Kooft sich 'n Cabrio und hat keen Führerschein.«

Wir fuhren zum Reichstagufer. Kurze Zeit später hielt Kai auf einem verwitterten Parkplatz an der Spree vor dem Gebäude der Deutsche Schallplatten GmbH, ehemals VEB Deutsche Schallplatten, wo Chris mit seinem kleinen Label C.b.U. ein paar Räume angemietet hatte. Kai parkte neben einem weißen Cabriolet, das noch ein bisschen mehr Eindruck machte als unseres.

Ich stieg aus und ging staunend um das Auto herum.

»Da brauchste gor nich so doof gucken, Kummer. Das is
'n Chrysler Le Baron mit Tempomat. Das seh ich sofort«,
blubberte Kai.

Die beiden machten keine Anstalten auszusteigen.

»Geh du mal alleine, Anton«, sagte Elke.

»Kommt gar nicht infrage, ihr kommt mit«, schnauzte ich.

Die beiden Provinzeier sahen sich ängstlich um.

»Na gut«, nuschelte Kai.

Er holte das Hardtop wieder aus dem Kofferraum und
schloss das hintere Faltdach. An seinen sicheren Bewegungen glaubte ich zu erkennen, dass er vielleicht doch Interesse hatte. Als wir vor der kleinen Freitreppe standen, die
zu dem dreistöckigen Plattenbau hinaufführte, erhob sich
ein Stück rechts von uns der Reichstag wie ein steiner-
ner dunkler Koloss voller Einschusslöcher. In der Mauer,
die immer noch vor diesem kultigen Gebäude entlanglief,
fehlten einige der Betonelemente. Durch die Löcher sah
ich einen mit Unkraut überwucherten Hof. Ein perfek-
ter Ort für eine Party, dachte ich.

Elke hatte Durst, also schlichen wir uns erst mal unsicher
in die Amiga-Kantine.

Es war ein niedriger, dunkel getäfelter Raum mit Selbst-
bedienungstheke. Aus kleinen Fenstern konnte man sich
das Essen nehmen und dann zur Kasse gehen.

»Zu Ostzeiten wäre man hier als Normalsterblicher bestimmt nicht einfach reingekommen«, flüsterte Elke und
schaute sich staunend um.

»War Sperrjebiet. Arschlöcher, die dreckigen«, meldete sich
Kai.

Ich brachte ihn mit einem Blick zum Schweigen, nahm
mir ein Tablett, und wir stellten uns an.

»Guck mal, wer da sitzt«, zischte Elke plötzlich und zerrte an meinem Jackett. »IC Falkenberg!«

Ich schaute durch eine große Topfpflanze zu den Tischen hinüber. »Tatsächlich«, entfuhr es mir.

»Und daneben die Puhdys«, flüsterte Kai grinsend.

»Und noch Tamara Danz«, fügte Elke hinzu, und wir lachten unterdrückt.

In der Tat saß an mehreren zusammengeschobenen Tischen die Crème de la Crème der DDR-Popmusik. Doch ihre Gesichter ließen darauf schließen, dass sie sich im Krisengespräch befanden.

Kein Wunder. Im August 1990 hatten sie denkbar schlechte Karten. In fast allen Musikalienhandlungen, die ich besucht hatte, wurden ihre Platten verramscht oder für umsonst angeboten. Sie taten mir ein bisschen leid, und ich musste an unsere Ossi-Party denken. Schmerzhaft fiel mir Irina ein, mit ihrem sexy FDJ-Hemd über dem Bauch. Wo war sie wohl gerade?

»Soll ich mir 'n Autogramm holen von IC? Den fand ich immer so süß«, unterbrach Elke meinen Wehmutsanfall.

»Du hast also doch Ostmusik jehört?«, zischte Kai inquisitorisch.

»Manchmal«, gab Elke kleinlaut zu.

»Mach doch«, sagte ich. »Muntert ihn vielleicht ein bisschen auf.«

Sie suchte fieberhaft in ihrer Tasche nach einem Notizbuch. Als sie es gefunden hatte, ging sie unsicheren Schrittes zum Tisch rüber.

Ich kaufte in der Zeit zwei Club-Cola, und wir trotteten zum Ausgang. Kai und ich sahen grinsend zu, wie IC unterschrieb und Elke noch ein Küsschen auf die Wange gab.

»Ohhhhh«, riefen wir beide aus einem Munde und verließen schnell die Kantine.

Mit hochrotem Kopf folgte uns Elke. »Ihr seid so bescheuert«, schimpfte sie in unser wieherndes Gelächter, während die Schwenktür hinter ihr austrudelte.

»Wer weeß, was Nils-Uwe dazu sagt?«, unkte Kai, als wir die Treppen zum Büro von Chris hinaufliefen.

»Wer ist denn Nils-Uwe?«

»Na der neue Stecher vom Bundesvermögensamt«, rief Kai.

Elke trat uns mit ihren spitzen Pumps beiden in die Hacken.

Aufgeregt standen wir schließlich vor der Tür des Labels, an der ein Aufkleber mit den Buchstaben C.b.U. prangte.

»Ist das 'ne neue Partei oder was?«, fragte Kai.

»Das heißt Created by Universe«, sagte ich wissend, und Kai schüttelte zweifelnd den Kopf.

Ich wollte gerade klopfen, da öffnete sich die Tür von innen, und ein Typ im riesengroßen Parka und mit kurzgeschorenem Haar trat uns entgegen. Er schaute mich mit hervorstehenden dunklen Augen an, nickte und ging mit knarrenden Schritten den Flur hinunter.

Jetzt war ich geplättet. »Wwwwar das Gabi von DAF?« Ich war total durcheinander.

»Wer?«, fragte Elke.

»Gabi von DAF«, erwiderte ich noch immer geschockt und gleichzeitig voller Ehrfurcht.

»Können Kerle Gabi heißen, Kummer?«, fragte mich Kai ernsthaft.

»Bestimmt nur in Berlin«, ergänzte Elke spöttisch.

Ich verdrehte die Augen angesichts dieser Ahnungslosigkeit. »Da drinnen haltet ihr aber die Klappe«, zischte ich, und Kai sah mich trotzig an.

Ich atmete durch, und wir betraten das Büro. Beim Label herrschte geschäftiges Gewusel. Chris und Tim hockten konzentriert zuhörend vor einem Ghettoblaster, aus dem neuartige Maschinenmusik dröhnte. Daneben stand ein dunkelgelockter Typ in weißen Jeans und schwarzem Hemd. Er sah irgendwie reich aus und inspizierte Cover-Entwürfe, die er an die Wand gepinnt hatte. Die Hauptmotive waren Planeten, die sich im Universum umeinander drehten.

Ich hätte wetten können, dass ihm der Chrysler auf dem Parkplatz gehörte. Artig gaben wir reihum jedem von ihnen die Hand.

»Besuch aus der Zone«, rief Chris erfreut mit seinem unverwechselbaren englischen Akzent, als er mir die Flosse schüttelte. Er drückte die Pause-Taste.

»Vorsicht«, sagte ich, »hier ist auch noch Zone.«

»Nicht mehr.« Der reich aussehende Typ, der sich als Marc vorgestellt hatte, lachte und guckte zu uns rüber.

Chris erzählte, woher wir uns kannten und dass er es für einen genialen Einfall hielt, Global Force in einem russischen Raketensilo auflegen zu lassen.

Ich war froh darüber, dass ich kaum Berührungsängste hatte.

Diese Techno-Typen waren viel sympathischer als der ganze hochmütige Rockklüngel, der sich sonst was einbildete. Ich hatte sofort das Gefühl dazuzugehören.

»War das grade Gabi?«, fragte ich.

»Ja, wir machen 'ne Platte zusammen.« Chris grinste mich breit an.

Das ergab Sinn. DAF waren ja sozusagen die Vorläufer des Technos. Ich war Gabi Delgado begegnet. Und er hatte mich sogar angeguckt. Ausgerechnet hier, in diesem Exbüro von Amiga & Co, entstand etwas ganz Neues, das spürte ich. Während eine Etage tiefer das Alte abdankte.

Wir fachsimpelten ein wenig über die paar Techno-Stücke, die ich kannte, und kamen schließlich zum Thema. Es gab tatsächlich noch einen freien Termin für Global Force, der gerade in Brüssel auflegte.

»Kostet aber tausendzweihundert ohne Quittung, Anton«, sagte Chris.

»Wenn ohne Quittung, dann tausend«, grätschte Elke aus dem Hintergrund dazwischen.

Sie stellte sich jetzt mit dazu und feilschte mit ihm um die Gage.

Inzwischen erzählten mir Tim und Marc, dass ich gerade die Love Parade verpasst hätte, einen sagenumwobenen Techno-Umzug auf dem Ku'damm, von dem ich noch nie etwas gehört hatte.

»Kommt ihr alle mit zu unserem Rocket Rave?«, fragte ich zum Schluss in die Runde.

»Gibt's da Süße?«, fragte Marc, der gerade seine Entwürfe in einer Mappe verstaute.

»Bestimmt«, sagte ich, obwohl ich gar nicht wusste, ob überhaupt jemand kommen würde.

»Dann kannst du mit mir rechnen«, erwiderte er, lachte und zeigte seine Grübchen.

»Das ist der Neustart, oder?« Ich strahlte, als wir draußen durch die aufgebrochene Mauer Richtung Reichstag spazierten.

»Das war 'ne Scheiß-Mugge, Kummer. Als hätten se 'ner Katze uff'n Schwanz jetreten«, erwiderte Kai.

Ich wurde wütend. »Mann ey, du hast New Wave schon verschlafen, und jetzt pennste weiter.«

»Ich penne gor nich. Ich höre Black Crowes, ZZ Top und Soundgarden, du Eimer. Das ist bodenständiger Rock'n'Roll, handgemacht.« Dann headbangte er wieder mit seinen langen Haaren auf der Freifläche vor dem Reichstag herum, ging in die Knie und spielte Luftgitarre.

»Guckt mal, da steht 'ne Tür offen«, sagte Elke plötzlich, unbeeindruckt von unserem musikalischen Richtungsstreit. Sie zeigte zum Reichstag. Wir liefen durch kniehohes Gestrüpp, das aus den Fugen der Fußwegplatten wucherte. Kein Mensch war zu sehen. Die eiserne Tür zwischen dem vorspringenden Mauerwerk stand tatsächlich einen Spaltbreit offen. Ehrfürchtig blieben wir stehen.

»Wollen wir rein?«, fragte Elke und verzog dabei ängstlich das Gesicht.

Kai und ich stemmten die Tür ein Stück weiter auf. Eine verwitterte Treppe kam zum Vorschein, die in meiner Vorstellung in ein dunkles Universum führte. Elke hakte sich bei mir unter, dann folgten wir Kai in den Keller der heiligen Hallen. Stufe um Stufe ging es weiter hinunter.

Es roch nach Moder und altem Leder. Der Blueser entzündete sein BiC-Feuerzeug und leuchtete die Wand ab.

»Da steht was«, sagte ich aufgeregt. Krakelige, verblasste kyrillische Buchstaben, etwa zwanzig Zentimeter hoch, flackerten plötzlich im Feuerschein. »Is russisch. Hattest du da nicht 'ne Eins, Elke?«

Wir schauten beide zu ihr rüber.

»Na, ihr nicht, das war klar.«

Sie nahm Kai das Feuerzeug aus der Hand, ging ein Stück nach vorn und leuchtete die alte Schamottwand ab, so gut es ging. »Aua, mein Daumen«, meckerte sie, und das Licht erlosch.

»Was heißt das denn jetzt, Elke?«, fragte ich ungeduldig.

Sie entfachte das Feuer wieder und las vor: »Pinsk – Smolensk – Berlin: Anatoli. Das heißt es«, sagte sie feierlich. Offenbar ein russischer Soldat, der hier 1945 seinen Weg nach Berlin verewigt hatte.

Wir drei Düsterbuscher standen im Reichstag und sahen etwas, das seit mehr als vierzig Jahren niemand zu Gesicht bekommen hatte. Dieser Moment zwischen uns dreien hatte etwas Feierliches. Selbst Kai hielt mal sein Lästermaul.

Plötzlich klapperte etwas, nicht weit entfernt in der unendlichen Dunkelheit. »Goebbels ist auferstanden«, rief Kai, und Elke schrie spitz auf. Dann rannten wir lachend hinaus ins Freie.

Nachdem wir Tofu, Ginseng-Drinks und die Technik verstaut hatten, düsten wir über Mariendorf in Richtung Autobahn.

»Ich hab mir das noch mal überlegt, Kummer«, sagte Kai plötzlich.

»Was?«

»Ich würd die Kiste nehmen. Ich kenn den Reineke von Auto-Fuchs. Is 'n Halsabschneider. Aber mit dem werde ich fertig.«

»Wirklich?«, fragte ich aufgeregt.

»Aber nur, wenn ich die drei Plattenkisten aus dem Kofferraum noch dazukriege.«

Es waren die Muster von Rock-Juwelen. Vialli hatte sie mir gnädigerweise überlassen.

»Gut«, sagte ich.

Kai nahm seine Hand vom Lenkrad und hielt sie mir hin. Ich schlug ein.

»In zehn Jahren sind die das Dreifache wert«, sagte Kai.

»In zehn Jahren bin ich tot«, erwiderte ich.

»Dein Wort in Gottes Ohren.« Kai grinste. Dann bog er auf die Autobahn ab und gab Gas. Es gab noch viel zu tun bis zur ersten Techno-Party in Düsterbusch.

# 45 Rave on Düsterbusch

*Helden des Fortschritts proudly presents: Nicht hämmern, son-*
*dern grooven, das ist die Devise von Global Force, einem der*
*bekanntesten deutschen DJs.* So begann mein Artikel in der
*Frankenwalder Post,* der Werbung für den ersten Rave an
einem Freitagabend in Düsterbusch machte. Wir hatten
überregional zahlreiche Anzeigen geschaltet, Flyer drucken
lassen und auch für den Rest der aufwendigen Orga sämtliche Rücklagen des Clubs aufgebraucht.

Das sogenannte Russenobjekt lag kurz hinter dem Dorf inmitten riesiger Felder, die sich bis hinunter zum Bahnhof Kirchhausen erstreckten. Es war nur über einen Sandweg erreichbar.

Verbogener Stacheldraht, an dem Unkraut wucherte, um-
zäunte das Gelände. Es wurde gemunkelt, dass auf diesem
idyllisch anmutenden Fleck Erde zu früheren Zeiten SS-20
Atomraketen stationiert gewesen waren. Als ich mal nach
der Arbeit auf dem Kohleplatz daran vorbeigefahren war,
hatte ich sogar einen Lkw mit Raketen drauf vor den Silos
stehen sehen. Trotzdem konnte ich mir kaum vorstellen,
dass in unmittelbarer Nachbarschaft meines Dorfes derart
vernichtende Waffen auf ihren Einsatz gewartet hatten.

Bereits im März, während ich in Berlin gewesen war, hatten die Russen mit ihrer gesamten Technik das Gelände
verlassen, wie mir mein Vater erzählte.

In der Halle war nichts, kein Strom, keine Sitzgelegenheit, einfach gar nichts. Wir mussten alles mühsam heranschaffen. Das meiste holten wir aus unserer alten Schule, die jetzt Touristenstation hieß.

Dort organisierten wir Sitzbänke und zwei alte DDR-Turnkästen, deren Elemente wir übereinanderstapelten und zur Bar umfunktionierten. Kai besorgte ein Notstromaggregat von einem Baubetrieb. Und Sound-Schulze aus Potsdam stellte die Anlage.

Um den Berlinern die Anreise zu erleichtern, trieben wir am Kirchhausener Bahnhof und am Ortseingang von Düsterbusch angespitzte Holzpflöcke in die Erde. Daran befestigten wir Pappschilder, die den Weg zum *First Rocket Rave* wiesen.

Misstrauische Düsterbuscher beäugten uns dabei. Bauer Brahmke schnauzte wie schon früher, als er mit den klappernden Milchkannen am Lenker an uns vorbeiradelte. »Ihr habt nur Scheiße im Kopp.«

»Und du hast Scheiße am Schuh«, blaffte Ekel-Kai zurück und deutete auf seine Gummistiefel.

Dann standen wir vor Raketensilo Nummer Eins. Als wäre es die normalste Sache der Welt. Elke, Marion, Kai, Kurte, Wuschel, Gerber, Nils-Uwe und ich.

Nils-Uwe war Elkes neuer Freund. *Der Wessi*, wie ihn Kai nur nannte, zählte schon fünfunddreißig Lenze und wirkte ein wenig steif. Er war auf seriöse Weise attraktiv und trug eine Nickelbrille.

Seinen hellgelben Lacoste-Pullover hatte er über seine Schultern gelegt. Nils-Uwe kam aus Göttingen und war Abteilungsleiter beim Bundesvermögensamt, dem jetzt das Russenobjekt gehörte. Elke hatte ihn im Credo 2000, der neuen Großraumdisco, kennengelernt und ihn nach mehreren Schäferstündchen überredet, uns die »Immobilie« zu vermieten.

Wir mussten mit Elkes Freund einen Nutzungsvertrag abschließen.

Darin stand, dass der Bund uns *eine sowjetische Garage für eine Tanzveranstaltung* vermieten würde.

Von den tausend D-Mark Gebühr erließ uns der gelernte Betriebswirt kraft seines Amtes die Hälfte. Ich staunte Bauklötzer, wie schnell der Westler selbst so ein verfallenes Gelände, das kurz vorher noch der ruhmreichen Sowjetarmee gehört hatte, in klingende Münze verwandeln konnte.

»Warum haste das gemacht, Nils-Uwe?«, fragte ich ihn, während wir, Gesichter zur Sonne gewandt, in einer ausgetrockneten Pfütze standen und auf Gäste warteten.

»Na, man muss ja nicht immer so von oben herab agieren«, sagte er. »Außerdem hat mir Elke erzählt, was ihr schon alles abgezogen habt, und ich dachte, da drück ich mal ein Auge zu.« Dann himmelte er sie an, während sie sich an seine Schulter schmiegte und die ganze Zeit kicherte.

»Ey Anton«, sagte Elke. »Über meinen rechten Arm laufen gerade mindestens zwanzig kleene Zwerge, die mich grüßen.« Ich schaute sie verblüfft an.

»Ich hab ein paar Psilos mitgebracht, wachsen bei uns in den Bergen, machen richtig Spaß.« Nils-Uwe grinste. »Willst du auch?« In seiner geöffneten Hand lagen ein paar kleine Pilze.

»Später vielleicht.« *Der Wessi* hatte offenbar auch ein paar Abgründe. Aber ich musste nüchtern bleiben, ich wollte an diesem Abend nichts dem Zufall überlassen.

Plötzlich kam mein Vater um die Ecke, und ich freute mich riesig. »Machste doch Einlass.«

»Na ja, ist doch nüscht los.«

Elke kicherte wie angestochen, als sie ihn sah.

Klaus guckte etwas verunsichert.

»Elke ist besoffen«, sagte ich.

»So kenn ich sie ja gor nicht.« Dann kam er mit Nils-Uwe ins Gespräch. Und ich staunte, wie mein Vater zwischen all den jungen Leuten aufblühte.

Er erzählte von früher, wie die Russen ihn mit dem Wartburg aus einem Schlagloch gezogen hatten, wie er in der Kaserne Speck essen und Wodka trinken musste.

Aufgeregt lief ich auf dem großen Gelände hin und her. Die Berliner waren immer noch nicht da, und auch wenig Gäste aus unserer Region. Ich schlug das riesige Tarnnetz, das vor dem Eingang hing, zurück. Wir hatten es in den demolierten Unterkünften der Russen gefunden.

Die nach Motoröl riechende Halle hatten wir, so gut es ging, in eine Techno-Disco verwandelt.

Es war ein bisschen wie früher, als wir in der Kneipe die erste New-Wave-Party organisiert hatten.

Ich hatte sogar den alten Satelliten, der in Harrys Saal unser Markenzeichen gewesen war, neben der Discokugel an die Decke gehängt.

Der wiederbelebte Pioniergeist motivierte uns bis in die Haarspitzen. Kurte hatte, inspiriert von den Rock-Juwelen-Platten, psychedelisch anmutende Kreise an die Wand gemalt. Dazu stilisierte Raver, die ihre Hände in die Luft reckten. Das Motiv war vom Cover der Yazz-Single »The Only Way Is Up« geklaut.

Die triste Halle strahlte sofort eine spezielle technomäßige Atmo aus, wie ich glaubte.

Mit Marion hatte ich mich wieder versöhnt. Wir fertigten zusammen Obstspieße und Tofuburger. Als Hauptdrink gab es Purdey's, die Ginseng-Brause in silbernen Flaschen, die ich in einem Laden namens Yellow Sunshine gekauft hatte.

Ich wollte der krassen Rock-'n'-Roll-Sauferei etwas Gesundes entgegensetzen. Trotzdem gab es reichlich Bier und Jim Beam-Cola, weil die anderen fürchteten, dass wir sonst gar keinen Umsatz machen würden.

»Los Kaichen, teste mal die Nebelmaschine«, rief Elke aufgeregt durch das Tarnnetz.

»Au ja«, sagte ich.

Ich lief schnell um das Gebäude herum und betätigte mit einem Knopfdruck das Notstromaggregat. Nach einigen Fehlzündungen begann es, laut zu röhren.

Das Geräusch flog über die Felder Richtung Bahnhof, und ich zappelte epileptisch vor lauter Freude vor mich hin.

Als ich wieder vor der Halle stand, bog langsam und majestätisch ein weißer Chrysler um die Ecke, gefolgt von einem riesigen Mercedes und noch fünf anderen Autos. Es waren die Berliner. Global Force, Marc, Tim, Hanna, seine Freundin. Ich zählte über dreißig Leute und war selig. Global Force entpuppte sich als schüchterner kleiner Junge, der artig in die Runde nickte und seine eigenen Plattenspieler dabeihatte.

»Ich denke, das ist 'n Musiker«, nölte Kai.

»Komm, geh rein«, sagte ich.

»Das ist auch 'n Musiker, bloß ohne Gitarre«, rief ihm Marc hinterher, und ich freute mich.

Die Berliner schwärmten im Gelände aus. Einige hatten Trillerpfeifen um den Hals und gelbe Kichergesichter als Buttons am Revers. Fotoapparate klickten, und laute Verzückungsrufe schallten über das Gelände.

Wie damals, als die Großstädter, sich neugierig umschauend, durch das Dorf gelaufen waren.

»Wo ist denn Chris«, fragte ich Marc. »Der ist im Ufo, guckt sich Tanith an. Es gibt so viele neue Clubs in Kellern und auf alten Industriebrachen. Ein riesiger Aufbruch, Anton. Wo sind denn die Süßen?«

Mir fiel nur Marion ein. »Drin ist auf jeden Fall eine.«

Marc, der teure Lederschuhe trug und irgendwie cool aussah, klappte das Netz zurück und ging hinein. Mein Vater hatte sichtlich Spaß am Einlass, wo er mit Gerber herumalberte.

Ich begab mich wie früher auf die Straße, um Ausschau nach Publikum zu halten. Da standen mindestens noch mal dreißig Leute und trauten sich nicht rein. Darunter viele, die ich im Credo 2000 gesehen hatte, klassisches Disco-Publikum, das war gut.

»Los, rein, da beißt keiner.«

Zögerlich folgten sie mir.

Plötzlich gab es ein fiependes, durchdringendes Geräusch. Alle erschraken und blieben stehen. Als ich in die Halle kam, stand Global Force wieder in einem Oberhemd wie im Quartier hinter den Turntables. Das Strobo blitzte, und Nebel stieg auf.

Es folgte ein Remix-Intro vom brandneuen Hit »Groove Is In The Heart«.

Ein Johlen aus vielen Stimmen schallte dem DJ entgegen. Leuchtstäbe wurden geschwungen, Trillerpfeifen erklangen.

Doch so einfach machte er es den Leuten nicht. Der Track brach abrupt ab.

Dann folgte eine Gänsehaut erzeugende Synthie-Fläche, zu der immer mehr hypnotische Beats und rasselnde elektronische Congas hinzukamen. Bis schließlich die Bassdrum einsetzte und die Leute schon beim ersten Stück durchdrehten. Es waren ungefähr achtzig Gäste da, davon tanzten vierzig, was ich als großen Erfolg wertete. Der Rest stand unentschlossen am Rand der ausgefransten Tanzfläche.

Eine Weile schaute ich ehrfürchtig neben einigen anderen Global auf die Finger, wie er mixte. Dann drängte ich mich in das tanzende Volk und gab mich dem Rave hin. Das irre Gefühl aus dem Quartier kam zurück, irgendwie mit diesem Sound zu verschmelzen. Mitten in diesem wachkomaähnlichen Zustand bekam ich einen Schlag auf den Rücken.

»Ey Kummer, der Sprit vom Notstromer ist alle. Kommste mit zur Tanke?« Kai stand hinter mir.

»Na gut.«

Draußen stieg ich mit ihm in den BMW, den er hinter dem Bunker geparkt hatte, und wir fuhren zur Tankstelle.

»Mensch Kummer, war 'ne gute Idee, *der Wessi* meinte schon, wir dürfen das jetzt öfter machen«, dröhnte Kai, als wir zur Tankstelle einbogen.

»Klar«, sagte ich, vor mich hin grinsend.

»Wir können ooch mal 'ne Band holen. Jingo de Lunch zum Beispiel habe ich gestern im Radio jehört. Knallharter Punk'n'Roll.«

»Klar«, sagte ich wieder.

»Was is 'n mit dir los, Kummer. Haste ooch Pilze jefressen?«

»Nee, bin bloß 'n bisschen chillig.«

»Was 'n das schon wieder für 'n Scheißwort?«

»Entspannt, Kai, entspannt«, sagte ich nur.

Als wir unseren Kanister hatten, fuhren wir zurück und kippten den Sprit in den Tank des Notstromaggregats.

Zwischen zwei irren Tracks schaute ich mir die Leute an. Sie tanzten. Die Stimmung war gut. Marion stand lachend mit Marc an der Bar, und Elke verbog sich mit Nils-Uwe zwischen all den verrückten Großstädtern. Ein paar Düsterbuscher versuchten sich an Polkaschritten zu einsetzenden Breakbeats.

Es war himmlisch. Der Aufwand hatte sich gelohnt. Ich hatte noch mal was losgetreten, Feuer und Wasser zusammengebracht. In diesem Augenblick wusste ich: Das war meine letzte Aktion in Düsterbusch. Es war alles gesagt.

Mein Vater kam zu mir. »Ich gehe, war gut, Elke hat mir zwanzich Mark gegeben«, nuschelte er nur und verschwand durch das Tarnnetz in der Dunkelheit.

Ich hopste wieder zwischen die Tanzenden und vergaß Raum und Zeit.

»Der Jim Beam und die Cola sind alle«, sagte Marion nach der Party. »Einen Obstspieß hab ich verkooft und zwee Tofuburger. Der eene klebt da vorne an der Wand.«

»Und das Purdey's?«

»Drei Stück sind weg. Kurte hat eens jekooft und mit Wodka gemixt. Die andern kannste wieder mitnehmen.«

»Hmm.«

»Beim nächsten Rocket-Rave sind wir wieder dabei«, rief Marc zwei Stunden später und startete den Chrysler Le Baron. Dann folgte ihm der Tross aus dem Russengelände hinaus. Die Berliner fuhren wieder zurück und hatten uns am nächsten Tag schon vergessen. Das Gefühl war wie immer.

Nur kam jetzt dazu, dass ich mich nicht mehr drüber ärgerte. Irgendwann waren alle weg. Kai und ich blieben übrig.

Mit einem kleinen Kran, der am Lkw befestigt war, hievten wir das Notstromaggregat auf die Ladefläche. Es war schon früher Morgen, und wir mussten uns richtig anstrengen. Das Drahtseil verfitzte sich, und wir drehten das schwere Ding in der Luft ein paarmal hin und her. Kai war wie ich total übermüdet. Ich bewunderte inzwischen seinen Elan. Er war unverwüstlich.

»Wir haben nur zweehundert Mark Miese jemacht, Kummer. Nich so schlecht für den Anfang, oder?«

Er grinste, stieg in das Fahrzeug und fuhr quer über das Feld in Richtung Bahnhof.

Nie würde ich dieses Bild vergessen. Wie der Punkt immer kleiner wurde. Und dann gab es nur noch Feld und Stille. Früher hatte ich das immer gehasst. Aber jetzt war es schön.

Lachend lief ich den Sandweg zum Sportplatz hinunter, die Ginseng-Brauseflaschen klapperten in dem alten Handwagen. Ich würde zu Bowie nach Weißensee fahren, das war klar. Damit ich ihn endlich mal live sehen konnte. An Karten würde ich schon irgendwie kommen. Und dann irgendwohin, vielleicht nach Italien. Hatte nicht Gerber damals in der Bar gesagt, die italienischen Mädchen stünden auf deutsche Jungs?

Ich wollte jetzt nur ein ganz normaler Junge sein, der sich die Welt ansah. Als ich in den Nordweg einbog, stand mein Vater am Zaun, was mich wunderte.

# 46  Ich hatt' einen Kameraden

Mein Vater schaute mich mitleidig, fast zärtlich an, als ich vor ihm stand. Aber er sagte nichts, hing nur wie ein Schluck Wasser über dem Zaun. »Was ist los?«, fragte ich, jetzt schlagartig wach. Er öffnete unsere metallene Pforte mit dem traditionellen Quietschen. Dann umarmte er mich.

»Kleener, es ist vorbei.«

So hatte er mich seit meiner Kindheit nicht mehr genannt. Ich befreite mich aus seiner Umarmung. »Was ist vorbei?«

»Mit Mutti ist es vorbei.«

Zögerlich reichte er mir ihren silbernen Armreif, der schon mein Gesicht gekitzelt hatte, als ich noch ein kleiner Junge gewesen war. Ich betrachtete das Schmuckstück wie einen Fremdkörper in meiner Hand. Niemals hätte sie diesen Armreif freiwillig abgelegt.

Stumm saßen wir uns ein paar Stunden gegenüber, ich wie betäubt in ihrem Ohrensessel vor dem Fernseher. Auf dem Beistelltischchen lag ihre Bürste, darin ein paar silbergraue Haare mit dem Rosastich. Daneben ein angefangenes Kreuzworträtsel und ein Päckchen mit Verbandszeug. Als wäre sie gerade kurz rausgehumpelt, um nach dem Essen zu sehen. Die zig Wecker und Uhren, die sie sich im Laufe der Jahre gekauft hatte, tickten und klackerten um die Wette. Aber die Zeit war stehen geblieben. Meine Mutter war tot.

Ein akuter Gefäßverschluss hatte in dieser Nacht dazu geführt, dass sie um 1:20 Uhr an einer Lungenembolie gestorben war. Und ich hatte sorglos gefeiert.

Als mein Vater nach Hause gekommen war, hatte er den Anruf erhalten. Er war sofort ins Krankenhaus gefahren.

Im sogenannten »Totenzimmer« hatte er Abschied von ihr genommen. Er hatte sich nicht getraut, mich während der Party zu informieren. Und das war vielleicht auch besser so.

Meine Basis, auf der alles aufgebaut gewesen war, gab es nun nicht mehr.

Hätte ich ihr doch bloß jeden Tag Blumen gebracht und sie nicht so oft am Telefon abgewürgt. Es gab so vieles, was ich plötzlich bereute oder ihr noch hätte sagen wollen.

Ich bekam eine merkwürdige Panik, stand auf und lief im Wohnzimmer auf und ab.

Plötzlich klingelte das Telefon. Eine unbeschreibliche Erleichterung durchströmte mich. Das ist sie, dachte ich, und stürmte in Richtung Veranda.

Aber es war nicht meine Mutter, sondern der Inhaber des Musikpavillons Jüterbog. Er motzte mich an, dass ich den Vinylschrott abholen solle, den ich ihm verkauft hatte. Ich knallte sofort den Hörer zurück auf den Apparat.

Jetzt gab es kein Halten mehr. Ich schnappte mir meine Sonnenbrille und rannte hinaus, über den Nordweg zu der großen Wiese hinter der Kneipe.

Dort warf ich mich ins Gras und heulte den ganzen Tag lang. Die späte Augustsonne schien mit brutaler Intensität. Aber sie wärmte nicht.

Am Tag der Beerdigung traf ich Bauer Brahmke mit seinem Fahrrad auf der Straße. Zur Abwechslung hatte er mal die Gummistiefel gegen schwarze Halbschuhe und die Melkeruniform gegen einen dunklen Anzug eingetauscht. Ich wusste, dass er neben seiner Tätigkeit als Bauer auch noch Kirchendiener war.

Er versperrte mir mit einer scharfen Bremsung den Weg. »Wenn du sie noch mal sehen willst, mach ich den Sarg für dich uff in der Leichenhalle. Aber überleg's dir. Schön ist so was nicht.«

»Ich will sie trotzdem sehen«, sagte ich.

»Gut. Ich habe deine Mutter jemocht, aber dich nicht.«

Bevor ich irgendetwas antworten konnte, trat er wieder in die Pedale.

Die tiefgrünen Äste der Trauerweiden vor dem Kirchenschiff wehten verspielt im leichten Spätsommerwind, als ich über den knirschenden Kies den Friedhof betrat. Hinter den letzten Grabreihen auf einem Stück Wiese befand sich die Leichenhalle. Schon von Weitem sah ich, dass die einfache Holztür des schlichten Steinbaus offenstand. Vor der Tür verharrte ich einen Moment. Ich war kurz davor, wieder umzudrehen. Denn ich befürchtete, dass sich der Anblick, der mir jetzt bevorstand, tief in meine Erinnerung einbrennen würde. Wollte ich Elisabeth in diesem Zustand wirklich noch mal sehen?

Über die kniehohe Mauer aus Feldsteinen konnte ich auf der einen Seite zu meinem alten Kindergarten hinüberblicken. Auf der anderen Seite sah ich Frank Sprenzels Grab. Dann gab ich mir einen Ruck und betrat die Leichenhalle. Durch ein kleines Fenster an der Wand fiel ein gebündelter Sonnenstrahl direkt auf den Deckel des Sargs. Der war ein

Stück zur Seite geschoben. Mit klopfendem Herzen trat ich heran.

Aber was ich dann sah, hatte mit Elisabeth nicht mehr viel zu tun. Ein wächsernes farbloses Gesicht, weit weg von jeglichem Leben. Ich schloss die Augen und berührte noch mal ihre Wange, die sich wie ein gefrorenes Handtuch anfühlte. Länger als eine Minute hielt ich es nicht aus. Sie würde nicht wiederkommen, das wurde mir erst jetzt zur festen Gewissheit. »Mach's gut, Mutti«, sagte ich und ging schnell zur Tür hinaus.

Bereits auf dem Weg zur Straße verblasste dieses Gesicht schon wieder in meiner Erinnerung, und meine strahlende Mutter blieb zurück.

Als ich nach Hause kam, lag im Briefkasten ein Schreiben des Bundessozialgerichts, an meine Mutter adressiert. Ich öffnete es. Darin stand, dass ihr die volle Höhe der *Intelligenzrente* gewährt wurde. Ich ließ den Zettel sinken und schaute erloschen über den Mähdrescherfriedhof.

Für meinen Vater als alten Düsterbuscher war es natürlich klar, dass die Kirchenglocken für sie erklingen mussten. Vor allem, weil sie eine Persönlichkeit gewesen war, die das Dorfleben aktiv mitgestaltet hatte. Doch nach seinem Besuch beim Pfarrer kehrte er frustriert zurück.

»Das Arschloch will die Glocken nicht läuten.«

»Warum?«

»Weil Elisabeth nicht Mitglied der Kirchengemeinde war.«

»Aber sie hat doch immer gespendet.«

»Das habe ich dem auch gesagt. Aber er macht's trotzdem nicht.«

Über zweihundert Leute nahmen an der Trauerfeier von Elisabeth Kummer teil. Ein riesiger Fuhrpark verteilte sich um Harrys Kneipe und das Kriegerdenkmal. Als würde gleich eine bedeutende Band in der Linde spielen.

Alle Freunde waren gekommen. Elke hatte die Sache ziemlich getroffen. Sie weinte hemmungslos.

Sogar der Vater von Frank Sprenzel gab sich die Ehre. Die Halle war so voll, dass viele draußen stehen bleiben mussten.

Eine grauenhaft schief spielende Kapelle eröffnete mit »Ich hatt' einen Kameraden« die Zeremonie. Ich hätte eigentlich für jemanden plädiert, der ein paar Elvis-Songs intonierte, denn Elisabeth war ein großer Fan des King gewesen. Aber das hätte mein Vater nicht verstanden. Und jetzt ärgerte ich mich. Dieser Ärger sorgte wenigstens dafür, dass ich die Fassung behielt.

Schließlich wurde der Sarg von sechs Düsterbuscher Männern, darunter der Bürgermeister und Bauer Brahmke, angehoben. Der Trauerzug würde sich von der Halle zum Friedhofseingang bewegen. Dort wartete der Leichenwagen, um Elisabeth ins Krematorium zu bringen. Kurz bevor die Träger die Halle verließen, gab ich meinem Vater mit dem Kopf ein Zeichen, mir zu folgen, was er auch verwundert tat.

Draußen zischte ich ihm zu: »Los, schnell, wir läuten die Glocken.« Ich deutete auf die große Kirche mit den zwei Türmen.

»Was?«, fragte er überrascht.

»Bist du taub? Wir läuten die Glocken.«

Schnellen Schrittes lief ich zum Kirchenschiff hinüber. Die Tür zum Glockenturm stand offen, und er folgte mir die knarrenden Holzstufen hinauf. »Schnell, beeil dich, bevor die draußen sind.« Ich hatte die romantische Vorstellung, dass wir beide an einem Seil hängen und den schweren Klöppel bewegen mussten, wie der Glöckner von Notre-Dame. Kurz darauf folgte die Enttäuschung. Oben angekommen standen wir vor einem ordinären grauen Schaltkasten.

Über einem roten Knopf stand in krakeliger Handschrift das Wort *Glocken.* Wir schauten uns keuchend an.

»Du drückst«, sagte er.

»Nein, du drückst, du bist ihr Mann.«

»Aber dich hat sie mehr geliebt.«

»Das stimmt doch nicht«, erwiderte ich, und zum ersten Mal in meinem Leben tat mir mein Vater leid.

»Gut, dann zusammen.«

Ich nickte, und wir drückten gemeinsam auf den Knopf.

Die schweren gusseisernen Glocken, die wir von unserer Position aus sehen konnten, setzten sich mit einem komisch knarrenden Geräusch in Bewegung.

Die Klöppel schlugen an. Erst zaghaft und dann immer stärker. Bis sie hell und laut über ganz Düsterbusch erklangen, die Glocken für meine Mutter. Ein letzter subversiver Akt.

Wir schauten beide auf unser Heimatdorf, und ich war zum ersten Mal auf emotionale Weise eins mit meinem Vater.

# Danksagung

Mein besonderer Dank gilt Kathrin Schwiering für die Titelidee und die dramaturgische Beratung.

Ich möchte mich bedanken bei: Liane Geist, Ulla Mothes, Lars Zwickies, Johannes Wiebel, Thomas Dorl, Guido Kohl, Roland Knitter, Rudi Kühne, Sebastian Szary, Martin Aleith, Andreas Bemmann, Jens Berger, Gerard Cañadas; Markus Naegele, Antonia Bräunig-Kraft, Carolin Lachenmaier und dem Team von Heyne Hardcore; Hanne Reinhardt und Adam Heise von der Agentur Simon sowie bei Daniela Alagič vom Grimm's Hotel Berlin-Mitte und dem Jugendclub Extrem.

Weiterhin bei allen Menschen, die mir die Daumen gedrückt und mich moralisch unterstützt haben.

# Inhalt

Sommer 1985. Die Kajal-Clique hält die Welt in Atem.
Zumindest die Münchner Vorstadt Pasing, in der die
vier halbwüchsigen Schüler durch die Straßen streunen
und die Gegend unsicher machen.

»Gott, ist das gut! Nach ungefähr fünfzig Seiten habe ich
begriffen, was für eine Perle dieser Roman ist... Wenn das kein
Kultbuch wird, weiß ich auch nicht.« *Benedict Wells*

ISBN 978-3-453-27284-2 · Leseprobe unter heyne-hardcore.de

»*Stirb nicht im Warteraum der Zukunft* ist ein spannendes Buch über die Wahrhaftigkeit des DDR-Punk-Undergrounds. Es ist darüber hinaus jedoch auch gerade in Zeiten, in denen die Zeiger vielerorts wieder in Richtung Autorität und Obrigkeitssehnsucht stehen, ein hoffnungsvolles Plädoyer für die Freundschaft und der Beweis, dass der Wille nach Freiheit zumindest für einen Moment stärker sein kann als alle Macht der Unterdrücker.«

**Jan Müller, Tocotronic**

ISBN 978-3-453-27127-2 · Leseprobe unter heyne-hardcore.de